MAJA KÖLLINGER

TRUTH OR DARE

TRIFF DEINE WAHL

MOON NOTES

Klimaneutral
Druckprodukt
ClimatePartner.com/53248-2011-1002

Dieses Buch wurde klimaneutral produziert. Dadurch fördern wir anerkannte Nachhaltigkeitsprojekte auf der ganzen Welt. Erfahre mehr über die Projekte, die wir unterstützen, und begleite uns auf unserem Weg unter www.oetinger.de

FSC
www.fsc.org
MIX
Papier aus verantwortungsvollen Quellen
FSC® C014496

Originalausgabe
1. Auflage

Dieses Buch wurde vermittelt von
der Literaturagentur erzähl:perspektive, München
(www.erzaehlperspektive.de)
Lektorat: Sonja Fiedler-Tresp
© Einbandgestaltung: Zero Werbeagentur,
unter Verwendung von shutterstock.com: © Ksu Ganz/ © designer_an
Satz: Satz für Satz, Wangen im Allgäu
Druck und Bindung: GGP Media GmbH,
Karl-Marx-Straße 24, 07381 Pößneck, Deutschland
Printed 2022
ISBN: 978-3-96976-002-4

www.moon-notes.de

Liebe*r Leser*in,

wenn du traumatisierende Erfahrungen gemacht hast,
können einige Passagen in diesem Buch triggernd wirken.
Sollte es dir damit nicht gut gehen, sprich mit einer Person
deines Vertrauens. Auch hier kannst du Hilfe finden:
www.nummergegenkummer.de

Schau gern auf S. 348, dort findest du eine Auflistung
der potenziell triggernden Themen in diesem Buch.
(Um keinem*r Leser*in etwas zu spoilern,
steht der Hinweis hinten im Buch.)

Für Jojo,
weil du immer an mich geglaubt hast,
selbst wenn ich es nicht getan habe.
Ich werde dich niemals vergessen.

PLAYLIST

5 Seconds of Summer – Teeth
Paramore – Still into You
Twenty One Pilots – Polarize
Set It Off, William Beckett – Wolf in Sheep's Clothing
Linkin Park – Skin to Bone
Set It Off – Nightmare
Billie Eilish – bury a friend
Linkin Park – In my Remains
DeathbyRomy – Problems
Dream State – Primrose
Billie Eilish – all the good girls go to hell
Ghost Town – Don't Leave
Halsey – Control
Bishop Briggs – Jekyll & Hyde
Taylor Swift feat. HAIM – no body, no crime

PROLOG | SAMSTAG, 13. APRIL

23:44 Uhr

Das Opfer

Mein Atem geht immer schwerer, während ich mich durch das Unterholz kämpfe. Regen peitscht mir ins Gesicht und sticht mit eisiger Kälte auf meine Haut ein, als würde er aus Abertausenden kleinen Klingen bestehen. Ich ziehe den Kopf ein, während der nachtschwarze Himmel von einem grellen Blitz zerrissen wird und noch in derselben Sekunde ein ohrenbetäubendes Grollen über das Land hinwegzieht. Der Sturm ist nun direkt über mir. Windböen zerren an meiner dünnen Kleidung und drängen mich zurück in Richtung Waldhütte. Doch ich gehe auf gar keinen Fall wieder dorthin zurück. Ich kann nicht. Schließlich habe ich noch etwas Wichtiges zu erledigen. Hoffentlich werde ich nicht hängen gelassen. Und wenn ich im schlimmsten Fall nachher bei dem Gewitter den ganzen Weg zurück nach Fircreek laufen muss, um dem Chaos zu entkommen, dann sei es so.

Ein Knacken hinter mir lässt mich aufhorchen und innehalten. Die Bäume um mich herum knarren und ächzen schon die ganze Zeit, weil der Wind wie eine Urgewalt durch den Wald fegt, doch dieses Knacken klingt anders. Als wäre etwas oder jemand unabsichtlich auf einen Ast getreten. Ich drehe mich um die eigene Achse und starre der Finsternis des Waldes entgegen. Ich schwenke meine Handy-Taschenlampe und versuche irgendetwas zwischen den Baumstämmen zu erkennen. Die Schatten um mich herum wandern wild umher, erzeugen Gestalten und Fratzen, die mich verfolgen und zu verhöhnen scheinen.

»Reiß dich zusammen«, ermahne ich mich selbst. Was ist los mit mir? Sonst kann mich nicht einmal der brutalste Horrorfilm in Schrecken versetzen, und nun sollen das ein bisschen Wind und Regen schaffen? Dass ich nicht lache! Trotzdem schlägt mein Herz mit solch brachialer Gewalt gegen meinen Brustkorb, dass ich befürchte, es könne mir gleich die Rippen brechen. Obwohl es eisig kalt hier draußen ist, bricht mir der Schweiß aus, und ich beginne am ganzen Körper zu zittern. Unwillkürlich beschleunigen sich meine Schritte. Ich will hier nur noch weg …

Das Gefühl, beobachtet und verfolgt zu werden, verstärkt sich. Ich habe noch nie so deutlich gespürt, wie sich ein Blick in meine Haut brennt. In meinem Nacken macht sich ein unangenehmes Prickeln bemerkbar, welches sich in Sekundenschnelle über meinen ganzen Leib verbreitet.

Da! Das waren eindeutig Schritte!

Mein schneller Gang wandelt sich zu einem Sprint. Jegliche Vorsicht ist vergessen, mein Fluchtinstinkt übernimmt die Kontrolle und drängt mich dazu, immer schneller zu werden. Das Licht meines Smartphones zuckt über den Boden, Baumstämme und wuchernde Wurzeln verschwimmen zu einer dunklen Masse, die mich verschlingen will. Aber die Schritte hinter mir verklingen nicht, sie halten mein Tempo.

»Wer bist du?«, brülle ich gegen die Dunkelheit an und wende im Laufen den Kopf nach hinten, um meinen Verfolger sehen zu können. Ein fataler Fehler. Noch im selben Moment bleibt mein Fuß an einer Unebenheit am Boden hängen. Ein Stein oder eine Wurzel? Ich weiß es nicht, sondern realisiere nur noch, wie ich mich überschlage. Die ganze Welt steht Kopf und stürzt zugleich auf mich ein. Mein Smartphone gleitet mir aus der Hand, während ich verzweifelt versuche, Halt zu finden. Schließlich prallt mein Rücken mit voller Wucht auf den Waldboden, sodass mir jegliche Luft aus der Lunge gepresst wird. Ein Keuchen entfährt mir, als der Schmerz durch meinen ganzen Körper fährt und mich für einen Moment lähmt.

Eine dunkle Gestalt beugt sich über mich. Ich leide also nicht an Wahnvorstellungen, sondern wurde tatsächlich verfolgt. Diese Erkenntnis beruhigt mich allerdings nicht lange, denn ich weiß schließlich nicht, wer da vor mir steht. Ich wage es kaum, mich zu bewegen, geschweige denn zu fragen, warum ich beobachtet werde.

Plötzlich zuckt ein weiterer Blitz über den Himmel und hüllt die ganze Umgebung für einen Wimpernschlag in grellweißen Schein. Genug Zeit für mich, um das Gesicht meines Stalkers zu sehen. Und zu erkennen.

»Du?«, raune ich fassungslos. Der Donner reißt meine Stimme hinfort. Der Schock lässt mich für einen Moment tatenlos verharren, und ich sehe an der versteiften Haltung meines Gegenübers, dass der Blickwechsel zwischen uns definitiv nicht geplant war. Bevor ich auch nur die Chance habe, mich zu rühren oder ein weiteres Wort in den Mund zu nehmen und Fragen zu stellen, schwingt mein Verfolger ein gigantisches Objekt auf meinen Kopf zu.

Ein Schrei formt sich in meiner Kehle, ohne eine Chance, jemals gehört zu werden. Ich versuche noch, die Arme zum

Schutz zu heben, aber ich bin zu langsam. Der erste Schlag trifft mich an der Schläfe und sendet glühende Schmerzen durch meinen ganzen Körper, sodass ich aufkeuche und versuche, mich von dem Angreifer wegzudrehen. Der zweite Schlag lässt Blitze und Sterne hinter meinen Lidern tanzen und sendet eine weitere Schmerzwelle durch meine Glieder, obwohl die erste noch nicht einmal abgeebbt ist. Der dritte Schlag besiegelt mein Schicksal. Ich spüre den Druck, höre das Knacken meines Schädels, und bevor der Schmerzimpuls meine Synapsen erreichen kann, wird auch schon alles schwarz um mich herum.

Der letzte Gedanke, der sich in meinem Kopf formen kann, beschäftigt sich nicht mit meinem Leben, meiner Familie oder meinen Freunden, meinen falschen oder richtigen Entscheidungen oder gar meiner verlorenen Zukunft. Er dreht sich einzig und allein darum, dass ich eine solche Tat vielen Menschen zugetraut hätte, aber ganz sicher nicht dieser einen Person …

MONTAG, 8. APRIL

12:10 Uhr

Brianna

Mein Blick streift über das Schülermeer in der Cafeteria. Ich erspähe einen freien Platz in der Nähe des Ausgangs und richte meinen Blick auf den gräulichen Brei, der mein Mittagessen darstellen soll, bevor ich mich durch die Masse kämpfe. Mit einem entnervten Stöhnen knalle ich schließlich mein Tablett auf den Tisch und lasse mich auf einen der wackeligen Plastikstühle plumpsen. Heute ist nicht mein Tag.

In letzter Zeit versuche ich meistens, die Schule zu überstehen, ohne jemandem zu begegnen, der meine Laune noch verschlechtern könnte. Mit anderen Worten: Ich versuche Kian, meinem Ex-Freund, aus dem Weg zu gehen. Bloß seinen Namen zu *denken*, verursacht schon einen üblen Brechreiz.

Nur noch den Rest dieses Schuljahres muss ich durchhalten, dann kann ich ihn endgültig aus meinem Leben streichen. Nur noch ein paar Monate, dann habe ich es geschafft.

Wenn ich an früher zurückdenke, an den Alltag, den ich bis

vor wenigen Wochen noch hatte, werde ich ganz wehmütig. Denn durch die Trennung habe ich nicht nur Kian verloren, sondern auch meinen ganzen Freundeskreis. Kian, Yves, Xenia und ich – wir sind die perfekte Truppe gewesen, haben immer zusammengehalten. Egal in welcher Lebenslage. Und das schon seit Jahren.

Und was ist seit dem Bruch mit Kian daraus geworden? Die drei halten zusammen, und ich stehe alleine da. Jedenfalls kommt es mir so vor, denn ich meide Kian und damit automatisch auch die anderen. Inzwischen traue ich mich nicht einmal, mich beim Mittagessen zu ihnen an den Tisch zu setzen, und hocke lieber alleine da, während ich sie aus der Ferne beobachte. Auch jetzt tigert mein Blick unwillkürlich durch die Menge, auf der Suche nach zwei ganz bestimmten Gesichtern. Es dauert nicht lange, denn natürlich sitzen Yves und Xenia an ihrem gewohnten Stammplatz. Dort, wo ich bis vor Kurzem auch noch saß. Ein dumpfer Schmerz malträtiert meine Schläfen, verstärkt sich, sticht nun mit eiserner Härte auf mich ein. Sollte ich mich schlecht und schuldig fühlen, weil ich nicht bei ihnen sitze? Glauben sie, ich will nichts mehr von ihnen wissen? Könnte ich einfach rübergehen, ohne dass sie mich mit Vorwürfen bombardieren? Ich seufze. Ich weiß es nicht. Ich weiß gar nichts mehr.

»Das bringt doch alles nichts«, entfährt es mir, und aus einem Impuls heraus schmeiße ich den Löffel neben das Tablett. Der Matschhaufen vor mir, der anscheinend Milchreis darstellen soll, dampft schon lange nicht mehr. Um mich herum sitzen Hunderte Schüler und schaufeln sich das Zeug ohne Hemmungen rein. Niemand scheint etwas von meinem kleinen Ausraster mitbekommen zu haben. Ein schwerer Dunst hängt in der Luft, und der Geruch von Reinigungsmittel verbeißt sich in meiner Nase.

Ich ziehe die Augenbrauen zusammen und betrachte Xenia

nachdenklich von Weitem. Sie und ich kennen uns schon unser halbes Leben lang. Wir sind zusammen in die Schule gekommen und waren seitdem unzertrennlich, wir waren die besten Freundinnen, die man sich vorstellen kann. Eine Zeit lang habe ich sogar ein wenig für sie geschwärmt, aber das ist längst vorbei. Ihre kleine Statur, die blasse Haut und blonden Locken haben früher oft dafür gesorgt, dass sie von unseren Mitschülern gehänselt oder aufgezogen wurde. Mehr als einmal habe ich sie vor den anderen beschützt und Schläge für sie eingesteckt. Seitdem ich damals in der Grundschule ein paar Mal zurückgetreten habe, lässt jeder die Finger von ihr, und keiner wagt es, auch nur ein falsches Wort in ihre Richtung zu sprechen. Sie alle wissen, mit wem sie es sonst zu tun bekommen.

Im Moment herrscht zwischen uns jedoch Funkstille, mehr oder weniger. Ich meide Xenia, doch selbst wenn wir momentan kaum miteinander reden, weiß ich, dass sie jederzeit nur einen Anruf weit entfernt ist. So ist Xenia eben. Sie ist mit Abstand der loyalste Mensch, den ich kenne, und hat mich noch nie enttäuscht.

Während ich darüber nachdenke, schiebe ich mir einen Löffel des undefinierbaren Breis in den Mund. Igitt, das Zeug schmeckt widerlich!

Unwillkürlich wandert mein Blick wieder hinüber zu meinen Freunden. Yves und Xenia diskutieren über irgendetwas. Xenia neigt dazu, mit Händen und Füßen zu gestikulieren, wenn sie sich in Rage redet. Vor Entrüstung klingt ihre Stimme immer ein wenig höher als normalerweise, und auf ihrer Stirn bildet sich oft sogar eine kleine Furche. Man darf sich nicht von ihrer Zierlichkeit oder ihren warmen, goldbraunen Augen täuschen lassen, denn ihr Wesen gleicht einem Wirbelsturm. Man kann sie unmöglich zu fassen bekommen oder gar erraten, was sie denkt. In einem Moment wirkt sie ängstlich oder traurig, und schon im nächsten Augenblick sprüht sie vor Lebensfreude oder glüht vor Wut. Man könnte genauso gut versuchen, eine Flamme mit bloßen Händen zu fangen. Yves hingegen bildet das komplette Gegenteil, er bleibt immerzu ruhig. Auch jetzt betrachtet er sie schweigend, während er ab und an bestätigend nickt. Er ist ruhiges Gewässer im Vergleich zu ihrem Sturm. Ich würde all mein Hab und Gut darauf verwetten, dass Yves heimlich in sie verschossen ist. Ich muss es wissen, schließlich habe ich Xenia vor vielen Jahren mit demselben verträumten Blick angestarrt, den er gerade aufsetzt. Tatsächlich geben die beiden ein gutes Team ab, denn sie ergänzen sich perfekt. Nicht so wie Kian und ich.

Ist es seltsam, sich zu wünschen, dass die beiden über mich reden? Wie gerne hätte ich ihrer Unterhaltung gelauscht, doch der Lärmpegel in der Cafeteria kommt einem Flugzeugstart gleich, also könnte ich es höchstens mit Lippenlesen versuchen.

Vor zwei Monaten haben wir noch zu viert an unserem Lieblingstisch in der Cafeteria der Fircreek Highschool gesessen. Nichts konnte uns trennen, keine dummen Gerüchte oder sinnlosen Streits. Niemand war in der Lage, uns auseinanderzureißen, außer uns selbst. Kian und ich haben es erreicht, mit unserer Trennung. Oder sollte ich eher sagen: durch seinen Betrug?

Der Breimatsch in meinem Mund klumpt sich zusammen, während ich verzweifelt gegen die Tränen anblinzele, die sich langsam in meinen Augenwinkeln sammeln. Verdammter Kian!

Er ist jahrelang mein Fels in der Brandung gewesen. Mein bester Freund, mein Zuhörer und Ratgeber. Er hat mich zu jedem einzelnen Schulball begleitet und ist mir nie von der Seite gewichen. Unsere Freundschaft war perfekt. Bis ich angefangen habe, *mehr* für ihn zu empfinden. Was für mich überraschend kam, denn zum ersten Mal hatte ich ernsthafte Gefühle für einen Jungen. Bis dahin hatte ich mich eigentlich immer eher für Mädchen interessiert. Kian wusste das natürlich und war daher genauso überrascht von meinem Liebesgeständnis wie ich.

Obwohl ich mich selbst dafür verfluche, kann ich mich noch sehr gut an das Kribbeln auf meiner Haut erinnern, wann immer er mich berührt hat. Als klar wurde, dass auch Kian mehr in mir sah als nur seine Sandkastenfreundin, hätte ich die ganze Welt umarmen können. Ich fühlte mich so glücklich, frei und … vollkommen. Nichts war in der Lage, dieses gemeinsame Glück zu zerstören. Zumindest anderthalb Jahre lang. Denn dann hat Kian etwas getan, was ich ihm niemals verzeihen könnte.

Am liebsten würde ich mein Mittagessen wieder ausspucken, weil ich befürchte, jeden Moment daran zu ersticken. Die Verzweiflung schnürt mir die Kehle zu und zerquetscht meinen Brustkorb. Ungesagte Worte schwirren bis heute in meinem Kopf herum. Nach unserem Bruch habe ich mit niemandem darüber geredet, was geschehen war und wie ich mich fühle. Nicht einmal so richtig mit Xenia, auch wenn sie fast täglich ihre Unterstützung angeboten hat. Xenia war von Anfang an nicht begeistert von der Beziehung zwischen Kian und mir gewesen. Deswegen bin ich immer ausgewichen, wenn sie auf die unschöne Trennung zu sprechen kam. Ich kenne meine beste Freundin. Sie hätte mich nur belehrt und mir vorgehalten, dass sie es von Anfang an gewusst hätte. Ich war allerdings noch nicht bereit, mir diesen Fehler einzugestehen. Mit Yves zu sprechen, habe ich von Anfang an ausgeschlossen. Kian und Yves kennen sich schon seit dem Kindergarten und halten fest zusammen, egal was kommt. Mir ist klar, dass er immer auf der Seite seines Kumpels stehen würde. Also bleibe ich lieber allein. Allein mit meinem zersplitterten Herzen.

Eines lässt sich jedoch nicht bestreiten: Seit der schmutzigen Trennung ist nichts mehr so wie zuvor. Unser Grüppchen, die stärkste Einheit, die ich bis dahin kannte, löste sich von einem Tag auf den anderen einfach auf. Ich denke zurück an die lauen Sommernächte, die wir gemeinsam in Parks oder am Waldrand verbracht haben. An die Abenteuer, die wir gemeinsam am Ufer des Flusses, der durch unseren Ort verläuft, erlebt haben, und an die unzähligen Male, die wir füreinander da waren, wenn jemand Probleme hatte. Dort, wo zuvor unsere Freundschaft gehaust hatte, klafft nun ein riesiges Loch in meinem Inneren. Etwas fehlt. Alles fehlt.

Was haben wir früher eigentlich gemacht, wenn wir uns gestritten haben und wieder vertragen mussten? Die Frage schleicht sich unbewusst in meinen Kopf und beschäftigt mich für eine Weile. Meistens haben wir versucht, vor der Realität zu flüchten und den Grund für den Streit hinter uns zu lassen. Sei es durch einen Campingausflug oder bei einer kleinen Wanderung durch die Wälder der Umgebung. In meinem Kopf male ich mir plötzlich aus, wie wir auch dieses Mal alle gemeinsam um das Lagerfeuer sitzen und gemeinsam lachen nach all den vergangenen Monaten, ohne Zorn, ohne schlechte Gedanken. Wunschdenken.

Allein die Vorstellung, für einen oder zwei Tage vor den Verantwortungen meines Lebens zu fliehen und lediglich eine tolle Zeit mit meinen Freunden zu verbringen, bessert meine Laune. Am liebsten würde ich die Schule sofort verlassen und blind loslaufen. Stattdessen gebe ich mich diesem Tagtraum völlig hin und spiele mit dem Kragen meines Pullovers, wobei ich ziellos vor mich hin starre. Was würde ich geben, um diesem Albtraum zumindest für ein paar Tage zu entkommen …

Meine Träumereien finden ein drastisches Ende, als die Schulglocke direkt über meinem Kopf losschrillt und mich beinahe dazu bringt, entsetzt aufzuspringen. Mein Puls stolpert kurz, doch dann atme ich tief durch, bevor ich meine Aufmerksamkeit zurück auf mein fast unberührtes Mittagessen lenke. Ich hätte nichts bestellen sollen, in der Schule kriege ich im Moment sowieso nichts mehr runter.

Kurzerhand bringe ich das Tablett weg, um nicht zu spät zur nächsten Stunde zu kommen. Bio. Dieser Kurs ist mein persönliches Kryptonit, denn nicht nur Yves hat ihn belegt, sondern auch Kian.

Würde es wohl etwas bringen zu schwänzen? Wahrscheinlich würde es Mr Smith sofort auffallen. Immerhin habe ich schon gut die Hälfte seiner Sitzungen unentschuldigt verpasst. Außerdem kann ich mich nicht ewig vor Kian verstecken. Und wozu auch, ehrlich gesagt? Ich war schließlich nicht diejenige, die alles zwischen uns zerstört hat. Soll er sich doch vor mir verstecken.

Auf dem Weg zum Kursraum verknoten sich meine Organe gefühlt zu einem gigantischen Bündel. Nur wenige Meter vor mir marschiert Yves durch den Gang. Es wäre so leicht, ihn anzusprechen und eine lockere Unterhaltung zu führen. Trotzdem tue ich es nicht. Eine innere Barriere hält mich davon ab und verhindert, dass ich den Kontakt zu meinen Freunden wiederherstelle. Allein der Gedanke, Yves könne wütend auf mich sein, weil ich mich so von der Gruppe distanziert habe, oder irgendwie komisch reagieren, mauert mich ein und macht mich handlungsunfähig.

Ein Seufzen kommt mir über die Lippen, sobald ich den Kursraum betrete und mich auf meinen gewohnten Platz plumpsen lasse. Von hier aus habe ich leider eine perfekte Aussicht auf Yves' Rücken. Kian hat sich noch nicht zum Unterricht bequemt, und wer weiß, vielleicht habe ich heute tatsächlich Glück, und er erscheint nicht. Was allerdings einem Wunder gleichkommen würde.

Für einen Moment überlege ich, ob es sich noch lohnt, zur

Ablenkung mein Smartphone hervorzuziehen und ein bisschen durch meinen Newsfeed zu scrollen. Im nächsten Moment klingelt es jedoch bereits, und nur wenige Sekunden später betritt Mr Smith den Raum, dicht gefolgt von Kian, der wie immer zu spät dran ist und den kompletten weiblichen Teil des Kurses im Schlepptau hat. Sie gleichen einem kichernden, parfümierten und unfassbar nervigen Schatten.

Bei seinem Anblick zieht sich alles in mir zusammen. Mein Blick tackert sich trotz besserem Wissen an ihm fest, obwohl er mich gar nicht beachtet. Wenn man ihn so sieht, könnte man Kian für einen arroganten Eisprinzen halten. Gut aussehend, kühl und unerreichbar. Kaum zu glauben, aber es gibt auch noch eine andere Seite an ihm, die ich nur zu gut kenne. Bis vor Kurzem habe ich nämlich noch seine Wärme und Nähe genossen. Von außen betrachtet kommt er mir inzwischen wie ein anderer Mensch vor. Mein bester Freund wird für mich langsam zu einem Fremden.

Schweigend beobachte ich, wie er sich neben Yves auf dem Stuhl drapiert, als sei er ein verdammtes Model und kein stinknormaler Schüler. Eines muss ich ihm trotz allem lassen: Selbst in der schlichten Jeans-und-Shirt-Kombi, die er heute trägt, sieht er besser aus als die meisten anderen Jungs. Kian könnte einen Kartoffelsack anziehen und vermutlich immer noch als Gesamtkunstwerk durchgehen. Mit seinen schulterlangen blonden Haaren, den hellblauen Augen und dem ebenmäßigen Gesicht grenzt sein Aussehen an Perfektion.

Hör jetzt endlich auf, ihn anzustarren, Brianna! Was ist denn los mit dir? Du solltest es dir selbst verbieten, diesem Mistkerl hinterher zu trauern!

Wenn ich nur halb so entschlossen wäre wie die vernünftige Stimme in meinem Kopf, würde ich mich jetzt nicht in diesem Schlamassel befinden. Es gleicht purer Folter, ihn anzusehen, ihm so nahe zu sein und gleichzeitig so fern. Unglückliche Liebe und trübe Frustration wirbeln durch mich hindurch und stiften nichts als Verwirrung. Was soll ich bloß tun?

»Hey, was geht, Yves?« Kian schenkt seinem Kumpel sein typisches Zahnpastalächeln, mit dem er überall punktet. Seine Stimme jagt einen Schauder über meine Wirbelsäule und erzeugt Gänsehaut auf meinem ganzen Körper. Es ist ein Reflex, den ich nicht kontrollieren kann. Über anderthalb Jahre lang hat mich diese Stimme umschmeichelt, mir Komplimente gemacht und mich jeden Tag begleitet. Und nun sprechen wir so gut wie gar nicht mehr miteinander. Manchmal wünsche ich mir, sie einfach vergessen zu können.

Yves und Kian stecken die Köpfe zusammen und tuscheln über irgendetwas. Garantiert gibt Kian seinem Kumpel Flirttipps für bessere Chancen bei Xenia. Ich muss bei diesem Gedanken unwillkürlich grinsen. Es wäre so typisch für die beiden.

Yves' Blick zuckt nervös hin und her und streift kurz über mich hinweg. Schnell ducke ich mich, um zu vertuschen, dass ich die beiden die ganze Zeit beobachtet habe. Allerdings beachtet Yves mich nicht einmal. Stattdessen flüstert er Kian etwas zu, woraufhin dieser plötzlich ganz still wird.

Jetzt schweigt Kian für eine halbe Ewigkeit, und ich versuche verzweifelt herauszufinden, was hinter seiner gefurchten Stirn vorgeht. Worüber sprechen er und Yves bloß? Es muss etwas Ernsteres als nur ein paar Flirttipps gewesen sein, wenn Kian so reagiert. Normalerweise habe ich keine Probleme damit, seine Gesten zu interpretieren, aber jetzt gerade stellt er ein Buch mit sieben Siegeln für mich dar. Deshalb kann ich nur abwarten und hoffen, dass er sich selbst verrät.

Mir ist durchaus bewusst, wie seltsam ich mich verhalte. Am liebsten würde ich Kian und auch Yves aus meinem Leben schneiden. Gleichzeitig kann ich das Band der Freundschaft, das uns alle miteinander verbindet, noch nicht loslassen. Ich möchte weiterhin ein Teil ihrer Welt sein und wissen, was sie tun. Zugleich wäre ich gerne so weit von den beiden entfernt wie nur möglich.

Ein lautes Seufzen entweicht Kian plötzlich, und er sackt gegen die Stuhllehne. Damit lenkt er nicht nur meine Aufmerksamkeit auf sich. Er öffnet bereits die Lippen, aber bevor er Yves eine Antwort geben kann, vernehme ich ein Räuspern aus dem vorderen Teil des Klassenzimmers.

»Kian, wenn der Stickstoffkreislauf zu langweilig für dich ist, kannst du meinen Kursraum auch gerne verlassen«, fährt Mr Smith ihn an. Er klickt aggressiv mit seinem Kugelschreiber und durchsticht meinen Ex-Freund mit seinen Blicken.

»Nein, das ist nicht nötig. Entschuldigen Sie bitte, Mr Smith«, entgegnet Kian schnell und wirft Yves daraufhin einen erbosten Blick zu, als sei er an der Ermahnung des Lehrers schuld. Hinter mir beginnt eine gesamte Sitzreihe voller Mädels zu kichern, und ich kann nicht anders, als die Augen zu verdrehen. Wenn sie wüssten, wie der verehrte Eisprinz sein kann, würden sie ihn garantiert nicht so anhimmeln.

Schließlich wendet sich unser Biolehrer wieder der Tafel zu, und Kian nutzt direkt die Gelegenheit, um Yves schnell etwas ins Ohr zu raunen. Obwohl ich mich wirklich mit dem Unterricht auseinandersetzen sollte, grübele ich stattdessen die ganze restliche Stunde lang darüber nach, was die beiden miteinander beredet haben könnten.

16:03 Uhr

»Formation! Wir proben noch einmal die Pyramide! Auf eure Position!«, bellt Coach Sanderson durch die Sporthalle und sorgt dafür, dass jede aus unserem zwanzigköpfigen Team zusammenzuckt, inklusive mir. Ich atme schwer, und schwarze Pünktchen tanzen vor meinen Augen, während ich mich mit den Händen auf den Knien abstütze. Nur noch eine Sekunde …

»Brianna! Los, beweg dich!« Ich stöhne auf. Nicht einmal ein kurzes Durchatmen ist mir vergönnt. Wir trainieren schon seit über einer Stunde und hatten gerade die allererste Fünf-Minuten-Pause! Ich weiß, die Meisterschaften stehen kurz bevor, und Couch Sanderson steht unter Druck, aber das hier gleicht purer Folter. Und ich dachte schon, die Biostunde mit Kian und Yves sei schlimm gewesen.

»Ich komme!«, rufe ich zurück und laufe in lockerem Tempo zu meinen Teamkameradinnen hinüber. Sie sehen genauso fertig aus, wie ich mich fühle. Niemand hat sich die Mühe gemacht, die Haare ordentlich hochzustecken oder gar Schminke aufzutragen. Inzwischen wäre sowieso alles vom Schweiß davongeschwemmt worden. Cheerleader geben nach außen hin immer das Bild von perfekten Schönheiten ab, die volle Körperkontrolle besitzen. Doch niemand schaut hinter die Maske oder gar hinter die geschlossenen Türen der Sporthalle, um zu sehen, wie wir monatelang schwitzen und trainieren für unsere Auftritte.

»Auf mein Kommando! Eins, zwei … eins, zwei, drei!« Coach Sanderson beginnt im Takt zu klatschen und uns die Formationen, die wir einnehmen sollen, entgegenzurufen. Innerhalb eines Sekundenbruchteils sind meine körperlichen Beschwerden und meine Kurzatmigkeit Nebensache. Ich muss jetzt funktionieren, um mein Team nicht hängen zu lassen. Wir proben zum zehnten Mal hintereinander die neue Pyramide für unseren nächsten Auftritt, und bisher haben wir sie noch kein einziges Mal richtig hinbekommen.

Wir starten mit einem kurzen tänzerischen Einstieg, bevor ich mich in Position begebe. Als Flyer darf ich jetzt nicht falsch stehen, um keinen Verlust meiner Base zu riskieren. Ich strecke meine Arme in einer V-förmigen Bewegung über den Kopf, bevor ich sie zusammenführe und vor meine Brust recke.

»Brianna! Lächeln!«, peitscht Coach Sandersons Stimme durch meinen Kopf. Ich weiß nicht, ob sie mir den Befehl tatsächlich zuruft oder ob ich ihn inzwischen schon so oft gehört habe, dass ich ihn mir einbilde. Egal, ich schenke ihr auf jeden Fall das breiteste Fake-Lächeln, das ich auf Lager habe. Darin bin ich inzwischen leider sehr geübt.

Schnell beuge ich mich nach vorne und gehe in die Hocke, um genug Schwung zu sammeln für einen halben Rückwärtssalto. Mein Körper kennt die Routine und übernimmt so selbstverständlich die Kontrolle über mein Denken, dass ich kaum realisiere, wie ich mich von der Matte abdrücke und nach hinten katapultiere. Die Welt überschlägt sich und für einen Wimpernschlag lang scheine ich mich in völliger Schwerelosigkeit zu befinden, da ich mein eigenes Gewicht kaum spüre. Im nächsten Moment finde ich mich schon in den Armen von Renee, Maeve und Tammy wieder. Meine Base.

Die drei verschränken ihre Arme unter meinem Körper und sammeln ihre Kraft, um mich wie ein Trampolin wieder in die Luft zu werfen. Ich fliege bestimmt zwei Meter hoch und vollführe einen Tumbler, indem ich mich noch in der Luft um meine eigene Achse drehe.

»Arme eng am Oberkörper im Kreuz verschränken!«

»Fußspitzen gerade halten!«

Wenn ich nicht so beschäftigt damit wäre, all die Anweisungen zu befolgen, könnte ich das überwältigende Gefühl des Fliegens vielleicht sogar genießen. Denn es ist einfach das Beste überhaupt. Ich weiß genau, dass meine Teamkollegen mich immer fangen werden und mir nichts passieren kann. Es hat lange gedauert, bis ich meinen Körper so unter Kontrolle und die

Technik perfektioniert hatte. Ich weiß genau, wie ich mich verhalten muss, um mich schnell genug zu drehen und eine gute Landung zu vollziehen. Bei dieser Pyramide ist allerdings alles anders. Anstatt wie sonst bei meiner Base zu landen, müssen mich die Mädels auf der zweiten Ebene der Pyramide fangen und waagrecht halten.

Eine letzte Drehung, und ich bereite mich auf das Gefangen-Werden vor, indem ich meinen gesamten Körper anspanne. Aber genau in der Sekunde, in der ich eigentlich die schützenden Hände von Olivia und Rachel unter mir spüren sollte, geschieht nichts. Gar nichts. Bevor ich auch nur ansatzweise realisieren kann, was los ist, falle ich auch schon in die Tiefe. Das schwerelose Fliegen verwandelt sich innerhalb eines Augenblicks zu einem Albtraumsturz. Aus einem reinen Instinkt heraus drehe ich mich im Fallen seitlich und halte meine Hände vom Körper weg, um mich nicht abzustützen und einen Bruch zu riskieren. Ich sehe den Aufprall kommen, und trotzdem erschüttert er mich bis ins Mark. Meine Knochen knacken, und mein Kopf prallt auf der Matte auf. Schmerzen zucken durch mein Rückgrat, und ich kann nur gepresst Luft holen, weil mein Oberkörper in Flammen zu stehen scheint. Jeder Atemzug ist pures Feuer. Ein Wimmern kommt über meine bebenden Lippen, weil ich es nicht einmal schaffe, mich auf den Rücken zu drehen. Scheiße, tut das weh …

Nur am Rande bekomme ich mit, wie sich die Formation auflöst und sich das gesamte Team zurückzieht. Wahrscheinlich werden sie von Coach Sanderson gerade in die Umkleide geschickt. Nur zwei andere Cheerleader bleiben in der Halle. Olivia und Rachel. Diejenigen, die mich fallen gelassen haben.

Plötzlich beugt sich eine andere Person über mich, und ich muss mehrfach blinzeln, bis ich sie erkenne. Es ist Max, unser Sportsanitäter. Er hilft mir in eine liegende Position und beginnt langsam, meinen Körper abzutasten. Ich schaffe es, meine Lippen zusammenzupressen und keinen Laut von mir zu geben. Zumindest, bis er an meine rechten Rippen gelangt. Er berührt die Stelle gerade einmal mit seiner Fingerkuppe, als eine Schmerzwelle über mich hinwegspült und ich für einen kurzen Moment den Fokus verliere. Ein kreischender Schrei entfährt mir, so animalisch und laut, dass es für kurze Zeit niemand wagt, auch nur ein Wort zu sagen.

Max lässt sofort von meinen Rippen ab und kontrolliert, ob ich möglicherweise eine Gehirnerschütterung erlitten habe. Dazu leuchtet er mir in die Augen und weist mich an, seinem Zeigefinger zu folgen, den er von links nach rechts bewegt. Zeitgleich stellt er mir einige Fragen, die ich zum Glück ohne Probleme beantworten kann.

»Wie lautet dein Name?«

»Brianna Callister.«

»Wie alt bist du?«

»Siebzehn.«

»Wo wohnst du?«

»In Fircreek.«

»Wie lauten die Namen deiner Eltern?«

»Aubrey und Thomas.«

Die Fragen nehmen scheinbar kein Ende, doch irgendwann steckt Max seine kleine Taschenlampe weg und hilft mir auf, indem er mich an der Hüfte in die Höhe hebt und mir schließlich seinen Arm anbietet, um das Gleichgewicht zu halten.

»Du solltest möglichst schnell einen Arzt aufsuchen. Ich sehe zwar keine Anzeichen für eine Gehirnerschütterung, aber deine Rippen könnten angeknackst sein.«

Ich kann nichts anderes tun, als auf seine Ausführung hin verkniffen zu lächeln und zu nicken. Was habe ich auch für eine Wahl?

Schließlich begeben wir uns zu Coach Sanderson und den Unfallverursachern. Ich ahne schon, was jetzt kommen wird …

»Wie konnte das passieren?«, keift Coach Sanderson gerade los. Ihre strenge Art sorgt dafür, dass selbst ich zusammenzucke, obwohl ich gar nichts falsch gemacht habe. Ich kann sogar aus zwei Metern Entfernung erkennen, wie stark die Pulsader an ihrem Hals pocht. Das ist niemals ein gutes Zeichen.

»Ich weiß nicht … ich habe alles so gemacht wie immer … und dann bin ich gefallen«, sprudele ich hervor und schaue Olivia an. Ihre giftgrünen Augen blitzen wütend auf, aber ich erkenne noch mehr darin: einen Anflug von Triumph. Erneut knirsche ich mit den Zähnen, weil mir die böse Ahnung kommt, dass Olivia meinen Unfall mit Absicht provoziert hat. Natürlich. Leider kenne ich den Grund dafür nur allzu gut.

Sie ist seit Jahren in Kian verliebt. Seit ich mit ihm zusammenkam, macht sie mir das Leben zur Hölle und lässt keine Gelegenheit aus, mich zu schikanieren. Wenn ich nur daran denke, was sie alles getan hat, um Kian und mich auseinanderzubringen … und das mit Erfolg, wie sich schließlich gezeigt hat. Sie hat alles gegeben und ihn für eine Nacht für sich gewonnen. Aber bekommen hat sie ihn deswegen noch lange nicht.

Ein Schwall von Übelkeit steigt in meiner Speiseröhre hoch, und ich muss mich zusammenreißen, um ihr nicht vor die Füße zu kotzen. Kian und sie passen im Nachhinein betrachtet wirklich gut zusammen. Die beiden sind hinterhältig und kennen keine Grenzen, wenn es um den eigenen Egoismus geht.

»Was habt ihr dazu zu sagen?«, giftet Coach Sanderson Olivia und Rachel an.

»Vielleicht hat sie es ja verdient zu fallen«, gibt Olivia grinsend zurück. Hat sie das gerade wirklich gesagt? Ich kann es nicht fassen! Dass sie es wagt, solche Gedanken laut auszusprechen, zeigt nur, wie durchtrieben sie ist. Ich stelle für sie anscheinend nicht die geringste Bedrohung dar.

In der Zwischenzeit nimmt das Gesicht unseres Coaches eine ungesunde rote Färbung an. Es wirkt fast so, als würde ihr gleich der Schädel platzen.

»Ich will so was nie … NIE wieder hören! Verstanden? Ihr seid ein Team, und eure privaten Schwierigkeiten haben hier nichts verloren!«, stellt sie ein für alle Mal klar. Doch ich glaube, Olivia sieht das anders. Auch seit Kian und ich ihretwegen getrennt sind, behandelt sie mich fies und von oben herab und sabotiert immer wieder das Cheer-Training, damit ich schlecht dastehe. Ich verstehe nicht, warum sie das tut. Immerhin hat sie doch längst bekommen, was sie wollte.

»Wir befinden uns kurz vor den Meisterschaften und haben vielleicht endlich die Chance, es aufs Treppchen zu schaffen. Wenn du meinst, unkameradschaftliches Verhalten an den Tag legen zu müssen, habe ich kein Problem damit, dich aus dem Team zu werfen und zu ersetzen, Olivia Hall.«

Das sitzt. Olivias Gesichtsausdruck wechselt innerhalb einer Millisekunde von überlegen zu entsetzt. Wäre ich nicht gerade so beschäftigt damit, meine Schmerzen still zu ertragen, würde ich mich sicher freuen, dass sie endlich mal die Konsequenzen ihrer Taten zu spüren bekommt.

»Das können Sie nicht machen!«, protestiert Olivia mit brüchiger Stimme. Ich beobachte stumm, was als Nächstes geschieht, auch weil ich nicht genug Atem habe, um mich einzumischen.

»Ich kann und ich werde. Gib mir nur noch einen Grund, und du wirst aus dem Team gekickt. Ohne Kompromisse. Eure kleinen Rivalitäten haben bei so einem großen Wettkampf nichts zu suchen, und wenn du dich nicht professionell verhalten kannst, musst du mit den Folgen rechnen. Das ist mein letztes Wort.« Coach Sanderson dreht sich auf der Stelle um und sammelt ihre Unterlagen ein, die sie auf der Trainingsmatte liegen gelassen hat. Olivia sieht mir nicht einmal in die Augen, sondern verschwindet schnell in der Umkleide.

Am liebsten würde ich mich bei Coach Sanderson bedanken, dass sie in solch einer starken Art und Weise zu mir gehalten hat, doch Max lotst mich ebenfalls in Richtung Umkleide und wartet sogar, bis ich mich an der Wand abstützen und Schritt für Schritt selbst hineinhumpeln kann.

Eigentlich habe ich damit gerechnet, Olivia und Rachel dort zu begegnen. Stattdessen entdecke ich jemand anderen auf einer der Bänke. Überrascht bleibe ich einige Sekunden lang stehen und blinzle mehrmals – nur um sicherzugehen, dass sie keine Halluzination meines durchgeschüttelten Gehirns ist.

»Xenia? Was machst du denn hier?« Ich freue mich wirklich, sie zu sehen, auch wenn mich meine Schmerzen fast verrückt machen. Trotzdem wundere ich mich, denn meine beste Freundin hat mich noch nie beim Training besucht, geschweige denn in der Umkleide auf mich gewartet.

Sie springt sofort auf und eilt zu mir herüber, als sie zu bemerken scheint, dass ich mich kaum auf den Beinen halten kann. Ihre Locken wirbeln ihr dabei wie eine Wolke um den Kopf herum, und sie blickt mich plötzlich ganz sorgenvoll an.

»Mir geht es gut …« Die Worte liegen mir bereits auf der Zunge, auch wenn das ganz offensichtlich nicht der Fall ist. Ich schlucke sie hinunter.

Erst vor wenigen Stunden wünschte ich mir nichts sehnlicher, als mit ihr sprechen zu können. Jetzt, wo Xenia tatsächlich vor mir steht, würde ich sie allerdings am liebsten wegschicken. Ich bin zu mitgenommen von dem Unfall.

»Ich wollte dich etwas fragen und hatte keine Lust, vor der Sporthalle zu warten. Aber was zur Hölle ist mit dir passiert?«, fragt sie mich und stützt mich am Ellenbogen, damit ich mich setzen und kurz verschnaufen kann.

»Hast du noch nichts von Smartphones gehört? Du hättest mir deine Frage einfach schreiben können«, keuche ich. Atmen und Sprechen fallen mir immer noch schwer. Hoffentlich haben die Rippen meine Lunge bei dem Sturz nicht verletzt. Das wäre fatal für eine Teilnahme an den Meisterschaften.

»Und das hier ist nicht schlimm. Ich bin nur beim Training gestürzt«, murmele ich schließlich und weiche Xenias Blick aus. Ehrlich gesagt ist mir die ganze Situation unangenehm, weil sie mich so verletzlich sieht. Ja, sie ist meine beste Freundin. Trotzdem hätte ich diesen Anblick gerne vor ihr verborgen, jedenfalls im Moment. Sicher hat sie inzwischen auch die unzähligen blauen Flecken entdeckt, die ohnehin meinen ganzen Körper überziehen. Sie sind die Male meiner Fehler. Falsche Landungen, zu schnelle Starts, zu wenig Koordination und Flüchtigkeitsfehler. Alles hat seinen Preis beim Cheerleading. Jeden Fehltritt spürt man mindestens eine Woche lang. Obwohl der Sport mir so viel abverlangt und mich jedes Mal an meine Grenzen bringt, liebe ich ihn wie am ersten Tag. Das Gefühl des Fliegens, die wahnsinnige Verbundenheit zu meinem Team und natürlich das Adrenalin, das durch meinen Körper pumpt und jeden Auftritt unvergesslich macht.

Überraschenderweise sagt Xenia nichts zu meinen Verletzungen, auch wenn ich deutlich sehen kann, wie sie sich auf die Unterlippe beißt. Stattdessen hilft sie mir aus den Sportsachen und in meine normalen Klamotten hinein. Sie besorgt sogar aus einem Nebenraum ein Kühlpad, das ich vorsichtig gegen meine Rippen drücke. Selbst diese leichte Berührung treibt mir vor Schmerzen die Tränen in die Augen. Aber ich halte durch und verdrücke sie.

»Soll ich mit dir in die Notaufnahme fahren?«, fragt sie mich, und die ehrliche Besorgnis in ihrer Stimme bringt mich zum Lächeln. Das letzte Mal, als sie sich so fürsorglich um mich gekümmert hat, war, als ich komplett verheult vor ihrer Haustür stand. Etwa eine Stunde nachdem Kian und ich Geschichte waren.

»Nein, ich muss mich heute nur ein bisschen ausruhen. In ein bis zwei Tagen bin ich wieder fit, du wirst schon sehen«, versuche ich sie und mich zu beruhigen. Mir ist bewusst, dass ich mich damit gegen den professionellen Rat von Max wende, allerdings kann ich momentan nicht riskieren, krankgeschrieben zu werden. Die Ärzte würden mich mit Schmerzmitteln vollpumpen und mir Bettruhe verordnen. Das kann ich dem Team so kurz vor den Meisterschaften nicht antun. Ich muss performen. Ich *muss* einfach. Selbst, wenn ich die Choreografie unter Schmerzen hinter mich bringe.

»Bist du dir sicher, Bri? Du siehst wirklich … nicht gut aus.« Xenia nuschelt die letzten Worte nur. Es soll nicht verletzend klingen, das weiß ich. Trotzdem versetzt es mir einen kleinen Stich, diesen Satz aus ihrem Mund zu hören. Ich keuche auf und schließe die Augen, bevor ich nach meiner Sporttasche greife und zum Ausgang der Umkleide humple. Doch dann fällt mir etwas ein, und ich bleibe stehen.

»Wolltest du mich nicht etwas fragen?« Ich sehe sie an. Sofort hellt sich die Miene meiner Freundin ein wenig auf.

»Ja! Yves und ich haben am Wochenende einen Campingtrip geplant. So wie früher! Du sollst unbedingt mitkommen.«

Das kommt überraschend. Und es klingt wirklich schön. Verlockend sogar. Ich fühle mich ertappt, weil ich heute Mittag noch von einem Neuanfang geträumt und mir vorgestellt habe, wieder mehr Zeit mit meinen Freunden zu verbringen. Die Idee ist perfekt. Fast schon zu perfekt … Irgendetwas lässt mich zögern, begeistert zuzusagen. Und das offensichtlich zu

Recht, denn Xenias Mundwinkel zuckt verräterisch. Täusche ich mich, oder wirkt sie auf einmal unsicher?

»Was ist der Haken? Du verschweigst mir doch etwas, oder?«, frage ich zögernd. Sofort fällt die überglückliche Farce meiner Freundin in sich zusammen, und Risse bilden sich in ihrer fröhlichen Maske. Ich wusste es. Sie kann mir nichts vormachen.

»Kian wird auch dabei sein.« Sie senkt schnell den Kopf und starrt auf ihre Fußspitzen.

Ihre Worte lassen die Übelkeit in meinem Magen erneut emporschießen, und ich muss mich wirklich zurückhalten, um dem Drang meines Körpers nicht nachzugeben. Säure kratzt in meinem Hals und brennt in meiner Brust. Jetzt weiß ich immerhin, worüber erst Yves und Xenia und dann Yves und Kian in der Schule geredet haben. Sie müssen über das Wochenende gesprochen haben. Und Kian hat offensichtlich nach erstem Zögern zugesagt. Nie hätte ich gedacht, dass mich ausgerechnet so eine Nachricht einmal derart aus der Fassung bringen würde: die Ankündigung, dass ein gemeinsames Wochenende mit Kian geplant ist. Mit Kian, einem meiner besten Freunde und meiner ersten großen Liebe. Kian, der mich verlassen und betrogen hat.

Trotzdem: Unter der Übelkeit spüre ich, wie mein Puls bei seinem Namen in die Höhe schießt. Verdammtes, verräterisches Herz!

»Bitte, sei nicht böse. Yves und ich möchten so gern mal wieder mit euch allen etwas unternehmen. Als Clique, du weißt schon. Ich verstehe, dass du wegen Kian am liebsten ans andere Ende des Landes flüchten würdest, und meinetwegen könnte er auch wegbleiben, aber er ist nun mal Yves' Kumpel. Und immerhin ist es unser letztes Schuljahr. Wenn wir uns zusammenreißen, wird es vielleicht keine Vollkatastrophe. Was sagst du?« Endlich sieht Xenia wieder auf und schaut mir in die Augen. In ihrem Blick liegen so viel Hoffnung und Zuversicht. Ich weiß, wie wichtig Xenia unsere Freundschaft und der Zusammenhalt der Gruppe ist. Sie ist gewissermaßen der Kleister, der uns alle beisammenhält. Wenn ich sie jetzt hängen lasse, verliere ich vielleicht den letzten Bezug zu den anderen und habe nie wieder die Möglichkeit, mich mit Kian auszusprechen. Ich bin noch lange nicht bereit loszulassen.

»Du hast ja recht. Es ist wirklich an der Zeit für eine Veränderung. Die Sache mit Kian macht mir zwar zu schaffen …« Ich beiße mir auf die Unterlippe. »… aber das ist weder deine noch Yves' Schuld. Vielleicht sollte ich wirklich endlich über meinen Schatten springen.« Noch während ich das sage, bereue ich es schon ein wenig. Denn jetzt gibt es keinen Rückzieher mehr. Ich kann mich nicht mehr hinter einer Mauer aus Schweigen und Ignoranz verstecken, sondern muss mich dem Feind stellen.

»Oh danke, Bri! Du weißt gar nicht, wie viel mir das bedeutet. Das Wochenende wird unvergesslich, versprochen.« Xenia zieht mich in eine enge Umarmung, bevor ich protestieren kann. Obwohl ich ihre Nähe wirklich genieße, kann ich ein schmerzerfülltes Ächzen nicht verhindern, sobald sie meine Rippen flüchtig berührt.

»O mein Gott, es tut mir leid! Habe ich dir wehgetan?« Sie weicht schnell von mir ab und begutachtet mich von oben bis unten. Ich versuche, gerade zu stehen, ohne am ganzen Körper zu zittern, und bringe meine Mundwinkel sogar dazu, nach oben zu zeigen.

»Alles in bester Ordnung. Mach dir keine Sorgen um mich.« Meine Stimme wackelt so sehr, dass ich mich nicht einmal selbst von meinen Worten überzeugen kann.

Xenia begleitet mich daraufhin noch bis zum Parkplatz. Hier trennen sich unsere Wege, denn sie wohnt am anderen Ende der Stadt. Obwohl ich heute mit dem Auto meines Dads fahren darf und sie bei ihr zu Hause absetzen könnte, besteht sie darauf, den Bus zu nehmen, damit ich schneller heimkomme.

»Melde dich, wenn du heile angekommen bist, ja?«, meint sie nun schon zum hundertsten Mal. Ich schicke sie mit einem zaghaften Lächeln fort, bevor ich die Autotür öffne und auf dem Ledersitz zusammenklappe. Mein Körper kann nicht mehr. Ich lasse den Kopf für einen Moment auf das Lenkrad sinken, um durchzuatmen.

Ich kann das schaffen.

Ich *muss* es schaffen.

Ich bin mir selbst noch nicht im Klaren darüber, ob ich damit die Autofahrt meine oder das Cheer-Training oder das Aufeinandertreffen mit Kian.

SAMSTAG, 13. APRIL

15:23 Uhr

Ich fasse es nicht. Ich tue es wirklich! Insgeheim habe ich gehofft, dass irgendetwas mich daran hindern würde, an diesem Campingtrip teilzunehmen. Sei es Xenias strenger Dad, meine eigenen Eltern oder der nahende Weltuntergang. Alles wäre mir recht gewesen.

Stattdessen hat Xenias Vater nicht nur dem Campingtrip zugestimmt, sondern uns für den Notfall sogar die Schlüssel für seine Jagdhütte versprochen. Mom und Dad waren ganz begeistert von der Idee, vermutlich weil sie das komplette Wochenende durcharbeiten können, ohne dass ich sie störe. Obendrein bewegt sich heute keine einzige Wolke über den strahlend blauen Himmel. Das Universum hat sich offiziell gegen mich verschworen.

»Freust du dich schon, Kleine?«, fragt mein Dad vom Fahrersitz aus und wirft einen Schulterblick zurück zu mir. Er hat sich zum Glück bereit erklärt, mich zu Xenia zu fahren. Ich weiß nicht, ob ich es mit meinen schmerzenden Rippen geschafft hätte, einen Rucksack durch die halbe Stadt zu schleppen. Denn trotz aller guten Ratschläge bin ich mit meiner Verletzung nicht zum Arzt gegangen. Ich habe nicht einmal meinen Eltern von dem Sturz erzählt. Die Angst, zur Schonung verdonnert zu werden, war zu groß. Nein, auf gar keinen Fall werde ich zum Arzt gehen. Mein Körper kann sich sehr gut selbst heilen.

»Total, das wird sicher fantastisch«, sage ich und zwinge meine Mundwinkel nach oben. Zum Glück bemerkt Dad den Sarkasmus hinter meinen Worten nicht und richtet seine Aufmerksamkeit wieder auf die Straße. Als Xenias Haus in Sicht kommt, reiße ich die Tür auf, noch bevor das Auto vollständig zum Stehen kommt. In einer ruckartigen Bewegung, die ich sofort bereue, ziehe ich den Rucksack zu mir heran. Der Schmerz in meinem Brustkorb bricht wie eine Welle über mir ein und raubt mir für einen Augenblick die Luft. Ich schnappe nach Sauerstoff und presse die Zähne zusammen. Warte auf den Moment, in dem der Schmerz langsam abebbt und sich nur noch als dumpfes Pochen äußert.

»Danke fürs Fahren, Dad!«, rufe ich nach vorne und warte seine Antwort gar nicht erst ab. Dann knalle ich die Tür hinter mir zu. Hoffentlich hat er nichts von meinem Schwächeanfall mitbekommen. Nein, offensichtlich nicht. Er hupt zwei Mal schnell hintereinander, bevor er mich in einer Abgaswolke stehen lässt. Ich sehe ihm nach: Die Versuchung, dem Auto hinterherzurennen, ist unermesslich groß.

»Ich hätte nicht gedacht, dass du wirklich auftauchst«, vernehme ich eine tiefe Stimme hinter mir. Sie klingt amüsiert. Ich muss mich nicht umdrehen, um zu wissen, wer dort steht. Für einen kurzen Moment erstarre ich, bevor ich mich zusammenreiße.

»Bilde dir bloß nichts drauf ein«, grummle ich, bevor ich mich hastig umwende und an Kian vorbeistiefele. Ich bin definitiv nicht in der Stimmung, mich mit ihm auseinanderzusetzen. Die körperlichen Schmerzen sind gerade so stark, dass sie meinen seelischen durchaus Konkurrenz machen. Gerade kann ich nur mit einem umgehen.

Entschlossen gehe ich einfach an ihm vorbei und schenke weder seinem bohrenden Blick noch seiner für einen Campingausflug vollkommen ungeeigneten Montur Beachtung. Lediglich seinem Duft kann ich nicht entkommen. Es ist bloß ein Anflug von Minze, das reicht jedoch völlig aus, um alte Erinnerungen zu wecken und mich mental in eine Zeit zu katapultieren, in die ich nicht mehr zurückkehren will. Jedenfalls heute nicht. Ich habe Xenia versprochen, mich zusammenzureißen, und das werde ich auch.

Ohne zu zögern, stoße ich das kleine Tor zum Vorgarten der Familie Chadburn auf und stapfe in Richtung der Haustür. Noch bevor ich die Klingel betätigen kann, schwingt die Tür nach innen auf und offenbart eine strahlende Xenia. Ich kann ihr förmlich ansehen, wie sehr sie sich diesen Moment herbeigesehnt hat.

»Hey, da seid ihr ja!«, begrüßt sie uns überschwänglich, während ihr Blick hinter uns wandert. Ich drehe mich um. Auch Yves hat sich inzwischen in den Vorgarten gesellt und winkt Xenia zu.

Kian wirkt geradezu gelangweilt und nickt nur in Xenias Richtung. Er trägt einen klobigen Schlafsack unterm Arm, sieht aber ansonsten so aus, als wäre er gerade in einem Designerladen shoppen gewesen und nicht auf dem Weg zu einem Campingtrip. Die helle Hose und das ordentlich gebügelte Hemd werden diesen Ausflug bestimmt nicht überleben.

Ich habe mir immerhin die Mühe gemacht, meine alten Wanderschuhe hervorzukramen. Das ist zumindest ein Fortschritt im Vergleich zu Kian. Der Einzige von uns, der jedoch wirklich so etwas wie Vorfreude versprüht, ist Yves. Sein Grinsen und das Leuchten in seinen dunkelbraunen Augen stecken mich sofort an, weshalb ich sogar über den schlecht gelaunten Kian hinwegsehen kann. Yves war schon immer derjenige, der die Stimmung der Gruppe am meisten lenken konnte.

Hinter Xenia schiebt sich ihr Vater in den Türrahmen und lässt ein müdes Stöhnen hören. »Na dann mal los«, grummelt er. »Ihr könnt eure Sachen schon ins Auto bringen.«

Mr Chadburn ist kein redseliger oder sanfter Mann. Er besitzt eine stumme Fassade, hinter der sich Strenge und Disziplin verbergen. Xenia erzählte mir vor einer Weile, dass die letzte Umarmung ihres Vaters mindestens fünf Jahre her sein muss. Der Gedanke macht mich traurig und verpasst meiner Stimmung einen weiteren Dämpfer. Xenia hätte so viel mehr verdient.

Meine Freundin lotst uns zur Garage. Widerwillig muss ich zugeben, dass der SUV ihres Vaters perfekt für Geländefahrten geeignet ist und der große Kofferraum genug Platz für all unsere Rucksäcke bietet. Nachdem ich meine Habseligkeiten verstaut habe, rutsche ich auf die Rückbank des Wagens. Tatsächlich zittern meine Hände ein wenig vor Nervosität, weshalb ich zwei Versuche brauche, um mich anzuschnallen. Im Wagen riecht es nach Leder und Rauch. Ich ziehe kurz die Nase kraus, weil ich den Gestank von Zigaretten nicht leiden kann, sage jedoch nichts.

Yves und Kian nehmen ebenfalls auf den Rücksitzen Platz, während Xenia den Beifahrersitz belegt. Yves positioniert sich genau in der Mitte zwischen Kian und mir, als wolle er im Falle eines Streits sofort dazwischengehen können. Darüber braucht er sich allerdings keine Gedanken zu machen, denn ich bin schwer damit beschäftigt, aus dem Fenster zu starren, obwohl dort fürs Erste nicht mehr zu entdecken ist als die Betonwände der Garage. Eine unangenehme Stille legt sich wie eine Decke über uns, wodurch das letzte bisschen Normalität langsam, aber sicher im Keim erstickt wird.

Ich bemerke, wie Xenia gerade den Mund aufmachen will, um so etwas wie eine Unterhaltung zu beginnen, als ihr Vater die Autotür aufreißt und sich auf den Fahrersitz fallen lässt. Er hustet schwer, und anhand der Duftfahne, die er mit uns in den Wagen sperrt, erkenne ich, dass er gerade noch schnell eine Zigarette geraucht haben muss.

Bevor irgendwer etwas sagen kann, dreht Mr Chadburn schon das Radio auf. Irgendein Countrysong pustet uns beinahe das Trommelfell weg. Ein eindeutiges Zeichen: Er will seine Ruhe haben. Auch die anderen scheinen die Körpersprache unseres Fahrers richtig zu deuten, denn niemand wagt es, auch nur in seine Richtung zu schauen. In meinem Inneren rumort es, und ich habe das Gefühl, aus dem Auto springen zu müssen, so überfordert fühle ich mich von der Situation.

Doch ich behalte die Kontrolle und lege eine neutrale Maske über mein Gesicht. So biete ich niemandem eine Angriffsfläche. Am wenigsten Kian.

Die Fahrt zum Campingplatz ist noch schlimmer, als ich sie mir ausgemalt habe. Statt zu quatschen und uns auszutauschen, sitzen wir alle angespannt im Wagen und schauen zu, wie die Landschaft an uns vorbeizieht und die städtische Umgebung sich langsam immer mehr wandelt. Von Wohngebieten und Hochhäusern zu Alleen mit größeren Anwesen und schließlich zu einer immer ländlicher werdenden Umgebung. Die Fahrt dauert mindestens zwanzig Minuten, und jede einzelne davon fühlt sich an wie eine Ewigkeit.

Sobald ich das erste Schild sehe, welches den Weg zum Campingplatz anzeigt, würde ich am liebsten erleichtert aufatmen. Bald ist es geschafft!

Nur kurze Zeit später kommt der Wagen mit einem Quietschen auf dem Schotterplatz zum Stehen und wirbelt eine gigantische Dreckwolke auf. Ich kann gar nicht schnell genug die Tür aufreißen und aus dem Auto springen. Der braune Staub brennt mir in den Augen, aber das ist mir egal. Freiheit! Luft! Abstand zu Kian!

Der Rest der Gruppe folgt mir langsam aus dem Auto. Kian achtet von selbst darauf, immer einen Sicherheitsabstand von mindestens drei Metern zu mir einzuhalten. Ich frage mich wirklich, wie wir die Autofahrt so gut überstehen konnten.

Xenia öffnet den Kofferraum und hievt gemeinsam mit Yves das Gepäck raus. Seine Hand streift dabei mehrmals versehentlich ihren Arm. Ohne dass ich es verhindern kann, schleicht sich ein Lächeln auf meine Lippen, und Wärme kriecht in mein verklemmtes Herz. Es ist schön zu sehen, dass die beiden sich trotz allem langsam näherkommen. Ich würde mich wirklich aufrichtig für meine Freundin freuen und kann mir gut vorstellen, wie sie sich gerade fühlt. Bestimmt flattert ihr Herzschlag wie die Flügel eines Schmetterlings. Denn genauso habe ich empfunden, kurz bevor Kian und ich langsam zueinander gefunden haben. Leider wird dieses zarte Gefühl auf ewig durch seinen dreckigen Verrat befleckt sein.

Einerseits hoffe ich, dass Xenia nicht die gleichen Fehler macht und ihren besten Freund an die Liebe verliert. Doch Yves ist ganz anders gestrickt als Kian. Er ist zwar schüchterner, in sich gekehrter, aber dafür viel empathischer und berechenbarer. Yves wird oft unterschätzt, weil er so still ist, kann aber jeden zum Lachen bringen und bietet mindestens genauso oft seine Schulter zum Ausheulen an. Mit seiner braunen Haut, den bernsteinfarbenen Augen und dem dunkel gelockten Haar ist er zudem genau Xenias Typ. Bei der nächsten Gelegenheit muss ich sie unbedingt mal auf ihre Beziehung zu Yves ansprechen. Ob sie sich wohl so richtig ernsthaft in ihn verliebt hat?

Meine Freundin neigt dazu, sich durch Zweifel und Ängste davon zurückhalten zu lassen, ihre Gefühle zu zeigen. Sie haben sich bereits so tief in ihren Verstand gefressen, dass sie oftmals ihr Verhalten beherrschen. Angst ist nicht mehr als ein lästiger Parasit, den man beseitigen muss. Das musste ich ihr bereits mehr als einmal deutlich machen.

Bevor ich mich wieder in meinen Gedanken verlieren kann, erhebt sich die donnernde Stimme von Xenias Vater über uns. Der stählerne Ausdruck seiner fast schwarzen Augen lässt mich am ganzen Körper versteifen. Während er spricht, hält er seiner Tochter einen Schlüsselbund entgegen.

»Hier, die sind für die Hütte. Sie sind aber nur für den absoluten Notfall. Ich warne dich, Xenia, wenn ihr irgendetwas anrührt oder kaputt macht …« Seine Stimme ist so scharf wie eine Rasierklinge, die mich von innen heraus aufschlitzt und jeden Atemzug zu einer Herausforderung macht, obwohl ich nicht einmal direkt angesprochen bin.

»Ich werde dich nicht enttäuschen«, erwidert Xenia leise und senkt den Kopf, um ihm nicht länger in die Augen sehen zu müssen. Ihr Vater schnauft nur, bevor er sich von uns abwendet und zurück zum Auto geht. Der Kies knirscht unter seinen Schuhen und erinnert mich unwillkürlich an das Geräusch brechender Knochen.

Der Schock darüber, wie dieser Mann seine eigene Tochter behandelt, lässt mich bloß dastehen und zusehen. Am liebsten würde ich irgendwas sagen, irgendwas tun, das helfen könnte, doch die Bestürzung raubt mir jegliche Macht. Kaum zu fassen, dass sich meine beste Freundin jeden Tag mit diesem Verhalten auseinandersetzen muss. Erst als der SUV nicht mehr zu sehen ist, komme ich langsam wieder klar.

»Nichts für ungut Xenia, aber dein Dad ist echt Angst einflößend«, grummelt Kian. Für einen kurzen Moment bin ich ihm so dankbar für den Kommentar, dass ich ganz vergesse, wie wütend ich eigentlich auf ihn bin. Ein hohles Lachen stolpert über Xenias Lippen und echot durch meinen Kopf.

»Wem sagst du das …«, meint sie tonlos. Sie klingt so verloren, dass ich sie am liebsten in die Arme nehmen würde. Doch bevor das geschehen kann, geht Yves dazwischen und legt ihr die Hand auf die Schulter. Ich beobachte aus dem Augenwinkel, wie sich ihre Miene wieder ein bisschen aufhellt. Ja, ich würde sagen, die Chancen für die beiden stehen gut.

»Aber wir haben es überstanden. Jetzt beginnt unser gemeinsames Abenteuer!« Yves wirkt so euphorisch, und für einen Moment stelle ich seine geistige Gesundheit infrage. Bemerkt er wirklich nicht, wie unangenehm diese ganze Situation ist? Oder tut er nur so und setzt einfach gerade alles daran, dass dieser Ausflug nicht zu einem kompletten Desaster wird?

»Komm, Kian, wir gehen vor. Falls du den Weg zu unserem Stammplatz noch kennst…«, zieht Yves seinen Kumpel auf.

»Machst du Witze? Wir waren jeden Sommer hier, seit der ersten Klasse. Ich würde den Weg blind finden.«

»Dann beweis es!«

Während die beiden Jungs rumalbern, ihr Gepäck einsammeln und sich auf den Weg machen, hefte ich mich an Xenias Fersen. Gemeinsam schlendern wir mit einigen Metern Sicherheitsabstand hinter den beiden her. Ich sage kein Wort. Das ist überhaupt nicht meine Art. Normalerweise ist es nie still zwischen uns, aber jetzt gerade hängt jede ihren eigenen Gedanken nach.

»Hey, ist alles in Ordnung?«, fragt Xenia nach einer Weile neben mir leise, damit weder Yves noch Kian etwas davon mitbekommen.

»Ach, ich bin nur nachdenklich. Ich weiß nicht, ob das hier wirklich die richtige Entscheidung war. Bald stehen die Meisterschaften an, und ich sollte mich auf das Training konzentrieren und …«, setze ich an, um mich irgendwie aus den Fängen ihrer Frage zu winden. Denn eigentlich ist absolut gar nichts in Ordnung.

»Du suchst aber jetzt nicht nach einer Ausrede, um wieder nach Hause fahren zu können, oder?«

Sofort brodeln Schuldgefühle in mir auf und verbrühen mein Innerstes. Ich hätte den Mund halten und einfach sagen sollen, dass alles gut ist.

»Nein. Nein, so ist das nicht …« Ich bin nicht in der Lage, den Satz zu Ende zu führen, und so hängt er eine Ewigkeit zwischen uns.

»Dann beweis mir und den anderen, dass du unsere Freundschaft genauso sehr retten willst wie ich.«

16:25 Uhr

Ich hätte nicht gedacht, dass ich noch so etwas wie Spaß bei diesem Ausflug haben würde. Heute Morgen machte es eher den Eindruck, als würde das Wochenende ein einziges *Cringe*-Fest werden. Yves und Xenia beweisen mir jedoch immer wieder, wie falsch ich gelegen habe. Wenn Kian nicht hier wäre, wäre es perfekt. Zum Glück gibt es in der freien Natur genug Platz, um sich gegenseitig aus dem Weg zu gehen.

»Brianna! Kommst du mit? Wir brauchen Holz für das Lagerfeuer!«, brüllt Xenia, und ich recke den Daumen nach oben, um ihr zu signalisieren, dass ich dabei bin. Der Campingplatz ist abgesehen von uns vieren völlig ausgestorben. Wir sind bisher nur dem Ranger begegnet, der diesen Teil des Waldes überwacht. Er meinte, dass gerade Nebensaison sei und deswegen so wenige Leute da wären. Mir soll es recht sein, immerhin haben wir so unsere Ruhe. Ich will mich gerade auf den Weg zu Xenia machen, als ich plötzlich eine flüchtige Berührung am Arm spüre.

Bitte, lass es nicht Kian sein. Bitte, bitte, bitte.

»Hey, können wir kurz reden?« Seine Stimme löst sofort ein schmerzliches Ziehen in meinem Herzen aus. Scheiße.

»Was willst du? Ich dachte, wir ignorieren uns«, zische ich und drehe mich nicht einmal zu ihm um. Hauptsächlich, damit er nicht die blanke Panik in meinen Augen sehen kann. Er kennt mich so gut, bestimmt könnte er mir meine Gefühle ohne Probleme ansehen, und das will ich vermeiden. Denn dann würde er erkennen, dass ich noch lange nicht über ihn hinweg bin.

»Ich habe gehofft, wir könnten noch mal miteinander reden«, flüstert er, wahrscheinlich um die Aufmerksamkeit der anderen nicht auf uns zu ziehen. Was unnötig ist, denn Yves ist gerade mit allen Händen beschäftigt, unser Zelt aufzubauen, und Xenia wartet zwanzig Meter entfernt auf mich.

»Es ist bereits alles gesagt, Kian. Ich bin es leid, mit dir zu diskutieren. Zwischen uns wird es nie mehr so sein wie früher. Ich kann dir nicht mehr vertrauen.« Ich entziehe mich seiner Berührung, und sogleich weicht ein gigantischer Druck von meiner Brust. Endlich kann ich wieder atmen.

In den letzten Wochen hat Kian immer wieder meine Nähe gesucht, er hat mich auf dem Flur abgefangen oder stand sogar plötzlich vor meiner Haustür. Er versuchte immer wieder, sich dafür zu entschuldigen, dass er mich mit Olivia betrogen hat. Er meint, das Ganze habe nichts zu bedeuten und dass er mich immer noch lieben würde. Offensichtlich haben wir beide völlig verschiedene Vorstellungen von Liebe. Meine geht anscheinend viel tiefer als seine, denn ich kann nicht vergessen, was er mir angetan hat. Auf jeden Fall brauche ich Zeit. Wir beide brauchen Zeit. Mit etwas Glück können wir vielleicht irgendwann wieder so etwas wie Freunde werden, allerdings ist es dafür noch zu früh.

Ich sammle mich kurz, bevor ich Kian stehen lasse und zu Xenia aufschließe. Sie hat bereits einige Meter auf einem Trampelpfad in den Wald hinein zurückgelegt. Um mich ein wenig aufzuheitern, zupfe ich an ihrem lockigen Haar und setze eine unschuldige Miene auf, sobald sie sich zu mir umwendet. Das habe ich bereits als Kind getan, um sie zu ärgern. Ihr gespielt wütender Blick ist einfach zu witzig. Xenia versucht, sich zu rächen, und will an meinem langen Pferdeschwanz ziehen, aber ich bin schneller als sie und springe aus dem Weg. Ihre hartnäckigen Versuche lassen ein tiefes Lachen aus meinem Mund sprudeln.

»Das ist unfair!«, grummelt Xenia nach mehreren fehlgeschlagenen Versuchen empört. »Du bist Sportlerin. Ich verlange ein gerechtes Match!«

»Du musst dich eben mehr anstrengen«, entgegne ich mit einem Zwinkern, woraufhin sie nur die Augen verdreht.

»Ich spare meine Kräfte lieber fürs Holzschleppen.«

Nach diesem kurzen Schlagabtausch laufen wir schweigend nebeneinanderher. Die Bäume und Sträucher um uns herum verschlucken jedes Geräusch, weshalb uns bloß der Duft von Harz und Holz umgibt. Warmes Licht dringt durch das Blätterdach und taucht unseren Weg in goldenen Schein. Ich hätte nicht gedacht, dass mich der Wald so erden würde. Hier zwischen den gigantischen Baumstämmen kommen mir meine Sorgen weit entfernt und unbedeutend vor.

»Wir sollten öfter herkommen«, breche ich die Stille schließlich. Xenia nickt bloß. Ich frage mich, ob sie genauso fühlt wie ich und ob der Wald sie genauso einnimmt.

»Für Anfang April sind die Temperaturen geradezu sommerlich«, entgegnet sie trocken. So sachlich und analytisch, wie ich sie schon seit Jahren kenne. Darauf kann ich in diesem Moment nichts erwidern. Xenia sagt häufig Dinge, auf die ich keine Antwort weiß. Sie hat richtig was im Kopf und ist garantiert die Schlauste von unserer Truppe. Sie kennt sich in vielen Bereichen gut aus. Besonders in Bezug auf Computer und Technik kann ihr niemand das Wasser reichen. Vor Kurzem hat sie mir sogar erzählt, dass sie in das begehrte Sommerprogramm der Yale University aufgenommen wurde. Natürlich will sie dort nach unserem Abschluss auch studieren. Manchmal habe ich das Gefühl, niemals mit ihr mithalten zu können. Ihre Intelligenz ist beeindruckend, sie sieht gut aus und zudem strahlt sie eine Wärme aus, durch die man sich in ihrer Gegenwart einfach wohlfühlen muss. Ich hingegen wirke mit meinem dunklen Haar und den moosgrünen Augen relativ unscheinbar. Das Einzige, was mich von den anderen abhebt, ist meine Sportlichkeit. Mal sehen, was ich daraus mache, aber eines steht fest: Nach Yale werde ich es damit definitiv nicht schaffen. Meine Cheerleading-Karriere endet wahrscheinlich mit dem Highschool-Abschluss, und bis dahin muss ich etwas finden, was ich für den Rest meines Lebens machen will. Kein Druck, gar kein Druck.

Nach wenigen Minuten erreichen wir endlich die öffentliche Holzsammelstelle. Hier ist es möglich, Äste und Zweige mitzunehmen oder auch zu bringen und sie anderen Campern zur Verfügung zu stellen. Es lassen sich heute sogar ein paar Baumstammreste finden, die mit einer Axt zerhackt wurden. *Perfekt!*

Ich klaube einige Äste zusammen, während Xenia sich zwei Holzscheite unter die Arme klemmt. Auf dem Rückweg beginnen meine Muskeln bereits nach wenigen Metern schmerzhaft zu ziehen, und meine Sehnen spannen sich an. Es hilft auch nicht, dass ich gerade eher nach Luft schnappe, als wirklich zu atmen, wegen der wiederkehrenden Schmerzen in meinem Brustkorb. Vielleicht habe ich es ein bisschen übertrieben, aber das kann ich vor Xenia nicht zugeben, denn dann wüsste sie sofort, dass ich nicht zum Arzt gegangen bin. Entschlossen beiße ich die Zähne zusammen und lege ein straffes Lauftempo vor, um schnell wieder am Campingplatz zu sein. Xenia schnauft hinter mir lautstark, weil sie versucht, mit mir Schritt zu halten.

»Hetz doch nicht so, Bri!«, beschwert sie sich, doch ich grunze lediglich zur Antwort. Die Luft entweicht pfeifend aus meinen Lungen.

Nach kurzer Zeit erreichen wir zum Glück wieder den Platz, an dessen Rand die Jungs inzwischen zwei Zelte aufgebaut haben. Würden wir wie damals in der Grundschulzeit alle in einem Zelt pennen, würde ich freiwillig draußen im Dreck schlafen.

Mit einem lautem Keuchen biege ich meine steif gewordenen Finger auseinander und lasse die Äste laut polternd neben der Feuerstelle zu Boden fallen. Xenia tut es mir gleich, und die Zweige segeln durch die Gegend. Ich betrachte meine rot angelaufenen Handflächen, in die sich die Struktur der Rinde hineingebohrt hat. Harz klebt an meinen Fingern, ebenso vertrocknete Blattreste. Na super.

»Was ist denn das da vorne?«, fragt Yves plötzlich, während ich noch damit beschäftigt bin, meine Hände irgendwie von dem lästigen Klebezeug zu befreien. Verwirrt folge ich seinem Zeigefinger, der in Richtung der Baumwipfel deutet. Tatsächlich bildet sich langsam, aber sicher eine Wolkenfront am Horizont, die eine beunruhigende graue Färbung angenommen hat.

»Vielleicht wird das nur ein kurzer Schauer«, versucht Kian die Situation zu entschärfen. Mir entfährt ein Schnauben, woraufhin ich einen irritierten Seitenblick kassiere. Ganz im Ernst, dieses Auftürmen von dunklen Wolkenmassen sieht nicht nach einem lauen Frühlingsregen aus, sondern eher wie ein heftiges Unwetter.

»Da kommt bestimmt ein Gewitter auf uns zu. Im Frühjahr ziehen sie in dieser Gegend sehr plötzlich auf, halten aber meist nicht lange an. Kein Grund zur Panik, würde ich sagen«, meint Xenia. Trotz ihrer gelassen klingenden Worte erkenne ich, wie unruhig sie wird. Sie zwirbelt an ihren Haarspitzen herum und zieht die Augenbrauen nachdenklich zusammen. Wenn sich selbst unser Superhirn unsicher ist, ist wohl wirklich Grund zur Sorge angesagt.

»Sollten wir den Ausflug abbrechen und uns abholen lassen?«, hake ich nach, doch alle schütteln entschieden den Kopf. Damit bin ich wohl überstimmt.

»Wir können uns in der Jagdhütte meines Vaters einrichten. Dort sind wir vor Regen geschützt, und es gibt sogar einen kleinen Kamin, in dem wir Feuer machen können. Aber wir sollten uns beeilen, wenn wir nicht nass werden wollen.« Xenias Vorschlag klingt vernünftig. Außerdem sind wir gerade einmal ein paar Stunden hier, und wir haben eben erst das ganze Holz zum Campingplatz geschleppt. Die Anstrengung soll nicht umsonst gewesen sein.

Ich beobachte den immer düsterer werdenden Horizont. Der Sturm zieht schnell heran, schneller als gedacht. Hoffentlich haben wir genug Zeit, uns vorzubereiten.

»Na dann mal los.«

17:14 Uhr

Wir haben es noch nicht ganz geschafft, alles zu verstauen und ordentlich zusammenzupacken, als das Unwetter bereits über uns hereinbricht. Es ist knapp eine halbe Stunde her, seitdem Yves uns zum ersten Mal auf die nahende dunkle Wolkenmasse aufmerksam gemacht hat. Der Sturm wälzt über uns hinweg und spült uns fast hinfort. Regen peitscht uns um die Ohren, und von dem sonnigen Frühlingsnachmittag ist nichts mehr zu sehen. Innerhalb weniger Minuten scheint der Weltuntergang zu nahen. Ich kann gerade noch meinen Regenponcho umlegen, bevor ich bis auf die Knochen durchnässt werde.

Kian brüllt Befehle, auf die sowieso niemand hört, während Yves versucht, unser Holz zusammenzusammeln. Xenia geht währenddessen mit zwei Rucksäcken voraus und weist uns den Weg zur Jagdhütte. Angeblich soll sie nur wenige Fußminuten vom Campingplatz entfernt liegen.

Windböen zerren an meiner Kleidung und werfen mich beinahe um, aber Yves greift rechtzeitig meine Hand und hält mich fest. Gemeinsam kämpfen wir uns durch den brüllenden Wind, lehnen uns gegen den wirbelnden Regen auf und bleiben beisammen, obwohl Dunkelheit über uns hereinbricht und selbst das letzte bisschen Sonnenlicht raubt. Kaum zu glauben, dass vor Kurzem noch schönstes Wetter geherrscht hat.

»Sind wir bald da?«, ruft Kian stöhnend von hinten. Ich muss mir auf die Zunge beißen, um keinen dummen Spruch zu erwidern. Kian hat schon immer blöde Fragen gestellt. Aber für spöttische Streitereien ist nun wirklich nicht der richtige Moment. Ich balle meine freie Hand zur Faust und konzentriere mich einzig und allein auf meine nächsten Schritte.

»Wie lange dauert das denn noch? Das Holz ist verdammt schwer!« Jetzt reicht es. Kians quengelnder Tonfall ist wie Benzin, das meinen Zorn aufflammen lässt.

»Jetzt halt die Klappe, verdammt noch mal!«, brülle ich mit meiner gesamten Lungenkapazität gegen den Sturm und Kian an. Ich fühle mich, als würde ich Feuer speien. Und es tut verdammt gut. »Siehst du nicht, dass wir uns hier alle abmühen? Sei endlich still!«

Ich wende ihm wieder den Rücken zu und kann nicht anders, als die Sprachlosigkeit, welche auf meinen Ausbruch folgt, zu genießen. Um uns herum tobt der Sturm weiterhin, auch wenn der in meinem Inneren sich ein wenig gelegt hat. Äste und Zweige knarren und knacken um uns herum, während der Wind Blätter und Dreck durch die Gegend wirbelt.

»Wir haben es gleich geschafft!«, gibt Xenia nach einer Weile durch, obwohl ein Luftzug ihr die Worte von den Lippen reißt, sodass ich sie kaum verstehe. Nur wenige Sekunden später wird die Dunkelheit des Himmels plötzlich von einem grellen Blitz erhellt, bevor sich die Finsternis wieder umso drückender auf uns senkt. Wir halten alle inne. Zählen.

Einundzwanzig, zweiundzwanzig, dreiundzwanzig, vierundzwanzig, fünfundzwanzig … dreißig.

Erst jetzt grollt der Donner über uns hinweg und sickert wie eine Warnung in unser Gehör. Zum Glück ist das Gewitter nicht direkt über uns. Noch nicht …

»Der Sturm ist nicht mehr weit entfernt, wir sollten uns beeilen!«, verkündet Yves, und ich stimme ihm voll und ganz zu. Meine Wut gegenüber Kian ist inzwischen völlig verpufft und von etwas ganz anderem ersetzt worden: Furcht.

Ich spüre überdeutlich, wie meine Knie schlottern und meine Beine zittern. Obwohl ich meinen Körper durch das harte Cheerleading-Training gut unter Kontrolle habe, kann ich diesem Urinstinkt absolut gar nichts entgegensetzen. Mein Gehirn scheint nur noch einen Instinkt zu kennen: Flucht!

Es erfordert all meine Anstrengung, nicht die Beine in die Hand zu nehmen und so viel Abstand zwischen mich und das nahende Gewitter zu bringen wie nur irgend möglich. Schließlich siegt meine Vernunft, denn ich weiß natürlich, dass ich bei der Gruppe bleiben muss, um in Sicherheit zu gelangen. Also setzen wir uns wieder in Bewegung und ziehen weiter.

Nachdem wir etwa zwanzig Meter zurückgelegt haben, kommt endlich von Xenia der erleichterte Ausruf: »Da vorne ist es!«

Sofort fällt jegliche Anspannung von mir ab, und meine verkrampften Muskeln lockern sich ein wenig. Sobald ich die Hütte erblicke, kann ich gar nicht anders, als vor Freude eine Träne zu verdrücken. Durch den starken Regen fällt der kleine Tropfen in meinem Augenwinkel zum Glück nicht weiter auf.

Wir sprinten gemeinsam zu der spärlichen Behausung. Auf dem Dach befindet sich sogar ein klapprig aussehender Blitzableiter, halleluja!

Xenia hält den Schlüssel schon griffbereit, sodass wir alle ins Innere der Hütte flüchten können. Schnell findet sie den Lichtschalter und sperrt gleich darauf Regen und Wind aus, indem sie die Tür mit einem Knall zuschlägt und abschließt. Ihre Wangen sind gerötet und ihre Haare völlig zerzaust. Vermutlich sehe ich genauso aus, wenn nicht sogar schlimmer. Ich schniefe. Was für ein furchtbarer Start ins Wochenende!

»Seid ihr alle wohlauf?«, fragt Yves, und jeder nickt betreten. Draußen wütet der Sturm weiter, und ich sehe durch eines der kleinen Fenster, wie ein weiterer Blitz in der Ferne einschlägt. Dieses Mal zähle ich die Zeitspanne bis zum Donner nicht mit, um mich nicht noch wahnsinniger zu machen. Ich hasse Gewitter so sehr, dass es mir schon fast peinlich ist. Die Blitze, das Donnergrollen … allein der Gedanke daran sorgt dafür, dass ich mich am liebsten in eine Decke einrollen und abwarten würde, bis der Sturm überstanden ist.

»Ihr könnt das Holz hier ablegen«, ergreift Xenia das Wort. Sie führt die Jungs zu einem Kamin, der einen Großteil des Raumes einnimmt, und deutet daneben. Das Ding wirkt uralt, und Schmauchspuren zieren das Glas, welches vor der direkten Flamme schützen soll. Yves und Kian schmeißen die Äste und

Holzstücke neben den Kamin, woraufhin Xenia beginnt, sich einzelne Teile herauszusuchen, die vom Regen einigermaßen verschont geblieben sind. Mit einem Feuerzeug, das, seiner Staubschicht nach zu urteilen, schon Ewigkeiten auf der Ablage der Feuerstelle liegt, und einem Stück Zeitung schafft sie es tatsächlich, eine Flamme zu entfachen, die auf die Holzscheite übergeht. Staunend beobachte ich meine Freundin. Ich wusste gar nicht, dass sie so was kann.

»Fertig!«, verkündet Xenia, während sie die Glasfront des Kamins schließt und glücklich auf das Feuer starrt. »Früher sind wir mit meinem Vater viel öfter hier gewesen. Er hat mir beigebracht, wie man selbst Feuer macht und solche Sachen«, erklärt sie, als sie meinen fragenden Blick bemerkt. Das tanzende Flammenlicht beruhigt mich seltsamerweise und verleiht der kleinen Hütte etwas Heimeliges. Das Knacken und Knistern der Holzscheite übertönt für einen Moment sogar das Tosen des Sturms.

»Am besten ziehen wir uns erst mal die nassen Sachen aus und etwas Trockenes an, damit sich niemand erkältet. Schlafsäcke und Matten könnt ihr auf dem Boden verteilen, wie es am besten passt. Aber macht bitte nichts kaputt. Ihr wisst ja, dann kriege ich ein ernsthaftes Problem mit meinem Vater.« Ihr heiseres Lachen wirkt aufgesetzt. Sie hat mir nie erzählt, was es mit dem Verhalten ihres Vaters wirklich auf sich hat, aber die unsichtbaren Narben seiner Ablehnung trägt sie bis heute. Meistens versteckt sie diese erfolgreich, doch manchmal blitzen sie auf und machen mir bewusst, dass Xenia mir trotz all der Jahre, die wir befreundet sind, dieses Geheimnis nie wirklich anvertraut hat. Bisher habe ich mir immer selbst erschlossen, wie zerrüttet das Verhältnis innerhalb ihrer Familie ist. Ich weiß nicht, ob ich darüber traurig oder enttäuscht sein sollte.

Seufzend reiche ich ihr meinen vor Nässe triefenden Poncho. Yves und Kian geben ebenfalls ihre Hoodies und Sweatshirts an Xenia ab. Yves trägt immerhin noch ein Shirt unter seinem Pullover, wohingegen Kian nun mit nacktem Oberkörper dasteht. Der Anblick überrumpelt mich so sehr, dass mir heiß und kalt zugleich wird. Unzählige Erinnerungen prasseln auf mich ein. Leidenschaftliche Küsse und Nächte, gemeinsame Erinnerungen voller Liebe und Zuneigung. Und dann der Moment, in dem alles endete.

Mir bleibt nichts anderes übrig, als den Kopf abzuwenden und stattdessen in die Flammen des Kamins zu schauen, um meine erstarrte Seele wieder zu erwärmen.

Xenia wuselt währenddessen um uns herum, drapiert die nassen Klamotten auf zwei Stühlen, die im hinteren Teil der winzigen Hütte stehen, und versorgt uns alle mit Wasserflaschen. Ich rolle meine Isomatte und den Schlafsack möglichst nah am Kamin aus, um heute Nacht wenig vom Gewitter mitzubekommen. Yves und Kian tun es mir nach, sodass ich mich im Anschluss um Xenias Schlafsachen kümmere. Sie selbst durchsucht die Schränke nach etwas Essbarem, da unser Vorhaben, über dem Lagerfeuer zu grillen, nun wortwörtlich ins Wasser gefallen ist. Mit einem triumphierenden Schrei schlägt sie die Schranktür zu und wedelt mit zwei Konservendosen in der Luft herum.

»Ich habe unser Abendessen gesichert! Es gibt Ravioli mit Tomatensoße«, verkündet sie und zaubert mir mit ihrer positiven Art ein Lächeln aufs Gesicht. Im Moment kann ich mir nichts Himmlischeres vorstellen als eine warme Portion Ravioli.

Xenia stöbert ein weiteres Mal in Schränken und Schubladen herum, bevor sie einen Campingkocher und einen Dosenöffner hervorkramt. Kurz darauf blubbert auch schon der Doseninhalt vor sich hin und eine tomatige Duftwolke weht zu uns herüber. Wie auf Kommando beginnt Yves' Magen lautstark zu knurren, was sich witzig anhört. Noch witziger sind sein entsetzter Gesichtsausdruck und das plötzliche Lachen, das auf einmal aus ihm herausbricht. Und damit ist der Bann gebrochen. Das Lachen kitzelt von innen nun auch an meinem Brustkorb, bis es unaufhaltsam aus mir herausströmt und mich mitreißt. Auch Kian und Xenia fallen mit ein, und für einen winzigen Sekundenbruchteil spüre ich die alte Verbundenheit zwischen uns. Es tut so gut, gemeinsam zu lachen. Sich nahe zu sein und wieder zusammenzufinden. Diese Erkenntnis stimmt mich euphorisch. Trotz des schweren Unwetters erhellt sich mein Gemüt langsam wieder.

Nachdem wir uns alle eingekriegt haben, verteilt Xenia Suppenteller mit Ravioli, bevor sie die zweite Konservendose aufwärmt. Noch nie in meinem Leben haben matschige Nudeltaschen so gut geschmeckt.

»Ich finde, wir sollten diesen Abend nutzen und ihn nicht einfach nur ertragen!«, nuschelt Kian mit vollem Mund, und zum ersten Mal seit langer Zeit stimme ich ihm bei etwas zu. »Wir sollten auf uns anstoßen! Auf unsere Freundschaft.«

Bei den letzten Worten wirft er mir einen fragenden Blick zu, als wolle er herausfinden, ob dieser Begriff immer noch auf uns beide zutrifft. Können wir noch Freunde sein? Oder haben wir uns inzwischen zu Fremden entwickelt? Ich versuche, trotz der leisen, zweifelnden Stimme in meinem Kopf zu lächeln und es aufrichtig wirken zu lassen. Kian scheint zu verstehen und erwidert die Geste erleichtert.

»Hat dein Vater hier etwas zu trinken gelagert, Xenia?«, fragt Kian nun, und ich sehe, wie meiner Freundin augenblicklich jegliche Farbe aus dem Gesicht weicht.

»Ich … ich weiß nicht, vielleicht?«, murmelt sie unsicher, und ich spüre förmlich, wie unangenehm ihr die Situation ist. Trotzdem wird sie Kian nichts entgegensetzen. Er war schon immer so etwas wie unser Anführer und ist von Natur aus ein Alphatier. Deshalb springt er nach Xenias Aussage auch sofort auf die Beine und durchsucht die wenigen Regale und Schränke in der Hütte. Am liebsten hätte ich ihn ermahnt, vorsichtig zu sein, allerdings will ich den gerade erst gewonnenen Frieden nicht sofort wieder zerstören.

»Bingo!«, ruft er von der anderen Seite des Raumes und reckt triumphierend eine Flasche mit bräunlich schimmernder Flüssigkeit in die Luft.

»Ist das etwa Whisky?«, fragt Yves ungläubig mit einem Blick auf Xenia, die nur ratlos mit den Schultern zuckt.

»Der steht da bestimmt schon ewig«, wendet sie ein, allerdings schenkt ihr Kian keine Beachtung. Stattdessen kramt er vier Gläser hervor und schenkt jedem von uns etwas ein. Natürlich ext er sein eigenes Glas sofort und schenkt sich nach. Ich erinnere mich daran zurück, wie oft Kian betrunken oder vielleicht sogar high war, während wir zusammen waren, und sofort vergeht mir die Lust auf Alkohol.

»Kommt schon, Leute! Schaut doch nicht so trübselig drein. Lasst uns Spaß haben!«, grölt er und bringt damit wenigstens Yves zum Grinsen.

»Wie wäre es mit einem Spiel?«, schlägt Xenia vor. Okay, das hätte ich jetzt nicht von ihr erwartet. »So etwas wie *Wahrheit oder Pflicht*. Nur dass man, statt eine Pflicht zu erfüllen, etwas trinken muss.« Sie macht diesen Vorschlag bestimmt nur, um Kian in den Griff zu bekommen und um Yves zu gefallen. So wie sie ihn anschaut, scheint sie wirklich verknallt in ihn zu sein. Um sie zu unterstützen, spiele ich gerne mit.

»Das klingt witzig. Wie lauten die Regeln?«, frage ich.

»Ganz einfach, durch Flaschendrehen stellen wir zwei Personen fest. Die erste Person muss sich zwischen *Wahrheit oder Pflicht* entscheiden, und die zweite Person darf eine Frage zur

Wahrheit stellen. Aber man darf sich nicht umentscheiden, sobald man die Frage gehört hat. Entweder man wählt von vornherein das Trinken oder die Wahrheit«, erklärt Xenia. Ich sehe sofort, dass Kian die Idee sehr gefällt. Das Funkeln in seinen Augen intensiviert sich, und er lässt sich schnell neben uns auf den Schlafsäcken nieder.

»Na dann mal los! Wer ist als Erstes dran?« Ich kann gar nicht glauben, dass dieser fast zwei Meter große Typ sich so aufgeregt verhält wie ein Kleinkind. Manchmal frage ich mich wirklich, wieso ich eigentlich mit ihm zusammen war. Denn erst jetzt beginne ich zu begreifen, wie sehr wir uns voneinander unterscheiden.

Yves legt eine leere Wasserflasche in die Mitte auf den Boden und schaut einmal in die Runde: »Bereit?«

Noch bevor irgendjemand antworten kann, hat er schon mit seinem Handgelenk Schwung geholt und bringt die Flasche zum Drehen. Während ich dem Plastik beim Rotieren zuschaue und rätsele, wen das Schicksal als Erstes treffen könnte, überkommt mich der Gedanke, dass das hier eine ganz furchtbare Idee ist …

18:55 Uhr

Alle im Raum halten die Luft an. Ich beobachte die Flasche, die auf dem Boden ihre Kreise dreht, und muss das Bedürfnis unterdrücken, sie festzuhalten, um das Spiel zu beenden. Das flaue Bauchgefühl verschwindet nicht, sondern verstärkt sich immer mehr. Als der Flaschenkopf schließlich in Xenias Richtung deutet, muss ich ein erleichtertes Aufatmen unterdrücken.

»Wahrheit oder Pflicht, Xenia?«, fragt Yves ein wenig provokant in ihre Richtung und schenkt ihr ein warmes Lächeln.

»Wahrheit«, antwortet sie, während sie seinem Blick standhält. Ich hätte mich vermutlich genauso entschieden, um nichts trinken zu müssen.

Yves will gerade ein weiteres Mal seine Hand zur Flasche ausstrecken, wahrscheinlich um diese möglichst zielsicher in seine eigene Richtung zu manövrieren, damit er selbst Xenia die Frage stellen kann. Jedoch verpasst Kian seinem Freund einen Schlag auf den Handrücken. Der Schmerz lässt Yves erschrocken aufschreien.

»Ah! Verdammt, Kian! Wofür war das denn?«, geht er ihn sofort an, aber sein Kumpel grinst bloß vielsagend.

»Xenia muss ihren Fragensteller selbst durch das Flaschendrehen bestimmen, du Idiot!«, stellt Kian klar. Mit weit aufgerissenen Augen versucht Yves, ihm zu verstehen zu geben, dass er ihm gerade einer Chance beraubt hat, Xenia durch eine passende Frage näherzukommen. Dieses kindische Versteckspiel ist so verkorkst, am liebsten würde ich den Kopf darüber schütteln.

Stattdessen schaue ich dabei zu, wie Xenia nun zur Plastikflasche greift und diese mit wenig Schwung anstößt. Mein Blick tackert sich an den Flaschenkopf, und ich bete zu allen Göttern inklusive Odin, dass ich nicht die Auserwählte bin. Meine Unlust, bei diesem Spiel mitzumachen, steigt ins Unermessliche. Aber natürlich habe ich völlig vergessen, dass sich das ganze Universum gegen mich verschworen hat. Die blaue Plastikkappe der Flasche zeigt genau in meine Richtung.

»Wie lautet deine Frage?«, meint Xenia unschuldig, und ich kann ihr ansehen, dass die Situation auch ihr nicht ganz geheuer ist. Denkt sie etwa, ich würde sie vor allen anderen bloßstellen? Komm schon, Xenia. Wir sind so lange miteinander befreundet, natürlich reite ich dich nicht in irgendeinen Mist rein!

»Was war dein erster Eindruck von uns allen?« Die Frage

fällt mir spontan ein, weil mich die Antwort wirklich interessiert. Xenia scheint erleichtert zu sein, denn ihre Schultern sacken einige Zentimeter hinab, und die Sorgenfalte auf ihrer Stirn verschwindet.

»Also bei Kian war ich mir sicher, dass er nie ein Wort mit mir wechseln würde. Er war schon damals als Kind ein Draufgänger und extrem selbstbewusst.« Kian wirkt geschmeichelt von Xenias Worten, denn es bilden sich kleine Grübchen an seinen Wangen. Früher habe ich aus Spaß immer hineingekniffen und mich spielerisch beschwert, wieso er so perfekt ist. Inzwischen weiß ich, dass das ganz und gar nicht der Fall ist.

»Bei dir, Brianna, ist es sehr lange her, das war ja in der ersten Klasse. Aber ich glaubte damals, du wärst eingebildet und zickig. Aber du hast ganz normal mit mir gesprochen und wolltest meine Freundin sein. Das hat mich wirklich überrascht.«

Ich blinzle verblüfft. Niemals hätte ich gedacht, dass Xenia so ehrlich mit uns sein würde. Offenbar nimmt sie dieses Spiel wirklich ernst. Ihre Worte gleichen einem kurzen, elektrischen Schlag, der mich wachrüttelt und mich daran erinnert, wie froh ich sein kann, so eine aufrichtige Freundin an meiner Seite zu haben. Ein leiser *Awww*-Laut dringt mir über die Lippen, bevor ich meine Arme um sie lege und sie einmal fest an mich drücke. Ihre Nähe tut gut. Sie schenkt mir neue Zuversicht. Vielleicht ist heute Abend noch nicht alles verloren. Nachdem wir uns voneinander lösen, zieht sie die Augenbrauen leicht zusammen und nickt mir unauffällig zu. Eine kurze Geste, die einem geheimen Zeichen gleichkommt. Sie versteht, wie schwer mir die Situation hier fällt, und spricht mir auf ihre leise Art Mut zu.

»Und Yves …« Die Art und Weise, wie sie sich von mir abwendet und ihn anschaut, macht ihn offensichtlich fast wahnsinnig. Er wippt mit dem rechten Fuß. Ein sicheres Zeichen, dass Yves nervös ist. »… dich fand ich schon von Anfang an wirklich süß. Ich wusste irgendwie instinktiv, dass ich mich gut mit dir verstehen würde.« Ihre Worte erzeugen ein sanftes Lächeln auf meinen Lippen. Bestimmt lassen sie auch Yves' Herzschlag in die Höhe schnellen. Er greift als Reaktion darauf zu seinem Whiskyglas und leert es in einem Zug. Diese Tatsache spricht auf jeden Fall für sich. Es muss ihn schlimmer erwischt haben, als ich bisher dachte.

»Nächste Runde?«, fragt Xenia, und wir nicken zustimmend. Die kommenden Stunden verbringen wir mit lautem Lachen, gelegentlichen unschuldigen Geständnissen und der Whiskyflasche von Xenias Dad. Nur Kian schaut immer wieder zu seinem Smartphone, als würde er auf eine Nachricht warten. Ich versuche, es zu ignorieren, dennoch weckt es eine alte Wut in mir. Während wir zusammen waren, hing er auch andauernd an seinem Handy, um Dinge zu klären, von denen ich nichts zu wissen bräuchte. Ich versuche, den aufkommenden Zorn in einem weiteren Glas Whisky zu ertränken. Blöd nur, dass dieser eher als Brandbeschleuniger dient.

Das geht so lange, bis der letzte Tropfen der braunen Flüssigkeit den Flaschenhals verlässt und wir nur noch die Wahrheit wählen können. Xenia und ich sind beide noch einigermaßen bei Verstand und könnten vielleicht sogar als nüchtern durchgehen, aber Yves und Kian haben so oft die Pflicht der Wahrheit vorgezogen, dass sie tatsächlich schon lallen.

Mein Bauch beginnt zu rumoren, und mich befällt plötzlich ein schlechtes Gefühl, das definitiv nicht vom Whisky stammt. Es ist wie eine Ahnung oder ein schlechtes Omen. Wäre ich die Heldin in dieser Geschichte, hätte ich hier und jetzt das Spiel abgebrochen und auf mein Bauchgefühl gehört. Doch der Alkohol vernebelt meinen Verstand, und so sehe ich einfach tatenlos dabei zu, wie sich die Flasche erneut dreht und mich auserwählt.

Für einen Moment scheint die Welt stillzustehen, und selbst der Sturm außerhalb der Hütte ist nur noch als laues Lüftchen wahrnehmbar. Zum ersten Mal an diesem Abend entscheide ich mich dafür, nicht länger den Tatsachen auszuweichen. Stattdessen suche ich die Konfrontation. Etwas Unbestimmtes wandelt sich in mir. Der Wunsch, endlich Gerechtigkeit zu erfahren. Ich will die Entschuldigung und die Erklärung hören, die ich schon so lange verdiene.

Mein Blick fokussiert Kian. Das freudige Leuchten in seinen Augen ist inzwischen einer Dunkelheit gewichen, die sich voll und ganz auf mich konzentriert. Mein Magen zieht sich zusammen. Ich sollte das, was jetzt kommt, verhindern und aufhalten. Aber ich kann es einfach nicht. Mein Körper und meine Gedanken sind wie voneinander getrennt. Obwohl mein Verstand gegen mein Vorhaben ankämpft, öffnen sich meine Lippen und stellen die Frage, von der ich genau weiß, dass sie Kian nicht gefallen wird.

»Warum hast du mich mit Olivia betrogen? Was hat sie, was ich dir nicht geben konnte?« Da. Ich habe es laut ausgesprochen. Den Grund für unsere Trennung. Meine Frage ist nur ein Flüstern, und trotzdem erschüttert sie unsere ganze Welt. Sie schlägt in unserer Mitte ein wie ein Blitz und setzt uns alle unter Spannung. Keiner traut sich zu sprechen, sich zu bewegen oder gar zu atmen. Alle Blicke sind auf Kian gerichtet, und ich beobachte genau, welche Wandlung in meinem Ex-Freund vorgeht. Seine Augenbrauen ziehen sich zusammen, und der Blick aus seinen blauen Augen wird eiskalt. Es passiert innerhalb eines Wimpernschlags.

»Ich wähle Pflicht«, grummelt er bloß, und für einen Moment sagt keiner etwas. Aber so funktioniert dieses Spiel nicht.

»Es gibt nichts mehr zu trinken. Und die Regeln besagen, dass du mir eine Antwort schuldig bist«, schieße ich zurück. Ich werfe einen auffordernden Blick zu Xenia, die mich verzweifelt anstarrt. Was soll das? Warum unterstützt sie mich nicht? Will sie mich etwa hängen lassen? Sieht sie nicht, wie Kian versucht, sich aus der Affäre zu ziehen? In meinem Kopf schwankt und dreht sich alles. Trotzdem verliere ich nicht den Fokus: Ich will eine Antwort!

»Ich spiele nicht mehr mit. Das ist doch bescheuert!«, braust Kian nun so laut auf, dass wir allesamt zusammenzucken und ich ein Stück zurückweiche.

Kian schlägt sogar Yves' Hand fort, die er beruhigend auf seine Schulter legen will. Sein giftiger Blick durchbohrt nun auch ihn wie ein Speer.

»Lasst mich alle in Ruhe! War das alles hier bloß eine Farce, um mich zum Reden zu bringen? Ihr habt das extra eingefädelt, oder?« Er feuert nun seine Blicke in die gesamte Runde ab und sorgt mit seinen Worten dafür, dass ich gegen Tränen anblinzeln muss. Warum tut er das? Ich will doch nur Antworten. Ich will wissen, warum er unsere Beziehung einfach so weggeworfen hat. Ob sie ihm nicht einmal ansatzweise so viel bedeutet hat wie mir?

Xenia rückt sofort an meine Seite und versucht, mich mit geflüsterten Worten zu trösten, die ich nicht verstehe. Mein Kopf ist allerdings zu sehr damit beschäftigt, die Situation zu erfassen. Es gelingt mir einfach nicht. Keiner sagt etwas, und ich traue mich ebenfalls nicht, das Schweigen zu brechen.

»Nicht einmal du hältst zu mir, Yves! Weißt du was? Ich scheiß auf unsere Freundschaft! Seht doch zu, wie ihr klarkommt, ich bin weg!« Kian stemmt sich in die Höhe und schaut auf uns hinab, als seien wir bloß Ameisen, die er jede Sekunde mit den Fußsohlen zertreten würde. Nebenbei greift er zu seinem Hemd und der noch immer völlig durchnässten Jacke. Will er etwa die Hütte verlassen? Ist er völlig wahnsinnig geworden?

Der Alkohol spricht zwar aus ihm, trotzdem treffen mich seine Worte. Kian und ich sind seit der Grundschule eine unzertrennliche Einheit gewesen. Er hat mir gezeigt, was es bedeutet, bedingungslos für jemanden da zu sein. Die Tatsache, dass er gerade sein wahres Gesicht zeigt, fühlt sich an, als würde jemand mein Herz entzweireißen.

Emotionen wirbeln durch meinen Kopf, beherrschen mein Denken und mein Handeln. Und der Drang, alles wiedergutmachen zu wollen. Langsam kämpfe ich mich neben ihm in die Höhe. Sofort macht sich der Alkohol bemerkbar. Meine Sicht schwankt, und ich muss mich am Fensterbrett festklammern, um nicht wieder zusammenzusacken.

»Kian, ich bitte dich, beruhige …«

»Sag mir jetzt nicht, dass ich runterkommen soll! Ihr seid alle so falsch! Ich dachte, dieses Wochenende sollte uns dabei helfen, wieder zusammenfinden. Da habe ich mich wohl getäuscht.« Seine gelallten Worte lassen uns alle zu Statuen erstarren. Stellt er gerade wirklich unsere jahrelange Freundschaft infrage? Unsere Beziehung ist gescheitert, aber was hat das Ganze mit Xenia und Yves zu tun?

Ich will etwas sagen, aber die Worte stecken irgendwo in meiner Luftröhre fest – wie Klumpen aus Schuld und Zorn, die mich zu ersticken drohen. Das Schweigen scheint für Kian Beweis genug zu sein. Er stapft in Richtung Tür und stößt sie mit seiner Schulter auf. Ich befürchte schon, dass er sie aus den Angeln reißt, so viel unterdrückte Wut scheint in seinen Muskeln festzusitzen. Erst jetzt realisiere ich, was er plant.

»Kian! Geh da nicht raus, es regnet noch, und du wirst dich verirren und …« Xenias Einwand wird von ihm mit einer lästigen Handbewegung unterbrochen. Ich kenne den entschlossenen Ausdruck in seinen Augen. Wenn Kian erst mal eine Entscheidung gefällt hat, ist er nur sehr schwer wieder davon abzubringen.

Draußen wütet immer noch das Gewitter, viel heftiger als zuvor. Wir müssen uns im Zentrum des Sturms befinden. Alle paar Minuten wird der Himmel von Blitzen zerfetzt, und fast im selben Moment knallt der Donner in unseren Ohren. Der Wind fegt durch die Hütte und reißt jedes bisschen Wärme, welches der Ofen in den letzten Stunden erzeugt hat, mit sich hinaus in den Wald. Nachtschwarze Finsternis sickert in den Raum und zugleich durch meine Haut in mein Herz hinein.

Kians stahlblaue Augen und die Wut darin sind das Letzte, was ich wahrnehme, bevor er die Hütte verlässt und von der Nacht verschluckt wird. Yves stößt einen Fluch aus, und Xenia schießt sofort in die Höhe, um zur Tür zu laufen. Sie späht hinaus in die Dunkelheit, ruft seinen Namen und beschwört Kian, zurückzukehren. Er bleibt jedoch verschwunden. Ich selbst stehe unter Schock. Ich kann nicht glauben, dass dieser Idiot tatsächlich da draußen sein verdammtes Leben riskiert! Er ist betrunken und emotionsgesteuert und … er braucht unsere Hilfe.

Denn obwohl Kian mich mit seinem Betrug verletzt hat, spüre ich die Verantwortung, die ich für ihn trage. Ich muss ihm helfen.

»Wir müssen ihn zurückholen«, eröffne ich den anderen und bin selbst überrascht darüber, wie gefasst ich klinge. »Wir dürfen ihn nicht einfach dort draußen herumlaufen lassen. Ihm könnte sonst was passieren bei dem Wetter.«

»Was schlägst du vor?«, fragt Xenia. Ich sehe die Entschlossenheit in ihrer aufrechten Haltung und die Vernunft in ihren Augen aufblitzen. Sie war schon immer diejenige von uns, die in jeder noch so kritischen Situation am rationalsten denkt. Dass sie nun auf meinen Rat wartet, zeigt nur, wie sehr sie mir als Freundin vertraut.

»Er wird bestimmt versuchen, zurück zum Campingplatz zu kommen. Vielleicht versucht er jemanden anzurufen und lässt sich abholen. Aber durch den Sturm könnte er die Orientierung verlieren. Am besten teilen wir uns auf und suchen ihn in verschiedenen Richtungen – vorsichtig natürlich, damit wir uns nicht selbst verlaufen.«

Xenia scheint kurz zu überlegen, nickt meinen Vorschlag dann aber ohne Widerworte ab.

Ich spüre die Last der Verantwortung wie einen zentnerschweren Betonblock auf meinen Schultern. Die Eskalation der Situation und Kians Verschwinden sind meine Schuld. Wenn ich nicht so sehr auf die Wahrheit gepocht hätte, wäre er vielleicht noch hier. In Sicherheit. Ich beiße mir auf die Unterlippe und hadere mit mir. Ja, Kian hat einen gigantischen Fehler gemacht. Aber ich kann dennoch nicht zulassen, dass ihm etwas geschieht. Sobald er sich wieder in der Hütte befindet, kann ich weiter wütend auf ihn sein. Aber jetzt gerade hat seine Rettung Priorität.

Innerhalb einer Minute ziehen wir unsere Regenponchos und Wanderschuhe an und sind bereit für die große Suche. Ausgestattet mit unseren Smartphonelampen begeben wir uns nach draußen in den Sturm.

Der Wind zerrt an meiner Kleidung und heult in meinen Ohren. Als Xenia andeutet, welchen Weg ich und welchen Yves nehmen soll und welchen sie selbst absuchen wird, kann ich ihre Stimme kaum verstehen, weil der Donner ihr die Worte von den Lippen reißt. Weder der peitschende Regen noch der orkanartige Wind oder die regelmäßig einschlagenden Blitze könnten mich jetzt noch aufhalten.

»Kian, halte durch. Ich komme«, flüstere ich in die Nacht

und hoffe, dass der Wind die Worte zu ihm trägt. Obwohl ich ihn gerade eigenhändig erwürgen könnte vor Wut, mache ich mir Sorgen. Denn irgendwo tief in mir, unter Trauer und Frust vergraben, verbirgt sich immer noch ein Hauch von Liebe für diesen Jungen.

Sofort machen wir uns auf den Weg. Ich schlage einen der Wanderwege ein, die tiefer in den Wald führen, und achte penibel darauf, nicht vom Weg abzukommen. Es ist lebensgefährlich, bei solch einem Unwetter in den Wald zu rennen. Trotzdem führt kein Weg daran vorbei, wenn wir Kian finden wollen.

Mit jedem Schritt über den matschigen Boden und mit jedem Regentropfen wird mein Herz schwerer. Aus meinem vorsichtigen Gehen wird nach und nach ein hastiges Laufen. Der Schein der Lampe zuckt über den Boden und unterscheidet sich kaum von den Blitzen über meinem Kopf. Donner grollt ununterbrochen über die Baumwipfel hinweg und lässt meine Knochen vibrieren.

»Kian!«, schreie ich gegen die Naturgewalt an. »Kian! Wo bist du?« Meine Rufe verhallen im Nichts.

Plötzlich überfallen mich verrückte Gedanken. Was, wenn Kian längst am Campingplatz von jemandem abgeholt wurde? Oder was, wenn er gar nicht gefunden werden will, sondern uns einfach nur ins Freie locken wollte, um uns zu ärgern? Wäre Kian dazu imstande in seinem betrunkenen Zustand? Will er vielleicht Xenia, Yves und mir nur eins reinwürgen? Nein … oder?

Meine Schritte werden langsamer, und das Schmatzen meiner Schuhsohlen wirkt plötzlich so unendlich laut. Der Regen rinnt über meine Wangen, was sich anfühlt, als würde mich jemand mit kalten Fingerspitzen berühren. Mein Atem geht so schwer, dass sich weiße Wolken vor meinem Gesicht materialisieren. Bei der Kälte hier draußen kann niemand die Nacht unbeschadet überstehen. Dieser Gedanke verstärkt nur meinen Entschluss: Ich muss ihn finden!

23:45 Uhr

Der Tod

Ein Schrei zerfetzt die Nacht.

So laut, dass kein Donner ihn übertönt. So verzweifelt, dass keine Seele in der Nähe ihn ignorieren könnte. So endgültig, dass der Tod nicht weit entfernt sein kann.

In diesem Augenblick bleiben fünf Herzen stehen, doch nur eines schlägt nicht weiter. Drei Menschen stolpern suchend durch die Nacht, verfolgt von Blitzen und Stürmen und Albträumen. Und eine vierte Person verbirgt sich in der Dunkelheit.

23:46 Uhr

Äste und Zweige knacken unter meinen Schritten. Mein Atem geht nur stoßweise, und trotz Lampe finde ich mich nicht zurecht. Ich bin vom Weg abgekommen und schlage mich nun quer durch das Dickicht, während um mich herum die Welt untergeht. Plötzlich tut sich vor mir eine Lücke im dicht bewachsenen Wald auf, sodass ich aus den Büschen und Sträuchern ins Freie stolpere. Endlich!

Ich nehme einen tiefen Atemzug und keuche vor Erleichterung auf. Die Angst, mich verirrt zu haben, war zum Glück unbegründet. Neben mir vernehme ich ein Ächzen, und nur wenige Sekunden später schält sich Yves aus den Schatten der Nacht. Seine Kapuze ist ihm vom Kopf gerutscht, und der Regen durchnässt seine Haare komplett, wodurch sie wirken wie flüssige Tinte, die an seinen Schläfen hinabrinnt. Ich eile auf ihn zu und lasse mich sogar von ihm umarmen.

»Hast du auch …«, setze ich an.

»Den Schrei gehört? Allerdings«, vollendet Yves meinen Satz. Seine Worte reichen aus, um die Angst wie Gift durch meine Adern pumpen zu lassen. Sie verätzt meine Gedanken und lähmt mich. Bitte, bitte lass es nicht Kian gewesen sein, der sich die Seele aus dem Leib geschrien hat!

»Xenia? Xenia?«, brüllt Yves in die Nacht hinein. Ein Blitz jagt über den Himmel und taucht sein Gesicht in einen unheilvollen Schein, sodass ich vor ihm zurückschrecke, bevor ich mich beherrschen kann.

»Ich bin hier drüben!« Xenia kann nicht weit entfernt sein. Ihre Stimme klingt dünn und zittrig. Die Umrisse ihres quietschgelben Regenponchos schälen sich wenige Meter hinter uns aus dem Dickicht. Kurz darauf steht sie vor uns und schaut uns mit weit aufgerissenen Augen an. Der Schock steht ihr ebenfalls ins Gesicht geschrieben. Sie muss den Schrei auch gehört haben.

Yves und ich tauschen einen schnellen Blick, bevor er Xenias Hand ergreift und sie in die Richtung zerrt, aus der der Hilferuf ertönte. Ich stolpere hinter den beiden her. Mein Kopf ist völlig leer gefegt, mein Körper reagiert rein intuitiv. Der stechende Schmerz in meinen Brustkorb ist plötzlich wieder da, aber ich presse lediglich meine Hand auf die Verletzung und renne weiter. Kians Leben ist wichtiger.

Wir haben gerade einmal zwanzig Meter zurückgelegt, als ich sein schneeweißes Hemd entdecke. Kian liegt am Boden und regt sich nicht. Wir kommen schlitternd neben ihm zum Stehen, und ich muss mehrmals blinzeln, um zu verstehen, was ich da gerade sehe. Ist er bewusstlos? Er hält die Augen geschlossen und wirkt noch blasser als ohnehin schon. Ich schiebe mich an Yves und Xenia vorbei und falle neben Kian in den

Dreck. Nein, nein, nein! Das darf nicht wahr sein. Was ist passiert?

Mit zitternden Händen berühre ich Kians Kopf. Warum reagiert er denn nicht? Müsste er nicht wenigstens einen Laut von sich geben? Ein Stöhnen oder Ächzen? Mein Blick bleibt auf sein regungsloses Gesicht geheftet. Tränen sickern ununterbrochen aus meinen Augenwinkeln und vermischen sich mit dem Regen.

»Nein! Nein, wir müssen ihm helfen! Kommt!« Ich brülle mit aller Macht gegen den tosenden Sturm an. Greife wieder nach Kian, um ihm irgendwie zu signalisieren, dass ich für ihn da bin. Dabei bin ich mir nicht einmal sicher, ob er überhaupt noch unter uns ist.

Er sieht aus, als würde er nur schlafen. So friedlich und ruhig. Irgendetwas stimmt nicht. Seine Brust hebt und senkt sich nicht mehr. Seine Lider zucken nicht einmal, als ich sacht seine Hand ergreife. Sie ist warm. Mein Herz zerspringt vor Sorge. Hoffentlich können wir ihm noch helfen!

Prüfend lasse ich meine Blicke weiter über seinen Körper wandern. Erst über die Beine, dann über den Torso und schließlich zu seinem Kopf. Erst jetzt fällt mir der gigantische Ast auf, der neben ihm am Boden liegt. Ein Schauder durchfährt meinen gesamten Körper, und sofort nehme ich Kians Schädeldecke näher in Augenschein. Es dauert nicht lange, bis ich auf eine blutige Wunde stoße. Ich spüre das warme Blut meines Freundes auf meiner Haut, und nun erkenne ich auch deutlich die Lache am Waldboden, in der ich knie. Kians Blut sickert bereits durch meine Kleidung. Meine Hände beginnen zu zittern, und meine ganze Seele erbebt. Ich kann das nicht, ich kann das nicht mehr …

Ich reagiere rein instinktiv. Spüre die Galle, die in meinem Rachen hochschießt, drehe mich weg und übergebe mich ins

Gras. Es dauert gefühlte Minuten, bis ich mir die Magensäure aus dem Mundwinkel wische und mich wieder zurückkämpfe. Tränen graben Furchen in mein Gesicht, und meine Gedanken drehen sich einzig und allein um das Blut an meinen Händen. Yves steht neben mir, legt mir seine Hand auf den Rücken und weicht mir nicht von der Seite. Er allein ist der Grund, warum ich meine aufbrausenden Gefühle entschlossen zurückdrängen kann und ganz tief in mein Inneres verbanne.

Ich ahne, was geschehen sein muss. Aber ich kann nicht akzeptieren, dass Kians Leben so ein Ende gefunden haben soll. Auf allen vieren krieche ich zurück zu ihm. Durch den Schlamm und den Matsch, aber der ganze Dreck ist mir völlig egal. Als ich neben ihm zum Halten komme, gönne ich mir einen einzigen Atemzug. Nicht mehr.

Dann strecke ich meine Hand aus und lege die Finger an seinen Hals. Dort, wo Kians Puls am deutlichsten zu spüren sein sollte. Um mich herum geht die Welt unter, und trotzdem gibt es gerade nichts, was mehr zählt. Nur der Regen ist zu hören, wie er mit brachialer Gewalt auf den Waldboden einschlägt. Ansonsten sagt niemand ein Wort, und auch der Himmel schweigt. Ein Blitz zuckt über uns hinweg. Donner grollt in der Ferne. Es herrscht absolutes Schweigen. Für eine Minute, für zwei … für drei.

Bis ich meine Hand von Kians Hals löse. Es ist zu laut, zu unruhig. Selbst wenn er noch einen schwachen Puls besitzen sollte, kann ich ihn nicht ausmachen.

»Wir müssen jetzt handeln!«

SONNTAG, 14. APRIL

00:05 Uhr

»Ist er …« Xenia stockt und kann das Wort *tot* offensichtlich nicht aussprechen. Nein, Kian ist nicht tot. Das kann einfach nicht sein. Ich weigere mich, dies auch nur in Erwägung zu ziehen. Obwohl ich gerade selbst minutenlang erfolglos nach seinem Puls getastet habe.

»Nein! Wir können ihn noch retten!«, brülle ich gegen das Gewitter an. Xenia schaut mir nicht einmal in die Augen, während sie immer mehr vor ihm zurückweicht. Ich kann mich hingegen nicht von seiner Seite lösen.

Einerseits will ich nicht begreifen, dass er wirklich von uns gegangen sein soll, und andererseits kann ich die Wahrheit unmöglich bestreiten. Schließlich sehe ich mit eigenen Augen die reglose Gestalt meines Ex am Boden liegen. Mein Verstand kommt nicht hinterher. Der Alkohol vernebelt meine Sinne und lässt mich nicht klar denken. Tränen verschleiern meine Sicht und strömen unaufhaltsam über mein Gesicht.

Kian … mein sturer, waghalsiger Kian.

Ich fasse nicht, dass ihm etwas so Grausames geschehen sein

soll. Ja, wir haben uns in den letzten Monaten immer weiter entfremdet, doch die jahrelange Freundschaft und unsere intensive Beziehung haben ihre Spuren hinterlassen. Ich spüre, wie ein schwarzes Loch in meinem Herzen aufklafft und mich mit in die Dunkelheit reißt.

»Wir müssen einen Notarzt rufen!«, schreit Yves gegen den tosenden Wind an. Xenia und ich, gleichermaßen im Schock gefangen, reagieren viel zu langsam. Natürlich! Der Notarzt! Vielleicht ist noch nicht jegliche Hoffnung verloren …

»Brianna, kannst du eine Herz-Druck-Massage starten, bis der Krankenwagen kommt?«, meint Xenia daraufhin zu mir. Ich kann sehen, wie sie ihre gefasste Maske aufsetzt. Vielleicht sollte ich mich auch von meinen Emotionen abschotten. Von meiner Angst, der Panik und diesem unfassbaren seelischen Schmerz. Mein Innerstes gleicht einem Blatt Papier, welches immer und immer wieder zerrissen wird, bis nur noch winzige Fetzen übrig bleiben. Es scheint unmöglich, diese Stückchen wieder zu einem Ganzen zusammenzusetzen.

Mein Körper schaltet auf Autopilot, und ich befolge stumpf Xenias Anweisungen. Adrenalin rauscht durch meinen Körper und verdrängt die Erschöpfung. Ich muss jetzt funktionieren. Nichts hat höhere Priorität, als Kians Leben zu retten.

Während Xenia mit ineinander verschränkten Händen und durchgestreckten Armen in regelmäßigen, schnellen Stößen Druck auf Kians Brustkorb ausübt, warte ich auf meinen Einsatz. Nach dreißig Stößen lege ich meine Lippen auf die von Kian, um Luft in seine Lunge zu pusten. Ich komme nicht umhin zu denken, wie leblos er sich unter mir anfühlt. Unsere gemeinsamen Küsse waren immer heiß und voller Leidenschaft. Doch jetzt? Gerade fühlt es sich vielmehr so an, als würde ich Kian einen Todeskuss geben. Mein ganzer Torso verkrampft sich, und ich schmecke Salz auf meiner Zunge. Tränen.

Minutenlang tun Xenia und ich nichts anderes, als Kians Herz zum Pumpen zu bringen und ihn weiter zu beatmen. Wir wechseln uns ab, um Kraft einzusparen. Trotzdem treten nach kurzer Zeit die Pulsadern an Xenias Hals und Stirn hervor, und ich beobachte, wie sich jeder Muskel in ihrem Körper anspannt. Gemeinsam geben wir alles, um unserem Freund eine Chance zu schenken. Aber wir sind zu schwach. Kian fängt nicht wieder an, selbstständig zu atmen.

Ich bin gefangen in meinem Kopf, der immer und immer wieder die letzten Monate wie einen Film ablaufen lässt und mir vorführt, wie ich versagt habe. Es darf so nicht enden. Das hier darf nicht das Ende zwischen Kian und mir sein.

»Es tut mir so leid«, wispere ich immer und immer wieder, während ich mit Xenia Positionen tausche und mein ganzes Gewicht stoßartig auf seinen Brustkorb verlagere. »Bitte verzeih mir.«

»Scheiße! Ich erreiche den Notruf nicht!«, ertönt Yves' Stimme etwas weiter hinter uns. »Hier ist bei dem Wetter nirgendwo Empfang! Soll ich loslaufen und Hilfe holen?« Yves' Stimme klettert immer weiter in die Höhe.

»Das wird nichts bringen. Fircreek ist knappe zwanzig Meilen entfernt«, erwidert Xenia leise. Ich ächze, weil ich immer noch Druck auf Kians Oberkörper ausübe. Aber meine Stöße werden immer schwächer und langsamer. Meine Rippenverletzung wird von Sekunde zu Sekunde schlimmer und quält mich mit stechenden Schmerzen. Irgendwann knicken mir die Arme ein, und mein Oberkörper zittert vor Anstrengung. Trotzdem mache ich weiter. So lange, bis der Druck mich endgültig in die Knie zwingt und ich nach vorne sacke. Ein Wimmern entflieht meinem Mund.

Ich fühle mich wie ausgeknipst, spüre nur noch absolute Leere, die mich aussaugt und bloß einen Schatten der einstigen

Brianna zurücklässt. Mein Körper fühlt sich nicht länger an wie ein Konstrukt aus Knochen, Muskeln und Stärke, sondern wie eine Hülle, in der ich gefangen bin.

»Wir müssen ihn zur Hütte bringen!«, fordert Yves. Ich ertappe mich dabei, ihn für seine entschlossene Art zu bewundern, allerdings war Yves noch nie der Typ, der in kritischen Situationen überreagiert hat. Erst wenn sich alle Welt von ihm abwendet und er eine Tür hinter sich schließen kann, brechen die Emotionen aus ihm heraus. Gerade könnte ich nicht dankbarer sein für diese Eigenschaft.

Obwohl sich mein ganzer Körper sträubt, kämpfe ich mich in die Höhe. Meine Knochen ächzen, und die ganze Welt scheint sich zu drehen. Ein letztes Mal sammle ich all meine Kräfte, nutze den Adrenalinschub und positioniere mich mit Xenia und Yves um Kian herum. Gemeinsam versuchen wir, unseren bewusstlosen Freund vom Fleck zu bewegen. Ich hebe mit Yves zusammen seine Arme und den Oberkörper an, während Xenia seine Beine packt. Mein Atem geht immer schwerer. Mein Brustkorb fühlt sich malträtiert an, als würde jemand mir immer und immer wieder einen Dolch zwischen die Rippen rammen.

Inzwischen befinden wir uns schon eine halbe Ewigkeit hier draußen im Regen, und jeder von uns ist bis auf die Knochen durchnässt. Es ist verflucht kalt, und ich zittere so sehr, dass mir Kians Hemd zwischen den Fingern entgleitet. Aber wir kämpfen uns voran. Durch Matsch, Regen und gegen den Sturm. Jeglicher Schmerz rückt in den Hintergrund. Das Adrenalin elektrisiert jeden Nerv in meinem Körper und treibt mich zu Leistungen an, die ich niemals für möglich gehalten hätte.

Wir kämpfen uns weiter durch den Wald. Je näher wir zur Hütte kommen, desto mehr wächst die Anstrengung. Der

Matsch des Waldes klebt an unserer Haut wie ein Mantel, der sich nicht abstreifen lässt.

Ich starre im Laufen auf Kians erstarrtes Gesicht, sehe seine bleiche Haut und die blau angelaufenen Lippen. Trauer wallt über mich hinweg und zwingt mich fast in die Knie. Aber ich habe eine Aufgabe: Kian in Sicherheit bringen. Erst danach kann ich mich meiner Verzweiflung hingeben.

Ich presse meinen Kiefer zusammen und knirsche so stark mit den Zähnen, dass es mich nicht wundern würde, wenn ich sie dadurch glatt schmirgele.

Allein die Vorstellung, nie wieder mit Kian zu lachen, nie wieder mit ihm zu streiten und nie wieder in seine lebendigen blauen Augen zu sehen … unvorstellbar. Ein Schrei ballt sich in meiner Lunge zusammen und raubt mir den Atem. Aber ich schließe ihn in meinem Inneren ein und lasse ihn dort verrotten.

Endlich kommt die Hütte in Sichtweite. Ein letztes Mal ziehen wir das Tempo an, um dem Gewitter zu entkommen. Wir stolpern zu dritt über die Schwelle, und dieses Mal stört es niemanden, dass wir Kian mit verdreckten und durchnässten Sachen durch den kleinen Raum schleifen. Trotz allem legen wir ihn vorsichtig auf seinem Schlafsack ab.

Mein Puls hämmert von innen gegen meinen Schädel, weshalb ich das Stimmengewirr meiner Freunde gar nicht mehr wahrnehme. Stattdessen betrachte ich Kians Wunde, streiche ihm das nasse Haar aus der Stirn und mustere sein Gesicht.

»Du schaffst das. Bitte, Kian. Verlass uns nicht«, hauche ich. Meine Worte schlagen in ein Wimmern um, bevor ich es unterdrücken kann. Ich versuche noch mal, nach einem Puls zu tasten, aber mein eigenes rasendes Herz macht mir einen Strich durch die Rechnung. Ist es mein Herzschlag oder Kians, den ich spüre?

Der Adrenalinpegel sinkt drastisch, und ich zittere vor Erschöpfung. Die Verzweiflung, die ich bisher einigermaßen im Zaum halten konnte, bricht nun wie eine Lawine über mir zusammen und begräbt mich unter sich. Nein, nein!

Schluchzend kämpfe ich mich auf die Beine und stolpere zum Notfallschränkchen neben der Tür. Sobald ich jedoch die Tür öffne, blickt mir bloß gähnende Leere entgegen. Wo sind die ganzen Utensilien? Müsste Xenias Vater hier nicht Verbands- und Desinfektionszeug für den Notfall aufbewahren?

»Xenia! Wo sind die Verbandssachen?«, keife ich meine Freundin an, worauf sie zusammenzuckt und ein paar Schritte zurückweicht.

»Mein Dad benutzt den Notfallschrank nicht oft, schätze ich. Vielleicht hat er den Vorrat mal irgendwann geleert, weil das Haltbarkeitsdatum überschritten war, und vergessen, etwas Neues reinzulegen. Oder jemand hat ihn geplündert. Es treiben sich oft gruselige Gestalten hier im Wald herum«, wispert sie und weicht dabei meinem stechenden Blick aus. Sie trifft keine Schuld. Ich sollte nicht sauer auf sie sein. Allerdings führt die Nachlässigkeit ihres Vaters nun dazu, dass wir Kian nicht richtig versorgen können. Frustriert knalle ich den Medizinschrank wieder zu.

Ich hetze zu meinem Rucksack herüber und krame mein Smartphone hervor. Wenn ich schon selbst nicht helfen kann, muss ich zumindest Hilfe rufen! Vielleicht habe ich ja hier Netz. Allerdings bleibt der Bildschirm des Geräts dunkel, egal wie oft ich auf die glatte Oberfläche tippe und den Home-Button betätige. Das kann ja wohl nicht wahr sein – der Akku ist leer.

»Verdammte Scheiße!«, schreie ich das Gerät an. Tränen lassen meine Sicht verschwimmen, und ein schweres Schluchzen dringt aus meinem Mund. Das ist ein einziger Albtraum!

Auch Yves und Xenia schaffen es nicht, einen Notruf abzusetzen. Vermutlich ist das Wetter zu schlecht.

Während ich vor mich hin starre, dringt auf einmal ein unglaublicher Gedanke in mein Bewusstsein. Könnte es sein, dass Kians Verletzung kein Unfall war? Dass sich dort draußen jemand herumtreibt, der ihm und uns etwas Böses will? Vielleicht die gleiche Person, die den Medizinvorrat geklaut hat? Ich stöhne auf.

»Hier, trink erst mal etwas«, bietet Xenia an. In ihrer Hand liegt die Wasserflasche, aus der ich vorhin schon getrunken habe. Ich greife danach, stürze die halbe Flasche herunter und gebe sie weiter an Yves. Einen Wimpernschlag lang werden meine Gedanken fortgespült, und ich gönne mir einen Moment zum Durchschnaufen.

Plötzlich scheint die Zeit wie ein Fluss an mir vorbeizuziehen. Sie dehnt sich wie Kaugummi, immer weiter und weiter. Ich bin zu schwach, um gegen den reißenden Strom anzuschwimmen.

»Was passiert mit mir?«, gelingt es mir noch zu murmeln.

Meine Gliedmaßen sind auf einmal völlig taub, und ich bin kaum noch fähig, die Lider aufzuhalten. Das ist keine normale Müdigkeit, und vom Alkohol kommt es auch nicht. Diese Trägheit fühlt sich ganz anders an. Irgendwann habe ich das schon mal erlebt, aber wann? Ich kann mich nicht erinnern. Meine Muskeln erschlaffen gegen meinen Willen, und mein Herzschlag wird immer langsamer. Ich bemerke kaum, wie sich der verräterische Schlaf anschleicht und mein Bewusstsein stiehlt. Ich schaffe es gerade noch so, mich auf den Schlafsack neben Kian zu schleppen, bevor ich zusammenklappe und die Welt um mich herum in Schwärze versinkt.

Stöhnend wälze ich mich herum. Mein Gehirn ist wie in Watte gepackt, und jeder Gedanke braucht eine Ewigkeit, um sich zu manifestieren. Deshalb genieße ich einfach die Ruhe. Sonnenlicht kitzelt an meiner Nase, blinzelnd öffne ich die Lider.

Mit einem Mal strömen die Gedanken wie eine unaufhaltsame Flut auf mich ein. Bilder blitzen vor meinem inneren Auge auf. Kian, Yves, Xenia und ich gemeinsam lachend in dieser Hütte. Der beißende Geschmack des Alkohols auf meiner Zunge. Die Beklemmung, als der Streit ausbricht. Kian, der in den Sturm hinausläuft und uns zurücklässt. Ich und die Übrigen, die ihm folgen … *Und dann?*

Ich furche die Augenbrauen und lege die Stirn in Falten, weil ich mich so stark anstrenge. Warum ist meine Erinnerung bloß so verschwommen? Unklare Bilder zucken durch mein Gedächtnis. Stechende Schmerzen malträtieren meine Schläfen, sodass ich aufkeuche. Was ist los mit mir?

Mit einem Ächzen lange ich nach einer ungeöffneten Wasserflasche, um mir einen Schluck zu gönnen. Gerade als die Flüssigkeit meine völlig ausgetrockneten Lippen benetzt, schlägt eine weitere Erinnerung wie eine Bombe in meinen Verstand ein und zerfetzt jeglichen Rest an Ruhe, der mir bis gerade eben noch geblieben ist.

Vor meinem inneren Auge zeichnet sich Kians blasser Körper im nachtschwarzen Wald ab. Er wirkt starr und bewegt sich kein Stück. Blitze und Donner zucken über Xenia, Yves und mich hinweg. Schreie hallen wie die Reste eines Echos durch meine Erinnerung und erschüttern mich selbst im Jetzt. Kian!

Hektisch rapple ich mich auf und sehe mich in der Hütte um. Hier ist heilloses Chaos ausgebrochen. Überall Schmutz und … dunkelbraune Flecken. Etwa getrocknetes Blut? Oder doch nur Matsch? Ein Schauder jagt über meinen Rücken und verpasst mir Gänsehaut am ganzen Körper.

Xenia und Yves liegen ausgeknockt auf ihren Schlafsäcken, als seien sie in der Nacht genauso plötzlich eingeschlafen wie ich. Wie seltsam! Normal erscheint mir das irgendwie nicht …

Doch ich komme nicht dazu, weiter darüber nachzudenken. Etwas ganz anderes drängt sich in den Vordergrund: Wo zur Hölle ist Kian? Wir haben ihn gestern in die Hütte gebracht, und ich bin mir zu einhundert Prozent sicher, dass er neben mir gelegen hat! Wo ist er also?

Ich drehe und wende mich im Kreis, suche jeden Winkel der Hütte ab, aber Kian bleibt verschwunden. Das kann nicht sein! Was ist passiert? Ist er zu sich gekommen und abgehauen? Hat jemand ihn entführt? Nein, das wäre nahezu unmöglich. Wer sollte so etwas tun? Verdammt, wieso ist er weg?

Ich kann nichts anderes tun, als ins Nichts zu starren. Ich rieche den Gestank des Alkohols, der immer noch in der Luft liegt, und nehme überdeutlich wahr, dass wir nur noch zu dritt sind. Xenia und Yves scheinen noch in ihrem komatösen Schlaf festzustecken. Ich sehe den Dreck und den Schmutz, der an unseren Schuhen und an unseren Klamotten klebt. Ein dunkler Fleck auf meiner Hose erregt meine Aufmerksamkeit. Ist das Blut? Kians Blut?

Meine Arme und Beine zittern. Nicht, weil mir kalt ist, sondern weil die Angst sie zum Schlottern bringt. Was zur Hölle ist gestern Nacht passiert?

»Xenia, Yves! Wacht auf!«, rufe ich in den Raum hinein. Die beiden murren widerstrebend und brauchen ein paar Minuten, bis sie halbwegs ansprechbar sind. Ich sehe ihnen die gleiche Verwirrung an, die ich selbst noch vor Kurzem empfunden habe. Xenia reibt sich die Augen, während Yves sich ratlos umschaut. Beide scheinen sich zunächst darüber zu wundern, warum sie immer noch ihre verdreckte Kleidung tragen. Allerdings bemerke ich genau den Moment, in dem die Erkenntnis in ihre Augen tritt. Yves' Pupillen weiten sich ungläubig, während er mich ansieht. Unsere Blicke verhaken sich ineinander, und seine stumme Frage wirkt so intensiv, dass ich mich von ihm losreißen muss.

Irritiert schaut er nun zu Xenia herüber. Ich tue es ihm gleich und nehme wahr, wie unsere Freundin in Tränen ausbricht und nicht mehr aufhören kann zu schluchzen. Ihre Arme und Beine beben und zucken unkontrolliert. Fast wirkt es so, als würde sie die Ereignisse der vergangenen Nacht noch einmal durchleben. Yves ist sofort an ihrer Seite und versichert ihr, dass alles gut werden würde. Woher will er das wissen?

»Was ist passiert?«, fragt Xenia nach einiger Zeit mit rauer Stimme, nachdem sie die Fassung zurückerlangt hat. Sie scheint sich genauso hilflos zu fühlen wie ich. Hat uns der Alkohol wirklich alle so sehr ausgeknockt? Ich habe eigentlich gar nicht so viel getrunken. Das kann also nicht der Grund sein …

»Irgendetwas stimmt hier nicht. Kian ist fort«, bricht es aus mir heraus, und sofort sackt Xenia wieder in sich zusammen. Sosehr ich sie in diesem Moment auch trösten und ihr beistehen will, ich kann es nicht. Meine eigenen Gedanken malträtieren mich, und ich habe nicht einmal meinen eigenen Körper unter Kontrolle.

»Wir sollten noch mal versuchen, einen Notruf abzusetzen«, murmelt Yves in meine Richtung. Er hat recht. Wir müssen das ganze Geschehen melden. Wenn sich Kian im Wald herumtreibt oder, noch schlimmer, von einem Irren festgehalten wird, müssen wir Hilfe holen! Kian könnte verletzt irgendwo im Dickicht liegen.

Sobald ich die Lider senke, blitzen die Bilder des Astes und der Wunde an Kians Kopf vor mir auf. Es schaudert mich am ganzen Körper. War es wirklich nur ein Unfall? Oder vielleicht doch ein Übergriff?

Ich bekomme nur am Rande mit, wie Yves mir sein Smartphone in die Hand drückt und mich anweist, einen Notruf abzusetzen, während er sich zeitgleich um Xenia kümmert. Automatisch gebe ich die 911 auf dem Tastenfeld ein und warte. Ich bin wie in Trance, bis das gleichmäßige Tuten an meinem Ohr plötzlich abbricht und ich tatsächlich eine Stimme höre. Hoch und ein bisschen piepsig. Eine Frau. Ich blinzle überrascht.

»Sie haben die 911 gewählt, was ist Ihr Notfall?«

»H-hallo …«, stottere ich und kann für einen Augenblick gar nicht begreifen, dass ich jemanden erreicht habe. Die Erinnerung, wie wir gestern Nacht im Wald und in der Hütte verzweifelt nach Empfang gesucht haben, prasselt wieder auf mich ein.

»Hallo? Sind sie noch dran? Wie lautet Ihr Name und wo befinden Sie sich?«, fragt die Frauenstimme und reißt mich damit aus meinen Gedanken. Ich muss mich aufs Hier und Jetzt konzentrieren, verdammt!

Nach einem kurzen Räuspern beginne ich zu sprechen: »Mein Name ist Brianna Callister. Ich befinde mich in der Nähe des Campingplatzes von Fircreek in einer Jagdhütte, die Abraxas Chadburn gehört. Bei mir sind auch Xenia Chadburn und Yves Belrose. Unser Freund, Kian Lewis, ist gestern Nacht während des Sturms in den Wald gelaufen und hat sich eine schwere Kopfverletzung zugezogen. Wir brauchen Hilfe!« Mit jedem Wort schleicht sich ein bisschen mehr Panik in meine Stimme. Ich bemerke, wie sich mein Atem beschleunigt und Schweiß an meiner Schläfe hinabrinnt.

»Hilfe ist unterwegs, aber bleiben Sie bitte in der Leitung. Beschreiben Sie so detailliert wie möglich, was geschehen ist und wie es zu der Verletzung kam.«

»Wir …«, ich werfe einen schnellen Blick zu meinen Freunden hinüber, die sich inzwischen aneinander festklammern, als sei der jeweils andere eine Rettungsboje während einer Sturmflut. »… wir wollten zu viert hier draußen zelten, übers Wochenende. Dann zog ein Gewitter auf, und wir haben in der Jagdhütte von Xenias Vater Schutz gesucht. Es war alles gut, bis ein Streit ausbrach und Kian bei dem Unwetter in den Wald gerannt ist. Natürlich sind wir sofort hinterher und haben ihn gesucht, aber …« Mein Atem stockt, und mir fehlen die Worte, um weiterzusprechen.

»Aber?«, hakt die Frau in der Leitung nach. Ihre Stimme ist so ruhig, dass ich mir einen Augenblick Zeit nehme, um tief Luft zu holen, bevor ich fortfahre. »Aber wir kamen zu spät. Als wir Kian gefunden haben, war er nicht mehr bei Bewusstsein. Es sah aus, als ob er von einem herabfallenden Ast am Kopf getroffen wurde.«

»Hat Ihr Freund noch geatmet oder andere körperliche Reaktionen gezeigt?«

»Ich weiß es nicht. Es war schwer festzustellen während des Gewitters. Wir haben ihn zurück zur Jagdhütte gebracht, und nun ist er verschwunden. Vielleicht ist er abgehauen oder wurde … entführt.« Die letzten Worte flüstere ich nur noch ins Telefon.

»Bleiben Sie ganz ruhig, und sprechen Sie weiter mit mir. Ich kann verstehen, wie aufgewühlt Sie sind, aber Sie machen das sehr gut. Vermuten Sie, dass Ihr Freund in Lebensgefahr schwebt?«

»Vielleicht«, gebe ich nach einigen schweigsamen Sekunden zu. Ich kann die Wahrheit nicht länger leugnen.

»Wir schicken Ihnen neben einem Rettungswagen auch einige Polizeibeamte. Können Sie mir sagen, was genau Sie mit Ihrem Freund gemacht haben? Sie sagten bereits, dass Sie ihn bewegt und ebenfalls zur Waldhütte gebracht haben.«

Diese Fragen lassen mich schwer schlucken, und ich muss mich zusammenreißen, um die brennenden Tränen in meinen Augen nicht hervorquellen zu lassen. Ich wische mir fahrig über die Lider und räuspere mich schnell.

»Ja, wir dachten es sei das Beste, ihn in die Hütte zurückzubringen. Draußen war es so stürmisch, da konnte er nicht bleiben. An mehr kann ich mich nicht erinnern.« Ich kann den Satz nicht zu Ende bringen. Wie soll ich meinen plötzlichen Schwächeanfall und die Erinnerungslücke bloß erklären, ohne wie eine Wahnsinnige zu klingen?

»Sie wissen also nicht, wo sich Ihr Freund jetzt befindet, richtig?«, fragt die Sprecherin. Ein Schluchzer entringt sich meinen Lippen und sorgt dafür, dass ich kein einziges Wort mehr sagen kann. Das merkt offenbar auch die Frau am anderen Ende der Leitung, denn sie spricht direkt weiter.

»Sie haben alles richtig gemacht und ihr Bestmögliches getan. Rufen Sie sich das immer wieder ins Gedächtnis: Sie haben das Richtige getan, auch wenn es sich vielleicht gerade nicht danach anfühlt. Hilfe ist auf dem Weg, halten Sie durch.« Ich klammere mich mit all meiner verbliebenen Entschlossenheit an die Stimme der Frau, um nicht den Verstand zu verlieren. Von da an beantworte ich keine ihrer Fragen mehr, sondern beschäftige mich einzig und allein damit, regelmäßig zu atmen und nicht vollständig den Kopf zu verlieren.

10:20 Uhr

»Die Rettungskräfte und die Polizei sind jetzt am Campingplatz. Sie sind auf dem Weg zur Hütte und müssten jeden Moment …« Ein lautes Klopfen an der Tür unterbricht das Telefonat. Erschrocken zuckt mein Blick nach oben. Yves reagiert schneller als ich und öffnet den Zugang zur Hütte so eilig wie möglich. Vor ihm stehen zwei Sanitäter in voller Ausrüstung und mit einem gigantischen Rucksack, direkt daneben zwei weitere Personen. Polizisten. Die dunkle Uniform und das Holster für Schusswaffen an ihrer Seite reichen völlig aus, um mich erneut in Schrecken zu versetzen.

»Ich werde jetzt auflegen. Die Hilfskräfte vor Ort kümmern sich nun um Sie. Passen Sie gut auf sich auf«, verabschiedet sich die Frau am Telefon von mir. Ich fühle mich wie betäubt. Als könne ich nichts um mich herum mehr kontrollieren.

Denn im gleichen Augenblick geben uns die Sanitäter in einem bellenden Ton die Anweisung, sie zum Unfallort zu führen. Ich bin sofort an Yves' Seite. Er scheint die Lage zwar so weit unter Kontrolle zu haben, aber ich kenne ihn. Nach außen hin mimt er die Ruhe selbst, während er innerlich vermutlich völlig verunsichert und aufgelöst ist.

Indem wir einfach nur nebeneinander dastehen, stützen wir uns gegenseitig, obwohl der Druck um uns herum immer stärker wird. Doch wir halten ihm stand. Gemeinsam.

Wir lassen Xenia in der Hütte zurück. Sie wird von einem der Sanitäter versorgt, weil ihre Nerven absolut blank liegen und die Ängste sie in eine regelrechte Starre versetzen. Ich kann es ihr nicht verübeln. Am liebsten würde ich mich unter eine Bettdecke verkriechen und die ganze Welt um mich herum ausblenden.

Die Polizisten und der andere Sanitäter folgen uns, während Yves und ich Seite an Seite den Waldweg Richtung Unfallort entlanglaufen. Erst jetzt fällt mir auf, was für Schäden der Sturm in der vergangenen Nacht angerichtet hat. Überall liegen Zweige und Äste am Boden, manche davon sind größer als mein gesamter Arm. An einer Stelle müssen wir sogar über einen umgekippten Baumstamm hinwegsteigen. War der gestern Nacht auch schon da? Ich kann mich nicht daran erinnern.

Der Wald wirkt ungewöhnlich still. Man hört kein Vogelzwitschern oder das Rascheln von Kleintieren in den Büschen. Es scheint, als sei dieser Ort ausgestorben. Umso lauter dröhnt mir der eigene Puls in den Ohren. Jeden Moment muss es so weit sein. Ich versuche, mich mental darauf vorzubereiten, den Ort wiederzusehen. Mein schlechtes Gewissen verbeißt sich wie ein Parasit in meinen Gefühlen. Es ist alles meine Schuld. Ich habe eine Grenze überschritten und Kian in die Flucht getrieben. Es ist meine Schuld, dass er …

Plötzlich bleibt Yves abrupt neben mir stehen. Er schaut vor sich auf den Boden, und für einen Moment wundere ich mich, warum er anhält. Bis ich den blutverschmierten Ast und die dunkelrote Pfütze sehe, die sich unter ihm ausgebreitet hat.

Tief in mir hegte ich die leise Hoffnung, dass wir Kian an diesem Ort wiederfinden würden. Er hätte hier gewartet und verkündet, dass er sich bloß einen geschmacklosen Scherz erlaubt hat, wie schon so oft.

Stattdessen herrscht hier nur Leere.

10:30 Uhr

»Hier ist es passiert«, stellt Yves neben mir atemlos fest, woraufhin die Polizisten nicken.

»Wenn hier der Unfall geschehen ist, müssen wir die gesamte Umgebung abriegeln. Dadurch dass ihr euren Freund bis zur Jagdhütte bewegt habt, sind sicherlich wichtige Spuren verloren gegangen«, meint einer der Beamten grummelnd. Er betrachtet mich mit einem abfälligen Seitenblick und spricht nur mit Yves. Ich kann es ihm nicht übel nehmen. Gerade bringe ich sowieso kein vernünftiges Wort heraus.

»Daran haben wir in der Nacht nicht mehr gedacht. Wir wollten ihm nur helfen«, antwortet Yves, und ich kann seiner

Stimme anhören, dass er mindestens genauso verzweifelt ist wie ich.

»Ab hier übernehmen wir. Bring du die Jugendlichen zurück zur Hütte«, sagt der eine Polizist zu seinem Kollegen. »Der Sani und ich prüfen die Umgebung. Vielleicht finden wir den Jungen noch.«

Allein bei der Vorstellung, dass sich Kian irgendwo in diesem Waldgebiet aufhalten könnte, muss ich schwer schlucken. Ich frage mich unweigerlich, ob die Beamten vor einem genauso großen Rätsel stehen wie wir. Oder hatten sie womöglich schon mal einen ähnlichen Fall und wissen, wie sie damit umgehen müssen?

Der Rückweg zur Jagdhütte verläuft schweigend. Ich fühle mich, als würde ich mit jedem Atemzug ein bisschen mehr ersticken. Paradox.

Als wir endlich wieder die Hütte betreten, ist der zweite Sanitäter immer noch bei Xenia. Sie hat sich ein wenig beruhigt und scheint nicht mehr so gefangen in ihrer Panik zu sein. Ihr Blick ist klar, wenn auch durch Tränen verschleiert. Ich haste sofort zu ihr hinüber. Mit einem Schluchzen falle ich ihr in die Arme, und dieses Mal halten wir uns gegenseitig, während wir weinen und trauern. Es fühlt sich gut an, endlich die Mauern einzureißen und Emotionen zuzulassen. Ich habe meine persönlichen Grenzen schon längst überschritten und halte es keine Sekunde länger aus, meine gefasste Fassade aufrechtzuerhalten.

Nachdem wir uns voneinander lösen und langsam die Beherrschung zurückerlangen, befragt uns der Polizeibeamte noch einmal zu den Ereignissen der vergangenen Nacht. Fast schon nebenbei nehmen sie von uns allen Blut- und Speichelproben, die wohl zur Routine dazugehören.

Die Ermittler scheinen sich besonders für die genauen Uhrzeiten zu interessieren und in welchem Zeitfenster sich der Unfall von Kian ereignet hat. Einer der Beamten betrachtet uns währenddessen skeptisch. Er kneift die Augen leicht zusammen und runzelt viel zu oft die Stirn, wenn wir versuchen uns zu erinnern. Niemand von uns hat sich in der letzten Nacht die Mühe gemacht, regelmäßig auf die Uhr zu schauen, also sind unsere Aussagen dementsprechend schwammig. Worin wir uns allerdings einig sind, ist der Ablauf des Unfalls. Wir alle haben Kians Schrei gehört und sind direkt in seine Richtung gelaufen. Wenn ich an den Schrei zurückdenke, wird mir schlagartig eiskalt. Als hätte ich genau den Moment gespürt, in dem Kians Seele seinen Körper verlässt.

»Wir bringen euch nach Hause und informieren vorher selbstverständlich eure Eltern, sobald wir eure Personalien aufgenommen haben. Eure persönlichen Gegenstände aus dieser Hütte müssen wir leider konfiszieren. Macht euch am besten schon mal bereit für die Abfahrt. Wir suchen derweil weiter nach dem Jungen. Er kann doch nicht spurlos verschwunden sein.« Der Beamte dreht sich von uns weg und funkt seinen Kollegen an, dessen knisternde Stimme ihm über das Funkgerät mitteilt, dass es bisher keine Spur von Kian gibt.

»Was soll das heißen: Es gibt keine Spur?«, fragt Xenia hinter meinem Rücken leise.

»Sie haben nichts gefunden. Kian bleibt verschwunden«, erkläre ich ihr in einem möglichst neutralen Tonfall. Es bringt nichts, ihr die Wahrheit zu verschweigen. Früher oder später findet sie es sowieso durch die Polizisten heraus. Dann bin ich lieber diejenige, die ihr die Hiobsbotschaft überbringt.

Xenia reagiert jedoch nicht ganz so, wie ich es erwartet hätte.

»Das heißt, er könnte noch leben?« Der Hoffnungsschimmer in ihrem Blick lässt ihre ganze Miene aufleuchten. Obwohl ich sie irgendwie verstehen kann, kann ich ihre Gefühle nicht nachempfinden. Zu groß ist die Befürchtung, dass mehr hinter seinem Verschwinden steckt. Wenn es ihm gut gehen würde, wäre er doch immer noch bei uns, oder nicht?

Aber all das kann ich ihr nicht ins Gesicht zu sagen. Nicht jetzt. Also versuche ich, mich mit einem vagen »Wer weiß?« zu retten.

Zum Glück wendet sich der Polizist schnell wieder an uns und nimmt nacheinander unsere Informationen auf. Name, Vorname, Alter und Geburtsdatum, Telefonnummer und Adresse sowie die Namen unserer Erziehungsberechtigten. Diesen routinierten Ablauf habe ich schon Tausende Male im Fernsehen bei irgendwelchen Crime-Serien gesehen. Doch es ist etwas ganz anderes, die Fragen selbst gestellt zu bekommen.

Und irgendwie fühlt es sich an, als würde die Polizei uns alle drei verdächtigen, etwas mit Kians Verschwinden zu tun zu haben.

14:03 Uhr

Es ist jetzt fast drei Stunden her, seit die Polizisten mich zu Hause abgesetzt haben. Sie haben lange mit meiner Mutter gesprochen und mich darum gebeten, jegliche Kleidungsstücke und Gegenstände, die ich am Wochenende am Körper oder bei mir getragen habe, an sie zu übergeben. Als hätte ich eine Wahl und könnte mich ihren Forderungen ohne Konsequenzen widersetzen.

Trotz einer ausgiebigen Dusche und einer kurzen Unterhaltung mit meiner Mom fühle ich mich kein bisschen besser. Ich spüre immer noch den Dreck des Waldes auf meiner Haut. In meinen Ohren echot weiterhin der Donner, und sobald ich die Augen schließe, sehe ich Kians regloses Gesicht vor mir.

Ich lasse mich rückwärts mit einem Stöhnen auf das Bett

fallen. Die Matratze federt meinen Fall ab und katapultiert mich ein wenig in die Höhe. Ich kann Kian nicht aus meinen Gedanken verbannen. Egal was ich tue, ich sehe und höre ihn überall. Wie einen Geist, der mich heimsucht.

Um mich abzulenken, greife ich nach meinem Handy und öffne den Chat mit Xenia. Sie ist die Einzige, die gerade nachvollziehen kann, was ich durchmache. Ich muss mit ihr reden.

Brianna: »*Hey. Was machst du gerade?*«

Xenia: »*Ich versuche, meinem Dad aus dem Weg zu gehen. Er ist echt angepisst, dass ich von einem Polizisten heimgebracht wurde. Und außerdem habe ich offensichtlich im Wald das Amulett meiner Grandma verloren … Deswegen ist er auch ziemlich wütend.*«

Brianna: »*Scheiße, das tut mir so leid.*«

Xenia: »*Du kannst ja nichts dafür … Ich wünsche mir gerade nur, dass dieser Ausflug nie stattgefunden hätte.*«

Natürlich. Wer nicht?

Brianna: »*Das kann ich verstehen.*«

Xenia: »*Meinst du, wir stecken in Schwierigkeiten?*«

Brianna: »*Keine Ahnung. Irgendwie hatte ich schon das Gefühl, dass die Polizisten es auf uns abgesehen haben.*«

Xenia: »*Na ja, wir sind die Letzten, die Kian lebend gesehen haben. Wir haben gemeldet, dass er schwer verletzt sein könnte, und nun ist er plötzlich weg. Wäre ich ein Polizist, würde ich uns auch verdächtigen.*«

Brianna: »*Da ist was dran …*«

Xenia: »*Ich hoffe einfach, sie finden ihn schnell, und alles klärt sich auf.*«

Brianna: »*Ich auch.*«

Ich lege mit einem Seufzen das Smartphone zur Seite und betrachte die pink glitzernde Hülle nachdenklich. Ich fühle mich jetzt noch unsicherer als vor dem Chat mit Xenia. Für keine der tausend Fragen in meinem Kopf scheint es auch nur ansatzweise eine Antwort zu geben. Stattdessen gesellen sich immer mehr Fragen dazu.

Ist Kian wirklich tot? Wenn ja: Was ist mit seiner Leiche geschehen? Wenn nein: Wo treibt er sich dann herum? Könnte tatsächlich ein Fremder seine Finger im Spiel haben? Habe ich keine Chance mehr, mich mit ihm auszusprechen?

Es dauert nicht lange, bis aus den Fragen Selbstvorwürfe werden. Wenn ich meine Klappe gehalten und ihn nicht mit seinem Betrug konfrontiert hätte, wäre er wahrscheinlich in der Hütte geblieben. Es ist einzig und allein mein Verschulden, dass er in den Wald gerannt ist.

Die Vorwürfe schließen mich ein wie ein Sarg und begraben mich mit sich. Ich ringe nach Luft und bin nicht in der Lage, Sauerstoff aufzunehmen. Ich kann nicht akzeptieren, dass das hier das Ende zwischen Kian und mir darstellen soll. Es darf einfach nicht sein.

Ein leises Summen dringt an mein Ohr und reißt mich aus meiner Verzweiflung. Ich habe gar nicht realisiert, wie sehr ich mich bereits von der Realität entfremdet habe, bis ich die dunklen Überreste meiner Mascara auf dem weißen Bettlaken sehe. Ich wische fahrig über die Flecken, mache damit jedoch alles nur noch schlimmer und verteile die Farbe.

Erneut dringt das Summen an mein Ohr. Erst jetzt erkenne ich, dass es mein Smartphone ist, das vor sich hin vibriert. Vielleicht ist es Xenia, die mich anruft, oder Yves, der herausfinden möchte, ob bei mir alles in Ordnung ist. Doch als das Display vor mir aufleuchtet, erschrecke ich mich fast zu Tode. 87 verpasste Nachrichten? Innerhalb der letzten zehn Minuten? Was zur Hölle?

Ich gehe auf die Benachrichtigung und gelange direkt in den

Gruppenchat meiner Schulstufe. Normalerweise werden hier nur Partys organisiert und Hausaufgaben ausgetauscht. Aber natürlich gibt es eine Neuigkeit, die in aller Länge und Breite ausdiskutiert werden muss.

Rachel: *»Leute! Habt ihr mitbekommen, dass Kian vermisst gemeldet wurde?«*

Amber: *»WTF! Nicht dein Ernst, oder?«*

Rachel: *»Leider doch. Mein Onkel arbeitet bei der Polizei. Sie suchen mit Hochdruck nach ihm. Also wenn irgendwer was weiß, meldet euch!«*

Brian: *»Der hat locker letzte Nacht beim Feiern übertrieben und schläft jetzt in irgendeinem Straßengraben seinen Rausch aus, haha!«*

Justus: *»Der taucht schon wieder auf. Kian reißt doch andauernd solche Aktionen.«*

Rachel: *»Bisher wurde er aber noch nie vermisst gemeldet! Nehmt das Ganze bitte ernst, Leute!«*

Brian: *»Whoa chill, Rachel. Es war doch nur ein Spaß.«*

Justus: *»Ich wette, morgen lachen wir schon alle darüber, weil er wieder aufgetaucht ist.«*

Olivia: *»Ich bitte euch alle, die Lage ernst zu nehmen. Ich habe ein ganz schlechtes Gefühl dabei und bitte euch genauso wie Rachel, sich mit Hinweisen sofort an die Polizei zu wenden. Ich will Kian nicht verlieren …«*

Das ist die letzte Nachricht, die ich bewusst lese. Danach scrolle ich nur noch bis zum Ende des Chats, ohne auf irgendetwas einzugehen. Ich hätte nie gedacht, dass ich Olivia Hall jemals bei irgendetwas zustimmen würde, aber heute hat sie es auf den Punkt gebracht.

Ich will Kian nicht verlieren …

Die Tatsache, dass es jemanden gibt, der ähnliche Gefühle durchlebt wie ich, beruhigt mich seltsamerweise. Die Einsamkeit fühlt sich nicht mehr so drückend an, sondern ist ein wenig leichter zu ertragen. Auch wenn es sich um Olivia handelt, die diese lindert.

Ich überlege gerade, ob ich Olivia schreiben sollte, als plötzlich eine weitere Nachricht auf meinem Display aufploppt. Von einer unbekannten Nummer.

Verwirrt runzle ich die Stirn. Könnte das jemand aus unserer Stufe sein, dessen Nummer ich nicht eingespeichert habe? Schließlich tippe ich auf den Chat. Was mir als Erstes auffällt, ist das fehlende Profilbild. Seltsam, heutzutage liebt es doch jeder, seine beste Seite überall zu präsentieren. Dann wandert mein Blick zu dem gesendeten Text. Jeder Muskel meines Körpers verkrampft sich. Ich lasse sogar das Smartphone fallen.

Anonym: *»Na? Wie fühlt es sich an, am Tod eines Menschen schuld zu sein?«*

MONTAG, 15. APRIL

7:15 Uhr

Am nächsten Morgen graut es mir davor, in die Schule zu gehen. Bestimmt werden sich alle die Mäuler zerreißen, Gerüchte verbreiten und einen Schuldigen für Kians Verschwinden suchen. Jeder wird auf mich zugehen und Fragen stellen, Wunden aufreißen und mich damit immer wieder daran erinnern, was alles am Wochenende so katastrophal schiefgelaufen ist.

Gestern war ich zu gar nichts mehr in der Lage. Ich konnte nur auf dem Bett liegen und die selbstklebenden Leuchtsterne an der Decke anstarren. Die Nachricht der fremden Nummer ließ mich nicht mehr los. Von wem könnte sie stammen? Von einem Fremden? Oder von jemandem, den ich kenne? Immerhin musste die Person irgendwie herausgefunden haben, was im Wald geschehen war. Wem würde ich so eine hinterlistige Aktion am ehesten zutrauen?

Nachdem mich gestern Abend diese anonyme Nachricht erreicht hat, habe ich mir gewünscht, mit meinen Eltern über alles reden zu können, was beim Ausflug geschehen ist. Mein Dad hätte mir sicherlich zugehört. Aber meine Mom … Seitdem sie in der Anwaltskanzlei arbeitet, hat sie sich komplett verändert. Sie ist ständig müde, abgekämpft und abweisend mir gegenüber. Es gab eine Zeit, da haben wir über alles gesprochen, über große wie kleine Probleme und über die vielen Stolpersteine, die uns das Leben in den Weg gelegt hat. Doch je älter und erwachsener ich wurde, desto mehr hat sie sich von mir distanziert.

Ich kann es ihr nicht einmal verübeln. Ich bin kein kleines Mädchen mehr, und ihr Fokus liegt nun auf ihrer eigenen Karriere. Mom und Dad sind sehr jung Eltern geworden, mit gerade einmal achtzehn Jahren. Besonders Mom musste sich ein dickes Fell zulegen, um sich als Frau in dieser ungerechten Welt eine Chance zu erkämpfen. Die Arbeit bedeutet ihr deswegen alles. Denn sie zeigt, dass sie es *geschafft* hat. Ich war leider lange Zeit ein Hindernis, das ihrem Erfolg im Weg gestanden hat.

Nach meinem Erwachen heute Morgen war sie bereits fort. Dad ebenfalls. Und ich war allein. Mit meinen Gedanken, Gefühlen und Ängsten. Eigentlich war mein Plan gewesen, zu Hause zu bleiben, um mir eine Pause zu gönnen. Als ich mich jedoch jetzt dem leeren Haus und meinen düsteren Erinnerungen gegenübersehe, flüchte ich nach draußen. In der Schule bin ich wenigstens nicht allein.

Sobald ich ankomme, laufe ich wie immer zuerst zu meinem Spind. Aus reiner Gewohnheit will ich bereits meine Zahlenkombination zum Öffnen eingeben. Allerdings lässt mich etwas innehalten und verwirrt blinzeln. Was ist das? Jemand hat etwas mit schwarzem Edding quer über meine scharlachrote Spind-Tür gekritzelt.

Verräterin!

»Was soll das?«, frage ich leise und runzle die Stirn. Plötzlich liegt mir mein Frühstück schwer im Magen. Ich war schon oft das Ziel von Zickenkriegen und Sticheleien, aber so etwas hat bisher noch niemand gewagt. Um mich herum wird Gemurmel laut, und ich spüre die Blicke meiner Mitschüler in meinem Rücken.

Nur wenige Meter neben meinem Spind befindet sich der von Yves. Schnell erkenne ich den gleichen Schriftzug auf seiner Tür.

Wer macht so was?

»Du hast es also auch schon entdeckt?«, ertönt seine Stimme direkt hinter mir. Ich fahre herum. Sein Lächeln wirkt gequält, und sein Blick zuckt zu dem Schriftzug hinter mir.

»Das können wir nicht so stehen lassen! Wir müssen herausfinden, wer das war!« Feurige Wut beginnt in meinem Inneren zu lodern. Noch sind die Flammen unter Kontrolle, aber wie lange? Ich balle die Hände zu Fäusten und muss mich beherrschen, um nicht wie verrückt auf den Spind einzuprügeln.

»Lass gut sein, Bri. Wir verpassen noch unseren Kurs. Komm«, meint Yves besänftigend, obwohl ich ganz genau den Schmerz in seiner Stimme vernehme. Ich weiß ja, dass er recht hat, trotzdem lasse ich es mir nicht nehmen, jedem neugierigen Zuschauer ein provokantes »Was glotzt ihr so?« entgegenzuschleudern.

Gerade, als ich mich von dem Spind abwende und gemeinsam mit Yves abziehen will, pralle ich auf eine harte Brust. Eine flüchtige Entschuldigung liegt mir bereits auf den Lippen, bis ich erkenne, wer da vor mir steht. Bruce.

Einer von Kians eher zweifelhaften Freunden außerhalb unserer Clique, die in letzter Zeit einen Absturz nach dem anderen mit ihm gefeiert haben. Mit Bruce hat sich Kian manchmal so die Kante gegeben, dass er noch am darauffolgenden Tag sturzbesoffen in die Schule gekommen ist. Obwohl ich Bruce gerne sagen würde, was ich von seinem Alphatier-Gehabe halte, muss ich bei seinem Anblick schwer schlucken. Bruce ist der einzige Junge, den ich kenne, der absichtlich eine Glatze trägt. Insgeheim denke ich mir, dass er dadurch aussieht wie ein Schwerverbrecher, der aus dem Knast ausgebrochen ist und sich nun als Highschool-Schüler ausgibt.

»Wo ist Kian?«, knurrt er bedrohlich und rempelt mich an. Ich stolpere sofort zwei Schritte zurück. Was soll das?

»Lass sie in Ruhe, Mann! Wir haben auch keine Ahnung«, geht Yves schnell dazwischen. Er schiebt sich absichtlich zwischen Bruce und mich wie ein menschlicher Schutzschild. Bewundernd schaue ich ihn von der Seite an. Niemals hätte ich Yves so viel Mut zugetraut.

Statt uns in Ruhe zu lassen, stößt Bruce seine flache Hand mit solcher Wucht gegen Yves' Brustkorb, dass er ebenfalls einen Schritt nach hinten stolpert.

»Ihr wart doch am Wochenende zusammen unterwegs. Also raus mit der Sprache, wo ist er? Habt ihr ihn abgestochen? Ihn irgendwo verscharrt? Ich habe schon immer gesagt, dass du ein Psycho bist, Yves. Kian wollte meine Warnungen nicht hören. Aber ich weiß, dass du es warst. Gib es zu!«

Ungläubig sehe ich mich um und beobachte den Kreis aus Schülerinnen und Schülern, der sich um uns herum gebildet hat. Warum sagt denn niemand etwas? Sie sehen doch auch, wie falsch das hier ist, oder? Warum hilft uns niemand? Glauben sie diesem Vollidioten etwa?

»Ich gebe einen Scheißdreck zu, denn ich habe nichts getan! Kian ist spurlos verschwunden. Anstatt nach ihm zu suchen oder etwas Sinnvolles zu tun, machst du mich hier fertig. Ich will ihn doch auch nur finden, verdammt!«, bricht es aus Yves heraus. Sein Atem geht schwer, und ich schaffe es gerade noch, einen Blick auf Bruce zu erhaschen und den Zorn in seinem Blick auflodern zu sehen, bevor seine Faust mit voller Wucht auf Yves' Kiefer trifft. Der Schlag kommt so plötzlich, dass ich nur noch entsetzt die Hände vor dem Mund zusammenschlagen kann.

Yves stöhnt lautstark auf, und jeder im Gang vernimmt deutlich das Krachen von Knochen auf Knochen, bevor ihn ein zweiter Schlag zu Boden schickt. Blut rinnt aus seinem Mundwinkel. Mein Puls stolpert. Ich höre jemanden schreien und verstehe erst später, dass ich es selbst bin. Yves hat versucht, mich zu beschützen. Nun bin ich an der Reihe.

»Du Arschloch!«, rufe ich. Ich überbrücke die geringe Distanz zu Bruce. Sein Blick streift unbeeindruckt über mich hinweg. Er unterschätzt mich offensichtlich. Großer Fehler.

Regel Nummer eins, die ich in einem Selbstverteidigungskurs vor ein paar Jahren gelernt habe: Immer dorthin zielen, wo es am meisten wehtut. Ich mobilisiere all meine Kräfte und sammle möglichst viel Schwung, während ich ein Knie hochschnellen lasse. Genau zwischen seine Beine.

Bruce' selbstsichere Fassade fällt sofort in sich zusammen. Innerhalb eines Sekundenbruchteils verwandelt sich sein überlegener Gesichtsausdruck zu einer Grimasse puren Schmerzes. Sehe ich da sogar ein paar Tränen in seinen Augen schimmern?

»Verzieh dich«, zische ich ihm zu. Er sagt kein Wort mehr, sondern humpelt so schnell wie möglich davon. Während ich mich umwende, starren mich alle Zuschauer fassungslos an.

»Das gilt auch für euch!«, herrsche ich sie an. Sofort verstreut sich die Menge. Niemand außer mir schert sich darum, dass Yves gerade vor der halben Schule mitten ins Gesicht geschlagen wurde.

Im Hintergrund erklingt die Schulglocke, Menschen eilen an uns vorbei und beeilen sich, vom Tatort wegzukommen. Mein Zorn verblasst nach und nach. Zurück bleibt nur pure Erschöpfung. Tränen der Resignation und Verzweiflung kämpfen sich aus meinen Augenwinkeln, sobald ich mich neben Yves knie. Er liegt seitlich auf dem Boden.

Die Gegenwart wird durch Erinnerungsfetzen überlagert, und plötzlich ist da nicht mehr Yves vor mir, sondern Kian. Ich muss unweigerlich daran denken, wie ich ihn auf dem Waldboden vorgefunden habe, in fast derselben Position wie seinen besten Freund jetzt gerade. Selten habe ich mich Kian so nah und fern zugleich gefühlt.

Ich will Yves gerade aufhelfen, als von hinten ein hohes »O Gott!« ertönt. Eine bekannte Stimme und trippelnde Schritte nähern sich. Erleichterung durchflutet mich, sobald ich Xenia ausmache. Sie stürzt förmlich neben Yves zu Boden und beugt sich besorgt über ihn.

»Es ist nicht so dramatisch«, murmelt der Verletzte wenig überzeugend. Selbst ich kann sehen, wie viel Schmerzen ihm das Sprechen bereiten muss. Hoffentlich hat Bruce ihm nicht den Kiefer gebrochen.

»Wer war das?«, flüstert Xenia, obwohl außer uns niemand mehr hier ist. Längst sitzen alle in ihren Kursräumen und lauschen den Lehrern bei irgendwelchen langweiligen Erläuterungen.

»Bruce. Er musste anscheinend seine toxische Männlichkeit unter Beweis stellen und Yves eine reinhauen.« Ein schweres Seufzen kommt mir über die Lippen. »Und was machst du hier? Müsstest du nicht längst im Unterricht sitzen?«, stelle ich als Gegenfrage, wodurch ihre Aufmerksamkeit kurz zu mir wandert.

»Ich hätte jetzt eigentlich Englisch«, erklärt sie und deutet mit einem Kopfnicken zur nächsten Klassenzimmertür. »Haben die Lehrer nicht eingegriffen?«

»Ich habe keinen gesehen«, antworte ich lediglich. Wahrscheinlich waren die meisten schon im Klassenraum und haben gar nichts von Bruce' Angriff mitbekommen. Vielleicht ist das auch besser so, sonst hätten er und Yves sich vielleicht noch einen Verweis eingehandelt.

»Komm, wir müssen dich verarzten lassen. Kannst du aufstehen?«, erkundigt sich Xenia und greift nach Yves' Hand, um sie kurz zu drücken. Er nickt zaghaft. Schnell eile ich an seine andere Seite und positioniere mich so, dass Yves sich gut abstützen kann. Wir brauchen zwar ein paar Minuten, aber schließlich steht er mit wackeligen Knien aufrecht zwischen uns.

Xenias Blick wandert von uns fort und zu meinem beschmierten Spind hinüber. Ich beobachte schweigend, wie sich ihre Pupillen weiten und ihr Mund aufklappt, als könne sie nicht glauben, was dort steht. Ich kann es ja selbst nicht so ganz begreifen.

»Sieht dein Spind genauso aus?«, frage ich sie. Ihr Kopf ruckt zu mir rum, und sie braucht kein Wort zu sagen. Ihr beklemmender Blick spricht Bände.

»Habt ihr gestern eigentlich auch eine … Textnachricht erhalten?«, frage ich gleich darauf leise.

»Du auch?«, wispert sie atemlos. Als würde ihr die ganze Situation die Kraft zum Sprechen rauben.

»Ich ebenfalls«, nuschelt Yves. Seltsamerweise beruhigt es mich, dass die beiden nicht verschont geblieben sind. Es macht die Situation nur geringfügig besser, aber immerhin stellen wir uns der Bedrohung gemeinsam.

»Hast du schon einen Absender herausgefunden?«, frage ich Xenia, die technisch deutlich begabter ist als Yves und ich. Doch sie schüttelt den Kopf.

»Die Nummer war anonym, und obwohl ich ein bisschen rumgeforscht habe, konnte ich nichts finden. Vielleicht stammt sie von einem Wegwerfhandy. Wahrscheinlich muss ich noch ein bisschen tiefer in die Materie eintauchen. Es kann aber nur jemand aus unserem direkten Umfeld sein, der all unsere Nummern bereits kennt«, erklärt sie. Ein Röcheln kommt Yves über die Lippen, zusammen mit einigen Tropfen Blut. Sofort wandert Xenias Blick wieder zurück zu ihm.

»Bruce glaubt, wir seien für Kians Verschwinden verantwortlich. Oder dass wir zumindest etwas damit zu tun haben«, murmelt Yves.

Xenia und ich gehen sehr langsam, sodass Yves nicht das Gleichgewicht verliert und eine Pause einlegen kann, sobald er eine benötigt.

»Dieses Arschloch! Ich kann nicht fassen, dass er deswegen auf dich losgegangen ist!« Xenias sonst so zarte Stimme nimmt einen harten Unterton an, den ich so gar nicht kenne. Sie ballt sogar die Hände zu Fäusten. Sie muss sehr wütend sein. »Wie hat er überhaupt davon erfahren, dass Kian mit uns unterwegs war? Das sind vertrauliche Informationen der Polizei!«

»Wir leben in Fircreek, Xenia, schon vergessen? Eine Kleinstadt, in der jeder alles über jeden weiß. Vermutlich hat Kian ihm davon erzählt, bevor wir aufgebrochen sind«, erwidere ich mit einem heiseren Lachen. Xenia beißt sich auf die Unterlippe, als müsse sie sich ein paar harsche Worte verkneifen. Natürlich misslingt ihr das gründlich.

»Trotzdem kann das kein Zustand sein! Wenn jetzt jeder losläuft und Selbstjustiz ausübt, befinden wir uns übermorgen wieder im Mittelalter!«, bricht es aus ihr heraus. Erst jetzt kommt mir der Gedanke, dass es meine Mitschüler womöglich nicht nur auf Yves und mich abgesehen haben könnten. Xenia wirkt zwar körperlich wohlauf, aber was, wenn …

»Hat irgendjemand dich heute schon dumm angemacht?«, will ich wissen und bleibe stehen, sodass Xenia gezwungen ist, ebenfalls anzuhalten. Das Zittern ihrer Pupillen ist die einzige Bestätigung, die ich brauche. Mein Blut erhitzt sich innerhalb von Sekunden und bringt mich zum Glühen. Ich kann nicht zulassen, dass noch jemand aus meinem engsten Freundeskreis zu Schaden kommt. Schon gar nicht meine beste Freundin.

»Es war nicht so schlimm, besonders im Vergleich zu dem, was Yves passiert ist. Die anderen haben nur gelästert. Sie behaupten, wir hätten uns gegen Kian verschworen und gemeinsam für sein Verschwinden gesorgt. Ich habe mich auf den Boden konzentriert, meine Ohren auf Durchzug geschaltet und bin kommentarlos weitergegangen.«

Wir setzen uns wieder in Bewegung und laufen schweigend das letzte Stück zum Sekretariat. In einem der Nebenräume gibt es eine Krankenstation, in der Schüler und Lehrer versorgt werden können, wenn es ihnen schlecht geht oder sie sich verletzt haben.

»Kommt, wir haben schon genug Zeit vertrödelt«, meint Xenia und klopft schnell an die Tür. Wir warten auf das gedämpfte »Herein«, bevor wir in das Zimmer treten, das hauptsächlich von einem gewaltigen Tresen und einem Aktenschrank eingenommen wird. Es liegt ein unbestimmbarer Geruch in der Luft, eine Mischung aus Papier, Druckertinte und … Lavendel?

Der blonde Lockenkopf von Ms Hamel lugt hinter dem Tresen hervor. Im ersten Moment wirkt sie gelangweilt. Zumindest bis sie Yves entdeckt. Sie nimmt ihre Hornbrille ab, putzt einmal über die dicken Gläser und setzt sie sich wieder auf.

»Ach du meine Güte! Was ist denn mit dir passiert?«, will sie wissen. Ihr schriller Tonfall verursacht ein unangenehmes Klingeln in meinen Ohren.

»Er wurde von einem Mitschüler zusammengeschlagen. Wir wissen nicht, wie stark seine Verletzungen sind, deshalb haben wir ihn direkt hergebracht«, erklärt Xenia mit der ruhigen Stimme, die sie sonst nur für Referate benutzt.

»Das habt ihr sehr gut gemacht, meine Lieben. Kommt, ich schließe euch die Krankenstation auf. Dann kann sich euer Freund erst mal ausruhen und säubern. Ich rufe währenddessen Max an.« Ms Hamel beginnt sofort, herumzuwuseln und den Schlüssel für die Krankenstation zu suchen, während sie sich zeitgleich ein Telefon zwischen Ohr und Schulter klemmt und mit dem Schulsanitäter telefoniert. Ich bekomme nur am Rande mit, wie sie von einem »medizinischen Notfall« und einer »Schlägerei« berichtet.

In der Krankenstation nehme ich als Erstes den beißenden Geruch von Desinfektionsmittel wahr. Direkt danach fällt mein Blick allerdings auf einen Spiegel, der an der Wand neben der Tür hängt. Mein ordentlicher Dutt löst sich bereits auf, und einzelne Haarsträhnen hängen wirr heraus. Nicht einmal die dicke Schicht Make-up schafft es, meine Augenringe zu verbergen, stattdessen erscheint meine Haut sogar noch blasser als sonst. Selbst meine Augen wirken trüb.

Mit einem Seufzen wende ich mich von meinem Spiegelbild ab und steuere eine der beiden Liegen an, die an der gegenüberliegenden Wand aufgereiht sind. Ächzend lässt sich Yves darauf nieder.

Xenia setzt sich ihm gegenüber auf die Liege. Für mich ist kein Platz, weshalb ich unschlüssig am Rand stehen bleibe. In Xenias Händen liegen Taschentücher und eine Sprühflasche mit Desinfektionsmittel. Wo hat sie die auf einmal her? Hat Ms Hamel ihr die mitgegeben?

Sie trödelt nicht länger herum, sondern sprüht ein paar Mal in ein Taschentuch hinein, bevor sie näher an Yves heranrückt.

»Das könnte jetzt ein bisschen wehtun. Sag Bescheid, wenn du es nicht mehr aushältst«, erklärt sie leise. Yves nickt bloß hastig, was sie wiederum zum Lächeln bringt. Immer wenn sie lächelt, bekommt sie diese niedlichen Grübchen. Am liebsten würde ich den Blick abwenden, allerdings schaffe ich es einfach nicht. Xenia und Yves so vertraut miteinander zu erleben, versetzt mir einen eifersüchtigen Stich und erinnert mich gleichzeitig an die Zeit zurück, in der Kian und ich ebenfalls so behutsam miteinander umgegangen sind. Alles in mir sehnt sich mit einem Schlag danach, noch einmal seine Berührung zu spüren, seine Stimme zu hören und in seine Augen zu blicken.

Wer weiß, vielleicht wird das ja auch geschehen. Kian ist bisher nur verschwunden, nicht tot. Er kann immer noch zurückkehren. Und dann werde ich endlich die Gelegenheit haben, mit ihm zu sprechen. Ja, so wird es sein. Wir werden miteinander reden, uns verzeihen und dann wird alles so sein wie früher. Dieser Gedanke ist das Einzige, was mich davon abhält, vollständig den Verstand zu verlieren.

Ich beobachte schweigend, wie vorsichtig Xenia das Blut von Yves' Gesicht und seinem Hals tupft. Sie konzentriert sich voll und ganz auf ihre Aufgabe, sodass sie gar nicht bemerkt, wie Yves sie betrachtet. In seinem Blick liegt so viel Zuneigung und stumme Sehnsucht, und ich wünsche mir von ganzem Herzen, dass die beiden sich endlich gegenseitig eingestehen, was sie füreinander empfinden.

Händeringend versuche ich mir eine Ausrede einfallen zu lassen, um die beiden allein lassen zu können, aber mein Gehirn ist wie leer gefegt. Gerade rechtzeitig klopft es allerdings an der Tür, und Max, unser Schulsanitäter, tritt ein. Er wirft mir ein flüchtiges Lächeln zu, das ich knapp erwidere. Direkt hinter ihm schiebt sich auch Ms Hamel in den Raum. Sie winkt mich zu sich, und ich eile sofort an ihre Seite, um nicht länger peinlich berührt neben Xenia und Yves stehen zu müssen.

»Der Direktor möchte mit einem von euch sprechen. Er würde gerne wissen, was geschehen ist«, sagt sie zu mir. Na super. Das kann ja nur schiefgehen.

»Kein Problem«, antworte ich trotzdem und folge ihr aus dem Krankenzimmer ins Sekretariat und von dort ins Direktorat zu Mr Elmore, unserem Schulleiter. Das Gespräch mit ihm wird zwar sicher unangenehm, aber da ich nichts getan habe, hab ich eigentlich nichts zu befürchten.

Schüchtern schaue ich mich um und betrachte die vielen Bücherregale und Urkunden, die an den Wänden prangen. Der Großteil des Raumes wird allerdings durch einen massiven Schreibtisch eingenommen, hinter dem es sich der Leiter unserer Highschool gemütlich gemacht hat. Mit seinem ergrauten Haar und dem faltigen Gesicht hätte er durchaus als mein Grandpa durchgehen können, doch die Strenge seiner grauen Augen verdeutlicht mir, dass wir keineswegs zu Kaffee und Kuchen verabredet sind.

»Vielen Dank, Ms Hamel. Sie können gehen.« Mit diesen Worten entlässt er die Sekretärin, die daraufhin schnell die Tür hinter sich zuzieht.

»Setz dich doch«, meint der Mann nun und deutet auf einen der beiden gepolsterten Stühle vor seinem Schreibtisch. Nur zögerlich nehme ich Platz und murmle einen kurzen Dank. Die ganze Situation erscheint mir irgendwie völlig absurd. Ich war noch nie im Büro des Direktors. Ich habe mich noch nie geprügelt. Ich musste noch nie jemanden ins Krankenzimmer begleiten. Heute ist wirklich ein verrückter Montag voller erster Male.

»Sagst du mir bitte, wie du heißt?«, fragt Mr Elmore und versucht sich an einem Lächeln, das allerdings nicht seine Augen erreicht. Ich weiß, dass er mir nichts Böses will, und trotzdem läuft es mir eiskalt den Rücken hinunter.

»Brianna Callister«, antworte ich schnell.

»Also, Brianna. Erzähl mir bitte den genauen Hergang und wie es zur Verletzung deines Mitschülers kam. Ich werde mir ein paar Notizen machen und dich erst mal nicht unterbrechen. Vielleicht werde ich hinterher ein paar Fragen stellen, aber das war es schon. Das hier ist ein sicherer Ort, wo du nichts befürchten musst. Fang einfach an, wenn du bereit bist.« Seine Worte und die ruhige Art, mit der Mr Elmore spricht, nehmen mir schließlich ein wenig Angst. Die Wahrheit wird so oder so ans Licht kommen.

Also beginne ich zu erzählen. Von den Schmierereien an den Spinden, von der Konfrontation mit Bruce und von seinen Drohungen. Wie er ohne Grund auf Yves losgegangen ist, als dieser versucht hat, mich zu schützen. Wie ich ihn in die Flucht geschlagen habe und wie Xenia mir geholfen hat, Yves auf die Krankenstation zu bringen. Mit jedem Satz verdüstert sich Mr Elmores Miene ein bisschen mehr. Seine Falten graben sich tiefer in die Haut, und seine Mundwinkel sind inzwischen so stark nach unten gezogen, dass sein Unmut ihm buchstäblich im Gesicht abzulesen ist.

Erst als ich fertig bin, ergreift er wieder das Wort.

»Ich danke dir, Brianna. Ich werde sofort diesen Jungen herholen. Wie heißt er noch gleich?«

»Bruce Wellis.« Mr Elmore notiert ihn und unterstreicht ihn mehrmals. Kennt er eigentlich keinen von uns Schülern beim Namen? »Was geschieht jetzt?«

»Das werden wir sehen. Lass das nur meine Sorge sein. Du darfst nun gehen, Brianna.«

Nach dieser Unterhaltung würde ich mich am liebsten in der Schulbibliothek verkriechen und meinen Mitschülern aus dem Weg gehen. Aber die Wahrheit ist: Ich kann mich nicht verstecken. Kians Verschwinden hat inzwischen so hohe Wellen geschlagen, dass ich nicht länger unsichtbar bin. Es ist seltsam, plötzlich Aufmerksamkeit von allen Seiten zu erhalten. Das bin ich bisher nur von meinen Cheerleading-Auftritten gewohnt.

Dabei fühle ich mich immer stark und unbesiegbar. Doch diese neue Art der Aufmerksamkeit, die mir in den Schulfluren entgegengebracht wird, ist mir absolut unangenehm.

All das verrate ich Mr Elmore natürlich nicht. Ich erzähle ihm nichts von den bösen Blicken oder den Lästerattacken, weil er sowieso nichts daran ändern könnte. Stattdessen lächle ich und verlasse leise sein Büro. Sobald ich draußen bin, atme ich tief durch. Ich habe es geschafft. Ganz allein. Der Stress der letzten Stunden fällt mit einem Mal von mir ab. Mein Puls normalisiert sich, und ich wage es sogar, die schwitzigen Handflächen an meiner Jeans abzuwischen.

»Brianna! Hier drüben!« Xenia winkt mir aus einigen Metern Entfernung zu. Neben ihr steht Yves. Er sieht wirklich übel zugerichtet aus. Sein Kiefer ist angeschwollen und verfärbt sich. Aber immerhin scheint er nicht mehr zu bluten. Ein kleiner Fortschritt. Ich geselle mich zu ihnen und erzähle kurz, was das Gespräch mit Mr Elmore ergeben hat, bevor ich mich nach Yves' Zustand erkundige.

»Max hat seine Wunden versorgt und überprüft, ob er Anzeichen für eine Gehirnerschütterung aufweist. Er scheint Glück im Unglück gehabt zu haben. Abgesehen von dem Schwindel, der Platzwunde am Kiefer und der Schwellung am Auge. Falls es schlimmer wird, soll er allerdings sofort ins Krankenhaus gehen«, erklärt Xenia und stützt Yves, während wir ihn zum Ausgang eskortieren. Er hat strenge Bettruhe verordnet bekommen und soll seine Verletzung ordentlich kühlen, um die Schwellung zu mindern. Xenia und ich hingegen müssen irgendwie den Rest des Tages in der Schule überleben. Lästige Schuldgefühle verbeißen sich wie Parasiten in meinem Kopf und reden mir ein, dass Yves' übler Zustand auch meine Schuld ist. Warum habe ich nicht früher eingegriffen? Wenn ich könnte, würde ich Yves sofort seinen Schmerz abnehmen und auf mich übertragen. Ich kann es nicht ertragen, meine Freunde leiden zu sehen.

»Danke für alles«, meint er plötzlich, und mit einem Blinzeln erkenne ich, dass wir uns bereits am Ausgang befinden.

»Das ist doch selbstverständlich«, entgegnen Xenia und ich wie aus einem Mund, woraufhin wir uns über seinen Kopf hinweg anlächeln.

»Ich sollte mich auf den Weg machen. Sonst verpasse ich noch den Bus«, sagt Yves. Mir entgeht nicht das Beben in seiner Stimme, als er sich Xenia zuwendet. Er versucht, es mit einem Räuspern zu kaschieren. Eigentlich sollte er jetzt wirklich nicht allein unterwegs sein. Aber leider kenne ich Yves' Familiensituation. Seine alleinerziehende Mutter besitzt kein Auto und könnte ihn vermutlich nicht einmal von der Schule abholen, selbst wenn sie wollte.

»Ja, solltest du«, antwortet Xenia. Sie klingt ein wenig heiser und kann den Blick nicht von ihm abwenden.

»Passt gut auf euch auf.« Ich bringe nur ein Nicken zustande und beobachte dann schweigend, wie er durch den Ausgang schleicht, ohne sich noch einmal umzudrehen.

Sobald er sich außer Hörweite befindet, seufzt Xenia leise neben mir auf und fasst sich an die Stelle an ihrem Hals, wo sonst immer das Amulett ihrer Großmutter hängt.

»Hast du es noch nicht wiedergefunden?«, frage ich sie, woraufhin sie den Kopf schüttelt.

»Wenn mein Vater herausfindet, dass ich das Erbstück für immer verloren habe, weiß ich nicht, was er tut. Bisher glaubt er noch, ich hätte es in meinem Zimmer verschlampt. Er ist sowieso schon sauer wegen der ganzen Sache mit der Waldhütte. Gestern habe ich das schon zu spüren bekommen.« Die letzten Worte flüstert sie nur noch und sofort schrillen in meinem Kopf alle Alarmsirenen los.

»Hat er dir etwas getan?«, flüstere ich und stelle mich direkt vor sie, sodass sie mir in die Augen sehen muss. Xenia hebt lediglich wortlos die Hand an ihre Wange. Eine Ohrfeige also. Ich schließe entsetzt die Augen und spüre, wie Zorn in mir aufsteigt. *Er hat es wieder getan.* Am liebsten würde ich Xenia bei mir einziehen lassen.

Ich versuche, die Erinnerungen zu zählen, in denen sie schon verletzt vor mir stand. Blaue Flecken, Prellungen … alles Spuren eines Mannes, der seine Wut an seiner Tochter auslässt. Da ist diese Stelle an ihrem Oberarm, an der er sie so stark geschüttelt hat, dass sie vier Wochen lang einen gigantischen Bluterguss hatte, nur weil sie ein Glas Wasser auf seinen Steuerunterlagen verschüttet hatte. Oder dieses andere Mal, die Quetschung … Ich schüttle den Kopf, um mich von den Erinnerungen zu lösen.

Xenia errichtete mit den Jahren einen Panzer aus Perfektion um sich herum, der ihr möglichst wenig Angriffsfläche bieten soll. Ihre Devise lautet: Wenn ich keine Fehler mache, werde ich auch nicht bestraft. Auf eine verkorkste Weise scheint ihre Taktik eine Weile funktioniert zu haben, denn in letzter Zeit hat Mr Chadburn kein einziges Mal die Hand gegen seine Tochter erhoben. Bis gestern.

Wie oft habe ich versucht, meine Freundin zu überreden, mit mir zur Polizei zu gehen. Doch sie weigert sich jedes Mal.

Die stärksten Emotionen, die ein Mensch fühlen kann, sind Angst und Liebe. Was passiert, wenn sich diese beiden extremen Gefühle in einem Menschen vereinen? Fürchtet man sich dann vor der Liebe dieser Person? Liebt man ihn trotz aller Ängste? Xenia jedenfalls liebt ihren Vater, auch wenn ich das kaum verstehen kann. Sie könnte sich kein Leben ohne ihn vorstellen. Sie würde sich niemals öffentlich gegen ihn stellen.

»Er hat gesagt: ›Du weißt, wieso du das verdient hast‹«, zitiert Xenia tonlos. Ihr Blick geht ins Leere. »Ich habe versagt. Es ist meine Schuld. Kians Verschwinden geht auf mein Konto. Dieser dämliche Ausflug war schließlich meine Idee.«

»Nein! Nein, Xenia! Es ist nicht deine Schuld«, entfährt es mir viel lauter als geplant. Trotzdem scheint es zu wirken. Xenias Blick wird klarer, sie bricht aus ihrer Trance aus und starrt mich an. »Wir haben nichts Falsches getan und alles versucht, um Kian zu finden und zu retten.« Mir ist selbst bewusst, wie paradox meine Aussage klingt. Schließlich glaube ich auch insgeheim, an Kians Verschwinden schuld zu sein. Allerdings kann ich Xenia nur mit Klarheit wieder zur Vernunft bringen. Selbst wenn ich mich dafür selbst belügen muss.

Schließlich kann ich mich nicht mehr zurückhalten und ziehe sie in eine enge Umarmung. Sie zu berühren, fühlt sich gut an. Am liebsten würde ich sie vor allen schlechten Erfahrungen der Welt beschützen, auch wenn das unmöglich ist. Das Einzige, was ich bieten kann, ist meine Unterstützung. Zu jeder Zeit.

Es dauert noch einige Minuten, bis wir uns voneinander lösen. Auf Xenias Lippen liegt ein scheues Lächeln.

»Danke, Bri. Ich bin froh, dass ich auf dich zählen kann«, wispert sie, woraufhin ich bloß nicken kann.

»Komm, sonst verpassen wir auch noch die zweite Stunde«, verkünde ich mit einem zaghaften Grinsen, bevor ich mich bei ihr einhake und wir gemeinsam losgehen.

Wir sind noch nicht ganz am Klassenzimmer angekommen, als die Schulglocke durch die Gänge schrillt. Von allen Seiten öffnen sich Türen, und Schüler strömen in die Flure. Es dauert nicht lange, bis ich das erste verhaltene Flüstern bemerke und mich vorwurfsvolle Blicke treffen.

»Hast du schon von Kians Verschwinden gehört? Angeblich bei einem Wochenendtrip.«

»Brianna soll auch dabei gewesen sein!«

»Vielleicht hat sie sich an ihrem Ex gerächt und hält ihn irgendwo fest.«

»Oder Xenia und der andere Nerd. Die beiden stecken doch eh unter einer Decke.«

»Yves hat ja heute ganz schön einen verpasst gekriegt. Wird schon seinen Grund gehabt haben …«

»Wer weiß, was sie mit Kian gemacht haben …«

Sag einfach nichts. Geh weiter. Lass das Ganze nicht an dich ran! Ich beiße die Zähne so fest zusammen, bis mein Kiefer schmerzt. Mit aller Gewalt versuche ich das Geläster der anderen auszublenden. Früher ist es mir leichtgefallen, in der Masse unterzutauchen. Ich konnte mich zwischen die anderen Schüler mischen und brauchte nichts zu befürchten. Jetzt stehe ich im Zentrum der Aufmerksamkeit.

Um zu überleben, schlüpfe ich in die Rolle einer selbstbewussten Brianna, die die Lästereien ihrer Mitschüler weder hört noch sieht. Ich versuche, die Kommentare und Blicke an mir abprallen zu lassen, auch wenn jeder einzelne meine Welt wie ein Erdbeben erschüttert.

Glücklicherweise belegen Xenia und ich heute die gleichen Fächer, sodass wir der lästernden Schülerschaft immerhin nicht alleine gegenüberstehen. Leider spüren wir dennoch in jeder Minute die starrenden Blicke der anderen im Rücken. Auch das Getuschel nimmt kein Ende, weshalb die Lehrer fast durchgängig damit beschäftigt sind, Schüler zu ermahnen. Aber immerhin haben wir uns. Wir sind nicht allein, sondern treten als Einheit auf. Wir gehören zusammen und lassen uns nicht unterkriegen, selbst wenn sich scheinbar die ganze Welt gegen uns verschworen hat.

Trotzdem geht mir den ganzen Tag die Frage nicht aus dem Kopf, wie sich innerhalb kürzester Zeit alle gegen uns richten konnten. Was ist bloß aus uns geworden? Und wo wird all das noch hinführen?

14:30 Uhr

Der restliche Tag war der absolute Horror. Alle meine Gruppen- und Privatchats wurden zugespamt, und selbst während der Unterrichtsstunden ging eine Nachricht nach der anderen ein, wodurch mein Handy völlig überlastet war. Die meisten Chats drehten sich natürlich um Kian.

»Gib doch zu, dass du etwas weißt!«

»Wie kannst du nur tatenlos in der Schule sitzen und Däumchen drehen?«

»Hast du keine Würde?«

»Wir wissen, dass du dahintersteckst!«

»Ist das etwa deine Rache an Kian, dafür dass er dich sitzen gelassen hat?«

Irgendwann war ich so verzweifelt, dass Xenia mir kurzerhand das Smartphone wegnehmen und es ausschalten musste. Seitdem hatte ich weder den Mut noch die Lust, es wieder anzuschalten. Vielleicht sollte ich mir eine neue SIM-Karte holen, damit mich niemand von den Idioten aus der Schule mehr erreichen kann.

Zum Glück ist die letzte Stunde des Tages gerade zu Ende gegangen, und die meisten Schülerinnen und Schüler machen sich bereits auf den Heimweg. Xenia schließt mich kurz in die Arme, und ich kann sie gar nicht fest genug an mich drücken. Sie war heute mein Rettungsanker. Sie hat mit mir gemeinsam diesen Mist hinter sich gebracht. Dabei habe ich sie in den letzten Monaten ständig vernachlässigt. Ich habe Treffen abgesagt und mich nicht einmal in der Mittagspause zu ihr und Yves gesetzt. Alles nur wegen Kian. Trotzdem ist Xenia immer noch für mich da. Sie zeigt mir, dass unsere Freundschaft stärker ist als alles andere.

»Pass auf dich auf«, flüstert sie mir zu, bevor wir uns voneinander lösen. Mir steht noch eine kräftezehrende Trainingseinheit bevor. Normalerweise freue ich mich aufs Cheerleading, doch heute könnte ich wirklich darauf verzichten. Ich weiß jetzt schon, was mich erwarten wird: urteilende Blicke und Getuschel ohne Ende.

Der einzige Grund, warum ich überhaupt noch hingehe, ist das Bedürfnis, mein Team nicht hängen zu lassen. Wir haben uns gemeinsam durch jede Lebenslage gekämpft und waren im Sport immer so sehr vereint, dass es egal war, was außerhalb der Sporthalle zwischen uns stand. Heute bin ich mir allerdings nicht so sicher, ob wir unsere Differenzen tatsächlich überwinden können. Was, wenn man mich wieder fallen lässt, sobald ich einen Stunt vollführe? Was, wenn meine Base mich nicht mehr unterstützt? Was wenn …

Meine Unsicherheit greift bereits so tief, dass ich am liebsten umkehren und nach Hause gehen würde. Außerdem macht mir meine kaputte Rippe immer noch zu schaffen. Trotzdem kann ich die anderen nicht so kurz vor den Meisterschaften im Stich lassen. Coach Sanderson würde mir den Kopf abreißen.

Also setze ich einen Fuß vor den anderen und schlucke meine Furcht runter. Mit jedem Schritt rede ich mir ein bisschen mehr ein, dass alles in Ordnung sein wird. Zumindest bis die Sporthalle in Sicht kommt und ich das kleine Grüppchen sehe, das sich davor gebildet hat. Olivia und ihre Truppe. Na super.

Sie hat mich bereits entdeckt und stapft mit großen Schritten auf mich zu. Scheiße, das kann nicht gut gehen. Ist es wohl schon zu spät, um wegzurennen?

»Was fällt dir ein, hier aufzukreuzen nach allem, was passiert ist?«, kreischt sie mir aus zehn Metern entgegen. Nur eine Sekunde später steht sie direkt vor mir. Sie rammt mir ihren spitzen Zeigefinger gegen das Brustbein, woraufhin mir ein überraschtes Keuchen entfährt. Es fühlt sich an, als würde sie versuchen, mein Herz mit ihren manikürten Nägeln aufzuspießen.

»Bist du jetzt zufrieden? Kian ist weg, ich bin todunglücklich, und die ganze Welt dreht sich wieder einmal nur um Brianna Callister! Ist es das, was du wolltest?«

Ich kann nicht fassen, was sie da sagt.

»Ist das dein scheiß Ernst, Olivia? Es geht hier nicht um dich oder um mich! Ich habe nichts mit Kians Verschwinden zu tun. Im Gegenteil, ich habe ihn sogar gesucht. Nicht du bist hier das Opfer, sondern Kian! Was hast du denn unternommen, um ihn zu finden? Eine Textnachricht an all deine Kontakte versendet? Gratuliere.« Die Worte kommen mir ohne Filter über die Lippen, und ich bereue kein einziges davon. Olivias entsetzter Gesichtsausdruck ist jede Silbe wert. Ich atme schwer und halte ihrem durchdringenden Blick stand. Die Gewissheit, nichts falsch gemacht zu haben, stärkt mich. Trotzdem gibt Olivia keine Ruhe.

»Bist du immer noch eifersüchtig? Auf mich und Kian? Musstest du ihn deswegen verschwinden lassen? Ich habe Kontakte zur Polizei, Brianna! Ich weiß, dass du verdächtigt wirst! Sag endlich die Wahrheit. Du brauchst hier gar nicht den Moralapostel zu spielen, wir wissen alle, dass du eine eifersüchtige, kleine Schla…« Weiter lasse ich sie nicht kommen. Es reicht!

Ich hole mit der flachen Hand aus und lege all meine Kraft in diesen Schlag. Der Aufprall auf Olivias Wange erzeugt ein lautes Klatschen, welches mir noch Sekunden später in den Ohren widerhallt. Meine Handfläche kribbelt, die Sehnen und Nerven ziehen schmerzhaft, aber das war es allemal wert.

Dieses Mädchen triezt und quält mich schon seit Monaten.

Wahrscheinlich stammt auch die anonyme Drohnachricht von ihr, immerhin gab sie gerade schon zu, Kontakte zur Polizei zu haben und dieses Wissen für sich zu nutzen. Endlich konnte ich die Vergeltung ausüben, von der ich schon lange geträumt habe. Es dauert einige Schrecksekunden, bis Olivia sich an ihre feuerrote Wange fasst und einen spitzen Schrei aus ihrer großen Klappe entlässt.

»Ich wusste schon immer, dass du eine gewalttätige Zicke bist! Du kannst vielleicht alle anderen täuschen, aber mich nicht! MICH NICHT!« Mit diesen Worten stürzt sich Olivia auf mich. Ihre spitz gefeilten Fingernägel kratzen über mein Gesicht, weshalb ich die Augen zukneifen muss. Ein Knurren kommt mir über die Lippen, während ich blind mit den Fäusten um mich schlage, um mich zu verteidigen. Einige meiner Schläge finden ihr Ziel, und das atemlose Keuchen meiner Gegnerin ermutigt mich dazu, mein rechtes Bein von meinem Körper wegzustrecken und dann schnell nach links über den Boden zu ziehen. Diesen Trick habe ich ebenfalls in dem Selbstverteidigungskurs gelernt, und er zeigt tatsächlich Wirkung. Ein lautes Kreischen ertönt, sobald ich Olivia die Füße und damit ihren Halt wegkicke. Ihre Fingernägel krallen sich in meine Arme und ratschen auf meiner blanken Haut nach unten. Ich schreie auf, weil der Schmerz sich anfühlt, als würde mir jemand mit einer Messerklinge die Arme aufschlitzen.

Nach einem Moment schaffe ich es wieder, meine Lider zu öffnen. Olivia kniet vor mir und starrt mich an. Eines ihrer Knie ist leicht aufgeschürft und blutet, ansonsten wirkt sie unverletzt. Ich hingegen entdecke feuerrote Striemen auf meiner Haut, und an zwei Stellen dringen sogar kleine Blutstropfen hervor. Womit zur Hölle feilt sich diese Schlange die Fingernägel? Rasierklingen?

»Wir sind noch nicht fertig miteinander«, zischt Olivia,

während sie sich wieder auf die Füße kämpft. Dann holt sie so plötzlich aus, dass ich keine Chance habe, rechtzeitig zu reagieren. Ihre Faust trifft meine sowieso schon verletzten Rippen mit ungebremster Kraft. Der Schmerz des Aufpralls lässt mich mit einem lauten Schrei zu Boden sacken und nur noch Sterne sehen. Pures Feuer wütet in meinem Brustkorb und verbrennt mich von innen heraus. Die angeknacksten Rippen sind nun bestimmt gebrochen. Verdammt, tut das weh!

Das schert Olivia jedoch nicht weiter. Gemeinsam mit ihrer Gefolgschaft dreht sie mir den Rücken zu und lässt mich zusammengekauert auf dem Boden zurück.

Tränen strömen über meine Wangen. Ich drücke die Stirn gegen den steinigen Boden, sodass sich die Kiesel in meine Haut graben. Nichts kommt den Qualen gleich, die durch meine Brust wüten. Nicht einmal um Hilfe rufen kann ich, so immens sind die Schmerzen.

Es dauert eine halbe Ewigkeit, bis mich jemand findet. Ich erkenne nicht einmal, um wen es sich handelt, weil ich so damit beschäftigt bin, meine Atmung zu kontrollieren und nicht in eine Ohnmacht abzudriften.

Nur am Rande bekomme ich mit, wie der Fremde einen Notruf absetzt und mir nicht von der Seite weicht, bis die Sanitäter eintreffen und mich im Krankenwagen abtransportieren. Alles verschwimmt ineinander, die Zeit fließt an mir vorbei.

Ein Gedanke setzt sich allerdings in meinem Kopf fest: Ich werde diese Aktion nicht auf mir sitzen lassen. Olivia wird dafür bezahlen.

17:20 Uhr

Inzwischen sind fast drei Stunden ins Land gezogen, in denen ich von Arzt zu Arzt weitergereicht wurde. Zum Glück konnten die Mitarbeiter im Krankenhaus meinen Dad erreichen, der natürlich sofort angerast kam und nun meine Hand hält. Nicht auszudenken, wie sehr Mom bei meinem Anblick ausgerastet wäre. Wahrscheinlich hätte sie mich sogar beschuldigt, dass ich mich absichtlich hätte verprügeln lassen, nur um ihre Aufmerksamkeit und Zeit zu stehlen. Ich halte den Kopf gesenkt und starre die ganze Zeit nur auf meine Schuhspitzen, um niemandem in die Augen sehen zu müssen. Im Moment bin ich zu sehr damit beschäftigt, den Schmerzen irgendwie standzuhalten und nicht ein weiteres Mal zusammenzusacken.

Die Ärzte haben bereits meine Verletzung begutachtet, mir Schmerzmittel verabreicht und mich geröntgt. Als ich meine Kleidung ablegen musste, hat eine Assistentin sofort das gigantische Hämatom kommentiert, das ich seit einer Woche mit mir herumtrage. Sie wollte wissen, warum ich nicht schon früher ins Krankenhaus gekommen bin. Auf diese Frage konnte ich ihr natürlich keine ehrliche Antwort geben.

Ein unangenehmes Gespräch mit vielen Fragen war die Folge. Wann und wie ist das passiert? Welche Beschwerden habe ich? Wo genau treten die Schmerzen auf?

Und nun warten wir. Und warten. Und warten. Auf Neuigkeiten, Ergebnisse und Lösungen. Die Langeweile vermischt sich mit Frust und kreiert eine wirklich üble Laune. Es dauert mindestens noch eine Stunde, bis die behandelnde Ärztin zu uns zurückkehrt.

»Gute Nachricht, Brianna. Es ist keine Fraktur, sondern lediglich eine äußerst starke Prellung, wie hier auf dem Röntgenbild zu sehen ist.« Das Bild erscheint auf dem kleinen Monitor neben meiner Liege. Ich erkenne zwar nicht sonderlich viel, trotzdem erleichtert mich der Anblick enorm. Kein Bruch. Gott sei Dank!

»Die Symptome einer Prellung und einer Fraktur sind sich

sehr ähnlich, weswegen man eine Verletzung immer vom Arzt abklären lassen sollte. Im Falle eines Bruchs kann es zu schweren Folgeschäden kommen, wenn Herz oder Lunge in Mitleidenschaft gezogen werden. Dieses Risiko ist bei einer Prellung glücklicherweise vermindert. In ein paar Wochen sollte die Verletzung also verheilt sein.«

In ein paar Wochen? Nein! Das muss doch schneller gehen! Die Meisterschaften sind bereits in weniger als zwei Monaten …

»Das klingt ganz wunderbar. Vielen Dank, dass sie sich so schnell um meine Tochter gekümmert haben, Dr. Tremblay. Haben Sie noch irgendwelche Ratschläge für uns?« Mein Dad klingt so höflich und nett, obwohl ich am liebsten kotzen würde. Versteht er nicht, was mehrere Wochen Schonung für mich bedeuten?

»Ihre Tochter bekommt ein Rezept für Schmerzmittel und eventuell auch ein Beruhigungsmittel mit, die sie bei Bedarf einnehmen sollte. Besonders nachts kann so eine Prellung sehr unangenehm sein. Falls sie aktuell Probleme mit anhaltendem Husten oder der Atmung hat, können wir schleimlösende Mittel empfehlen. Größere Belastungen und natürlich Sport sollten ebenfalls vermieden werden, damit die Heilung nicht gehindert wird. Ansonsten kannst du dein Leben ganz normal weiterleben, Brianna.« Die letzten Worte richtet die Ärztin mit einem Lächeln an mich. Pah, von wegen. Normalität ist inzwischen ein Fremdwort für mich. Ich nicke deswegen bloß stumm.

»Sehr gut, dann sind wir hier fertig. Ich drucke Ihnen eben noch die Rezepte aus. Falls die Beschwerden sich verschlimmern, kommen Sie jederzeit gerne wieder.« Nur wenige Minuten später halte ich die Papiere in der Hand und verlasse mit meinem Dad gemeinsam das Krankenhaus. Obwohl die Diagnose mich deprimiert, bin ich dankbar, nicht hier bleiben zu müssen, sondern heimfahren zu können.

Wir nehmen im Truck Platz, der unverkennbar nach Dads Aftershave riecht. Er startet sofort den Motor und steuert die nächste Apotheke an. Ich lese mir so lange die Rezepte durch. Tramadol, Diazepam, Mukolytika … So viele Fachbegriffe, aus denen ich kein bisschen schlau werde.

»Dad?«, frage ich leise, woraufhin er mich abwartend ansieht. »Kann das bitte im Großen und Ganzen unter uns bleiben? Ich möchte nicht, dass Mom sich aufregt.«

Er zögert. Lange. Bevor er schließlich nickt und mir damit eine gigantische Last von den Schultern nimmt. Mir ist klar, dass Mom wahrscheinlich trotzdem Wind von der ganzen Sache bekommen wird, aber ich würde ihre Standpauke gerne so lange wie möglich herauszögern.

Kurz darauf kommen wir auf dem winzigen Parkplatz der Apotheke zum Stehen.

»Aber nur unter einer Bedingung«, merkt Dad noch an, als ich mich bereits in Sicherheit wähne. »Du befolgst den Rat der Ärztin und schonst dich. Kein Cheerleading in den kommenden Wochen! Ich will nicht, dass meiner Lieblingstochter etwas passiert.«

»Dad, ich bin deine einzige Tochter«, kommentiere ich lachend. Sofort jagt mir trotz der Schmerzmittel ein stechender Schmerz durch den Brustkorb.

»Na und? Trotzdem bist du mein Liebling. Also, sind wir uns einig?«

Nun bin ich diejenige, die zögert. Allerdings nur kurz. Habe ich überhaupt eine Wahl? »Einverstanden.«

Ob ich mich jedoch wirklich an diese Abmachung halten werde, ist mehr als fraglich …

DIENSTAG, 23. APRIL

17:50 Uhr

Das elektrische Surren eines Laserschwerts erklingt, sobald die Tür aufschwingt und mein Eintreten ankündigt. Eine gewöhnliche Türklingel oder Glocke wäre in einem Comicladen auch wirklich fehl am Platz. Die Langeweile hat mich so sehr heimgesucht, dass ich nun tatsächlich Yves während seiner Schicht besuche. Zu Hause fällt mir nur die Decke auf den Kopf. Warum also nicht? Ich wollte schon immer mal sehen, wo Yves den Großteil seiner Zeit verbringt.

Seine Mutter ist alleinerziehend, seit Yves' Vater bei einem Autounfall ums Leben gekommen ist. Yves war damals erst sieben Jahre alt. Seitdem schlagen sich die beiden allein durchs Leben, doch leider ist ihr Verhältnis nicht unbedingt das beste. In den letzten Jahren sieht er seinem Vater immer ähnlicher, was seine Mutter wohl nur an dessen viel zu frühen Tod erinnert. Schon öfter habe ich aufgeschnappt, wie sie Yves deswegen von sich stößt und immer mehr Distanz zu ihrem Sohn aufbaut.

Trotzdem stellt er sich mehrmals in der Woche hinter den

Tresen des Comicladens, um Geld für die Wohnung, die Schule und Reparaturen nach Hause zu bringen. Insgeheim bewundere ich sein Durchhaltevermögen. Ich weiß nicht, ob ich an seiner Stelle so diszipliniert wäre.

Gemeinsam mit mir betritt ein kleiner Junge den Laden, dessen Augen beim Anblick der vielen Comics riesengroß werden. Ich folge ihm mit einigen Metern Abstand und winke Yves, der mich natürlich längst bemerkt hat, unauffällig zu. Sein Gesicht sieht immer noch ganz schön geschwollen aus und hat stellenweise eine violette Färbung angenommen. Es wird bestimmt noch Wochen dauern, bis sich die Verletzung vollständig zurückbildet.

Yves schiebt die neueste Ausgabe von »The Amazing Spiderman« auf dem Tresen zur Seite und schaut auf den Jungen hinab.

»Ich habe etwas bestellt!«, verkündet dieser voller Stolz. »Auf den Namen Oscar Rinsten.«

»Perfekt, ich schaue direkt mal nach.« Yves dreht sich zu dem Regal hinter der Kasse um, wo die Neuheiten und Bestellungen der Kunden gelagert werden.

»Deadpool?«, ertönt es von Yves, und er zieht fragend die Augenbrauen in die Höhe. »Gute Wahl!«

»Ich darf die Verfilmung noch nicht anschauen. Deshalb muss ich jetzt unbedingt die Comics lesen! Sie sollen richtig witzig und spannend sein, stimmt das?« Oscars Stimme überschlägt sich fast vor Aufregung, sodass ich mir ein Lächeln nicht verkneifen kann. Er nimmt den Comic sofort an sich und beginnt durch die bunten Seiten zu blättern. Vielleicht sollte ich mir auch einen zulegen … Durch die Verletzung habe ich verdammt viel Freizeit.

»Deadpool ist der beste Antiheld, den es gibt. Du wirst keinen witzigeren und actionreicheren Comic finden.«

»Ich werde gleich anfangen zu lesen! Macht er auch coole Sprüche?«

Diese Frage bringt mich zum Lachen. Ich verstecke es hinter einem Husten, um nicht aufzufallen.

»Die Coolsten!«, verspricht Yves, während er kassiert und Oscar einen Sticker schenkt, auf dem im Pop-Art-Stil fett gedruckt *»Bäääämm!«* steht.

Der Junge verlässt kurz darauf den Laden, und erneut erklingt das Surren des Laserschwerts. Das Geräusch zaubert sofort ein Lächeln auf meine Lippen.

»Bri, mit dir habe ich heute wirklich nicht gerechnet. Oder sonst irgendwann«, sagt Yves lachend zu mir. »Ich glaube, ich habe dich noch nie hier drin gesehen. Ist dir etwa langweilig?«

»Vielleicht ein bisschen. Kein Wunder, oder?« Ich freue mich innerlich sehr darüber, endlich mal wieder eine ungezwungene Unterhaltung zu führen, in der es nicht um Kian geht. »Ich dachte mir, dass du mir bestimmt eine gute Lektüre empfehlen könntest, während ich krankgeschrieben bin.« Ich hebe theatralisch den Arm und lasse ihn über die gigantische Comicsammlung wandern.

»Allerdings!« Yves lacht. »Was sagt dir denn mehr zu: Marvel oder DC?«

»Marvel«, antworte ich wie aus der Pistole geschossen. Obwohl ich noch keinen einzigen Comic gelesen habe, habe ich jeden Film des Marvel-Cinematic-Universe in mich aufgesogen. Euphorie durchzuckt mich beim Gedanken daran, mich endlich mehr mit den Charakteren auseinandersetzen zu können.

»Ich glaube, dann habe ich die perfekte Wahl für di…«

»Yves! Komm sofort her!« Der plötzliche Ruf aus dem Hinterzimmer lässt uns beide zusammenfahren. Die raue Stimme dringt mir bis ins Mark.

»Keine Sorge, das ist nur Pete, mein Chef. Er will bestimmt, dass …«

»Dieser verschwundene Teenager ist in den Nachrichten!« Yves und ich sehen uns für einen Moment wie erstarrt an. Allerdings nur wenige Sekunden lang. Dann eilt Yves durch den dunkelblauen Vorhang, der den Laden vom Büro trennt.

»Komm mit, Bri!«, ruft er mir zu, und das lasse ich mir nicht zweimal sagen. Mit rasendem Herzen hetze ich um den Tresen herum und stürze ebenfalls in das kleine Hinterzimmer.

Pete sitzt auf einem angeranzten Drehstuhl und fokussiert den Minifernseher, der vor ihm steht. Er winkt uns näher zu sich heran. Anscheinend stört es ihn nicht, dass eine Fremde nun mitten in seinem Büro steht. Schnell umrunde ich den Schreibtisch und stelle mich neben ihn. Pete greift zur Fernbedienung und stellt die Lautstärke höher.

»Heute berichten wir live vom Fircreek River. Hier wurde vor etwa einer Stunde um 16:43 Uhr eine Leiche geborgen und abtransportiert. Ein Mitglied der Sonderkommission Kian Lewis hatte im Rahmen einer Suchaktion einen leblosen Körper in der Mitte des Flusses entdeckt und ist näher herangerudert, um sicherzustellen, dass es sich nicht bloß um Treibgut handelt. Die Polizei barg daraufhin die Leiche und sicherte die Umgebung. Ob es sich bei dem oder der Toten tatsächlich um den vermissten Jugendlichen Kian Lewis handelt, ist noch nicht von offizieller Seite aus bestätigt. Wir bleiben für Sie an dem Fall dran und halten Sie auf dem Laufenden. Mein Name ist Laura Millen und ich gebe hiermit zurück ins Studio.«

Die Stimme der Reporterin klingt so neutral, als würde sie gerade das Wetter für die nächsten Tage verkünden und keinen Leichenfund. Nebenbei zeigt der Sender wie selbstverständlich den teilweise zensierten Körper am Flussufer und gleich darauf einen Schnitt, wie der Reißverschluss des schwarzen Leichensacks geschlossen wird.

Ich halte die Luft an und versuche zu begreifen, was ich gerade gesehen habe. Es wurde eine verdammte Leiche gefunden! Eine Woche nachdem Kian spurlos verschwunden ist und jeder, inklusive mir, immer noch auf seine Rückkehr hofft. Ich habe am Rande mitbekommen, wie die Polizei mehrere Suchaktionen organisiert und durchgeführt hat, bisher allerdings ohne großen Erfolg. Wie wahrscheinlich ist es wohl, dass es sich bei der Leiche *nicht* um Kian handelt?

Die ganze Stadt wird jetzt gerade vor dem Fernseher sitzen und ganz genau wissen, was Sache ist. In mir versucht sich immer noch die Hoffnung breitzumachen, dass es sich vielleicht doch nicht um Kian handelt. Aber ich habe die Bilder gerade selbst gesehen. Auch wenn sich der Sender bemühte, möglichst viel zu zensieren, konnte ich genug erkennen. Kians große Statur ist unverwechselbar. Ebenso seine langen, blonden Haare. Selbst wenn man viele Details nicht ausmachen konnte, so verspüre ich absolut keinen Zweifel.

Galle schießt plötzlich in meinen Hals, und bevor ich irgendetwas tun kann, hält Yves mir auch schon den Mülleimer unter die Nase. Ich gebe mir nicht einmal mehr Mühe, mich zurückzuhalten, sondern lasse einfach alles raus. All die Übelkeit, die Angst, die saure Mischung aus Unwissenheit und Gewissheit. Unter Würgen versuche ich, meine rasenden Gedanken zu beruhigen. Aber es bringt nichts.

Kian ist tot. Definitiv, unumkehrbar und unbestreitbar tot.

Salzige Tränen vermengen sich mit Erbrochenem und nach einer Weile geht mein Würgen in ein haltloses Schluchzen über. Über dem Mülleimer gekauert sitze ich auf dem Boden des Büros und versuche die Reste meiner Selbstbeherrschung zusammenzukratzen. Ich spüre Yves' warme Hand auf meinem Rücken und atme tief durch.

»Denkst du, er ist es?«, flüstert er fragend. Ich bringe bloß ein Nicken zustande, bevor ich ein Taschentuch entgegennehme und mir damit über den Mund wische. Bisher haben wir kaum ein Wort über die ganze Angelegenheit verloren. Wir klammerten uns mit aller Verzweiflung an ein winziges bisschen Normalität. Diese ist uns nun auch entflohen.

Unweigerlich drängen sich Fragen in mein Gehirn. Wird die Polizei endlich herausfinden, was in jener Nacht geschehen ist? Gab es einen Täter, oder war es ein Unfall? Hätten wir das Ganze verhindern können? Kann jemand die tausend Fragen in meinem Kopf beantworten?

Irgendwann schiebe ich den Mülleimer fort von mir und kämpfe mich zurück auf die Beine, auch wenn sie zittern wie verrückt und mein Körpergewicht kaum halten können. Ich schaue auf Pete herab und entdecke die Sorge in seinen grauen Augen. Er ist vom Alter gezeichnet und trägt mehr Falten zur Schau, als ich zählen kann. Mit seinen zurückgekämmten Haaren, der großen Brille und dem Tweedanzug sieht er aus wie Stan Lee höchstpersönlich. Nur viel, viel ernster.

»Yves, du weißt, du kannst immer zu mir kommen, wenn du ein Problem hast. Und deine Freunde auch. Nur …« Er sieht Yves an und zögert kurz, als wolle er abwägen, ob er die nächsten Worte wirklich aussprechen sollte. »Nur seid vorsichtig, wem ihr euch ansonsten anvertraut. Und was ihr sagt. Besonders in Zeiten wie diesen bedeuten Worte alles. Sie können euch retten, aber auch richten.«

Ich muss schlucken. Denn ich weiß genau, was er uns indirekt sagen will: Wir wissen nicht, wer hinter Kians Tod steckt. Jeder könnte schuldig oder mitschuldig sein. Wir können niemandem trauen.

»Wenn du willst, gebe ich dir den Rest des Tages frei. Ich kann verstehen, wenn du nicht bleiben möchtest«, sagt Pete nun zu Yves.

»Ich bleibe. Zu Hause fällt mir nur die Decke auf den Kopf«, erwidert er, während er den Vorhang zur Seite schiebt und wir zurück in den Laden gehen.

Ich versuche die letzten Minuten zu vergessen und in die hinterste Ecke meines Gedächtnisses zu drängen. Bisher wurde die Identität der Leiche noch nicht festgestellt. Auch wenn ich mir sicher war, Kian erkannt zu haben, könnte ich mich irren. Vielleicht war es gar nicht Kian, sondern ein Junkie, der sich abgeschossen hat und dann im Fluss ertrunken ist, oder ein Camper, der von einem wilden Tier am Ufer angegriffen wurde. Vielleicht von einem Bären? Hier in der Gegend gibt es viele Bären.

»Ich gehe dann mal. Wir sehen uns«, murmle ich schnell, ohne Yves auch nur in die Augen zu sehen.

»Bri …«, setzt er noch an, aber ich würge ihn direkt ab.

»Nicht jetzt. Ich brauche ein bisschen Zeit für mich.« Fluchtartig stürme ich aus dem Laden und die leere Straße entlang. Ich gehe, so schnell ich kann, ohne meine Lunge zu strapazieren. Dennoch macht sich nach kurzer Zeit die Prellung bemerkbar, weswegen ich mich an eine Ampel lehne und durchatme. Mich besinne.

Genau in diesem Augenblick vibriert das Smartphone in meiner Hosentasche. Vielleicht ist es Xenia, sie hat sicher auch die Nachrichten gesehen.

Ohne mir groß Gedanken zu machen, ziehe ich das Handy raus und entsperre den Bildschirm. Erst als ich den fremden Absender der Nachricht sehe, halte ich inne. Vor Schock scheine ich mit einem Schlag zu Eis zu gefrieren. Es dauert eine Weile, bis ich genug auftaue, um auf die Nachricht zu klicken.

Anonym: *»Wie gefallen euch die lokalen Nachrichten? Keine Sorge, bald wird die ganze Welt die Wahrheit erfahren.«*

18:39 Uhr

»Inzwischen haben sich die Befürchtungen bestätigt. Die am Nachmittag am Ufer des Fircreek River gefundene Leiche konnte von einem Familienmitglied zweifelsfrei als der vermisste Kian Lewis identifiziert werden. Nun wird weiter ermittelt, wie der junge Mann zu Tode gekommen ist. Schalten Sie regelmäßig ein für weitere Updates zu diesem Fall. Und nun zum Wetter …«

Wie versteinert verfolge ich die Nachrichten auf meinem Handy. Seit die Leiche aus dem Fluss geborgen wurde, hatte ich keine ruhige Minute mehr. Mein Herz schlägt seit Stunden in doppelter Geschwindigkeit, weshalb ich schon einen Herzinfarkt vorausahne.

Dass der schlimmste Fall eingetreten und tatsächlich einer meiner engsten Freunde tot ist, zerreißt mich innerlich. Andererseits besitze ich endlich die Gewissheit, die ich mir schon seit einer Woche herbeisehne. Die Unwissenheit ist das Schlimmste an der ganzen Sache gewesen. Kians Fehlen hinterließ eine Lücke in unserem Leben. Was wird sein Tod erst anrichten?

Im Wohnzimmer höre ich die leisen Stimmen meiner Eltern. Hoffentlich haben sie noch nicht die Nachrichten angeschaut. Das Letzte, was ich jetzt gebrauchen kann, ist ein Gespräch mit den beiden.

Schnell schließe ich meine Tür und drehe den Schlüssel um, sodass auf gar keinen Fall jemand hereinkommen kann. Ich brauche einfach … Zeit. Zeit, um zu verarbeiten und zu realisieren, was genau passiert ist.

Ich lasse das Licht brennen, während ich mich auf dem Bett zur Seite drehe, um gegen die weiße Wand zu starren. Ich versuche mir Kians Gesicht vorzustellen, seine Stimme, sein Lachen, doch schon jetzt beginnt er vor meinem inneren Auge zu verschwimmen. Ich halte mich zwanghaft an Erinnerungen und gemeinsamen Erlebnissen fest und hole damit Dinge an die Oberfläche, die ich schon längst vergessen hatte. Eine Erinnerung trifft mich besonders hart und legt meinen Körper lahm. Ich kann mich nicht bewegen, nicht einmal blinzeln, sondern sie nur ertragen …

***

Wir sitzen zu viert in einem Kreis auf dem Klettergerüst in Kians Garten. Die alte Truppe. Kian hockt direkt gegenüber von mir. Wir sind höchstens elf Jahre alt. Kinder, die nichts mehr brauchen als Freunde. Um uns herum ist bereits der Herbst ausgebrochen. Braune, rote und gelbe Blätter wirbeln umher, und in der Luft liegt ein Hauch von Vergänglichkeit.

»Wir sollten einen Pakt schließen!«, verkündet Kian, woraufhin wir anderen ihn fragend ansehen. Xenia wirkt unsicher, und Yves zieht nachdenklich die Brauen zusammen. Ihre jüngeren Alter Egos zu sehen, versetzt mich in Staunen. Sie wirken so … anders.

Xenia schaut noch niedlicher aus als heute, besitzt aber immer noch dasselbe engelsgleiche Gesicht mit den hellen Haaren und den goldenen Augen. Yves' Schopf explodiert förmlich vor Locken, die er heutzutage definitiv besser unter Kontrolle hat.

»Was für einen Pakt?«, höre ich mich selbst fragen. Es fühlt sich seltsam an, diese Erinnerung zu durchleben und mich selbst wie eine Fremde wahrzunehmen. Als seien mein Geist und mein Körper nicht länger eine Einheit.

»Einen Blutspakt«, flüstert Kian, und ich bemerke, wie Xenia bei diesem Wort zusammenzuckt. »Um unsere Freundschaft für immer zu besiegeln. Nichts kann uns jemals trennen, nicht einmal der Tod!«

Plötzlich ahne ich, warum mein Unterbewusstsein ausgerechnet diese Erinnerung herausgekramt hat. Es scheint beinahe so, als hätte der elfjährige Kian damals schon sein Schicksal vorhergesehen. Was schlichtweg unmöglich ist, oder?

»Wir bleiben also für immer Freunde?«, hakt Yves ungläubig nach. Er wirkt genauso skeptisch wie Xenia. »Für immer ist eine ganz schön lange Zeit.«

»Ich bin dabei«, sage ich. Meine Stimme klingt fest und bestimmt. Yves und Xenia werfen mir einen überraschten Blick zu, als hätten sie von mir am wenigsten Zustimmung erwartet.

»Was müssen wir tun?«, hake ich nach, bevor mir einer der anderen meine Entscheidung madig machen kann. Als hätte Kian nur auf diesen Moment gewartet, zieht er einen Rucksack mit Camouflage-Muster zu sich heran und greift hinein. Obwohl ich ahne, was nun kommt, erschrecke ich mich dennoch ein wenig, als Kian ein Taschenmesser hervorzieht und es aufschnappen lässt. Das Licht spiegelt sich in der polierten Klinge und blendet mich. Inzwischen weiß ich, dass er es damals aus dem Büro seines Vaters gestohlen hat. Xenia stößt neben mir einen spitzen Schrei aus, und Yves weicht ein wenig vor seinem Freund zurück, wohingegen ich mich interessiert nach vorne lehne.

»Also, wir müssen uns alle die Handfläche aufschlitzen und dann unser Blut miteinander vermischen, indem wir uns die Hände schütteln. Am besten einer nach dem anderen.« Kian dreht das Taschenmesser im goldenen Licht der Herbstsonne. Das Lächeln, welches sich auf seine Lippen legt, wirkt fast schon ein wenig irre. »Wer will als Erstes?«

Ein Blick in Xenias und Yves' Richtung genügt, um festzustellen, dass keiner der beiden sich freiwillig melden würde. Also hebe ich kurz entschlossen die Hand. Ein Echo meines rasenden Pulses von damals geht auf mein heutiges Ich über und versetzt mich in leichte Panik, sobald Kian seine ganze Aufmerksamkeit auf mich richtet.

»So mutig heute, Bri? Das hätte ich gar nicht von dir erwartet«,

witzelt er. Er mochte es schon immer, den Stärkeren zu mimen. Selbst als Elfjähriger wollte er der Anführer unserer Truppe sein. Wieso fällt mir das erst jetzt auf?

»Gib mir deine Hand. Am besten nicht die, mit der du schreibst«, betont er so locker, dass man denken könnte, wir würden nur ein dämliches Spiel spielen. In meinen Gedanken schreie ich dagegen an und will mich dazu zwingen, ihm nicht die Hand zu reichen, doch natürlich kann ich die Vergangenheit nicht ändern oder beeinflussen.

Hilflos sehe ich dabei zu, wie ich ihm meine linke Hand reiche und er sie nach oben dreht. In einer schnellen Bewegung zieht sich Kian selbst die scharf geschliffene Klinge quer über die Handfläche. Sein Augenlid zuckt, und er presst die Lippen fester zusammen, aber ansonsten lässt er sich nichts anmerken. Es geht so schnell, dass ich kaum darauf reagieren kann. Nur einen Wimpernschlag später spüre ich das kalte Metall auf meiner eigenen Haut und den reißenden Schmerz, der meine Handfläche aufklaffen lässt. Es brennt höllisch und breitet sich wie ein Feuer bis zu meinem Ellenbogen hinauf aus. Ich beginne zu zittern und presse meine bebenden Lippen zusammen, um mir nichts anmerken zu lassen. Trotzdem gelingt es mir nicht, die Tränen zurückzuhalten, die aus meinen Augenwinkeln entkommen. Die einzigen Zeugen meines Schmerzes.

Da nimmt Kian meine Hand und drückt sie fest mit seiner eigenen. Es fühlt sich glitschig an und zugleich warm. Blut quillt zwischen unseren Fingern hervor und tropft auf das hellbraune Holz des Klettergerüstes. Obwohl ich keine körperliche Veränderung bemerke, spüre ich den Pakt, den Kian und ich gerade für den Rest unseres Lebens geschlossen haben.

»Jetzt sind wir für immer miteinander verbunden«, erklärt er mit so eindringlichem Grinsen, dass ich mich nicht entscheiden kann, ob diese Tatsache etwas Gutes oder etwas Schlechtes bedeutet.

***

Die Erinnerung verblasst vor meinem inneren Auge. Ich spüre bereits die verräterische Nässe auf meinen Wangen und mache mir gar nicht erst die Mühe, die Tränenspuren fortzuwischen. Langsam hebe ich meine Hand gegen das Licht der Deckenlampe. Ich kann mich nicht überwinden, sie auszuschalten. Denn das Einzige, was schlimmer ist als die Angst, ist die Dunkelheit.

Dort, ganz dünn und hell erkenne ich die Narbe, die Kian damals auf meiner Haut hinterlassen hat. Ich fahre sie mit dem Zeigefinger nach, spüre das dickere Gewebe unter meiner Fingerkuppe und stelle fest, dass Kian mit seinem Tod eine noch größere Wunde erzeugt hat. Eine, die niemand sieht und niemand außer mir wahrnimmt. Meine Seele wird größere Narben davontragen, als es mein Körper jemals könnte.

MITTWOCH, 24. APRIL

7:12 Uhr

Die Nacht war albtraumhaft. Ich konnte zunächst kein Auge zutun und nur still vor mich hin weinen. Der Schlaf wollte einfach nicht kommen. Erst als ich zum Diazepam gegriffen habe, das mir die Ärztin verschrieben hatte, zog mich bleierne Bewusstlosigkeit in einen traumlosen Schlaf. Die künstlich herbeigeführte Müdigkeit erinnerte mich an jene Nacht zurück, in der Kian verschwunden ist. Der plötzliche Kontrollverlust über meinen Körper, die Erlahmung meiner Gedanken und der Eindruck, mit einem Mal »ausgeknipst« worden zu sein, fühlten sich nahezu identisch an. Kurz bevor ich vollständig das Bewusstsein verlor, kam in mir wieder der Anfangsverdacht auf, dass uns vielleicht doch jemand etwas untergemischt haben könnte.

Jetzt sitze ich todmüde auf der Bettkante, reibe mir die Augen und versuche mich zu konzentrieren. Meine Rippen pochen leicht. Unangenehm, aber nicht weiter dramatisch.

»Brianna! Es gibt Frühstück, kommst du?«, schallt die Stimme meiner Mom durchs Treppenhaus bis in mein Zimmer hoch. Ich seufze entnervt.

»Ja, Mom! Bin gleich da.« Ich schrecke zusammen beim Klang meiner eigenen Stimme. Sie gleicht vielmehr dem Krächzen eines Raben. Eines sehr müden, abgekämpften Raben. Trotzdem erhebe ich mich und mache mich in Windeseile fertig. Ein bisschen Schminke wird hoffentlich noch etwas an meinem desaströsen Aussehen richten. Anschließend ziehe ich ein paar Klamotten wahllos aus dem Kleiderschrank. Es spielt keine Rolle mehr, was ich trage. Meine Freunde und ich werden so oder so im Zentrum der Aufmerksamkeit stehen.

Ich schaue ein letztes Mal prüfend in den Spiegel. Selbst zwei Schichten Concealer können die dunklen Schatten unter meinen Augen nicht verbergen. An meiner Schläfe und der linken Wange sind immer noch die Striemen zu erkennen, die Olivia mit ihren Fingernägeln hinterlassen hat. Ich schniefe und streiche meinen dunkelblauen Rock glatt, bevor ich zum ersten Mal seit zehn Stunden meine Zimmertür aufschließe und die Treppe runtergehe. Xenia hat einmal behauptet, dass das Haus, in dem ich wohne, irgendwie unbewohnt wirkt. Bisher habe ich mein Zuhause als ganz normal empfunden, doch heute schlägt mir die Leere entgegen, und die Stille hüllt mich in Einsamkeit. Ich verstehe endlich, was sie meint.

Dad ist meist schon sehr früh fort. Wenn ich es clever anstelle, dann schaffe ich es vielleicht unbemerkt an Mom vorbei. Obwohl sie Frühstück macht, habe ich gerade keine große Lust auf Gesellschaft. Vor allen Dingen, weil wir uns höchstens anschweigen werden.

Diese Rechnung habe ich allerdings ohne Misi gemacht. Die schwarz-weiß gefleckte Katze steht am Fuß der Treppe und miaut mir lautstark entgegen. Ich liebe dieses flauschige Tierchen, aber jetzt gerade würde ich sie am liebsten wegsperren, damit niemand ihr verräterisches Maunzen hören kann.

»Brianna? Bist du da?«, tönt Moms Stimme auch schon aus

der Küche, und für einen Moment wäge ich ab, ob ich damit durchkommen würde, wenn ich zur Haustür sprinten und einfach verschwinden würde. Vermutlich nicht.

»Ja, ich komme gleich«, antworte ich deswegen schnell. Wieder einmal bemerke ich, wie heiser meine Stimme klingt. Das stundenlange Weinen hat mir ganz schön zugesetzt, und ich spüre jetzt schon, wie die Trauer mich wieder zurück in das dunkle Loch zerren will, in das ich gestern gefallen bin. Stattdessen straffe ich die Schultern, atme tief durch und gehe in die Küche. Mom steht an der Kochinsel und lächelt mich an, während sie Rühreier wendet.

»Hast du Hunger, Liebes?«, fragt sie, und im selben Moment beginnt mein Magen lautstark zu knurren. Da erübrigt sich wohl eine Antwort. Ich habe gestern Morgen zuletzt etwas gegessen. Und zwar eine labbrige Scheibe Toast mit Marmelade.

Mom schiebt mir einen Teller mit Rührei vor die Nase und legt eine Scheibe Brot daneben. Missmutig pikse ich ein wenig Ei mit der Gabel auf und schnuppere daran. Obwohl sich mein Magen vor Hunger zusammenzieht, wird mir allein bei dem Gedanken, etwas zu essen, sofort schlecht. Schuldgefühle und Verzweiflung nisten so tief in meinem Bauch, dass ich nichts herunterbekomme. Ich lege die Gabel zur Seite.

»Brianna, du musst etwas essen, sonst kannst du dich in der Schule nicht konzentrieren.«

»Momentan kann ich mich sowieso auf nichts konzentrieren«, provoziere ich sie. Irgendwie habe ich das Gefühl, dass meine Mom Kians Tod wegzulächeln versucht. Sie hat ihn seit unserem verhängnisvollen Ausflug nicht einmal erwähnt, obwohl sie inzwischen bestimmt davon gehört hat. Immerhin ist sein tragisches Schicksal seit gestern Dauerthema in allen Medien der Umgebung. Seit dem Wochenende auf dem Campingplatz hat sie mich kein einziges Mal gefragt, wie es mir geht. Sie ignoriert die Geschehnisse ebenso konsequent wie jetzt den Fund von Kians Leiche. Glaubt sie etwa, wenn sie dem Ganzen keine Aufmerksamkeit schenkt, wird sich das ganze Desaster in Luft auflösen?

»Wenn du jetzt in der Schule abrutschst, dann könnte das den Colleges negativ auffallen. Du bist bereits bei einigen in der engeren Auswahl, das solltest du nicht aufs Spiel setzen«, stellt sie klar und füllt nebenbei ganz entspannt das restliche Rührei in eine Glasschüssel. Als könne sie nichts aus der Ruhe bringen. Ich klammere mich an meiner Gabel fest und versuche, besonnen zu bleiben.

»Gerade habe ich andere Sorgen als die verdammten Colleges, auf die ich sowieso nicht gehen will«, murmele ich. Mom seufzt daraufhin bloß.

»Ich weiß, dass du gerade eine schwierige Zeit durchmachst, Liebes. Es ist niemals einfach, einen Menschen zu verlieren, besonders in deinem Alter. Aber vergiss nicht, Kian war für dich kein guter Umgang. Er hat dir das Herz gebrochen und dich betrogen. Ich verstehe, dass du trauerst, aber du warst nicht mehr mit ihm zusammen. Du solltest nicht zu viel an ihn denken und versuchen, dich voll und ganz auf deine Zukunft zu konzentrieren.«

Wie bitte? Das hat sie gerade nicht wirklich gesagt, oder? Ich fasse es nicht! Einer meiner besten Freunde ist verstorben! Das ist keine Kleinigkeit, die man einfach unter den Teppich kehren kann, wie so vieles andere …

Moms Stimme klingt so sanft, dass man meinen könnte, sie würde immer noch über unser Frühstück reden. Sie schaut mir nicht einmal in die Augen. Schämt sie sich nicht für das, was sie da gerade gesagt hat?

»Merkst du es eigentlich noch? Du redest hier von Kian! Kian, der praktisch mit mir zusammen aufgewachsen ist. Der hier, in diesem Haus, mit mir gespielt hat. Der mir über viele Jahre hinweg ein guter Freund war. Ja, er hat Fehler gemacht und mich verletzt, aber bis dahin war er immer für mich da, wenn es darauf ankam. Sein Tod ist keine unwichtige Nebensache, verdammt!« Ich schlage mit der flachen Hand auf die marmorne Arbeitsfläche. Das laute Klatschen lässt meine Mom zusammenzucken.

»Beruhige dich, Liebes. Ich habe nur versucht zu sagen, dass …« Mom umrundet die Kücheninsel und kommt auf mich zu, aber ich bewege mich bereits rückwärts in Richtung Tür.

»Dass was? Dass meine Gefühle nicht wichtig sind? Dass es Wichtigeres gibt? Dass ich das Ganze nicht an mich heranlassen soll? Tja, tut mir leid, dir das zu sagen, aber dafür ist es längst zu spät! Ich will gerade nicht an die Schule oder Colleges oder einen Ruf denken, den du aufrechterhalten willst. Ich will einfach nur …« Ja, was eigentlich? Kian vergessen? Um ihn trauern? Ihn wieder bei mir haben? »Ach, vergiss es. Du würdest es sowieso nicht verstehen«, sage ich leise, während ich mich umdrehe und zur Haustür eile. Heiße Tränen strömen mir über die Wangen und versengen meine Haut. Ihr Herunterspielen meiner Sorgen schmerzt mehr als jeder Verrat. Hinter mir höre ich die klackernden Schritte meiner Mom.

»Brianna, bleib stehen! Lass uns reden!«, ruft sie mir zu, und ich fahre zu ihr herum.

»Du hast schon genug gesagt«, zische ich und lasse sie meine Tränen sehen, damit sie endlich realisiert, was sie anrichtet. Mom versucht nach außen hin immer, den Schein der perfekten, privilegierten Familie zu wahren. Bloß keine Unruhe erzeugen, nicht das Ziel von schmutzigen Gerüchten werden oder Fehler machen. Denn in ihrer Vergangenheit hat sie sich schließlich genug Fehltritte geleistet. Einer davon bin ich. Doch heute scheiße ich auf ihre Vorschriften. Ich bin nicht länger bereit, mich hinter dieser Maske aus kaputter Perfektion zu verstecken, wenn ich daran zugrunde gehe.

Sie sagt kein Wort mehr, bis ich die Haustür hinter mir zuknalle. Hoffentlich gibt ihr das zu denken.

08:08 Uhr

Bevor die Schule beginnt, texte ich noch schnell Xenia und Yves. Wir müssen uns treffen. Am besten so früh wie möglich. Es dauert keine zehn Minuten, da haben wir uns alle an meinem Spind versammelt. Der »Verräter«-Schriftzug prangt hinter meinem Rücken. Zum Glück sind meine Tränen inzwischen getrocknet. Ich versuche, möglichst cool zu wirken, weil ich nicht riskieren will, dass jemand meine wahren Gefühle sieht. Diese Schule hat sowieso schon genug Gesprächsstoff über mich für die gesamten nächsten Jahre angesammelt.

»Wir haben nicht viel Zeit«, fange ich an. »Ihr wisst, was Sache ist.«

»Wenn du mit der *Sache* Kians Tod meinst, dann ja«, erwidert Yves. In seiner Stimme schwingt ein gereizter Unterton mit. Offenbar war sein Morgen ebenfalls kein Zuckerschlecken. Xenia legt ihm sanft die Hand auf den Unterarm, was ihn zumindest ein bisschen zu besänftigen scheint. Ich hole tief Luft und halte meine Fassade mit aller Macht aufrecht. Mit einem weiteren Heulkrampf ist niemandem geholfen.

»Wir sollten uns auf den schlimmsten Fall vorbereiten«, fahre ich fort.

»Ist der nicht schon längst eingetreten?«, fragt Xenia und bringt mich damit kurz aus dem Konzept. Ich blinzle sie an und suche für ein paar Sekunden nach den richtigen Worten. Natürlich hat sie recht. Allein die Nachricht von Kians Tod ist schlimm genug, doch …

»Es könnte alles noch viel, viel schlimmer werden, wenn sie Kians Todesursache feststellen und diese nicht zu unserer Geschichte passt«, erkläre ich. Die ganze Nacht habe ich mir Gedanken darüber gemacht.

Was, wenn nicht der Ast und das Gewitter schuld waren? Was, wenn jemand diese Chance genutzt und Kians Schicksal endgültig besiegelt hat? Was, wenn die Polizei uns die Sache anhängen will?

»Wir sollten unsere Aussagen von jenem Abend abgleichen. Um uns gegenseitig zu schützen«, erkläre ich.

»Das ist doch Bullshit! Die Polizei wird wissen, was sie tut. Als ob sie tatsächlich glauben, dass wir Kian etwas angetan haben!« Yves verschränkt die Arme vor der Brust. Xenias Blick wirkt im Gegensatz zu ihm zögerlich.

»Sieh dich doch um, Yves! Es glauben längst schon alle. Du wurdest deswegen sogar zusammengeschlagen. Wach endlich auf!« Ich deute mit der Hand auf die Schmiererei an meinem Spind.

Yves lässt die Arme sinken und blickt zu Boden. Plötzlich wird mir klar, dass nicht nur ich über einen bestimmten Schutzmechanismus verfüge, sondern auch alle anderen. Yves versucht mit seiner forschen Art, die Probleme von sich zu schieben. Allerdings erfolglos, wie sich jetzt herausstellt.

Xenia kann vor Nervosität die Finger nicht still halten. Sie fuchtelt am Saum des karierten Oberteils herum und zwirbelt im nächsten Moment an ihren Haarspitzen. Sie wirkt so unruhig. Fast schon paranoid blickt sie andauernd um sich. Befürchtet sie etwa, dass jemand uns belauscht?

»Hört genau zu. Wir haben Kian zuletzt gegen halb zwölf gesehen, als er aus der Hütte gestürmt ist. Richtig?« Ich suche nach Zustimmung in den Mienen der anderen. Keiner widerspricht mir, ein gutes Zeichen. »Wir sind sofort rausgegangen und haben ihn gesucht. Wie lange hat es ungefähr gedauert, bis wir seinen Schrei gehört haben?«

»Vielleicht eine Viertelstunde? Ungefähr?« Xenias Antwort gleicht eher einer Frage, trotzdem nicke ich.

»Das kommt hin. Wie lange waren wir bei ihm und haben versucht, ihm zu helfen?«, hake ich nun nach. Beim Gedanken daran, wie Xenia und ich uns an einer Herzdruckmassage versucht haben, wird mir wieder übel. Ich muss einmal tief durchatmen, um mich wieder zu besinnen. Die Erinnerung an das Gefühl von Kians Lippen auf meinen bleibt jedoch in meinem Gedächtnis haften.

»Bestimmt eine halbe Stunde«, grummelt Yves nun und bricht damit das Schweigen.

»Also haben wir inzwischen Viertel nach zwölf. Sagen wir mal, dass wir ungefähr um halb eins wieder in der Hütte waren. Zu viert. Und was dann?« Die Lücke in meinem Gedächtnis wird mir wieder präsent. Wir sind alle drei förmlich in ein Koma gefallen. War es der Alkohol? Die Erschöpfung? Die Resignation, die uns die Sinne geraubt hat? Oder doch etwas ganz anderes? Ich weiß es nicht. Die Ahnungslosigkeit macht es nur umso schlimmer. Die Lücke in meinem Gedächtnis verhöhnt mich geradezu.

»Danach erinnere ich mich erst wieder an unser Erwachen am frühen Morgen«, flüstert Xenia bedrückt. In ihren Augen sammeln sich Tränen, die sie eilig fortwischt, damit niemand sie bemerkt.

»Findet ihr das nicht auch seltsam? In so einer Extremsituation, in der wir alle vollgepumpt sind mit Adrenalin, einfach einzuschlafen?«, hake ich nach.

»Was willst du damit sagen, Bri?« Xenias Augen werden kugelrund.

»Ich glaube, dass außer uns noch irgendjemand im Spiel ist.

Ein Fremder könnte im Wald gelauert, die medizinischen Vorräte geklaut und uns etwas in die Getränke gemischt haben. Während wir alle ausgeknockt waren, hat der Fremde Kian entführt oder sonst was mit ihm getan.« Noch während ich meine Vermutung ausspreche, merke ich, wie verrückt sie klingt. Und trotz allem plausibel.

»Das ist doch Wahnsinn«, grummelt Yves.

»Ja. Aber es liegt durchaus im Bereich des Möglichen.« Daraufhin herrscht Schweigen. Es umwickelt uns wie eine Decke und verwehrt uns Sauerstoff. Ich ringe nach Luft und suche in Xenias und Yves' Augen nach Bestätigung.

Meine Freundin ist die Erste, die unter dem Druck einknickt. Ein Schluchzen dringt aus ihrem Mund, und Yves zögert keine Sekunde. Ich beobachte, wie er sie in den Arm nimmt und beruhigend mit der Hand über ihren Rücken streicht. Immer wieder und wieder, bis ihre Atmung sich normalisiert und ihre Tränen versiegen. Ein nasser Fleck bleibt auf Yves' hellem Hemd zurück, das scheint ihn allerdings nicht weiter zu stören. In seinem Blick erkenne ich ehrliche Zuneigung und Sorge für Xenia.

Am liebsten würde ich direkt dazwischengehen. Nur mit zusammengebissenen Zähnen schaffe ich es, keinen bissigen Kommentar an die beiden zu richten. Ich gönne den beiden ihr Glück. Wirklich. Aber unser Fokus sollte jetzt ganz woanders liegen.

»Okay, also sind wir uns beim zeitlichen Ablauf einig?«, frage ich. Meine Stimmbänder verknoten sich ineinander, sodass ich ein wenig krächze.

Yves und Xenia nicken, und ich atme erleichtert auf. Obwohl die Lage immer noch unsicher ist, kann niemand uns etwas anhaben, wenn wir zusammenhalten. Wir sind eine Einheit. Es fühlt sich verdammt gut an, meine Freunde zurückzuhaben. Zusammen können wir das hier überstehen. Zumindest rede ich mir das ein.

09:05 Uhr

Ich sitze mit gesenktem Kopf über meinem Tisch und zähle die Minuten, bis ich den Klassenraum wieder verlassen kann. Die Stunde kommt mir vor wie reinste Folter. Die Blicke der anderen und das leise Tuscheln hinter meinem Rücken sind nicht einmal das Schlimmste, sondern der leere Platz vor mir. Kians ehemaliger Platz.

Den leeren Stuhl zu sehen, gleicht einem Schlag in die Magengrube. Er ist unmöglich zu ignorieren und erzeugt die Illusion, dass Kian jeden Moment zurückkehren könnte. Als sei er nur krank oder eben auf die Toilette verschwunden. Aber das stimmt nicht. Er ist und bleibt fort. Kian ist tot. Sein Stuhl wird leer bleiben und sein Platz irgendwann von einem anderen Schüler eingenommen werden.

Plötzlich flattert ein Zettel von links auf meinen Tisch. Ich schaue nach vorne, aber meine Englischlehrerin ist gerade damit beschäftigt, etwas an die Tafel zu schreiben, von dem ich keine Ahnung habe. Nur deshalb gehe ich das Risiko ein und falte das Blatt auseinander. Wie schlimm kann es schon werden?

»Hoffentlich verreckst du genauso elendig wie dein Ex, du Verräterin!«

Großartig. Jetzt bekomme ich schon Morddrohungen. Müsste ich nicht eigentlich wütend darüber werden? Oder zumindest so etwas wie Angst empfinden? Stattdessen werden all meine Gefühle durch die seit Stunden anhaltende Resignation im Keim erstickt. Ich kann sowieso nichts an dem ändern, was andere von mir denken. Warum sollte ich mir die Mühe machen und mich aufregen? Dann ertrage ich diese Folter lieber schweigend und gebe ihnen keine Angriffsfläche.

Ich knülle die Drohung kommentarlos zusammen und lasse den Müll in meinen Rucksack fallen. Hinter mir wird das Getuschel lauter, und vereinzelt höre ich sogar ein gehässiges Lachen.

Hat sich eigentlich die ganze Welt gegen mich verschworen? Warum denkt jeder, dass ich für Kians Tod verantwortlich bin? Nur weil ich seine Ex bin? Ich bin schließlich nicht die Einzige, die eine Rechnung mit ihm offen hatte. Er genoss einen sehr zweifelhaften Ruf. Kian, der Draufgänger, der Waghalsige und zuletzt … der Betrüger.

Mein Blick zuckt wieder zur Wanduhr. Nur noch achtundzwanzig Minuten. Ich schaffe das. Ich muss einfach durchhalten, bis diese Tortur vorbei ist.

Ein Knacken ertönt aus der Lautsprecheranlage, die sich in jedem Klassenzimmer, jedem Flur und jeder Sporthalle befindet, bevor die fistelige Stimme unseres Direktors zu hören ist: *»Ist dieses Ding eingeschaltet? Ja? Also, können mich alle hören?«*

Die Klasse bricht in Gelächter aus. Ich jedoch sitze stocksteif auf meinem Stuhl. Irgendwie sucht mich ganz plötzlich ein furchtbar schlechtes Bauchgefühl heim, und eine ungute Vorahnung ergreift Besitz von meinen Gedanken. Ich hoffe so sehr, dass sich meine Befürchtung als falsch herausstellt und er nicht …

»Hiermit bitte ich Brianna Callister, Xenia Chadburn und Yves Belrose sofort ins Direktorat. Ihr seid für den Rest des Tages vom Unterricht befreit. Allen anderen Schülerinnen und Schülern wünsche ich noch einen angenehmen Schultag und viel Spaß beim Lernen! So, und wie schalte ich das Ding jetzt wieder aus?«

Es ist mit einem Mal so still im Klassenraum, dass sich das letzte Knacken aus der Lautsprecheranlage übertrieben laut anhört. Ich sitze wie festgefroren da und kann mich nicht bewegen. Nicht einmal, als mich ausnahmslos jeder anstarrt. Die Blicke lähmen mich. Nicht einmal Luft holen kann ich, weil sich mein Mund weigert, sich zu öffnen. Ich stecke in meinem eigenen Körper fest, möchte schreien und toben, doch ich kann nicht.

»Brianna, du hast es gehört, ab ins Schulbüro. Der Rest widmet sich nun der dritten Aufgabe auf Seite fünfzig im Arbeitsbuch.« Ms Hemingtons Stimme reißt mich aus meiner Ohnmacht. Schlagartig kehren meine Sinne zu mir zurück. Ich nehme die raue Tischplatte unter meinen verkrampften Händen wahr sowie das viel zu helle Licht der Deckenlampen und die ekelhafte Duftmischung aus Schweiß und Deo, die über jedem Klassenzimmer schwebt. Um mich herum rascheln die Textbücher, die ersten Stifte krakeln. Ich werde nicht länger in Grund und Boden gestarrt. Endlich kann ich wieder durchatmen.

Um nicht noch mehr Zeit zu verschwenden, packe ich meine Unterlagen in den Rucksack, bevor ich ihn schultere und die Tür ansteuere. Ms Hemington belohnt mich mit einem warmen Lächeln. Sie scheint zumindest nicht so mit Vorurteilen behaftet zu sein wie der Rest der Schule, und dafür bin ich ihr in diesem Moment sehr dankbar.

Lautlos forme ich mit den Lippen das Wort »Danke«, bevor ich den Klassenraum verlasse und die Tür hinter mir zuziehe. Bereits nach wenigen Sekunden vernehme ich knapp hinter mir Schritte. Ich werfe einen Blick über die Schulter und erkenne Yves und Xenia, die in meine Richtung steuern.

Wir wechseln kein Wort, denn das ist nicht mehr nötig. Wir wissen alle, warum wir aufgerufen wurden, und ahnen, was uns erwartet.

»Denkt an das, was wir vorhin besprochen haben«, raunt Yves beschwörend. Unser Zeitplan. Unsere einzige Chance, unsere Unschuld zu beweisen. Und das gelingt nur, wenn wir alle zusammenhalten und keiner etwas anderes erzählt.

Xenia und ich nicken schnell, bevor er zur Klinke greift und, ohne zu klopfen, die Tür zum Sekretariat öffnet. Ich rechne damit, Ms Hamel zu sehen und vielleicht Mr Elmore. Für den Anblick von zwei Polizisten bin ich jedoch nicht gewappnet. Die zwei Männer sind vollständig uniformiert und tragen sogar ihre Dienstwaffen am Gürtel. Als sie uns sehen, ziehen beide fast synchron die Augenbrauen zusammen. Haben sie etwa jemand anderen erwartet? Jemand Größeren? Jemand Stärkeren? Jemanden, der in der Lage wäre, einen Mord zu begehen?

»Brianna Callister, Xenia Chadburn und Yves Belrose?«, fragt einer der Beamten. Aus seinen stahlblauen Augen lassen sich keine Emotionen ablesen. Seine Mundwinkel sind leicht nach unten verzogen, doch das scheint sein normaler Gesichtsausdruck zu sein. Anscheinend lächelt er nicht oft.

»Ja, das sind wir«, antwortet Xenia mit überraschend fester Stimme. Ich bemerke, dass sie wieder ihre Maske aufgesetzt hat. Die Maske, die nur die perfekte Schülerin zeigt. Ich weiß nicht, ob es mir genauso gut wie ihr gelingen wird, meine Ängste zu verbergen.

»Mein Name ist Officer Brian Hall und das hier ist mein Kollege Rodrick Camion. Wir haben die Anweisung, euch für eine Befragung ins Polizeirevier zu begleiten«, erklärt er in einem ernsten, aber neutralen Tonfall. Dabei lässt er nicht durchblicken, ob sie uns verdächtigen oder ob sie neue Hinweise gefunden haben.

»Aber wir haben schon alles gesagt, was wir wissen. Bereits am Sonntag, an der Jagdhütte«, schaltet sich Yves ein. Officer Hall wirkt nicht besonders begeistert über seinen Einspruch.

»Das ist uns bewusst. Aber da Kian Lewis nun tot aufgefunden wurde, benötigen wir ein weiteres Mal eure Mithilfe. Wärt ihr bereit, noch einmal auszusagen? Eventuell liefert uns das wichtige Hinweise«, erklärt er mit drängender Stimme. Hinter seinen Worten verbirgt sich eine ganz andere Botschaft: Wir haben gar keine andere Wahl, wenn wir uns nicht verdächtig machen wollen.

Obwohl ich will, dass der Fall aufgeklärt wird, habe ich kein gutes Gefühl bei der Sache. Am liebsten würde ich auf der Stelle umdrehen und flüchten, was garantiert keinen guten Eindruck hinterlassen und eventuell sogar dafür sorgen würde, dass ich verdächtigt werde.

»In Ordnung«, antworte ich deswegen bloß. Xenia und Yves ziehen schnell nach. Das scheint den Beamten zu reichen, denn sie deuten uns kurzerhand an mitzukommen.

Gemeinsam treten wir durch die Tür und steuern den Ausgang an. Meine Freunde und ich bilden eine Einheit, während die beiden Polizisten die Nachhut ausmachen. Ich bilde mir ein, erneut die Blicke unserer Mitschüler zu spüren, auch wenn das gar nicht sein kann. Sie sitzen alle in ihren Klassen und haben die Nasen hoffentlich in ihre Bücher gesteckt. Ich fahre mir mit den Fingern durch die sowieso schon völlig zerzausten Haare und raufe sie leicht, wodurch es an meiner Kopfhaut zieht. Der flüchtige Schmerz bringt mich wieder zur Besinnung. Zumindest für den Bruchteil einer Sekunde beschäftige ich mich nicht mehr damit, was die anderen über mich denken.

Nachdem wir gemeinsam das Schulgelände verlassen haben, folgen wir den Beamten zu ihrem Dienstwagen und quetschen uns zu dritt auf die schmale Rückbank. Zu jedem anderen Zeitpunkt hätte ich es faszinierend gefunden, in einem echten Polizeiauto zu sitzen, denn tatsächlich ist es mein Kindheitstraum gewesen, Polizistin zu werden. Allerdings wäre ich jetzt lieber an jedem anderen Ort als hier. Unruhig rutsche ich auf den ledernen Sitzen hin und her. Auch Yves und Xenia wirken alles andere als entspannt. Keiner wagt es, etwas zu sagen.

Als der Fahrer aufs Gas drückt und wir uns immer näher an die Polizeistation heranschlängeln, schaue ich zu den anderen rüber. Xenias Blick trifft meinen und hält mich fest. Ich sehe in ihren Augen unermessliche Angst vor dem, was uns gleich erwarten wird.

Ich lege all meine Überzeugungskraft in meinen Blick und versuche sie sogar anzulächeln. Sie soll wissen, dass ich auf sie aufpassen werde. Soweit es in meiner Macht steht, lasse ich nicht zu, dass jemand uns schaden wird.

09:45 Uhr

Die Fahrt zum Polizeipräsidium vergeht schnell. Während Xenia und ich zumindest Blickkontakt halten, verschanzt sich Yves völlig vor uns. Er ist in sich zusammengesunken und bewegt sich erst wieder, als einer der Beamten die Tür neben ihm öffnet.

Wir werden eine breite Marmortreppe hinaufgeführt, die von zwei verschnörkelten, gusseisernen Laternen geschmückt wird. Ganz schön schick für eine Polizeistation. Aber wir sind hier schließlich auch in Fircreek, wo der äußere Eindruck mehr zählt als alles andere.

Ohne große Umschweife führt man uns durch den Haupteingang und am Empfang vorbei, an dem eine freundlich dreinblickende Frau sitzt. Die Polizisten schenken ihr keine Beachtung, sondern marschieren wortlos an ihrem Schreibtisch vorbei. Ich versuche, ihr zumindest ein Lächeln zuzuwerfen, bevor wir in einen langen Flur gelotst werden, von dem aus mehrere Türen abgehen. Officer Hall öffnet die erstbeste und winkt uns alle hinein.

Am liebsten würde ich auf der Schwelle umkehren. Der Raum ist klein und dunkel. Es gibt keine Fenster, sondern nur einen metallischen Tisch und fünf Stühle, die um ihn herum angeordnet wurden.

Meine Kehle schnürt sich zu und verweigert jegliche Sauerstoffzufuhr. Ich schnappe nach Luft und versuche die schwarzen Punkte aus meinem Sichtfeld zu verbannen, die plötzlich um mich herumtanzen.Ich hasse enge Räume. Noch schlimmer machen es die fehlenden Fenster und die Tatsache, dass es nur einen Ausgang gibt.

Was, wenn sie uns nicht wieder rauslassen?

Angst ist irrational. Sie packt dich in den Momenten, in denen du es am wenigsten erwartest, und verdreht deine Welt auf so abstruse Art und Weise, dass du ihr nicht entkommen kannst. Die Furcht ist ein Labyrinth, dessen Wege nie zum Ziel führen. Sie verwirrt dich, lässt dich verzweifeln und versperrt dir die Sicht auf das, was wirklich zählt.

Als ich eine sanfte Berührung an meiner Hand spüre, zucke ich zusammen. Mein Kopf ruckt hoch, und mein Blick trifft den von Xenia.

Das Einzige, was die Angst erträglicher macht, ist das Wissen, nicht allein zu sein. Ich habe meine Freunde an meiner Seite. Ich muss mich diesem ganzen Wahnsinn nicht allein stellen. Diese Gewissheit reicht aus, um mir einen Großteil des unsichtbaren Gewichts von den Schultern zu nehmen. Ich überwinde als Letzte die Schwelle in den Verhörraum, und nachdem die Tür endgültig hinter mir geschlossen wird, verspüre ich nur einen leichten Anflug der Angst, die mich zuvor fast zerquetscht hat.

Sobald wir uns alle auf den unbequemen Metallstühlen niedergelassen haben, herrscht für einige Sekunden eisiges Schweigen. Niemand wagt es, das erste Wort zu ergreifen, bis sich Officer Hall räuspert. Irgendetwas sagt mir, dass er hier das Kommando hat.

»Vielen Dank für eure Unterstützung im Rahmen dieser Ermittlung. Als Allererstes möchten wir euch darum bitten, eine Speichelprobe und Fingerabdrücke sowie eine weitere Blutprobe abzugeben. Nachher machen wir dann auch noch Fotos von euch. Keine Sorge, eure Eltern haben dem Standardprozedere der Ermittlungen bereits zugestimmt, nachdem wir euch am Tag des Verschwindens von Kian Lewis zu Hause abgesetzt haben.« Bei diesen Worten gefriert mein Blut zu Eis. Oder ist die Temperatur im Raum gesunken? Ich fröstele. Stimmt das, was die Ermittler sagen? Haben meine Eltern bereits ihr Einverständnis gegeben? Ich kann mich nicht daran erinnern, andererseits war ich nach der Rückkehr von dem Campingausflug auch so durch den Wind, dass ich es vielleicht nicht mitbekommen habe.

»Wieso brauchen Sie das alles? Haben Sie nicht schon Proben genommen, während wir noch in der Jagdhütte waren?«, hake ich nach. Die Beamten haben doch bereits Blutproben und alles Mögliche von uns erhalten, oder nicht?

»Reine Routine. Die bisherigen Proben sind leider nicht verwendbar, aufgrund eines technischen Defekts der Kühlung im forensischen Labor.«

Was bedeutet, dass wahrscheinlich nicht festgestellt werden konnte, ob uns in jener Nacht etwas eingeflößt wurde. Falls wir wirklich unter dem Einfluss irgendwelcher Drogen standen, werden diese heute sicher nicht mehr nachzuweisen sein. Verdammt!

»Wir haben den mutmaßlichen Tatort erneut untersucht und neue Spuren gesichert. Und es wäre natürlich wichtig, diese zuordnen zu können«, erklärt Officer Hall mit einer Ruhe, die ich niemals aufbringen könnte. Doch er hat dabei ein Detail verraten, das ihm vermutlich selbst nicht aufgefallen ist.

»Tatort? Meinen sie nicht eher Unfallort?«, frage ich deswegen genauer nach. Offiziell wurde Kians Verschwinden nie mit einem Verbrechen in Verbindung gebracht. Mir entgeht nicht, wie sich ausnahmslos jeder plötzlich auf seinem Stuhl versteift. Es ist nur ein kleines Wort. Vielleicht hat er sich nur versprochen? Was kann so ein winziges Wort schon ausrichten?

Xenias Finger klammern sich an meiner Hand fest, und ich drücke sie zurück. Die Atmosphäre im Raum ist bedrückend, und ich ertrage sie nur, weil sich meine Freunde an meiner Seite befinden.

»Das ist richtig. Wir können noch nicht allzu viel sagen, da es sich um laufende Ermittlungen handelt. Aber wir gehen momentan davon aus, dass euer Freund nicht durch einen Unfall gestorben ist. Er ist aller Wahrscheinlichkeit nach das Opfer eines Gewaltverbrechens«, erklärt Officer Hall, während sein Kollege zeitgleich etwas in einer Akte notiert.

»Aber Kian wurde von einem Ast getroffen, ich dachte, das wäre offensichtlich«, entgegnet Yves, und ich erkenne am Pulsieren seiner Halsschlagader, wie kurz er vor einem Nervenzusammenbruch steht. Neben Kians Kopf lag ein Ast, ja. Doch um ehrlich zu sein: Ob der ihn während des Sturms getroffen oder jemand ihn als Waffe gegen ihn verwendet hat, können wir nur erahnen.

»Davon sind wir zunächst auch ausgegangen. Bei der Obduktion sind allerdings mehrere Traumata im Schädelbereich aufgefallen. Das deutet darauf hin, dass …«

»… er mehrmals am Kopf getroffen wurde«, flüstere ich. »Ein herabstürzender Ast hätte nur *eine* Verletzung erzeugt, aber er weist mehrere Wunden auf. Das heißt …«

»Jemand hat euren Freund getötet. Und da ihr euch am Tatort aufgehalten habt, steht ihr unter Verdacht. So viel solltet ihr zumindest wissen«, beendet Officer Hall seine Ausführungen. Der Schock über seine Worte sickert langsam in meinen Verstand.

Ich sacke in meinem Stuhl zurück und gegen die Lehne. Mein Gehirn kommt gar nicht mehr hinterher mit dem Denken. Stechende Schmerzen pochen hinter meinen Schläfen, als würde jemand mir mit einem Hammer einen Nagel in den Schädel schlagen. Das ist alles einfach zu viel!

»Wer wusste von eurem gemeinsamen Campingtrip?«, beginnt die Befragung. Der Tonfall des Polizisten ist kühl und distanziert. Denkt er, die Schuldigen sitzen bereits hier im Verhörraum?

»Unsere Eltern und wahrscheinlich auch einige Mitschülerinnen und Mitschüler, denen wir beiläufig davon erzählt haben«, sagt nun Yves, weil weder Xenia noch ich den Mund aufmachen. Er zählt einige Personen auf, die ihm auf die Schnelle einfallen.

»Sehr gut!« Der Officer notiert sich direkt die Namen, bevor er wieder aufsieht. »Hatte sich Kian in letzter Zeit seltsam verhalten? Ist euch etwas aufgefallen?«

»Er ist sehr oft feiern gegangen, hat viel getrunken und eventuell auch …« Yves stockt, und ich ahne, was für eine Überwindung es sein muss, vor den Polizisten über Kian zu sprechen. Insbesondere über sein nicht sonderlich vorbildliches Verhalten.

»Was Yves sagen möchte, ist, dass Kian auch verschiedene Substanzen konsumiert hat«, springe ich schnell ein. Das Ganze ist kein Geheimnis an unserer Schule, und früher oder später würde es sowieso herauskommen. Kian hatte immer Stoff dabei, meist Gras. Die Polizisten nicken und kritzeln etwas in ihre Akte. Wie es sich wohl anfühlt, wenn Verbrechen zur Tagesroutine gehören? Wenn ein Mord nur eine weitere Akte auf dem Schreibtisch bedeutet und kein Menschenleben mehr darstellt?

»Hat sich euer Freund im Laufe der Zeit irgendwelche Feinde gemacht? Wurde er eventuell von jemandem bedroht?«, hakt Officer Hall nun nach. Sein Tonfall ist so weich wie Honig und wiegt uns in Sicherheit. Er ist so verdammt nett im Vergleich zu seinem Kollegen. Fast schon zu nett. In meinem Magen nistet sich ein flaues Gefühl ein.

»Kian ist *andauernd* mit den verschiedensten Leuten aneinandergeraten. Er hat sich pausenlos mit seinen Eltern gestritten, weil er nicht der brave Sohn war, den sie sich gewünscht haben. In der Schule hatte er immer wieder Stress wegen allen möglichen Dingen, und er hat die Herzen von vielen Mädchen gebrochen. Kian besaß viele falsche Freunde, die ihm ins Gesicht gelächelt und dann hinter seinem Rücken Gerüchte über ihn verbreitet haben. Und obwohl er so einen zweifelhaften Ruf hatte, sind ihm alle in Scharen hinterhergelaufen.« Yves schließt schnell den Mund. Ich kann die Zweifel in seinem Gesicht ablesen. Er zieht die Augenbrauen nachdenklich zusammen und legt die Stirn in Falten. Hat er zu viel gesagt? Oder zu wenig? Was wollen die Polizisten wirklich von uns hören?

Die Beamten hören auf mitzuschreiben, und ich bemerke, wie sich der Fokus ihrer Aufmerksamkeit von Yves zu mir bewegt.

»Ist es wahr, dass auch du zu den Ex-Freundinnen von Kian Lewis gehörst, Brianna Callister?«, richtet nun der namenlose Polizist das Wort an mich. Für einen Wimpernschlag steht die Welt still. Keiner regt sich. Alle Blicke sind auf mich gerichtet. Aber ich bekomme den Mund nicht auf. Wie kann die Polizei so etwas wissen? Keiner von uns hat Kians und meine Beziehung erwähnt. Und Yves hat meinen Namen auch nicht in den Mund genommen!

»Wolltest du Rache üben, weil er dich betrogen hat? Hast du Kian getötet, vielleicht im Streit? Und hast du hinterher versucht, es wie einen Unfall aussehen zu lassen?«, bohrt der Polizist weiter. Plötzlich durchschaue ich das Spiel, was hier gespielt wird. Es ist so eine alte Masche. Sie hätte mir sofort auffallen müssen. Officer Hall spielt den guten Cop, wohingegen sein Kollege den Bösen mimt. Alles nur, um uns zum Reden zu bringen! Ich fasse es nicht.

Obwohl in mir das Bedürfnis brennt, mich zu verteidigen und meine Unschuld zu beweisen, weiß ich, dass das ein Ding der Unmöglichkeit ist. Egal was ich sage und tue, es könnte gegen mich verwendet werden. Also bleibt mir nur noch ein Ausweg. Ich schieße in die Höhe und stoße dabei meinen Stuhl um, der mit einem Scheppern zu Boden geht.

»Das geht zu weit! Ich werde kein Wort mehr mit Ihnen reden ohne einen Anwalt. Dass Sie hier Minderjährige ohne Erlaubnis und ohne Rechtsbeistand befragen, ist sowieso ein Unding«, stelle ich laut und deutlich klar. Durch die Arbeit meiner Mom weiß ich, dass wir ein verdammtes Recht auf einen Anwalt haben, wenn wir nicht mehr Zeugen, sondern Verdächtige sind.

»Gut, die Befragung ist hiermit dann vorerst beendet«, bringt Officer Hall zwischen zusammengebissenen Zähnen hervor. Seine freundliche Maske verrutscht von einem Moment auf den anderen, und endlich sehen wir sein wahres Gesicht. Die Abscheu und die stummen Vorwürfe uns allen, aber insbesondere mir gegenüber. Was soll das?

»Nein, ich denke nicht. Denn ich habe sehr wohl noch eine Frage«, sage ich und hoffe, meine Stimme klingt selbstbewusst und stark. Denn in mir sieht es ganz anders aus. Am liebsten würde ich schreiend im Kreis rennen und vor Panik haltlos weinen. Stattdessen lehne ich mich mit beiden Armen auf den

Metalltisch und stemme mich in Richtung der beiden Polizisten.

»Woher wussten Sie von der Beziehung zwischen Kian und mir? Keiner von uns hat sie mit einem Wort erwähnt.« Kaum verlässt die Frage meinen Mund, scheint sich das Kräfteverhältnis im Raum zu verschieben, und mit einem Mal sind meine Freunde und ich in der dominanten Position. Die rote Gesichtsfärbung von Officer Hall ist kaum zu übersehen. Er verbirgt etwas. Und er ist nicht besonders gut darin.

»Hall«, raunt Xenia plötzlich und durchbohrt den Polizisten geradezu mit ihrem Blick. »Sie sind mit Olivia verwandt, richtig?«

Er braucht gar nichts zu sagen. Seine Kieferreihen malmen stark aufeinander, sodass seine Zähne knirschen und die Adern an seinem Hals besonders hervortreten.

Ich sehe ihn fassungslos an. Das ist wirklich nicht zu fassen!

»*Sie* steckt dahinter? Glaubt Olivia wirklich, ich könnte etwas mit Kians Tod zu tun haben? Ich wusste ja, dass sie mich nicht leiden kann, aber das ist …« Meine Beine zittern, und ich befürchte, jeden Moment zusammenzusacken. Meine letzten Kraftreserven sind durch diese Extremsituation aufgebraucht.

»Kommt, wir gehen. Hier haben wir nichts mehr verloren«, bestimme ich kurzerhand, bevor ich noch zusammenklappe. Nun erheben sich auch Yves und Xenia langsam von ihren Sitzen. Ohne die beiden Beamten noch weiter zu beachten, wende ich mich ab und verlasse den Verhörraum.

Der Schritt über die Schwelle fühlt sich an wie ein Befreiungsschlag, auch wenn mir bewusst ist, dass unser Schicksal in naher Zukunft sehr wohl in einer Gefängniszelle enden könnte. Besonders, wenn Gerüchte und Halbwahrheiten mehr Gewicht haben als tatsächliche Beweise.

16:14 Uhr

Die schwarze Tinte an meinen Fingerspitzen ist schon längst getrocknet, und trotzdem kann ich den Blick nicht von ihnen abwenden. Ich werde vermutlich niemals den Moment vergessen, in dem die Polizistin meine Hand genommen und die Fingerspitzen in das feuchte Stempelkissen gedrückt hat, nur um sie danach auf eine Art Karteikarte mit meinen Daten zu pressen. Darauf waren jeweils genau zehn kleine Kästen zu sehen. Ein Kasten für jeden Finger. Allein der Gedanke daran lässt mich schaudern. Noch nie in meinem Leben habe ich mich so sehr wie eine Verbrecherin gefühlt.

Seit etwa einer Stunde sitze ich nun auf der Bettkante und starre vor mich hin. Mal auf meine Hände, mal an die Wand. Dort, wo all meine Polaroidfotos kreuz und quer aufgehängt sind. Bilder von meinem Cheerleading-Team. Bilder mit Xenia und Yves. Bilder von Kian.

Ich kann nicht fassen, dass die Polizisten mich verdächtigen, für Kians Tod verantwortlich zu sein. Nur weil wir uns getrennt haben? Denken sie wirklich an einen Racheakt? Aber warum, um Gottes willen, hätte ich ihn dann umbringen sollen? Ich hätte ihm seinen Betrug auch auf tausend andere Arten heimzahlen können.

Am allerwenigsten kann ich nachvollziehen, was Olivia bezweckt. Ja, sie kann mich nicht leiden. Ja, wir geraten ständig aneinander. Sowohl körperlich als auch verbal. Aber das ist noch lange keine Grund, mir einen Mord anzuhängen! Oder? Geht Olivias Hass wirklich so tief? Will sie mich hinter Gittern sehen?

Ist sie verzweifelt und glaubt wirklich, dass ich es war? Oder versucht sie von sich selbst abzulenken? Nach allem, was geschehen ist, traue ich Olivia Hall definitiv einen Mord zu.

Plötzlich schlägt unten im Haus eine Tür zu. Schritte und Stimmen ertönen. Meine Eltern sind von der Arbeit heimgekehrt. Ich schlucke und erhebe mich mit wackeligen Knien. Irgendwie fühle ich mich wie ein Roboter. Alle meine Bewegungen laufen mechanisch ab. Ich muss es ihnen sagen, ich muss ihnen von den heutigen Geschehnissen erzählen. Jetzt brauche ich ihre Unterstützung mehr denn je, besonders wenn die Polizei gegen mich ermittelt.

Unaufhaltsam setze ich einen Fuß vor den anderen. Meine Hand streckt sich zum Treppengeländer hin aus, und ich trete eine Stufe nach der anderen hinab. Obwohl ich mich fast schon in Zeitlupe bewege, geht mir alles viel zu schnell. Nicht einmal Misi, die um meine Beine streicht und herzzerreißend miaut, kann mich beruhigen. Für einen Moment wünsche ich mir, auf einer Treppenstufe sitzen zu bleiben und ihrem Schnurren zu lauschen, um noch ein wenig Zeit zu schinden.

Ich will eigentlich nicht mit meinen Eltern reden. Will ihnen nicht erklären, was heute geschehen ist, und will ihnen auf gar keinen Fall sagen, dass ich offiziell unter Verdacht stehe, einen meiner besten Freunde ermordet zu haben. Aber es muss sein. Sie sind die Einzigen, die mir in dieser Lage noch irgendwie weiterhelfen können.

Allein diese Gedanken in meinem Kopf zu formen, erfordert verdammt viel Überwindung. Gleichzeitig kommen sie mir so realitätsfern vor. Innerhalb kürzester Zeit hat sich mein gesamtes Leben um hundertachtzig Grad gedreht. Vor einigen Tagen war mein größtes Problem noch, ein normales Gespräch mit Kian zu führen, ohne in Tränen auszubrechen. Jetzt ist er tot, und ich stehe unter Mordverdacht. Wie konnte das alles so schnell ausarten?

»Hallo, Schätzchen, wie war die Schule?«, fragt meine Mom da plötzlich. Ich habe gar nicht richtig wahrgenommen, wie ich das Wohnzimmer betreten habe. Aus einem Reflex heraus will ich schon mit »Gut« antworten, stattdessen bleibt mein Mund leicht geöffnet stehen, und kein Wort dringt heraus. In Moms Lächeln liegt ein stiller Schmerz, und ich sehe an ihrer verkrampften Haltung sofort, dass sie hofft, unseren Streit von heute Morgen einfach begraben zu können.

»Na? Wie geht es meinem Liebling?«, ruft Dad aus dem Nebenraum, bevor er ins Wohnzimmer kommt und mich in eine seiner legendären Umarmungen zieht. Er nimmt trotzdem Rücksicht auf meine verletzten Rippen und drückt mich nicht zu fest an sich. Mein Dad ist ein großer, breit gebauter Mann mit einem flauschigen Bart und genau dem richtigen Maß an Bauchspeck. Ihn zu umarmen, fühlt sich immer wie Heimkommen an. Als würde ich meinen Lieblingsteddy an mich drücken.

Im Gegensatz zu ihm ist Mom die geborene Perfektionistin. Alles muss glatt gebügelt und perfekt sein. Keine Falte, kein Pickelchen oder Haar darf am falschen Fleck sitzen. Um sie umarmen zu dürfen, müsste ich vorher vermutlich erst einen Termin ausmachen.

»Dad, ich bekomme keine Luft«, bringe ich keuchend heraus, woraufhin er mich sofort loslässt. Zugleich wünsche ich mir, dass er mich niemals gehen lassen würde. Denn gerade kann ich jedes bisschen Zuneigung gebrauchen. Während er zu Mom herübergeht, um ihr einen Kuss auf die Lippen zu drücken, habe ich zumindest einen Moment Zeit durchzuatmen.

»Ich war heute nicht in der Schule«, stoße ich endlich zwischen zusammengepressten Zähnen hervor.

»Was? Wieso nicht? Hast du etwa geschwänzt? Ist es wegen unseres Streits heute morg…«

»Nein, Mom, das ist es nicht. Xenia, Yves und ich wurden von der Polizei mitgenommen.«

Das erstaunte Schweigen meiner Eltern erfüllt den Raum.

Bisher haben wir kaum über die Ereignisse während des Campingausflugs geredet. Im Totschweigen von Problemen ist meine Familie wirklich meisterhaft. Aber jetzt muss ich es endlich hinter mich bringen. »Sie haben festgestellt, dass Kian nicht durch einen Unfall gestorben ist. Es könnte mehr dahinterstecken. Die Polizei geht von Mord oder Totschlag aus.«

»Was? O mein Gott, der arme Junge!«, kommt es meinem Dad über die Lippen. Er legt die Hand erschrocken über den Mund und schaut mich so an, als hätte er nie im Leben damit gerechnet. Im Gegensatz zu meiner Mom mochte mein Dad Kian sehr. Er hat in ihm immer den warmherzigen Jungen gesehen, der seine Tochter zum Lachen bringen konnte.

»Sie haben Fingerabdrücke und DNA-Proben von uns genommen. Außerdem haben sie einige Gedanken über die laufenden Ermittlungen geäußert.« Meine Eltern hängen mir beide gleichermaßen an den Lippen. Alles in mir sträubt sich dagegen, die Wahrheit zu sagen, doch sie muss einfach raus. Sie würde mich innerlich vergiften, wenn ich sie für mich behielte. »Die Polizisten sehen in mir eine potenzielle Verdächtige. Sie halten es für möglich, dass ich Kian getötet habe. Nur weil ich seine Ex-Freundin bin.«

Da! Jetzt ist es ausgesprochen.

Es dauert keine Sekunde, schon ist mein Dad wieder an meiner Seite und drückt mich an sich. Meine Gedanken wirbeln kreuz und quer durcheinander. Ich bemerke erst Minuten später, wie mir die Tränen über die Wangen laufen. Dads Flanellhemd saugt sie ausnahmslos auf. Er selbst hört nicht auf damit, mir über den Kopf zu streichen und mir immer und immer wieder zu sagen, dass alles gut wird und wir alles hinbekommen werden.

Ich kralle mich an ihm fest und bin für viele Minuten nicht bereit, ihn loszulassen. Er ist mein Fels in der Brandung. Ich wusste, wenn mich jemand verstehen wird, dann er. Auf meinen Dad konnte ich schon immer zählen.

Als wir uns langsam voneinander lösen, sehe ich, wie sich meine Mom auf das Sofa setzt und das Gesicht in den Händen vergräbt. Ich weiß nicht, ob sie weint oder nur versucht, ihre Gedanken zu sortieren. Es dauert nicht lange, da richtet sie sich mit einem Seufzen wieder auf und streicht ihren grauen Bleistiftrock glatt. Ganz die gefasste Frau, die ich kenne. Sie verschränkt die Arme vor der Brust und scheint zu grübeln, während sie mich betrachtet.

»Haben die Polizisten sonst noch irgendetwas gesagt? Irgendwelche konkreten Gründe für ihren Verdacht?« Ich sehe die winzige Ader auf der Mitte ihrer Stirn pulsieren. Sie versucht offensichtlich, die Fassung zu wahren, obwohl sie vermutlich lieber irgendetwas zerschmettern würde. Mit meiner Mom ist nicht zu spaßen, besonders in Situationen wie dieser. Zum Glück ist Dad mit seiner starken Schulter an meiner Seite, sonst würde ich dieses Verhör nicht überstehen.

»Officer Hall ist der Vater von Olivia, einem Mädchen aus meinem Cheerleading-Team. Die, mit der Kian mich betrogen hat. Sie hasst mich. Olivia hat bestimmt diesen Verdacht in ihren Vater gepflanzt. Bisher gehen sie nämlich von Motiven wie Rache oder Eifersucht aus. Aber das ist nicht wahr, ich stecke da nicht mit drin!«, stelle ich deutlich klar. Meine Mom nickt nur. Ich weiß, sie versucht mir auf ihre Weise zu helfen. Aber jetzt gerade könnte ich eine Umarmung viel besser gebrauchen.

»Hast du dich in irgendeiner Art und Weise dazu geäußert? Wie lange hast du mit den Polizisten gesprochen?« Die undurchdringliche Miene meiner Mutter lässt sich nicht entschlüsseln. Ich kann nicht erahnen, was sie von mir hören will. Also bleibt mir nur eins: Die Wahrheit zu sagen.

»Ich habe relativ schnell nach einem Anwalt verlangt. Sie

haben uns vorerst gehen lassen, aber bestimmt werden sie ein weiteres Verhör anordnen«, gebe ich mit bebender Stimme von mir. Allein die Erinnerung an die beklemmende Situation im Verhörraum lässt die Tränen in meinen Augen emporsteigen.

»Schlaues Mädchen«, murmelt mein Dad neben mir und drückt mich ein wenig fester an sich. Mom scheint dem zuzustimmen, denn sie nickt erleichtert.

»Ich rufe sofort Mr Barnes an«, sagt sie und kramt noch im selben Moment ihr Smartphone aus der Tasche ihres Blazers. Mr Barnes ist ihr Chef und einer der gefragtesten Anwälte der Umgebung. Wenn uns jemand helfen kann, dann er. Sie springt auf und verlässt mit schnellen Schritten den Raum. Der Eindruck, dass sie gerade vor mir flieht, verfestigt sich dabei in meinem Kopf. Dagegen helfen selbst die besten Umarmungen meines Dads nicht.

»Es tut mir so leid«, schluchze ich, weil die Tränen sich erneut aus meinen Augenwinkeln schleichen. Dad reagiert schnell und drückt mich wieder an sich.

»Das Ganze ist nicht deine Schuld, Kleines. Du warst zum falschen Zeitpunkt am falschen Ort. Du bist ebenfalls ein Opfer, keine Täterin«, versucht er mich zu beruhigen. Doch seine Worte bringen mich nur dazu, mich noch verzweifelter an ihm festzuhalten.

Ich will kein Opfer sein. Ich will stark sein, verdammt! Stark und unerschütterlich. Und wenn es das Letzte ist, was ich tue: Ich lasse mich von niemandem zur Schuldigen machen.

DONNERSTAG, 25. APRIL

8:05 Uhr

Die Schulflure sind zu meinem persönlichen Albtraum mutiert. Überall stehen Menschen, die mich von oben bis unten mustern, mir Beleidigungen zurufen oder mich komplett ignorieren. Selbst Mitschüler, von denen ich glaubte, sie seien meine Freunde, gehen wortlos an mir vorbei. Die Köpfe halten sie gesenkt, um meinen Anblick leichter vermeiden zu können.

Es kostet wahnsinnig viel Überwindung, nicht umzukehren und den Rückzug anzutreten. Einfach nach Hause zu fahren und mich in meinem Zimmer zu verschanzen. Stattdessen schreite ich erhobenen Hauptes durch die Gänge und zucke nicht mit der Wimper, wenn jemand das Wort »Mörderin!« hinter mir herschreit.

Das geht so lange gut, bis ich an meinem Spind anlange. Nur wenige Meter von mir entfernt kämpft sich Yves damit ab, eine viel zu große Sporttasche in seinen viel zu schmalen Spind zu quetschen. Er schnauft und stöhnt wie verrückt, und ich erkenne deutliche Schweißperlen auf seiner Stirn.

»Was tust du da?«, frage ich und trete neben ihn. Yves war

anscheinend so auf seine Aufgabe fokussiert, dass er mich gar nicht kommen gehört hat. Vor Schreck lässt er die Tasche zu Boden fallen.

»Bri! Du hast mich fast zu Tode erschreckt!«, meint er bloß, bevor er das Gepäckstück aufhebt.

»Tut mir leid.« Kritisch beäuge ich den winzigen Spind und dann die große Tasche. »Aber mal im Ernst, das wird niemals passen.«

Yves seufzt entnervt auf und wirft mir einen vielsagenden Seitenblick zu. »Du wirst nicht lockerlassen, richtig?« Mein schmales Lächeln ist ihm anscheinend Antwort genug, denn er fährt direkt fort: »Ich werde ein paar Tage im Laden pennen. Pete hat es mir bereits vor einer Weile angeboten, weil es bei mir zu Hause nicht so rundläuft.«

Was? Yves ist von zu Hause weg?

»Ist was passiert? Zwischen dir und deiner Mom?«, frage ich vorsichtig nach. Dass er öfter mit seiner Mom aneinandergerät, weiß ich ja. Anscheinend ist die Situation dieses Mal eskaliert.

»Ich habe ihr heute Morgen von dem gestrigen Verhör erzählt. Und sie hat nichts, wirklich gar nichts dazu gesagt. Dann ist sie vom Frühstückstisch aufgestanden und hat ihren Teller so fest auf die Spüle geknallt, dass er zerbrochen ist. Ohne das Chaos zu beseitigen, ist sie aus dem Raum gestürmt und hat rumgebrüllt: *Wenn du ins Gefängnis kommst, erwarte bloß nicht, dass ich dich besuche!* Und: *Du bist genauso verantwortungslos wie dein Vater!*«

Mitleid überfällt mich. Yves muss sich furchtbar fühlen. Mit einer Mutter zusammenzuleben, deren Herz unwiederbringlich gebrochen wurde, ist eine große Herausforderung. Bisher meisterte er diese, aber das ganze Drama rund um Kian fordert nun seinen Tribut.

»Ich habe mir nur gedacht: Das war's! Es reicht! Ich mach nicht mehr mit, nicht jetzt. Also habe ich meine Sporttasche hervorgekramt, hab ein paar Shirts, Hosen, mein Erspartes, einen Schlafsack und meine Schulsachen eingepackt und bin gegangen. Ich habe mir schon so lange vorgestellt, das Ganze durchzuziehen. Meine Tasche zu packen und abzuhauen. Dem Drama entkommen. Jedenfalls für eine Weile.«

Ich lege ihm die Hand auf den Arm und versuche ihm damit zu zeigen, dass ich für ihn da bin und er sich alles von der Seele reden kann. Ich werde ihm zuhören.

Erst jetzt wird mir bewusst, in was für einer privilegierten Situation ich mich eigentlich befinde. Meine Eltern sind für mich da, auch wenn vielleicht nicht immer auf die Art und Weise, wie ich es mir wünschen würde. Selbst wenn Mom ihre Zuneigung nicht offen zeigt, kann ich auf sie zählen.

Yves blinzelt heftig, und seine Augen röten sich verdächtig.

»Immer habe ich versucht, meiner Mom alles recht zu machen. Ich habe mir sogar einen Job gesucht, damit wir mehr Geld haben. Ab heute bin ich nicht mehr ihr Problem. Das habe ich ihr genau so gesagt. Und weißt du, wie sie darauf reagiert hat?«

Ich schüttle hilflos den Kopf.

»Gar nicht. Sie hat weder geschrien noch eine Miene verzogen. Als hätte sie jahrelang nur darauf gewartet, dass ich durch diese Tür verschwinde und nie wieder zurückkehre. Genauso wie Dad damals.«

»Oh, Yves …«, flüstere ich und ziehe ihn in meine Arme. Der Schatten seines Schmerzes legt sich über mich. Wut und Frust vermengen sich zu einer explosiven Mischung. Einzig und allein mein Mitleid erstickt den Zorn. Ich bekomme kaum Luft und kämpfe gegen die Tränen an. Wie muss sich Yves erst fühlen? Ich kann es mir nicht einmal ausmalen.

»Du darfst auch gerne bei uns auf der Couch schlafen, wenn du möchtest«, biete ich an. Yves schüttelt sofort den Kopf, ohne sich mein Angebot durch den Kopf gehen zu lassen.

»Im Comicladen habe ich meine Ruhe und störe keinen. Ich muss erst mal einen klaren Kopf bekommen und brauche Zeit für mich. Aber danke, vielleicht komme ich irgendwann auf dein Angebot zurück.«

Es dauert eine kleine Ewigkeit, bis wir uns voneinander lösen. Yves sieht zwar mitgenommen aus, doch auf seinen Lippen bildet sich ein kleines Lächeln.

»Danke fürs Zuhören, Brianna. Obwohl gerade so vieles in meinem Leben schiefgeht und sich scheinbar jeder gegen mich verschworen hat, fühlt sich dieser Schritt richtig an. Egal, was mich jetzt erwartet, ich bin bereit.«

Darauf habe ich nichts mehr zu erwidern. Stattdessen helfe ich ihm, seine vollgestopfte Tasche in den Spind zu quetschen. Indem einer die Tür zudrückt und der andere Druck auf das Gepäckstück ausübt, gelingt es uns schließlich.

»Gute Arbeit«, kommentiert Yves und hält mir seine Hand für ein High-Five hin. Ich schlage ein, und noch während wir gemeinsam lachen, wird Yves von hinten angerempelt und stolpert in meine Richtung. Ich schaffe es gerade noch so, meine Hände zu heben und seinen Fall abzufangen. Das war ganz bestimmt kein Versehen, denn dafür war der Stoß viel zu heftig. Ich schaue auf und versuche zu erkennen, wer dafür verantwortlich sein könnte. Sofort fällt mir eine Person ins Auge: Olivia Hall.

Mein Blick fixiert ihren Hinterkopf, und auf einmal überschlagen sich meine Gedanken. Ein schrecklicher Verdacht kommt mir in den Sinn: Olivia könnte hinter allem stecken. Sie wusste von dem Campingausflug und hatte ein sehr triftiges Motiv, Kian zu schaden. Eifersucht. Verletzte Gefühle. Vielleicht wollte sie ihn ja nicht umbringen, sondern nur erschrecken oder zur Rede stellen, und die Sache ist schiefgegangen. Sie besitzt all unsere Telefonnummern und hat die Polizei gegen mich aufgehetzt. Versucht sie, von sich abzulenken? Es spricht so vieles dafür. Bestimmt ist sie in diese ganze Sache verwickelt.

»Wir sehen uns später beim Mittagessen, ja?«, sage ich zu Yves und warte seine Antwort gar nicht erst ab. So schnell ich kann, eile ich hinter Olivia her. Ihr wippender Haarschopf ist glücklicherweise leicht auszumachen in der Menge, sodass ich rechtzeitig mitbekomme, wie sie einen der Seitenausgänge zum Hof nimmt. Vermutlich um eine Abkürzung zu einem der weit entfernten Kursräume zu nehmen. Ich sprinte ihr hinterher und nehme wahr, wie außer uns beiden glücklicherweise nur ein paar vereinzelte Schüler auf dem Hof herumstehen.

»Olivia!«, rufe ich quer über den Platz. Sie bleibt sofort stehen und dreht sich langsam zu mir um, während ich näher komme. Überrascht zieht sie eine perfekt gezupfte Augenbraue in die Höhe.

»Was willst du von mir, Callister? Hast du nicht schon genug Unruhe gestiftet?«, fragt sie mit scharfem sarkastischem Unterton.

»Sag du es mir. Du bist doch für den ganzen Mist verantwortlich.«

Sie lacht auf. Es klingt gestellt, fast schon ertappt. Zumindest will ich das glauben.

»Wie bitte?«, erwidert sie eine Oktave höher. »Du tickst ja wohl nicht mehr ganz richtig!«

»Gesteh es endlich! Du hast Kian auf dem Gewissen, weil er nicht mit dir zusammen sein wollte. Für ihn warst du immer nur eine Affäre. Und du bist diejenige, die uns diese verdammten Drohnachrichten schreibt und bei der Polizei gegen mich hetzt!«, keife ich nun zurück. Meine Lautstärke ist unbewusst immer lauter geworden, aber das ist mir egal. Soll doch die ganze Welt hören, was für ein grauenhafter Mensch Olivia Hall ist.

»Du hast völlig den Verstand verloren!«, zischt mein Gegenüber nun und will sich schon von mir abwenden, allerdings bekomme ich sie noch rechtzeitig an der Schulter zu fassen. Ohne ein Geständnis lasse ich sie nicht entkommen!

Nur am Rande bemerke ich, dass sich inzwischen einige Schüler um uns herumgeschart haben. Wie aus weiter Ferne nehme ich die grölenden Rufe wahr, die sich gegenseitig anstacheln und immer lauter werden.

»Leute! Kommt mit! Das müsst ihr euch ansehen!«

»Schlägerei!«

»Wer ist es?«

»Zwei Cheerleader! Das wird ein Spektakel!«

»Das dürft ihr nicht verpassen!«

Nur Sekunden später erfüllen aggressive Schreie und lautes Grölen die Luft und bringen mich fast dazu, die Hände über die Ohren zu legen. Stattdessen trete ich noch ein bisschen näher an Olivia heran.

»Wenn du es nicht warst, kannst du mir ja dein Smartphone zeigen. Dann sehen wir, ob du die Nachrichten verschickt hast oder nicht«, fordere ich. Sofort weicht ihr jegliche Farbe aus dem Gesicht.

»Einen Scheiß werde ich tun!«, antwortet sie bloß und schüttelt meinen Griff ab. Für einen Moment ringe ich mit mir und überlege krampfhaft, was ich tun soll. Ich könnte sie einfach gehen lassen. Jedoch hält mich etwas an Ort und Stelle fest: Der Gedanke, dass vor mir vielleicht eine Mörderin steht. Wie soll jemals Gerechtigkeit für Kian erlangt werden, wenn niemand die Tatsachen ans Licht zerrt?

»Du warst es, stimmt's? Niemand sonst kann es gewesen

sein!« Zorn frisst sich durch meinen Verstand. Ich sehe nur noch Schwarz und Weiß. Ich will endlich die Wahrheit erfahren.

Um uns herum hat sich eine regelrechte Menschenwand gebildet. Es wird geschubst und gedrängelt, weil jeder eine möglichst gute Sicht auf das Spektakel ergattern will.

»Und um deine Taten zu vertuschen, hast du meine Freunde und mich bei der Polizei vorgeführt! Du bist so durchtrieben!« Mein Tonfall ist inzwischen so schrill, dass mir meine eigenen Worte in den Ohren klingeln.

»Irgendwer muss ja dafür sorgen, dass du deine gerechte Strafe bekommst. Du und deine Freunde, ihr habt Kian auf dem Gewissen, Brianna, egal was du hier behauptest!«, ruft Olivia da tatsächlich. Also ist es wahr. Sie steckt tatsächlich hinter den Verdächtigungen der Polizei. Und wenn sie sich dort schon eingemischt hat, dann ist sie bestimmt noch zu viel mehr in der Lage …

»Verbreite nur weiter Lügen. Die Wahrheit wird so oder so ans Licht kommen«, flüstere ich mit betont sanfter Stimme. Das scheint sie besonders anzustacheln.

»Lügen? Ach ja? Also warst du nicht wütend auf Kian? Eifersüchtig, weil er offensichtlich mich wollte und nicht länger dich? Dein Motiv ist viel logischer. Also gib es zu, Callister!« Olivia legt eine dramatische Pause ein, in der sie mir plötzlich so nahe kommt, dass sich unsere Nasenspitzen beinahe berühren. »Du hast deinen Ex aus Eifersucht getötet. Und wer weiß, vielleicht stehe ich sogar als nächstes Opfer auf deiner Liste! Zum Glück gibt es hier genug Zeugen, die sehen, was für ein schrecklicher Mensch du bist!«

Es reicht! Meine zuvor brennende Wut wandelt sich innerhalb eines Wimpernschlags zu kalter Härte. Olivia hat mir so viel angetan, mich gedemütigt, mir Verletzungen zugefügt und mich in den Fokus einer verdammten Mordermittlung gerückt. Meine Geduld mit ihr hat jegliche Grenze überschritten.

Es fühlt sich wie ein natürlicher Reflex an. Meine Hand formt eine Faust und schießt nach vorne. Ein stechender Schmerz strahlt bis in meinen Ellenbogen, sobald ich Olivias Nase treffe. Ein hässliches Knacken ertönt, welches mir durch Mark und Bein fährt. Ich mache mich auf einen Gegenangriff gefasst, stattdessen geht Olivia widerstandlos zu Boden. Erst als sie auf dem grauen Asphalt liegt und sich die Hand über die Nase hält, sehe ich das Blut, das durch ihre Fingerspitzen hindurchquillt. Für eine Schrecksekunde ist alles still, doch dann bricht ein animalischer Schmerzensschrei aus ihr heraus, der uns alle zusammenzucken lässt. Habe ich das wirklich getan? Habe ich gerade Olivia Hall geschlagen?

Bevor ich reagieren kann, packt mich eine Hand am Ellenbogen und zieht mich vom Ort des Geschehens weg. Die Menge zerstreut sich gleichzeitig in alle Richtungen. Ein paar Leute buhen uns aus, doch die meisten schweigen. Die Jubelrufe verstummen und stattdessen hallen nur noch Olivias Schmerzensschreie über den Hof.

»War es das wirklich wert?«, fragt mich derjenige, der mich fortgezogen hat. Es ist Yves. Er scheint wirklich sauer zu sein, denn er blickt mir nicht einmal in die Augen.

Sobald ich mit einem klaren »Ja« antworte, lässt er sofort von mir ab, als hätte er sich durch die Berührung an mir verbrannt. Aber es ist mir egal. Ich bereue nichts. Olivia hat endlich bekommen, was sie verdient hat. Und wenn mich das zu einem schlechten Menschen macht, dann ist mir das auch recht.

12:10 Uhr

Meine Hand schmerzt immer noch, obwohl die Konfrontation mit Olivia bereits einige Stunden zurückliegt. Meine Knöchel knacken und fühlen sich wund an. Die Erinnerung daran, wie dunkles Blut aus Olivias Nase geflossen ist und wie verbogen ihre Nase aussah, nachdem sie zu Boden gegangen ist, übertüncht jedoch meinen eigenen Schmerz.

Eigentlich hatte ich nie vor, sie ernsthaft zu verletzen. Ich wollte ihr nur eine Lektion erteilen, sie vielleicht ein wenig einschüchtern. Ihre Nase zu brechen, stand definitiv nicht auf meiner To-do-Liste.

Hätte Yves mich nicht vom Hof geführt, wäre die Situation vielleicht sogar noch weiter eskaliert. Dieser heiß-kalte Hass wirbelte in meinem Inneren umher wie ein Tornado. Er zerstörte alles, was sich mir in den Weg stellte. Einschließlich Olivia.

Erst als mich Mr Elmore in sein Büro beordert und mir eine ausführliche Standpauke gehalten hat, habe ich das Ausmaß meiner Tat begriffen. Er habe zwar Verständnis für meinen emotionalen Ausraster und die bedrückende Situation, in der ich mich befinde, dennoch rechtfertige das keine Gewaltanwendung, erklärte er mir. Glücklicherweise wurde ich nicht vom Unterricht suspendiert, stattdessen warten ein Haufen zusätzlicher Strafarbeiten auf mich, und ich *muss* mich bei meinem Opfer entschuldigen. Als hätte ich nicht schon genug um die Ohren.

Ich vergrabe mein Gesicht in den Händen und stöhne auf. Obwohl um mich herum der Lautstärkepegel eines Flugzeugstarts herrscht, blende ich alles aus. Die Cafeteria ist komplett überlaufen, und alle drängeln sich gegen die Theke. Normalerweise würde ich mich mitten im Getümmel befinden, denn es ist Taco-Tag. Aber heute habe ich mir selbst erfolgreich den Appetit verdorben.

»Brianna? Alles in Ordnung?«, fragt Xenia, bevor sie in ihre Taco-Schale aus Maisteig beißt und sich der Inhalt ihres Mittagessens auf ihrem Tablett verteilt. Ein undefinierbarer Fluch entweicht ihrem vollgestopften Mund, und ich kann gar nicht anders, als darüber zu schmunzeln. Allerdings hält dieser Moment nicht lange an.

»Es ist wegen Olivia. Ich weiß, dass ich einen Fehler gemacht habe. Ich versuche schon den halben Tag, mich zu entschuldigen, doch ich kann sie nirgends finden. Dieses Warten macht mich noch irre.« Ich ziehe an meinem Pferdeschwanz und starre lieber auf Xenias Essensreste, als ihr in die Augen zu sehen.

»Meinst du nicht, sie könnte eventuell im Krankenhaus sein? Ihre Nase sah wirklich übel aus«, wirft Yves ein. Er muss es ja wissen, schließlich war er dabei. Ob sie wirklich im Krankenhaus gelandet ist? Wegen mir?

»Ich wusste gar nicht, dass du neuerdings Leute verprügelst, Bri«, meint Xenia mit einem sarkastischen Unterton. Ich zucke bei ihren Worten ein wenig zusammen.

»Und ich fasse es immer noch nicht, dass du heute Morgen nichts davon mitbekommen hast«, richtet sich Yves nun an sie. »Die ganze Schule war auf dem Hof versammelt! Wie kannst du das verpasst haben?«

»Ich war einfach spät dran und hatte es eilig, zum Klassenraum zu kommen«, presst sie hervor, und ich komme nicht umhin, zu bemerken, wie schwer sie schluckt. Hat Yves auch bemerkt, wie nervös sie wirkt? Oder bilde ich mir inzwischen Dinge ein, die gar nicht der Realität entsprechen?

Mit einem Mal scheint auch meiner Freundin der Appetit vergangen zu sein, denn sie schiebt den Rest ihres Tacos zu Yves herüber, dessen Miene sich daraufhin aufhellt. Sie schaut mir immer noch nicht in die Augen, als sie schließlich das Wort an mich richtet: »Bri, kannst du mir meinen Rucksack geben? Ich muss noch in die Bibliothek und etwas für meinen Englischaufsatz recherchieren.«

Obwohl mir die ganze Situation etwas suspekt vorkommt,

angle ich Xenias Rucksack unter meinem Tischende hervor und reiche ihn ihr über den Tisch hinweg. Allerdings bemerke ich erst zu spät den offenen Reißverschluss, wodurch der Inhalt in eine gefährliche Schieflage gerät. Bevor ich es verhindern kann, purzelt eine braune Papiertüte mitten auf den Tisch. Der Anblick verwirrt mich einen Moment, denn ich kenne diese Tüten. Nur woher?

Xenia greift schnell danach und drückt das knisternde Papier an sich. Abwechselnd schaut sie zwischen Yves und mir hin und her. Völlig erstarrt halte ich ihr immer noch den Rucksack hin, den sie mir nun aus der Hand reißt. Was zur Hölle ist heute bloß los mit ihr? Hat ihr Vater sie wieder …

»Versteckst du etwas zu essen vor uns?«, fragt Yves mit einem Lachen. Bemerkt er etwa nicht die angespannte Stimmung? Ist er wirklich so blind vor Verliebtheit? Ihm muss doch auffallen, wie seltsam sich Xenia benimmt!

»Jaaa.« Meine beste Freundin zieht das Wort unnötig in die Länge, als würde ihr selbst keine bessere Erklärung einfallen. »Ich muss jetzt wirklich los. Bis später, Leute!« Wie der Blitz stürmt Xenia aus der Cafeteria.

»Kam dir das gerade nicht auch komisch vor? Es sieht ihr gar nicht ähnlich, sich so seltsam zu verhalten«, frage ich Yves und beobachte, wie er die Reste von Xenias Tacos verschlingt.

»Wenn ich ehrlich bin, dann benimmt sich heute nicht nur Xenia anders, als ich es von ihr gewöhnt bin.« Er zieht vielsagend eine Augenbraue in die Höhe, und ich weiß sofort, was er meint. Normalerweise entspricht es auch nicht meiner Art, einer Mitschülerin die Nase zu brechen.

»Olivia provoziert mich schon seit Monaten! Ich habe es nicht mehr ausgehalten«, versuche ich mich irgendwie zu verteidigen.

»Das ist mir bewusst. Aber du musst bedenken, dass wir gerade alle im Fokus einer Mordermittlung stehen. Und du hast heute der ganzen Schule gezeigt, wie gewaltbereit du bist. Noch dazu hast du jemanden verletzt, der Kian nahestand und dessen Verwandte bei der Polizei arbeiten. Ich weiß, du hasst Olivia und sie dich mindestens ebenso sehr, aber versuch bitte eine Sekunde das große Ganze zu sehen«, erklärt Yves. Der plötzliche Ernst in seiner Stimme verunsichert mich, und ich lasse mir seine Worte durch den Kopf gehen.

Ja, Yves hat recht.

Für mich war das alles vielleicht nur ein kurzer, emotionaler Ausbruch mit unschönem Ausgang. In den Augen aller anderen habe ich damit allerdings bewiesen, dass ich bereit bin, Gewalt anzuwenden.

Was habe ich nur getan?

15:10 Uhr

Das Training wird mich bestimmt ablenken. Zumindest für ein paar Stunden. Mehr will ich gar nicht.

Ich schultere meinen Rucksack und halte kurz inne. Die geöffnete Doppeltür der Sporthalle wirkt auf mich wie der Eingang einer Bärenhöhle. Was wird mich dort drin erwarten? Ich rechne nicht damit, dass Olivia da sein wird, aber ihre Gefolgschaft garantiert. Es würde mich nicht wundern, wenn sie mich bei lebendigem Leib zerfleischen würden.

Eigentlich dürfte ich gar nicht hier sein. Ich bin noch mehrere Wochen vom Training befreit und muss meine Verletzung auskurieren. Doch ich kann einfach nicht anders. Das Cheerleading ist ein großer Teil meines Lebens, den ich nicht aufgeben möchte. Selbst wenn das bedeutet, nur kleine Übungen ohne große Anstrengung mitmachen zu können und nebenbei die Sticheleien meines Teams auszuhalten.

Mit einem schweren Seufzen trete ich durch die Tür und begebe mich auf direktem Wege zu den Umkleiden, aus denen ich fröhliches Lachen und vereinzelt Stimmen meiner Teamkolleginnen höre. Für einen Moment erlaube ich mir die Einbildung, dass alles wie früher ist. Ich stelle mir vor, wie ich über die Schwelle trete und die anderen mich in ihre Unterhaltungen einbeziehen. Wie ich mit ihnen lache und herumalbere. In meiner Gedankenblase existieren keine Probleme, die mein Team und mich voneinander trennen könnten.

Die Realität sieht jedoch ganz anders aus. Jegliche Unterhaltungen verstummen, und alle starren mich mit ungläubigen Blicken an, sobald ich durch die Tür trete und meinen gewohnten Platz ansteuere. Die plötzlich eintretende Stille ist so intensiv, dass ich sie mit einem Messer zerschneiden könnte. Keiner sagt ein Wort. Das Schweigen straft mich mehr, als es ihre Anschuldigungen jemals tun könnten.

Ich streife mir gerade meine kurze Sporthose über, als ich bemerke, wie sich jemand neben mich stellt. Im ersten Moment wage ich zu hoffen, dass jemand aus dem Team meine missliche Lage versteht und mir Gesellschaft leisten will. Sobald ich aufblicke, muss ich jedoch erkennen, dass genau das Gegenteil der Fall ist.

Rachel, eine von Olivias Anhängerinnen, verschränkt die Arme vor dem Brustkorb und lässt ihren arroganten Blick über meinen Körper wandern. Was denkt sie eigentlich, wer sie ist? Muss sie jetzt Olivias Ehre verteidigen?

»Ich fasse es nicht, dass du dich tatsächlich hier blicken lässt, nachdem du jemanden aus unserem Team krankenhausreif geprügelt hast.« Rachels Stimme donnert in meinen Ohren, und ich muss die Lippen zusammenpressen, um nichts zu erwidern. »Du hattest kein Recht dazu, Olivia so anzugehen!«

»Sie hat mich ebenfalls angegriffen und falsche Informationen über mich verbreitet! Ihretwegen musste ich nicht nur ins Krankenhaus, sondern auch noch zur Polizei. Du warst doch selbst dabei, als sie mich förmlich überfallen hat«, versuche ich mich zu verteidigen. Inzwischen bewegt sich niemand mehr in der Umkleide. Alle starren Rachel und mich an. Ich weiß, sie will nur ihre Freundin verteidigen, doch sie geht zu weit.

»Vergleichst du gerade ein paar Kratzer und eine Prellung mit einem Nasenbruch?« Ein hohles Lachen kommt ihr über die Lippen. Aus ihren stechend grünen Augen schwappt mir so viel Abscheu und Hass entgegen, dass ich am liebsten den Blick senken würde. Es ist zwecklos. Rachel ist Olivias treuer Hund. Sie würde niemals etwas gegen die Schuldiva höchstpersönlich sagen. Aber ich bleibe stark, recke mein Kinn nach vorne und gebe nicht nach. Ja, was ich getan habe, war falsch. Aber Olivia ist ebenfalls nicht unschuldig an der ganzen Situation, und ich werde mich von niemandem in die Täterrolle drängen lassen.

Bis Rachel plötzlich nachlegt.

»Kapierst du es eigentlich nicht? Du hast heute nicht nur Olivia geschadet, sondern dem ganzen Team. Ihr Ausfall könnte uns die Meisterschaften kosten. Das ist alles deine Schuld! Und das weiß jeder hier im Raum. Warte nur ab, was Coach Sanderson dir zu sagen hat.« Ein hinterlistiges Grinsen verzerrt Rachels sonst so engelsgleiches Gesicht.

Ihre Worte gleichen einem Schlag in die Magengrube und rütteln mich wach. Denn so ungern ich es auch zugebe: Sie hat recht. Mit meiner Aktion habe ich vielleicht unsere Teilnahme an den Meisterschaften behindert und meine Teamkameradinnen verraten, indem ich meinen eigenen Willen über das Wohl des Teams gestellt habe. Ich bin so dumm! Erst jetzt wird mir die Tragweite meiner Tat bewusst.

Noch bevor ich mich verteidigen kann, wendet sich Rachel von mir ab und stürmt aus der Umkleide geradewegs in die

Sporthalle. Keiner spricht mit mir oder würdigt mich auch nur eines Blickes, stattdessen eilen alle hinter ihr her und lassen mich stehen. Ich fühle mich wie eine Ausgestoßene. Mein Rudel verlässt mich, und ich weiß nicht, wie ich alleine überleben soll.

Mit einer Minute Verspätung betrete ich schließlich auch die Sporthalle und schaue mich unsicher um. Alle formieren sich zu einer großen Gruppe, und jeder dreht mir entschlossen den Rücken zu. Ein eindeutiges Signal. Sie wollen mich nicht dabeihaben.

Cheerleading ist immer mein Ausgleich gewesen. Meine Ablenkung während aller Schuldramen. Meine Flucht vor allen Problemen, die mich sonst überallhin verfolgen.

»Was steht ihr alle so tatenlos rum? Wärmt euch auf! Na los!«, dröhnt Coach Sandersons Stimme durch die Halle und wird von den Wänden zurückgeworfen. Sofort raffen sich alle auf und beginnen, sich zu dehnen oder in einem entspannten Tempo warm zu laufen. Ich will mich gerade in Richtung meiner Fußspitzen strecken, als meine Trainerin ein weiteres Mal das Wort ergreift: »Callister! Du kommst her. Sofort!«

Ich versteife mich augenblicklich und muss meine Lippen mit der Zungenspitze befeuchten, weil sie mit einem Mal völlig ausgetrocknet sind. Angst und eine böse Vorahnung legen sich wie eine Klaue um meinen Brustkorb und verstärken ihren Griff immer mehr, sodass ich schon bald nach Luft ringen muss. Meine Knie wackeln wie Pudding, während ich mich zu Coach Sanderson begebe. Sie steht am Rande der Halle, und ein Blick in ihre Augen genügt, damit ich zusammenzucke. Eine explosive Mischung aus Enttäuschung und Wut blitzt mir entgegen.

»Coach, ich weiß, dass ich eigentlich noch krankgeschrieben bin. Aber ich würde gerne zumindest zusehen und ein paar Dehnübu…«

»Hiermit entlasse ich dich aus dem Team«, unterbricht sie mich direkt.

Nein! Das darf nicht sein!

Mir wird sofort eiskalt. Meine sowieso schon höchst instabile Welt bricht endgültig in sich zusammen. Ich kratze alle Kraft zusammen, um die brennenden Tränen aus meinen Augen zu verbannen.

»Es … es tut mir so leid. Ich wollte Sie nie enttäuschen, Coach«, wimmere ich, weil meine Unterlippe so sehr bebt, dass ich meine Stimme kaum noch unter Kontrolle habe. Das hier ist meine ganz persönliche Hölle.

»Das hast du aber. Mehrfach. Nicht nur, dass du immer wieder mit Hall aneinandergeraten bist und damit das Teamklima gefährdet hast. Nein, du musstest ihr sogar die Nase brechen! Das gefährdet unsere Arbeit des gesamten Jahres!« Ihr Vorwurf schmerzt mindestens genauso sehr wie eine Ohrfeige. Ich weiß, wie viel Blut, Schweiß und Tränen in der aufwendigen Choreografie stecken. Die Spuren von zahlreichen Prellungen trage ich schließlich immer noch an meinem Körper als Erinnerung daran.

»Und nicht nur das: Obendrein bist du in eine Mordermittlung verwickelt! Du weißt, wie wichtig ein strahlendes Image für jeden Cheerleader ist. Das ganze Team könnte durch dich schlecht dastehen. Das kann ich nicht zulassen.« Diese Anschuldigung gibt mir den Rest. Sie ist der verräterische Dolchstoß in meinen Rücken, der mich endgültig tötet. Ich bin nicht mehr erwünscht. Meine Zeit im Team ist vorbei, und daran trage ich ganz allein die Schuld. Diese Gewissheit ist schlimmer als alles andere.

»Mit Kians Tod habe ich nichts zu tun, das schwöre ich! Ich kann doch nichts dafür, dass ich zur falschen Zeit am falschen Ort war«, versuche ich zumindest in dieser Hinsicht meinen Namen reinzuwaschen. Mir entgeht nicht, wie ich die Worte meines Vaters wiederhole. Ich bin bereit, für die Sache mit Olivia die Verantwortung zu übernehmen, aber ich werde mir nicht den Tod meines Ex-Freundes in die Schuhe schieben lassen.

Coach Sandersons Stimme ist so kalt und eisern, dass ich fröstele. »Nach allem, was geschehen ist, weiß ich nicht, ob ich dir glauben kann. Ich kann es nicht riskieren, eine Mörderin in meinem Team zu haben.«

Was? Hat sie mich gerade wirklich *Mörderin* genannt? Die Frau, zu der ich schon jahrelang aufsehe? Die für mich fast wie eine zweite Mutter ist? Die mich eigentlich gut genug kennen sollte, um zu wissen, dass ich zu so etwas niemals in der Lage wäre?

Mein Herz zersplittert in Abertausende Scherben. Ich zerbreche an ihren Worten. An ihrer Überzeugung, ihren Zweifeln und ihrer Enttäuschung. Ich habe keine Chance mehr. *Das war's.* Das Einzige in meinem Leben, das mich wirklich erfüllt hat, wurde mir soeben genommen. Ich fühle mich bestohlen und verraten. Das ist eine völlig neue Art von Schmerz.

Meine Tränen brennen wie Säure und verätzen meine Seele. Ohne ein weiteres Wort wende ich mich von meiner ehemaligen Trainerin und meinem Team ab. Obwohl meine Sicht völlig verschwimmt, schaffe ich es irgendwie zurück in die Umkleide. Ich reiße meine Klamotten an mich und flüchte aus der Sporthalle. Mein Gang beschleunigt sich stetig, bis ich nur noch eins kann: rennen und rennen und rennen.

Ich laufe davon. Vor der Verantwortung, vor meinen eigenen Gefühlen und vor der Wahrheit …

21:00 Uhr

Ich lasse mich auf den Teppich vor meinem Bett plumpsen und unterdrücke ein erschöpftes Stöhnen, während ich mich an den

Bettrahmen lehne. Zum Glück ist dieser grauenhafte Tag endlich vorbei.

Vor einer Stunde saß ich noch mit meinen Eltern am Esstisch, ein falsches Lächeln auf den Lippen und so schweigsam wie noch nie. Ich habe mit ihnen weder über die Konfrontation mit Olivia noch über meinem Rauswurf aus dem Cheerleading-Team gesprochen. Eigentlich müsste die Schule sie bereits über diese Neuigkeiten informiert haben, aber wer weiß: Mom würde ich durchaus zutrauen, die Anrufe von meinem Schulleiter in ihrem Arbeitsstress zu verpassen. Doch ich werde einen Teufel tun und sie darauf ansprechen. Es würde sowieso nichts bringen außer noch mehr Stress.

Stattdessen habe ich für kurze Zeit die Normalität genossen und versucht, alles andere zu verdrängen. Das hat so lange geklappt, bis ich mich nach oben in mein Zimmer verzogen habe.

Das einzige Licht in dem Raum stammt von meinem Handy. Plötzlich gibt es nur noch mich und diese alles einnehmende Leere. Die Einsamkeit kriecht langsam in mein Unterbewusstsein und macht sich dort breit. Sie haftet an mir wie eine zweite Haut und engt mich immer mehr ein. Ich beiße mir auf die Unterlippe und schließe die Augen.

Meine Gedanken wandern zu Yves. Er übernachtet heute ganz allein im Comicladen. Egal, wie oft ich ihm heute angeboten habe, auf unserer Couch zu schlafen, er ging nicht darauf ein. Bestimmt fühlt er sich noch schrecklicher als ich. Vielleicht sollte ich ihn anrufen …

Da inzwischen der Screen meines Smartphones dunkel geworden ist, entsperre ich es und öffne die Messenger-App. Eine neue Nachricht ist soeben eingegangen. Von einer Person ohne Profilbild. Ein Klumpen aus Furcht und Beklemmung senkt sich in meinen Magen hinab, und obwohl mein erster Impuls mir rät, die Nachricht zu ignorieren und die Nummer zu blockieren, tippe ich dennoch darauf.

Anonym: *»Beginnt ihr schon die Konsequenzen eurer Taten zu spüren? Noch habt ihr die Chance zu gestehen.«*

Ich runzle die Stirn. Spricht der Unbekannte etwa von meinem Rauswurf aus dem Cheerleading-Team? Mein Verdacht, dass es sich bei dem anonymen Texter um Olivia handeln muss, erhärtet sich. Außerhalb des Teams weiß so gut wie niemand von meinem Rauswurf.

Ich kämpfe mich auf die Beine, gehe zum Schreibtisch, greife nach einem unbeschriebenen Blatt Papier und einem Kugelschreiber und beginne, eine Mindmap zu zeichnen. Im Zentrum steht natürlich Kian. Von ihm aus gehen mehrere Striche ab zu verschiedenen Personen. Zum einen natürlich Yves, Xenia und mir, den aktuellen Hauptverdächtigen. Zum anderen kritzele ich auch Olivias und Bruce' Namen auf das Blatt.

Beim näheren Grübeln und beim Betrachten von Olivias Namen kommen mir viele Gedanken. Sie und ich haben nicht nur eine Fehde am Laufen, sie hatte zudem auch eine enge Beziehung zu Kian. Da sie mich schon mehrfach körperlich angegriffen hat, traue ich ihr eine Attacke auf Kian ebenfalls zu. Noch dazu hat Olivia einen Polizisten auf uns angesetzt. Vielleicht, um ihre eigene Tat zu vertuschen? Ich notiere all diese Dinge als krakelige Stichpunkte unter ihrem Namen. Olivia ist gerade auf meiner Liste der Verdächtigen auf Platz eins gerutscht, weshalb ich ihren Namen rot umkreise. Wäre sie wirklich in der Lage dazu, einen Mord zu begehen? Und dann auch noch an Kian?

Zweifel beginnen an mir zu nagen, weswegen ich schnell zum nächsten Namen auf meiner Liste übergehe. Bruce. Bisher kann ich zu ihm nur notieren, dass er besonders komisch auf Kians Verschwinden reagiert hat, indem er Yves mitten im

Schulflur zusammengeschlagen hat. Er ist zwar aggressiv, aber hat mir sonst keine Indizien gegeben, ihn für verdächtig zu halten.

Bevor ich zu den nächsten Namen übergehe, halte ich kurz inne. Was mache ich hier überhaupt? Versuche ich gerade, einen Mörder ausfindig zu machen? Sollte das nicht eigentlich die Aufgabe der Polizei sein?

Hmm, es schadet vielleicht nicht, wenn ich mir einige Gedanken zu dem Ganzen mache. Wer weiß? Vielleicht führt einer meiner losen Gedankenstränge tatsächlich zum richtigen Täter. Außerdem habe ich gerade sowieso nichts Besseres zu tun.

Der nächste Name auf meiner Liste ist mein eigener. Und sosehr ich mich auch dagegen sträube, muss ich auch ihn umkreisen. Mein ganzer Körper verkrampft sich, und ich muss einen Moment den Stift aus der Hand legen, um mich zu besinnen. Erst dann beginne ich, die Stichpunktliste unter meinen eigenen Namen zu schreiben.

Ich hätte eindeutige Motive, Kian zu schaden. Rache und Eifersucht. Er hat mich betrogen und wie Dreck behandelt, dazu kommt der Streit in der Jagdhütte. Ich hasse es, so objektiv denken zu müssen, aber momentan teilen Olivia und ich uns Platz eins meiner Liste der Verdächtigen. Wobei ich natürlich unschuldig bin. Trotzdem hilft mir dieses neutrale Auflisten dabei zu verstehen, warum besonders ich so scharf beobachtet werde von den Behörden.

Als Nächstes ist Xenia an der Reihe. Die Spitze des Kugelschreibers schwebt unter ihrem Namen, und mein Gehirn wringt sich selbst aus, um irgendeine brauchbare Information herauszubringen. Das Einzige, was ich ihr andichten könnte, ist, dass sie wütend auf Kian war, weil er mir das Herz gebrochen hat. Ein erleichtertes Seufzen entringt sich meiner Kehle. Ich wüsste nicht, wie ich mich ihr gegenüber verhalten sollte, wenn ihr Name auf meiner Liste ebenfalls nach oben geklettert wäre.

Nun wandert mein Blick zum letzten Namen. Yves. Was könnte sein Motiv sein, um seinen besten Freund zu töten?

Ich bin mir zu neunundneunzig Prozent sicher, dass er Kian nichts angetan hat. Trotzdem ist da dieses eine Prozent, diese Gedächtnislücke von jener Nacht, die ich mir nicht erklären kann. Kian war immer nett zu ihm. Die beiden hat vieles voneinander getrennt, aber auch so vieles miteinander verbunden. Könnte Yves eifersüchtig oder neidisch sein, zum Beispiel auf die coolen Freunde, mit denen Kian in letzter Zeit so oft abhing? Oder auf die intakten Verhältnisse, in denen er aufgewachsen ist? Auf Kians Beliebtheit in der Schule?

Plötzlich steigt eine Erinnerung in mir auf, die ich komplett verdrängt hatte. Es war vor ungefähr einem Jahr. Damals herrschte für eine Weile Funkstille zwischen Kian und Yves. Irgendetwas war zwischen den beiden vorgefallen, etwas, was sehr gravierend gewesen sein musste, da die beiden bestimmt einen ganzen Monat lang nicht miteinander gesprochen haben. Worum es ging, habe ich nie erfahren. Hatte es am Ende mehr Bedeutung, als ich bisher dachte? Ich notiere mir diesen Punkt mit einem Fragezeichen.

Danach lege ich den Kugelschreiber zur Seite und betrachte die tintenschwarzen Namen auf dem weißen Blatt Papier. Befindet sich unter ihnen der wahre Mörder?

21:20 Uhr

Ich bin so in meine Unterlagen vertieft, dass ich das sachte Klopfen an meiner Zimmertür kaum bemerke. Erst als mein Dad seinen Kopf durch die Tür streckt, werde ich aus meiner

Konzentration gerissen. Mein Herz überspringt einen Schlag, bevor es normal weiterpocht.

»Die Pressekonferenz des Polizeipräsidiums wird gleich ausgestrahlt. Wir würden sie gerne mit dir zusammen anschauen«, erklärt er. Seine Stimme bebt, und ich merke, wie unwohl er sich in seiner Haut fühlt. So wie ich ihn kenne, würde er mir das ganze Drama am liebsten ersparen. Mit einem Blick auf meine gerade erstellte Mindmap wird mir klar, dass ich mich sowieso nicht ewig verstecken kann.

»Ich komme«, antworte ich mit belegter Stimme. Sie fühlt sich tonnenschwer an in meinem Mund und macht das Sprechen zu einer wahren Herausforderung. Dad nickt kurz, bevor er die Tür wieder schließt. Ich zupfe nervös an meinen Haarspitzen herum.

Im selben Moment vibriert mein Smartphone, und ohne groß nachzudenken, ziehe ich es zu mir. Bei der ungeöffneten anonymen Nachricht, die sich an zweiter Stelle meines Chat-Überblicks findet, verdrehe ich bloß die Augen. Ich klicke nicht einmal mehr darauf. Stattdessen tippe ich auf Xenias Nachricht, die vor wenigen Sekunden eingegangen ist.

Xenia: *»Hey, wie geht es dir?«*

Brianna: *»Ich bin müde und will einfach nur ins Bett. Aber stattdessen wartet jetzt die Pressekonferenz zu den Ermittlungen auf mich …«*

Xenia: *»Ich will mir das gar nicht anschauen. Ich habe das Gefühl, es wird alles immer nur schlimmer, je mehr die Leute darüber reden.«*

Brianna: *»Willst du danach telefonieren?«*

Xenia: *»Unbedingt!«*

Sofort sperre ich mein Smartphone und lasse es auf dem Bett liegen. Erst dann begebe ich mich aus dem Zimmer und die Treppenstufen hinab. Als ich das Wohnzimmer betrete, sitzen meine Eltern bereits nebeneinander auf der weinroten Couch und fixieren den Fernseher. Ich setze mich ans andere Ende und presse mich gegen die Lehne, um ansatzweise so etwas wie Halt zu spüren.

Niemand sagt etwas, und als endlich nach den lokalen Nachrichten das Wappen der Fircreek-Polizei auf dem Bildschirm aufleuchtet, schaltet mein Vater den Ton lauter. Ich schlucke schwer und beobachte, wie ein mir bekanntes Gesicht über die Mattscheibe flimmert. Officer Hall.

Er positioniert sich in voller Montur hinter einem Rednerpult und starrt direkt in die Kamera, als würde er genau wissen, dass ich gerade zusehe. Inzwischen ist für mich die Ähnlichkeit zu Olivia offensichtlich. Wie konnten mir dieselben Gesichtszüge und die gleiche arrogante Ausstrahlung entgehen?

»Vielen Dank an alle Zuschauer und Zuschauerinnen, die diesem besonderen Ereignis ihre Aufmerksamkeit schenken. Heute möchten meine Kolleginnen und Kollegen und ich über ein Verbrechen informieren, welches sich in unseren eigenen Reihen ereignet hat. Vor etwa zwei Wochen ist der achtzehnjährige Kian Lewis spurlos während eines Campingausflugs mit seinen Freunden verschwunden und eine Woche später tot am Ufer des Fircreek Rivers aufgefunden worden. Kian hinterlässt seine Eltern und seinen jüngeren Bruder. Wir bitten insbesondere die Presse, aber auch Einzelpersonen, die Privatsphäre der Familie zu schützen und zu respektieren.

Leider müssen wir an dieser Stelle deutlich machen, dass es sich bei Kians Tod keinesfalls um einen Unfall handelt. Die Ergebnisse der kürzlich abgeschlossenen Obduktion erhärten diesen Verdacht. Die Polizei hat bereits Vermutungen zu etwaigen Tatwaffen und Todesursachen aufgestellt. Aus Ermittlungsgründen werden diese Informationen allerdings nicht veröffentlicht.

Weiterhin möchte ich allen Einwohnern und Einwohnerinnen danken, die bisher wertvolle Tipps an uns weitergeleitet haben. Wir werden allen Spuren nachgehen und keinen Hinweis außer Acht las-

sen. Momentan ist nicht deutlich, ob es sich um einen oder mehrere Täter handelt. Deswegen werden wir Kians Privatleben und Beziehungen genauer unter die Lupe nehmen.

Seien Sie versichert, dass wir mit Hochdruck nach den Schuldigen suchen und sie sicher bald finden werden. Nichts liegt uns mehr am Herzen als die Sicherheit unserer Bevölkerung. Falls Sie weitere Tipps bei der Polizei einreichen wollen, wenden Sie sich bitte an die Nummer, die jetzt eingeblendet wird. Seien Sie vorsichtig und umsichtig. Vielen Dank für Ihre Aufmerksamkeit.«

Völlig versteinert beobachte ich, wie Officer Hall das Rednerpult hinter sich lässt und aus dem Fokus der Kameras verschwindet. Die Ansprache dauerte nur wenige Minuten, doch diese reichen völlig aus, um mir den Boden unter den Füßen wegzuziehen.

»Brianna, willst du …?«, setzt meine Mom an. Ich schüttle sofort vehement den Kopf.

»Darüber reden? Nein, danke. Es wurde schon alles gesagt«, presse ich gerade so heraus.

»Vielleicht würde es dir helfen, wenn …«, springt nun auch mein Vater ein.

»Nein! Es würde alles nur noch schlimmer machen.« Ich ringe nach Sauerstoff, atme zitternd durch. »Wenn ich mit euch darüber spreche, glaubt ihr vielleicht am Ende selbst noch, dass ich schuldig bin. Das … würde ich nicht ertragen.«

Tränen schleichen sich aus meinen Augenwinkeln, bevor ich mich erhebe und meinen Eltern den Rücken zuwende. Meine Gedanken überschlagen sich, und meine Brustverletzung beginnt mit einem Mal so stark zu pulsieren, als würde mein Herz von innen gegen den Rippenkäfig schlagen.

»Das wird niemals passieren. Wir haben einen guten Anwalt an unserer Seite, der dir helfen wird, deine Unschuld zu beweisen«, stellt mein Dad klar. Ich weiß, er meint es nur gut, aber er kann mir diese Unsicherheit nicht nehmen. Er kann mich nicht aus dem Fokus der Polizei befreien. Irgendwie zweifle ich auch, ob der Anwalt etwas ausrichten kann. Meine Schultern sacken ein Stück herab.

»Ich brauche einfach … ein bisschen Ruhe und Zeit. Bitte«, flüstere ich, bevor ich das Wohnzimmer verlasse und ins obere Stockwerk schlurfe. Plötzlich fühle ich mich so abgekämpft wie schon lange nicht mehr. Einfach nur müde und erschöpft. Besiegt.

Ich lasse mich auf die weiche Matratze fallen und greife reflexartig zu meinem Smartphone. Es gibt genau eine Person, mit der ich gerade reden will und die zumindest ansatzweise nachvollziehen kann, was in mir vorgeht.

Innerhalb weniger Sekunden wähle ich Xenias Namen auf meinem Handydisplay aus und halte es mir ans Ohr. Es tutet mehrmals, bis sie abnimmt. Aus der Leitung ist ein schweres Keuchen zu hören.

»Bri?«, ächzt Xenia. Warum klingt sie so komisch? Als sei sie einen Marathon gelaufen oder …

Sofort springen alle Alarmglocken in meinem Kopf an.

»Xenia, ist alles in Ordnung? Du klingst gar nicht gut.« Was ich eigentlich fragen möchte, ist, ob ihr Vater ihr etwas angetan hat. Sie schnieft und braucht eine Weile, bis sie eine Antwort formulieren kann.

»Nein«, haucht sie bloß.

»Willst du mir erzählen, was passiert ist?«, frage ich leise nach. Meine eigenen Sorgen und Ängste rücken in den Hintergrund. Xenia geht es offensichtlich viel, viel schlechter als mir. Sie braucht mich.

»Wir … wir haben die Pressekonferenz gemeinsam angesehen. Mein Vater hat darauf bestanden. Die ganze Zeit über hat er nichts gesagt, doch sobald das letzte Wort gesprochen war, ist er aufgestanden, hat sich vor mich gestellt und mich angestarrt. Seine Augen haben geglüht vor Zorn, Brianna! Das kannst du dir nicht vorstellen.« Diese Worte von meiner besten Freundin zu hören und ihr nicht helfen zu können, nicht bei ihr sein zu können, ist pure Folter. Obwohl es verdammt wehtut, will ich zuhören. Ich will verstehen, was sie durchmacht, um ihr helfen zu können.

»Er meinte bloß: ›Was hast du zu deiner Verteidigung zu sagen?‹ Worauf ich natürlich keine Antwort hatte. In diesem Moment erinnerte mein eigener Vater an einen Wolf. Es hätte mich nicht gewundert, wenn er mir direkt an die Kehle gesprungen wäre. Meine Mutter hat natürlich weiter auf den Fernseher gestarrt und das Ganze ignoriert.« Ich balle meine freie Hand so stark zur Faust, dass meine Fingernägel kleine Halbmonde im Fleisch hinterlassen.

»Ich bin für dich da und höre zu, Xenia. Rede weiter«, wispere ich, woraufhin meine Freundin kurz durchatmet.

»Es klingt bescheuert, aber seine Worte haben mehr geschmerzt, als wenn er mich geschlagen hätte. Diese Enttäuschung und der Zorn in seiner Stimme waren unerträglich. Es tat so weh, so verdammt weh, aber ich bin auch irgendwie selbst schuld, oder? Es ist meine Schuld, dass er mich so behandelt. Schließlich gehöre ich zu den Hauptverdächtigen in einem Mordfall.«

»Nein!«, gehe ich sofort dazwischen. »Nichts davon ist deine Schuld, Xenia! Hast du gehört? Wir wurden beide in diese grauenhafte Sache hineingezogen und können nichts dafür, wie sich alles entwickelt hat.«

Ich höre deutlich, wie Xenia im Hintergrund durch ihr Zimmer marschiert. Vermutlich stemmt sie gerade ihren Schreibtischstuhl unter die Klinke ihrer Zimmertür, damit heute Nacht niemand hereinkommen kann. Danach dreht sie meistens einige

Runden durch den Raum, kontrolliert die Schränke und Fenster, ob auch alles sicher ist. Das macht sie schon seit Ewigkeiten, um ihren Ängsten entgegenzuwirken. Deshalb erwähne ich es mit keinem Wort.

»Du hast recht«, flüstert sie in die Stille hinein. Mein Atem geht schwer, und die Anspannung weicht aus meinen Muskeln. Es fühlt sich ein bisschen so an, als würde ich mich ergeben. Dabei kämpfe ich so sehr. Gegen die Angst, die Trauer und die Wut, die sich in mir materialisiert haben.

»Du kannst jederzeit zu mir kommen, wenn du magst. In meinem Bett oder auf der Couch schlafen und mit mir gemeinsam zur Schule fahren. Dann musst du deine Familie nicht noch länger ertragen«, biete ich zum tausendsten Mal an. Xenia lacht bloß auf. Das Geräusch klingt hohl und kraftlos.

»Das wird nichts ändern, Bri. In wenigen Monaten werden wir aufs College gehen. Dann kann ich endlich diesem Albtraum entkommen. Bis dahin muss ich noch die Zähne zusammenbeißen. Aber danke, dass du mir zuhörst. Es ist irgendwie einfacher, zum Telefon zu sprechen, als dir dabei ins Gesicht zu schauen.«

»Bist du dir sicher? Wir könnten …« Die Polizei anrufen. Jemandem Bescheid sagen, irgendetwas tun.

»Nein, Brianna. Ich will das nicht. Ich danke dir für alles, aber es gibt Dinge, die so kaputt sind, dass auch du sie nicht reparieren kannst.« Sie klingt so sicher und bestimmt. Warum lässt sie sich nicht von mir helfen?

»Aber …«

»Gute Nacht, Bri.« Mit diesen Worten legt Xenia auf. Was soll das denn? Verwunderung und Frust wirbeln durcheinander und kreieren solch ein Gefühlschaos, dass ich gar nicht mehr weiß, was ich denken soll.

Es dauert eine Ewigkeit, bis ich meine Gedanken sammele

und nicht mehr wie eine Verrückte durchs Zimmer tigere. Mein ganzer Körper ächzt, während ich mich schließlich auf die Matratze sinken lasse. Die Anstrengungen des Tages fordern ihren Tribut, und ich falle in einen unruhigen Schlaf. Zumindest kann ich auf diese Weise für einige Stunden der Realität entkommen …

FREITAG, 26. APRIL

7:17 Uhr

Ich sitze vor einer dampfenden Tasse, auf der in fetten Buchstaben der Satz »*Sprich mich erst nach dem Kaffee an!*« geschrieben steht. Besser könnte man meine Stimmung nicht treffen. Das gestrige Gespräch mit Xenia geht mir einfach nicht aus dem Kopf, und obwohl ich sie seitdem tausendmal angerufen habe, ist sie kein einziges Mal drangegangen.

Außerdem haben mir meine Eltern heute Morgen davon erzählt, wie sie gestern noch stundenlang mit unserem Anwalt am Telefon debattiert haben. Er hat sich nach vielem Hin und Her bereit erklärt, meine Freunde unter seinen Schutz zu nehmen und mich zu vertreten. Immerhin ein kleiner Lichtblick in dieser finsteren Zeit.

Obwohl mein Dad mir immer wieder versichert, dass alles gut werden wird, kann ich ihm nicht glauben. Trotzdem tut es gut, diese Lüge ab und an zu hören.

Ich seufze und trinke noch einen Schluck Kaffee. Das Aroma umspielt meine Nase, und die Flüssigkeit sendet wohltuende Wärme in meinen gesamten Bauchraum. Dad ist schon längst zur Arbeit aufgebrochen, sodass ich jetzt nur noch meiner schweigsamen Mom gegenübersitze.

»Du kannst auch für ein paar Tage zu Hause bleiben«, richtet sie sich nach minutenlanger Stille an mich. Sie macht sich offensichtlich Sorgen um mich, aber … ich kann nicht. Mechanisch schüttle ich den Kopf.

»Mir fällt hier nur die Decke auf den Kopf«, murmele ich in meine Tasse.

»Wenn du willst, nehme ich mir frei, und wir schauen uns die Colleges an, die dich interessieren. Du musst schließlich noch entscheiden, welches du besuchen willst.«

Der Gedanke daran, dass ich vielleicht gar nicht die Chance haben werde, aufs College zu gehen, weil ich möglicherweise im Knast hocke, geistert mir im Kopf herum und schnürt mir den Hals zu. Es dauert eine Ewigkeit, bis ich den Kaffee in meinem Mund langsam herunterschlucken kann.

»Vielleicht ein andermal«, sage ich beschwichtigend. Ich will jetzt nicht auch noch einen unnötigen Streit mit meiner Mom vom Zaun brechen.

»Okay, Liebes. Aber vergiss nicht …« Ein Läuten unterbricht meine Mom, und wir beide schauen uns irritiert an. Hat gerade jemand an der Haustür geklingelt? Um kurz nach sieben Uhr morgens? Wer könnte um diese Uhrzeit schon etwas von uns wollen?

»Ich mache auf. Vielleicht will sich irgendein Nachbar mal wieder ein bisschen Zucker ausleihen«, sage ich und rutsche von dem Hocker neben der Kücheninsel. Ein flaues Gefühl legt sich in meine Magengrube, je näher ich der Haustür komme, dennoch öffne ich sie entschlossen und stelle mich meinem schlechten Bauchgefühl. Tatsächlich steht nicht eine Nachbarin vor der Tür. Sondern Officer Hall.

Sofort spüre ich, wie mir jegliche Farbe aus dem Gesicht

weicht. Am liebsten würde ich die Tür wieder zuschlagen und den Polizeibeamten dahinter ignorieren. Das ist jetzt wohl nicht mehr möglich.

»Hallo, Brianna. Bist du allein zu Hause?«, fragt der Officer in einem betont lockerem Tonfall. Panik braut sich in meinem Inneren zusammen wie ein Sturm, der durch meinen Kopf wütet und nichts als Chaos hinterlässt. Ich kann nicht klar denken und weiß nicht, was ich fühlen soll.

»Wer ist denn da, Brianna?« Meine Mutter betritt knapp hinter mir den Flur und wischt sich die Hände an einem Geschirrtuch ab. Sobald sie den Polizeibeamten an unserer Türschwelle sieht, stockt sie kurz. Danach setzt sie jedoch das breiteste Fake-Lächeln auf, das ich je bei ihr gesehen habe.

»Officer, was für eine Überraschung. Wollen Sie kurz reinkommen? Möchten Sie etwas trinken? Einen Kaffee, oder doch lieber Wasser?« Sie mimt mal wieder die perfekte Vorstadt-Mutter.

Officer Hall tritt nun endgültig über die Schwelle und lässt sich von meiner Mutter ins Wohnzimmer lotsen. Ein Getränk schlägt er jedoch aus. Vielleicht hat er nicht vor, lange zu bleiben? Nachdem meine Mom und ich uns auf dem Sofa niederlassen, nimmt er den gegenüberstehenden Sessel in Beschlag. Unangenehme Stille füllt innerhalb von Sekunden den ganzen Raum aus.

Schließlich räuspert sich Officer Hall und beginnt endlich zu reden: »Wie Sie wissen, ist Brianna in eine Mordermittlung verwickelt. Sie steht unter Tatverdacht, ebenso wie ihre beiden Freunde.«

»Wir werden kein Wort zu dieser Sache sagen ohne unseren Anwalt, nur um das klarzustellen«, erwidert meine Mom mit fester Stimme. Sie sitzt kerzengerade neben mir und reckt das Kinn vor. Gerade wünsche ich mir nur einen Bruchteil ihrer

Stärke und Härte. Dann würde ich hier nicht sitzen wie ein Häufchen Elend.

»Das ist Ihr gutes Recht. Es gab bisher keine offizielle Anhörung, weil noch ausschlaggebende Beweise ausgewertet werden. Ich wollte Sie nur darauf hinweisen, dass Ihre Tochter parallel auch wegen weiterer Punkte angezeigt werden könnte. Zum Beispiel wegen Körperverletzung. Diese Anzeigen könnten zudem als Indiz im Mordprozess verwendet werden, falls ein möglicher Zusammenhang zur Tat besteht.« Sein Blick wandert zu mir, und seine grauen Augen ertränken mich in einer Quecksilber-Welle.

»Körperverletzung?«, hakt meine Mom nach. Scheiße. Ich habe ihr nichts von meiner Auseinandersetzung mit Olivia erzählt! Irgendwie hatte ich gedacht, die Schule würde sie darüber informieren. Offensichtlich nicht. Oder Mom hat tatsächlich die Anrufe verpasst, die sie über diese Tat informiert hätten. In jedem Fall bin ich so was von geliefert.

»Brianna hat gestern einer Mitschülerin die Nase gebrochen. Meiner Tochter. Ihr Nasenrücken musste im Krankenhaus gerichtet werden, und sie wird vermutlich einen bleibenden optischen Schaden davontragen.«

»Olivia hat mich provoziert und bloßgestellt! Außerdem hat sie mich ebenfalls körperlich angegriffen. Ich habe mich nur verteidigt«, versuche ich mich zu rechtfertigen. Mom dreht sich mit großen Augen zu mir um. Was sagt man in so einem Moment? Ups? Sorry, dass ich vergessen habe, dir von der Prügelei zu erzählen, die ich angezettelt habe?

»Stimmt das, was Officer Hall sagt? Du hast einer Schülerin die Nase gebrochen?«, zischt sie wütend. Ich kann nichts anderes tun, als ergeben zu nicken.

»Es spielt keine Rolle, unter welchen Umständen die Tat geschehen ist. Fakt ist, dass du es getan hast und es genügend

Zeugen gibt. Wir werden dementsprechend Anzeige erstatten. Für den Mord an Kian liegt bisher keine offizielle Anklage gegen dich vor, aber das ist meiner Ansicht nach nur eine Frage der Zeit. Mehr habe ich gar nicht zu sagen. Ich hoffe wirklich, Sie besitzen einen guten Anwalt.« Officer Halls Wesen gleicht dem einer Raubkatze. Er pirscht sich langsam an, visiert sein Opfer an und legt mich nun mit einem gezielten Biss in den Nacken lahm. Ich hatte nie den Hauch einer Chance und sacke auf dem Sofapolster zusammen. Mom versucht hingegen die perfekte Fassade aufrechtzuerhalten und begleitet den Polizeibeamten noch bis zur Haustür. Ihre freundliche Stimme wirkt zu gestellt. Ich merke, wie sie verzweifelt versucht, so etwas wie Sympathie zu erzeugen. Vergeblich.

Die Haustür schließt sich, und ich bin wieder allein mit Mom. Sie stampft ins Wohnzimmer zurück und starrt mich für einige Sekunden schweigend an. Ihr Blick bohrt sich in mich hinein und nagelt mich auf der Couch fest.

»Ich fasse es nicht! Wie kann man so undankbar sein? Ich habe *alles* für dich getan und stundenlang mit unserem Anwalt telefoniert, um dir den Hintern zu retten. Und das Erste, was du tust, ist, einem armen Mädchen die Nase zu brechen?«, fährt sie mich an. Meine sonst immer so ruhige Mom verwandelt sich vor meinen Augen in eine Furie, und ich glaube, ich habe sie noch nie in meinem Leben so zornig erlebt. Ihre Stimme schaukelt sich mit jedem Wort weiter in die Höhe, bis sie mich schließlich anschreit. Ich grabe meine Fingernägel in das Sitzpolster unter mir und versuche, meinen Frust an dem Leder auszulassen. Allerdings ohne viel Erfolg.

Der Frust vermischt sich mit dem ekelhaften Gefühl, von allen missverstanden zu werden. Von meinen Mitschülern, meinem Team, meinem Coach und nun auch von meiner eigenen Mutter.

»Olivia ist das komplette Gegenteil eines unschuldigen kleinen Mädchens! Sie macht mir seit Monaten das Leben zur Hölle. Sie läuft durch die Gegend und verbreitet Lügen über mich, schwärzt mich bei der Polizei an und hat mir das Gesicht zerkratzt, vor den Augen ihres Gefolges! Warum sieht niemand, was für ein grauenhafter Mensch sie ist? Ich bin bestimmt nicht unschuldig, aber ich bin auch nicht komplett allein verantwortlich.« Meine Stimme bricht, weil ich meine Selbstbeherrschung nicht mehr aufrechterhalten kann. Ich will nicht schon wieder anfangen zu weinen. Olivia hat es geschafft, in kürzester Zeit meinen Ruf und mein Leben zu ruinieren. Trotzdem sieht jeder in ihr nur das wehrlose Opfer.

Meine Mutter schaut mich zweifelnd an und scheint mit sich selbst zu ringen. Wem glaubt sie eher? Ihrer verlogenen Tochter oder dem einflussreichen Officer? Die Antwort liegt wohl auf der Hand. Mom hat noch nie zu mir gestanden, wenn jemand mich kritisiert hat, selbst wenn es nur um meine Frisur ging. Warum sollte sie also jetzt auf meiner Seite sein?

Ich senke den Kopf und bereite mich mental schon auf die nächste Schimpftirade vor. Umso erstaunter bin ich, als diese ausbleibt und sich das Sitzpolster neben mir senkt. Die schlanken Finger meiner Mom legen sich auf meine Hand.

»Ist das wahr? Hat sie dich so sehr leiden lassen?«, haucht sie. Die verkrampfte Haltung fällt von mir ab. Meine Finger zittern, sobald ich sie von den Polstern löse und die Hände meiner Mom ergreife.

»Ja. Sie hat mir sehr wehgetan. Gestern konnte ich es nicht mehr ignorieren und stumm über mich ergehen lassen. Ich würde niemals jemandem grundlos schaden«, gestehe ich und klammere mich auf einmal mit aller Verzweiflung an meine Mom. Ich fühle mich zurückkatapultiert in eine Zeit, in der ich mit jedem meiner Wehwehchen zu ihr kommen konnte.

»Warum hast du denn nie etwas gesagt?«, fragt sie nun. Während ich in ihre stahlblauen Augen schaue, weicht die Härte aus ihrem Blick, und Sorge schlägt mir entgegen. Mom weicht in meinen Händen förmlich auf.

»Ich habe mich geschämt. Deshalb wollte ich alles selbst regeln. Wo mich das hingeführt hat, siehst du ja selbst.« Obwohl es wehtut, den Schmerz in ihren Augen aufblitzen zu sehen, halte ich mich aufrecht. Hoffentlich erkennt sie, wie viel mir dieses Geständnis abverlangt.

Plötzlich zieht mich Mom an sich und schließt ihre Arme um mich. Ich werde gegen ihren Brustkorb gedrückt und kann ihrem viel zu schnellen Puls lauschen, während sie mir beruhigend über den Rücken streicht. Sie lehnt ihre Wange gegen meinen Kopf und hält mich auch dann noch fest, als ich nicht mehr zittere und das Brennen in meinen Augen sich verflüchtigt hat. Zum ersten Mal seit langer, langer Zeit habe ich das Gefühl, meine Mom zurückzuhaben.

»Du kannst mit Problemen immer zu mir und deinem Dad kommen. Du bist nicht schwach, wenn du uns einbeziehst. Im Gegenteil: Du bist eine der stärksten Personen, die ich kenne. Und ich bin so stolz, deine Mutter sein zu dürfen.« Ihre Worte streicheln meine aufgewühlte Seele und beruhigen den Sturm, der immer noch in meinem Kopf wütet. Langsam kehrt Ruhe in mir ein.

Aus Moms Richtung ertönt ein Schniefen, und ich drücke sie wieder ein bisschen fester an mich, um ihr zu signalisieren, dass ich auch für sie da bin.

»Ich wollte dir nie das Gefühl geben, dass du nicht mit uns reden kannst oder alles allein schaffen musst. Du bist das Wichtigste in unserem Leben, Liebes«, flüstert sie in mein Haar und drückt mir einen Kuss auf den Scheitel. Ich kann mich höchstens an Momente in meiner frühsten Kindheit erinnern, in denen Mom mich mit so viel Zuneigung behandelt hat. Vielleicht ist dieser Tag so etwas wie ein Weckruf für mich und meine Familie. Eine zweite Chance für bedingungslose Unterstützung.

»Versprich mir, dass du von nun an ehrlich zu uns bist, Brianna. Keine Geheimnisse mehr«, flüstert meine Mom.

»Ich verspreche es«, murmle ich und atme dabei den süßen Duft des Weichspülers ein, der ihre Bluse durchtränkt. Obwohl ich mir nichts sehnlicher wünsche, als bodenlos ehrlich zu Mom und Dad zu sein, weiß ich nicht, ob ich dieses Versprechen halten kann.

08:13 Uhr

Mein ganzer Körper steht unter Strom, während ich an Xenias Spind gelehnt auf sie warte. Ich muss unbedingt mit ihr reden. Doch natürlich kommt alles ganz anders als geplant …

Anstelle von Xenia bahnt sich Yves seinen Weg durch die Menge und hält genau auf mich zu. Ein wenig außer Atem kommt er vor mir zum Stehen und schenkt mir ein abgekämpftes Lächeln.

Irgendwie wirkt er heute anders. Müde und angeschlagen. Auch sonst ist Yves kein geborener Sonnenschein, heute hängt jedoch scheinbar eine düstere Wolke über seinem Kopf.

»Ist alles in Ordnung?«, hake ich nach, was Yves aus seiner Starre reißt. Er öffnet endlich den Mund.

»Ich habe gestern über Kian nachgedacht. Und die Umstände, die zu seinem Tod geführt haben«, setzt er schließlich an. Ich zucke zusammen, weil ich mich ertappt fühle, und lasse sogar versehentlich eines meiner Bücher fallen. Was für ein Zufall, dass Yves gestern anscheinend den gleichen Gedanken hatte wie ich. Hastig bücke ich mich, um das Buch aufzuheben, bevor ich es mit aller Macht an meine Brust presse.

»Ich hatte wirklich eine beschissene Nacht, Yves. Ich gebe dir zwei Minuten, weil dann die erste Stunde beginnt.« Meine Stimme klingt erstickt, als würde sich eine unsichtbare Hand um meine Kehle legen und zudrücken. Eigentlich will ich ihn nicht so abweisen, aber ich würde gerade viel lieber mit meiner besten Freundin reden.

»Wir müssen versuchen, unsere Unschuld zu beweisen«, erklärt er. »Ich bin mir sicher, es muss handfeste Hinweise geben, die für uns sprechen und vielleicht in eine andere Richtung weisen. Glücklicherweise habe ich so eine Ahnung, wo wir sie finden könnten.«

Das klingt zu schön, um wahr zu sein. Unsere Unschuld beweisen? Einfach so? Wieso macht Yves diesen Vorschlag erst jetzt?

»Wo?«, frage ich lediglich. Irgendwie habe ich eine leise Vorahnung, dass mir die Antwort nicht gefallen wird.

»In Kians Zimmer«, meint Yves kurz und schmerzlos. Ich kann förmlich spüren, wie Neugier und Hoffnung aus meinem Körper weichen. Meine Schultern sacken nach unten, und ich lehne mich mit dem Rücken gegen die Spindreihe hinter mir, um Yves nicht ins Gesicht sehen zu müssen.

»Seine Eltern werden uns niemals in seinem Zimmer rumschnüffeln lassen. Nicht, nachdem wir ganz oben auf der Liste der Verdächtigen stehen«, stelle ich fest und lasse meinen Blick flüchtig umherwandern, um zu sehen, ob uns irgendwer belauscht. Doch um diese Uhrzeit sind alle Schülerinnen und Schüler der Fircreek Highschool nur mit sich selbst beschäftigt. Ich sehe ein Grüppchen, das Hausaufgaben untereinander abschreibt, und ein Pärchen, das die letzten freien Minuten zum Rumknutschen verwendet. Der Rest strömt durch die Gänge, um pünktlich zum Klassenraum zu kommen.

»Wer hat denn etwas von freiwillig gesagt?«, flüstert Yves so leise, dass ich fast glaube, es mir eingebildet zu haben. Hat er das gerade wirklich gesagt? *Hey, lass uns in das Haus unseres toten Freundes einbrechen, um unsere Unschuld zu beweisen!*

Selbst in meinen Gedanken hört sich diese Idee furchtbar an. Ich öffne bereits den Mund, um lautstark zu protestieren. Trotzdem lasse ich mir seinen Vorschlag noch mal durch den Kopf gehen. Was haben wir schon für eine Wahl? Ich bin nicht bereit, passiv alles zu ertragen, was uns in den Weg gelegt wird. Lieber will ich aktiv mein Schicksal in die Hände nehmen.

»Du meinst das wirklich ernst, oder?«, zische ich, worauf Yves heftig nickt.

»Niemand wird etwas mitbekommen. In der Zeitung stand heute Morgen, dass in zwei Tagen seine Beerdigung stattfindet, und danach treffen sich die engste Familie und Freunde in einem Restaurant, um bei Kaffee und Kuchen um Kian zu trauern. Der Leichenschmaus dauert mindestens zwei Stunden. Nach der Beerdigung hätten wir also genug Zeit, um ins Haus zu gelangen, sein Zimmer zu durchsuchen und wieder unbemerkt zu verschwinden. Ich kenne sein Haus in- und auswendig, weil ich so oft da war. Und ich weiß, wo der Ersatzschlüssel deponiert ist. Vertrau mir.«

Ich weiß, wie perfide und makaber sich dieser Plan anhört. Allein der Gedanke verpasst mir eine Gänsehaut. Plane ich gerade wirklich, in das Haus meines verstorbenen Ex-Freundes einzubrechen?

»Hör zu, Brianna. Ich werde das durchziehen. Mit oder ohne dich. Es steht so viel auf dem Spiel. Ich bin nicht bereit, mir mein Leben versauen zu lassen, bloß weil die Polizei irgendwelche Indizien sammelt, die gegen uns sprechen«, stellt Yves mit fester Stimme klar. Er meint es bitterernst. Wir müssen uns selbst schützen, und das geht nur, wenn wir in Kians Zimmer nach Hinweisen suchen, die uns irgendwie weiterhelfen.

»Okay. Ich bin dabei«, lenke ich schließlich ein. Yves' Kopf ruckt hoch und unsere Blicke verhaken sich ineinander. »Ich lasse dich das auf gar keinen Fall allein durchziehen. Wir müssen zusammenhalten.«

12:15 Uhr

»Seid ihr völlig übergeschnappt?« Xenia versucht, ihre Stimme gesenkt zu halten, aber vergeblich. Ein paar Mitschüler am Nebentisch schauen verwirrt zu uns herüber, bevor sie sich wieder über ihr nicht identifizierbares Mittagessen beugen.

»Yves hat recht. Die Polizei will uns für etwas verantwortlich machen, was wir nicht getan haben. Wir müssen Beweise für unsere Unschuld finden«, erkläre ich ruhig. In den letzten Stunden habe ich fast durchgehend über unseren Plan nachgedacht. Je länger ich darüber grüble, desto besser gefällt er mir.

»Und von allem anderen mal abgesehen: Wir wussten doch alle, dass Kian in letzter Zeit Drogen konsumiert und vielleicht sogar in der Schule vertickt hat. Wenn wir Hinweise darauf in seinem Zimmer finden, hilft das der Polizei vielleicht weiter«, fügt Yves an.

Natürlich. Wir wussten von Kians Drogengeschichten. Es wäre nicht weit hergeholt, wenn er vielleicht wirklich mit dem Zeug gedealt hat. Zumindest ahnten wir das immer. Ich selbst habe nie mitbekommen, wie er Zeug verteilt oder verkauft hat, allerdings bekam ich auch erst viel zu spät etwas von der Bettgeschichte zwischen ihm und Olivia mit. Kian war stets der Mittelpunkt aller möglichen Partys. Vielleicht ging es dabei gar nicht um ihn, sondern um seine Ware? Könnte einer seiner Kunden sich gegen ihn gewandt haben? Haben die Drogen mehr mit seinem Tod zu tun, als wir bisher geahnt haben?

Mir ist es wichtig, Xenia in die ganze Aktion einzuweihen.

Sie steht schließlich ebenfalls unter Verdacht. So eine waghalsige Aktion hinter ihrem Rücken durchzuziehen, fühlt sich nicht richtig an. Xenia spielt an ihrem Zopf herum und beißt auf ihre Unterlippe, während ihr Blick durch die Cafeteria tigert, als würde sie jemanden suchen. Sie wirkt skeptisch.

»Ich habe gestern lange nachgedacht und eine Mindmap aller Personen angefertigt, die potenziell Kians Mörder sein könnten«, presse ich hervor. Sofort blickt sie mich wieder interessiert an. »Und ganz oben stand unter anderem Olivia Hall.« Ich verschweige ganz bewusst, wo mein eigener Name auf der Liste steht. Sie müssen ja nicht unbedingt alles wissen.

Meine Aussage hat auf jeden Fall den gewünschten Effekt, denn Xenia sieht mich überrascht an. Ihre Augen weiten sich, als könne sie nicht glauben, was ich da gerade gesagt habe.

»Wie kommst du darauf?«, hakt sie nun nach.

»Denkt doch mal nach. Sie hätte sehr triftige Motive: Wut und Eifersucht. Vielleicht spielte auch eine Prise Rachegelüste mit. Sie wusste von Kian vermutlich, wo wir an dem Wochenende hinwollten, und obendrein ist ihr Vater Polizist und würde alles für sie tun. Vielleicht sogar einen Mord vertuschen …« Ich gebe zu, ich bin ein wenig stolz auf meinen Ansatz. Es fühlt sich ein bisschen so an, als wäre ich Batman und hätte ein Rätsel des legendären Riddler gelöst. Als Nächstes werde ich Gerechtigkeit üben, indem ich die Namen der Unschuldigen reinwasche und die wahren Schuldigen hinter Gitter bringe. Aber eines nach dem anderen …

Zuerst sollte ich vermutlich aufhören, so viele Comics in meiner neu gewonnenen Freizeit zu lesen.

»Du hast recht. Es besteht durchaus die Möglichkeit, dass sich Olivia an Kian rächen wollte. Weiß jemand, ob sie für die Nacht ein Alibi hat?«, fragt Xenia in die Runde, doch alle schütteln nur den Kopf.

»Bestimmt würde jemand von ihren Freunden sie decken«, grummelt Yves missmutig. Er scheint wirklich angestrengt über meine Worte nachzudenken. »Du musst uns unbedingt deine Mindmap zeigen, Bri. Wenn wir uns gemeinsam dransetzen, können wir vielleicht dem Killer auf die Spur kommen.«

»Ja, genau. Deswegen ist es so wichtig, mehr über Kian herauszufinden und sein Zimmer zu durchsuchen. Vielleicht versteckt sich irgendwo ein Hinweis auf einen möglichen Täter. Wir können schließlich nicht zur Polizei gehen und blind mit dem Finger auf andere Leute zeigen, wenn wir nichts in der Hand haben. Erst recht nicht, wenn eine unserer Hauptverdächtigten die Tochter des ermittelnden Officers ist.« Hoffentlich erkennt Xenia, wie wichtig diese Aktion ist. Ich würde niemals irgendwo einbrechen, wenn ich mir nicht zu einhundert Prozent sicher wäre, dass es unfassbar wichtig ist.

»Also gut. Ich verstehe euch. Trotzdem finde ich die Idee furchtbar«, zischt Xenia über den Tisch hinweg.

»Du musst nicht mitkommen«, meine ich nun zu ihr und greife über den Tisch hinweg nach ihrer Hand. »Du könntest für uns Schmiere stehen, während wir nach Hinweisen suchen.«

Sofort hellt sich ihre Miene ein wenig auf.

»Okay, das mach ich. Ich hoffe, das wird es wert sein.«

»Wir werden dafür sorgen. Nicht wahr, Brianna?« Yves schaut mich erwartungsvoll an.

»Auf jeden Fall«, bringe ich hervor und schenke den beiden ein Lächeln. Ich weiß nämlich nicht, was uns erwartet, wenn wir keinen Erfolg haben sollten. Im schlimmsten Fall werden wir erwischt und verschlimmern unsere Lage als Hauptverdächtige.

Plötzlich knacken die Lautsprecher an den Wänden der Cafeteria, und die nuschelige Stimme unseres Direktors hallt durch den riesigen Raum. Alle halten inne, das Klappern von Besteck wird unterbrochen, und jedes Gespräch erstirbt.

»Liebe Schülerinnen und Schüler, liebe Lehrkräfte, bitte findet euch am Ende der Mittagspause in der Sporthalle ein für eine wichtige Ankündigung. Die Teilnahme an dieser Ansprache ist verpflichtend. Vielen Dank für eure Aufmerksamkeit!«

Nach dem letzten Knistern der Lautsprecheranlage fangen alle wieder an, leise miteinander zu reden. Jeder scheint zu ahnen, was uns erwartet. Es kann nur einen Grund geben, warum Mr Elmore die ganze Schule zu einer Ansprache in der Sporthalle versammelt. Kians Tod.

Bisher wurde höchstens in den Kursen, die Kian besucht hat, darüber gesprochen. Und das nicht einmal besonders ausführlich. Tatsächlich habe ich schon lange auf ein offizielles Statement gewartet.

Ich kann deutlich die Blicke der anderen Schüler spüren, die sich an den Tisch heften, an dem Xenia, Yves und ich sitzen. Der stumme Vorwurf und das Gewicht ihrer stillen Anschuldigungen legen sich auf meine Schultern. Ihr Starren drückt mich zu Boden.

Es ist an der Zeit, unsere Unschuld zu beweisen. Dann werden wir nicht länger wie Aussätzige behandelt. Zumindest hoffe ich das mit jeder Faser meines Körpers.

12:55 Uhr

Alle Schülerinnen und Schüler der Fircreek Highschool drängen sich auf der Tribüne der Sporthalle zusammen. Yves, Xenia und ich sitzen mitten zwischen ihnen. Mir sind jetzt bestimmt schon fünf verschiedene Personen auf die Füße getreten. Es wird geschubst und gedrängelt, und es dauert mindestens eine Viertelstunde, bis endlich jeder einen Sitzplatz gefunden hat und sich die Aufmerksamkeit der Allgemeinheit auf Mr Elmore richtet.

Die Luft ist von einer wilden Duftmischung aus verschiedenen Deos und dem Getuschel von über fünfhundert Jugendlichen durchdrungen. Ich bin wirklich froh, wenn das hier überstanden ist.

»Ruhe, bitte! Ruhe!«, donnert Mr Elmores Stimme aus den Lautsprechern über uns hinweg und bringt damit innerhalb einer Sekunde alle zum Verstummen. Ich fixiere den älteren Mann. In seinem dunklen Tweedanzug und mit den grau melierten Haaren wirkt unser Direktor wie ein gemächlicher Opa. Die dunklen Schatten unter seinen Augen und der traurige Ausdruck in seinem Blick machen uns allen bewusst, dass die letzten Wochen auch an ihm nicht spurlos vorbeigezogen sind. Ein Kloß bildet sich in meinem Hals und hindert mich am Atmen. Ich ringe nach Luft und versuche, mir nichts anmerken zu lassen.

»Vielen Dank für euer Kommen. Wie die meisten von euch bereits durch die Medien oder eure Lehrer wissen, ist vor Kurzem einer unserer Schüler auf tragische Weise ums Leben gekommen.« Erneut wird das Getuschel um uns herum laut, und dieses Mal höre ich überdeutlich meinen Namen heraus. Ich versuche es zu ignorieren.

»Kian Lewis war ein herausragender junger Mann. Er besaß viele Freunde und war ohne Zweifel einer der Sympathieträger dieser Schule. Ohne ihn wird etwas fehlen. Sein Verlust trifft uns alle.« Das Getuschel wird nun durch gelegentliches Schluchzen unterbrochen. Ich selbst schotte mich mental von dem Ganzen ab. Wenn ich die Worte unseres Direktors zu nah an mich heranlasse, werde ich vermutlich vor den Augen aller unter der Last zusammenbrechen. Es fällt mir schwer, die Fassade aufrechtzuerhalten und dem Brennen hinter meinen Lidern nicht nachzugeben.

»Deshalb möchte die Familie Lewis euch allen die Möglichkeit geben, sich von Kian zu verabschieden. Ihr dürft seine Beerdigung morgen, am Samstag, dem 27. April, um 14 Uhr besuchen. Natürlich biete ich an dieser Stelle noch mal die Dienste unserer Schulpsychologin Dr. Foster an. Wenn ihr diese Situation als schwierig empfindet, ist das absolut normal. Genauso normal sollte es sein, Hilfe anzunehmen und gemeinsam diese schwere Zeit durchzustehen.«

Ich wünschte, es wäre so einfach. Ich wünschte mir wirklich, ich könnte zu Dr. Foster gehen, ihr von meinen Sorgen und Ängsten berichten, und dann würden diese sich einfach in Luft auflösen. Leider befreit mich das nicht von dem Verdacht der Polizei, meinen Ex-Freund umgebracht zu haben. Und es beruhigt auch nicht meine rasenden Gedanken, die sich pausenlos um die Frage drehen, wer Kian so etwas Grausames angetan hat.

»Zuletzt möchte ich im Namen der Polizei noch auf eine Sache aufmerksam machen. Wenn ihr glaubt, etwas über die näheren Umstände von Kians Tod zu wissen, dann geht mit eurem Verdacht direkt zu den Beamten. In besonderen Fällen kann auch Dr. Foster den Kontakt für euch herstellen. Die Lösung rund um Kians tragisches Ableben hat momentan Priorität bei der Polizei in Fircreek. Jeder Hinweis ist wichtig, jeder Tipp könnte zu einer schnelleren Aufklärung führen. Mit eurer Hilfe schafft ihr Gerechtigkeit für Kian und seine Familie, vergesst das nicht. Im selben Atemzug möchte ich aber auch darauf hinweisen, dass eure Hinweise Hand und Fuß haben müssen. Jemanden nach Hörensagen zu verurteilen, ist nichts, was unterstützt werden sollte. Wir suchen nach einem Mörder, nicht nach einem Sündenbock. Ich bedanke mich für eure Aufmerksamkeit!«

Ohne viel Tamtam verlässt Mr Elmore die Sporthalle. Für

einen Moment scheinen alle auf ihren Sitzen eingefroren zu sein, denn niemand bewegt sich vom Platz. Erst nach und nach stehen vereinzelt Schüler auf und quetschen sich durch die schmalen Reihen der Tribüne. Viele bleiben aber auch sitzen oder finden sich in Grüppchen zusammen. Ab und an höre ich die Namen meiner Freunde oder meinen eigenen aus dem Getuschel heraus, und auch die forschenden Blicke der anderen gehen nicht an mir vorbei. Ich frage mich, ob sich einer von ihnen einen angeblichen Beweis aus der Nase ziehen würde, so wie Olivia es getan hat. Irgendein Argument, warum man Yves, Xenia und mich auf jeden Fall wegsperren sollte.

»Lasst uns gehen«, raune ich meinen Freunden zu, bevor ich meinen Rucksack packe und mich ebenfalls durch die Reihen quetsche. Schnell weg hier, bevor die ganze Situation noch eskaliert. Das Getuschel um mich herum wird mit jedem Schritt lauter. Nur noch ein paar Meter trennen uns vom Ausgang. Höchstens zehn kleine Schritte.

Ich fluche, während ich über eine Tasche stolpere, die auf dem Boden liegt. Für einen Augenblick passe ich nicht auf, und in der nächsten Sekunde pralle ich mit dem Kopf voran gegen etwas Undefinierbares. Eine Wand? Nein, dafür ist es zu weich. Mein Blick wandert nach oben, und ich trete sofort einen Schritt zurück, als ich Bruce erkenne.

»Kannst du nicht aufpassen?«, knurrt er mich an. Ich schlucke schwer und versuche, etwas Geistreiches zu antworten, aber die Worte verirren sich irgendwo auf dem Weg zwischen meinem Gehirn und meinem Mund.

»Zum Glück müssen wir uns nicht mehr lange mit Idioten wie euch herumschlagen. Die Cops werden euch schon drankriegen, wartet es nur ab«, schiebt Bruce mit einem Blick auf mich und meine Freunde hinterher. Er stößt seine flache Hand gegen meinen Brustkorb, sodass ich einen Schritt zurückweichen muss. Wie gerne würde ich ihm die Stirn bieten oder ihn genauso behandeln wie er mich. Aber selbst mir ist bewusst, dass ich keine Chance gegen diesen zwei Meter großen Fleischklops aus Muskeln hätte. Es sei denn, ich wende meine Technik von unserer letzten Auseinandersetzung an und ziele dieses Mal noch ein bisschen besser.

»Hat es dir die Sprache verschlagen, oder was?«, spottet der Grobian nun. Ich presse die Zahnreihen fest aufeinander, um mir einen Kommentar zu verkneifen. Dieser verdammte, arrogante, erniedrigende …

»Geh aus dem Weg, Bruce«, erklingt Xenias Stimme plötzlich hinter mir, woraufhin ich mich zu ihr umwende. Sie versteckt sich nicht länger hinter einem Vorhang aus Haaren, sondern bietet den Schikanen mit erhobenem Kinn die Stirn. »Wenn wir schon ins Gefängnis müssen, können wir den Beamten ja auch direkt von deinen kleinen Drogendeals erzählen, oder nicht?«

Bruce erwidert nichts, allerdings weicht ihm jegliche Farbe aus dem Gesicht.

Ich kann nicht aus Xenias Miene ablesen, ob sie einfach nur blufft oder genau weiß, wovon sie redet. Wahrscheinlich hat ihr unser Gespräch über Kians Handel die nötige Inspiration für diesen Konter geschenkt.

»Verschwindet!«, knurrt Bruce schließlich, bevor er einen Schritt zur Seite geht und uns durchlässt. Erst als wir einige Meter Distanz zwischen uns und die Halle gebracht haben, halten wir inne.

»Was war das denn?«, bricht es aus mir heraus. Yves und ich starren beide gleichermaßen fassungslos Xenia an.

»Ich habe ihm eine verbale Ohrfeige verpasst, schätze ich«, sagt diese bloß mit einem Schulterzucken, als sei das nicht das Stärkste, was sie in den letzten Jahren getan hat. Ich bin so unfassbar stolz auf sie. Besonders nach dem, was letzte Nacht passiert ist. Sie lässt sich nicht unterkriegen, und das bewundere ich sehr an meiner besten Freundin.

»Das war genial!«, meine ich und grinse Xenia an. Yves scheint jedoch nicht so glücklich mit dem Ausgang der Situation zu sein.

»Ich frage mich, ob wir uns damit nicht noch mehr Feinde gemacht haben.«

SAMSTAG, 27. APRIL

14:11 Uhr

Das schwarze Rollkragenkleid umfasst meine Kehle wie eine Schlinge, die sich immer enger zieht. Ich versuche, den Kragen mit dem Finger zu weiten, aber das hilft leider nur kurzzeitig. Neben mir stehen Xenia und Yves, während hinter mir unsere Eltern eine Wand zwischen uns und den anderen Trauergästen bilden. Ich muss mich auf die Zehenspitzen stellen, um über das schwarze Meer hinwegsehen und einen Blick auf den Sarg werfen zu können, in dem Kians lebloser Körper für immer eingeschlossen sein wird. Allein die Vorstellung, dass in dieser weiß lackierten Kiste mein bester Freund, meine erste große Liebe liegt, wirkt so fern von jeglicher Realität.

Der Junge, der mir immer wieder auf die Beine geholfen hat, wenn ich mit dem Fahrrad gestürzt bin. Der Junge, der meine Hand gehalten hat, als mein Hamster Humphrey gestorben ist und in unserem Garten begraben wurde. Der Junge, der sich für mich durch alle sieben Staffeln von »Pretty Little Liars« gequält hat und sich bei jedem Cliffhanger mit mir zusammen aufgeregt hat. Der Junge, der freiwillig mein erstes Date auf dem

Winterball der Schule war, als wir beide noch Freshmen waren. Der Junge, der mich ermutigt hat, zu den Cheerleading-Try-outs zu gehen. Der Junge, dem ich mein Herz geschenkt habe und der es schließlich weggeworfen hat.

Ein Kloß aus Trauer ballt sich in meinem Hals zusammen und erschwert mir das Atmen. Mein ganzer Körper steht unter Spannung, während ich verzweifelt versuche, nicht in Tränen auszubrechen.

Kian war in vielerlei Hinsicht ein Idiot. Ein Draufgänger und Herzensbrecher, der sich verhalten hat, als könne ihm nichts und niemand etwas anhaben. Aber … er war *mein* Idiot. Und ich würde alles dafür tun, um seinen Tod ungeschehen zu machen.

Plötzlich spüre ich eine sanfte Berührung an meiner Hand und blicke durch den Tränenschleier zu Xenia, die mir ein Taschentuch reicht. Ein mitfühlender Ausdruck huscht über ihr Gesicht. Wie sie die Fassung wahren kann, ist mir ein Rätsel. Seit ich heute Morgen aus dem Bett gestiegen bin, hätte ich pausenlos heulen können.

»Verehrte Trauergemeinde. Heute haben wir uns hier versammelt, um das Leben von Kian Lewis zu ehren, der uns viel zu früh genommen wurde. Nun ist die Stunde gekommen, um Abschied zu nehmen von unserem Sohn, unserem Bruder und Freund.« Der Pfarrer hat sich neben das Grab gestellt und blickt auf den mit Blumen geschmückten Sarg. Seine Stimme ist laut und deutlich zu hören, trotzdem klingt sie so einfühlsam, dass ich mich sofort angesprochen fühle. Selbst der Himmel über uns hat sich zugezogen und ist mit dunklen Wolken behangen, als würde die ganze Welt um Kian trauern.

»Kians Angehörige haben mir berichtet, was für ein lebensbejahender und glücklicher junger Mann er gewesen ist. Für ihn war es wichtig, jeden Tag zu nutzen und das Leben zu feiern.

Sein herzerwärmendes Lachen und seine frechen Sprüche werden allen noch lange in Erinnerung bleiben und nie vergessen werden. Seine Mutter hat mir erzählt, wie Kian als Kind immer davon geträumt hat, die ganze Welt zu bereisen. Nun ist seine Seele frei und kann ohne Grenzen die ganze Schöpfung unseres Herrn erforschen.« Ich kann von meinem Platz aus genau auf den Rücken von Kians Mom schauen und beobachten, wie sie sich nach vorne beugt und ihre Schultern zucken, während sie von starken Schluchzern durchgeschüttelt wird. Ich selbst versuche inzwischen gar nicht mehr, die Tränen zurückzuhalten. Ich kann nicht nachempfinden, was es für Kians Eltern bedeutet, ihr eigenes Kind zu verlieren. Es muss der größte Schmerz sein, den man nur erleiden kann.

»Bis vor Kurzem hat sich niemand Gedanken darüber gemacht, wie ein Leben ohne Kian aussehen könnte. Der Gedanke an seinen möglichen Tod lag noch viele, viele Jahrzehnte in der Ferne, weswegen sein Verlust uns alle umso schwerer trifft. Aber wir wollen dieser Tatsache nicht mehr Aufmerksamkeit als nötig schenken, denn heute sind wir einzig und allein hier versammelt, um sein Leben zu ehren. Ein Leben voller Humor, Liebe und Freundschaft bis zum letzten Atemzug. Kian, du sollst wissen, wie sehr du über deinen Tod hinaus geliebt und geschätzt wirst. Das beweist allein schon die gewaltige Anteilnahme Fircreeks an dieser Trauerfeier.« Der Pfarrer hat recht. Fast die gesamte Kleinstadt versammelt sich heute auf dem Friedhof. Ich habe längst den Überblick verloren, wer alles Kian die letzte Ehre erweisen will. Es sind Schüler und Lehrer gekommen, Freunde und Fremde, Familienmitglieder von nah und fern. Ob sich sogar der Mörder unter uns befindet?

Ich löse meinen Blick von dem schneeweißen Sarg und schaue mich unauffällig um. Fast jeder schaut zum Pfarrer, doch ab und an streift mein Blick den eines anderen Trauergasts. Von manchen schlägt mir Wut, Zorn oder ein stiller Vorwurf entgegen. Unterschwellig scheinen manche Menschen mich dafür zu verurteilen, dass ich es gewagt habe, zu Kians Beerdigung zu kommen.

Mit einem Mal mache ich Olivia Hall in der Menge aus. Ihre Nase wird von einer metallischen Schiene und mehreren Klebestreifen umschlossen, die quer über ihr Gesicht verlaufen. Sie sieht genauso fertig aus, wie ich mich fühle. Unter ihren Augen liegen tiefe Schatten, und die Wimperntusche, die sie sonst immer perfekt aufträgt, verläuft nun in schwarzen Schlieren über ihre Wangen. Mit aller Macht krallt sie sich an dem Saum ihres Kleides fest. Für einen Moment empfinde ich tatsächlich einen Hauch von Schuld, weil ich für ihren Zustand verantwortlich bin. Allerdings nur so lange, bis mir einfällt, dass sie möglicherweise Kian auf dem Gewissen hat. Sie besaß definitiv die Möglichkeit, ihn zu töten. Wird sie gerade von ihrer Schuld erdrückt und weint deswegen? Oder ist es doch die Trauer darüber, einen Freund verloren zu haben?

Ich versuche, mich in sie hineinzuversetzen. In ein Mädchen, das nichts anderes wollte, als von ihrem Schwarm beachtet zu werden. Mit allen Mitteln versuchte sie, seine Aufmerksamkeit zu erlangen. Und nachdem sie endlich ihr Ziel erreicht hat, stirbt diese Person auf tragische Weise. Ohne es zu wollen, empfinde ich auf einmal Mitleid mit Olivia, jedenfalls, wenn sie doch unschuldig sein sollte. Kein Hass, kein Neid, bloß Mitleid.

»Versuchen wir alle, Kians Lebensphilosophie fortzuführen. Das Leben und jeden seiner Momente zu feiern, zu lachen und zu genießen. Freunde wie Familie zu behandeln und einander näherzukommen. Ich bin mir sicher, das würde Kian gefallen. Und wenn wir seine schöne Seele irgendwann wiedersehen, können wir ihm davon berichten, was für einen Einfluss sein Leben auf uns alle hatte. Für heute nehmen wir jedoch Abschied von einem Menschen, der bedingungslos geliebt und gelebt hat. Ruhe in Frieden, Kian Lewis.« Der Pfarrer segnet Kians geschlossenen Sarg, und ich muss den Blick abwenden, sobald dieser langsam ins Erdreich abgesenkt wird. Ich klammere mich an Xenia fest und presse mein Gesicht gegen ihre Schulter, um zumindest für einen Moment diesem Albtraum zu entkommen.

Die ganze Trauergemeinde wird von Schluchzern und haltlosem Weinen erschüttert. Auch Xenia schnieft, während sie nach meiner Hand greift. Wir halten uns aneinander fest, um uns nicht in dieser unermesslichen Trauer zu verlieren.

Nach der Ansprache des Pfarrers hat jeder die Möglichkeit, zu Kians Grab zu gehen und eine Handvoll Erde auf seinen Sarg rieseln zu lassen. Die Schlange ist unendlich lang, und es dauert eine Ewigkeit, bis ich vor dem gigantischen Loch im Boden stehe und auf Kians letzte Ruhestätte hinabschaue. Auf seinem Sarg liegt bereits viel Erde, aber auch Blumen und Fotos haben sich dazwischengeschlichen. Das hier ist die letzte Möglichkeit, eine Erinnerung an Kian zu erschaffen.

Meine zitternde Hand streckt sich zu dem Kübel mit Erde aus. Ich greife zu und spüre die Feuchtigkeit zwischen meinen Fingern. Dreck setzt sich unter meinen Fingernägeln fest und einige Erdklumpen fallen zu Boden, während ich meine geballte Hand zum Grab hinüberbewege.

»Bis wir uns wiedersehen, Kian«, flüstere ich, während ich langsam die Erde zwischen meinen gespreizten Fingern hindurchrieseln lasse. Mein Glaube daran, dass wir uns irgendwann noch einmal begegnen werden, tröstet mich in diesem Moment tatsächlich ein wenig. Sei es im Jenseits oder in einem neuen Leben. Kians und meine Seele sind eng miteinander verknüpft. Ich weigere mich, einen endgültigen Abschied hinzunehmen.

»Ich habe dich immer geliebt«, wispere ich meine letzten Worte zu meinem ehemals besten Freund und meiner großen

Liebe, dem einzigen Jungen, für den ich je Gefühle hatte, bevor ich die Hand senke und mich von dem Grab abwende. Meine Finger sind voller Erde, doch das macht mir wenig aus. Dieser schmutzige Staub ist die letzte Verbindung, die ich noch zu Kian besitze.

Neben seinem Grab haben sich die engsten Familienangehörigen aufgereiht. Seine Eltern und sein Bruder. Brandon ist Kian wie aus dem Gesicht geschnitten, und für einen Moment erlaube ich mir die Vorstellung, dass er an seiner Stelle vor mir steht. Bloß die kurz geschnittenen Haare und die hellbraunen Augen unterscheiden Brandon von ihm. Als Kinder haben sie sogar das ein oder andere Mal behauptet, Zwillinge zu sein, weil sie sich so ähnlich sahen und fast im gleichen Alter sind. Es tut weh, verdammt weh, ihn anzuschauen.

Brandon und ich kennen uns schon ewig. Als Kinder waren wir durch Kian so eng miteinander verbunden, dass ich in ihm fast schon einen eigenen Bruder gesehen habe. Unser Verhältnis war immer sehr kameradschaftlich, aber heute ist alles anders …

Sein kühler Blick schließt mich völlig aus, und die Arme hält er hinter dem Rücken verschränkt. Ich strecke meine saubere Hand aus, um ihm mein Beileid auszudrücken, doch Brandon rührt sich keinen Millimeter. Er starrt mich mit so viel unterdrückter Wut an, dass ich nichts anderes tun kann, als meine Hand wieder zurückzuziehen.

»Es tut mir leid«, sage ich und beobachte, wie sein rechtes Auge bei meinen Worten zuckt. Solche Regungen zeigt Brandon nur, wenn er zornig ist und sich stark zurückhalten muss. Ich habe es früher oft beobachtet, bevor er mit geballten Fäusten auf seinen Bruder losgegangen ist. Plötzlich fühle ich mich noch leerer als zuvor.

Ich kann in diesem Augenblick nichts gegen Brandons Wut tun. Wenn er den Gerüchten und der Polizei glauben will, dann werde ich diesen Glauben nicht erschüttern können. Er sollte eigentlich wissen, wie viel Kian mir immer bedeutet hat. Denkt er wirklich, ich könnte ihm etwas angetan haben?

Ich wende mich von ihm ab und trete zu seinen Eltern hinüber. Kians Vater straft mich mit dem gleichen verurteilenden Blick wie sein Sohn. Ich murmle eine schnelle Beileidsbekundung und will eigentlich schon weitergehen, als sich eine Hand um meinen Oberarm schließt. Ich sehe hoch und erkenne Kians Mutter, die mich mit so viel Verzweiflung ansieht, dass ich den Atem anhalten muss. Sie scheint nach etwas in meinem Blick zu suchen. Nach der Wahrheit.

Ich versuche, alles, was ich fühle, an die Oberfläche zu zerren und ihr die aufrichtige Trauer zu zeigen, die ich empfinde. *Ich war es nicht. Bitte, glaub du mir wenigstens!*

Plötzlich weicht etwas in ihrem Blick auf und ein Schluchzen entströmt ihren Lippen, bevor sie mich an sich zieht und nicht mehr gehen lässt. Sie ist kleiner als ich, sodass ihr Kopf sich gegen meine Schulter lehnt. Ich drücke sie fest an mich. Ich muss an all die Gelegenheiten in meiner Kindheit denken, wo sie sich um mich gekümmert hat und für mich fast mehr Mutter war als meine eigene.

Wenn ich mir die Knie aufgeschürft habe, hat sie ein Pflaster und einen Kuss auf die Verletzung gegeben. Wenn ich traurig war, habe ich bei ihr eine Schulter zum Anlehnen gefunden. Sie war einfach *immer* für mich da. Dass sie in diesem Moment meine Trauer und meine Liebe zu Kian wahrnimmt und nicht leugnet, bedeutet mir alles.

Sobald sie sich von mir löst, blicke ich ihr in die Augen. Kians Augen.

»Ich weiß, dass du es nicht getan hast«, wispert sie und bringt damit meinen ganzen Körper zum Beben. Erleichterung überflutet mich, und Tränen strömen über mein Gesicht. Ich muss mich wirklich zurückhalten, um sie nicht noch einmal an mich zu ziehen.

Selbst wenn die ganze Welt nicht an meine Unschuld glaubt, so tun es wenigstens die wichtigsten Menschen in meinem Leben. Und ist das nicht die Hauptsache?

16:14 Uhr

Ich habe während der Beerdigung versucht, stark zu bleiben. Doch jetzt, wo ich mich mit Yves zusammen auf dem Weg zu Kians Haus befinde, bemerke ich erst, welche Narben der Nachmittag in meinem Inneren wieder aufgerissen hat. Die Schatten in meiner Seele vergrößern sich, das Licht schwindet immer mehr dahin und …

Ich hole zitternd Luft und schließe die Augen. Der Tag hat mich komplett ausgelaugt. Und er ist noch lange nicht vorbei.

»Das war gerade ziemlich hart, hm?«, fragt Yves einfühlsam. Ich nicke bloß und konzentriere mich auf den Schotterweg vor uns. Das Knirschen der kleinen Steinchen bohrt sich in mein Gehör, und ein blumiger Geruch, der von den Tulpen am Wegesrand herrührt, verbeißt sich in meiner Nase. Zu Kians Haus sind es gerade einmal zehn Minuten vom Friedhof, was natürlich praktisch für uns ist. So makaber das auch klingen mag.

»Ich fass es nicht, dass wir das wirklich durchziehen«, murmle ich. Sofort bleibt Yves stehen und hält mich am Handgelenk fest.

»Wir müssen nicht. Es gibt bestimmt noch andere Wege und Gelegenheiten, wenn dir unwohl dabei ist«, setzt er an, aber ich schüttle schon den Kopf.

»Du weißt, dass das nicht stimmt. Außerdem haben wir schon Xenia eingeweiht und unsere Eltern abgewimmelt. Wenn wir jetzt kneifen, landen wir vielleicht im Gefängnis«, sage ich. »Wir ziehen das gemeinsam durch!« Ich halte Yves' kritischem Blick demonstrativ stand.

»Gemeinsam«, bestätigt Yves und nickt entschlossen.

***

»Hier irgendwo muss er sein!« Yves beugt sich hinter eine Reihe aus Blumenkübeln und tastet systematisch einen nach dem anderen ab. Inzwischen sind wir vor dem Haus der Familie Lewis angekommen. Es ist ein gigantisches Anwesen. Eine riesige, weiß gestrichene Villa mit Stuckelementen bildet das Herzstück des Grundstücks. Selbst die Eingangstür ist mit Goldfarbe verfeinert. War sie das eigentlich schon immer? Als Kind haben mich diese Dinge nicht interessiert. Wir hatten Wichtigeres zu tun … Verstecken spielen zum Beispiel.

»Ich habe ihn!« Triumphierend reckt Yves eine Faust in die Höhe und kriecht hinter den Blumenkübeln hervor. »Der Ersatzschlüssel lag schon immer zwischen den Rosen.«

Yves' Hand ist mit blutigen Kratzern übersät. Die Dornen haben ihm anscheinend ganz schön zugesetzt. Er schenkt seiner Verletzung jedoch keine Beachtung, sondern schließt kurzerhand die Haustür auf, die nach innen aufschwingt. Er zögert nicht lange und steuert direkt den kleinen Kasten neben der Haustür an, um zusätzlich den Sicherheitscode einzugeben und damit zu verifizieren, dass wir keine Einbrecher sind. Obwohl wir es streng genommen natürlich trotzdem sind. Kian und er müssen sich vor seinem Tod noch sehr nah gestanden haben, wenn Yves den Code auswendig kennt. Ich selbst kenne ihn nicht.

Es ist so falsch, was wir hier tun. In das Haus unseres toten Freundes einbrechen, um unsere Unschuld zu beweisen? Vorhin war ich mir noch sicher, den Plan durchziehen zu können, aber jetzt? Ich knirsche mit den Zähnen.

Der Anblick von Kians Familie am Rande seines Grabs schleicht sich in meine Gedanken, und automatisch meldet sich mein schlechtes Gewissen wieder zu Wort. Sie mussten so viel Leid durchstehen, und jetzt brechen wir auch noch bei ihnen zu Hause ein. Außerdem habe ich die eindeutigen Blicke von Kians Dad und seinem Bruder gesehen. In ihren Augen sind wir längst schuldig. Sollten wir ihnen wirklich einen weiteren Grund geben, um uns noch mehr zu hassen?

Yves tippt auf seinem Smartphone herum.

»Xenia hat mir gerade geschrieben. Alle Angehörigen sind am Restaurant angekommen, wo der Leichenschmaus abgehalten wird«, erklärt er mir.

Leichenschmaus. Was für ein grässliches Wort für eine noch grässlichere Veranstaltung. Ich habe noch nie verstanden, warum man sich unbedingt bei Kaffee und Kuchen über den Tod eines geliebten Menschen unterhalten muss. Makabrer geht es ja wohl kaum, denke ich. Bis mir einfällt, dass das, was wir hier tun, noch um einiges schlimmer ist.

»Wir haben ungefähr zwei Stunden, bevor die Familie sich auf den Weg hierher machen wird. Xenia hat sich draußen positioniert und warnt uns, sobald jemand das Gelände verlässt. Dann haben wir immer noch ungefähr zehn Minuten, um zu verschwinden. Okay?« Yves schaut mich abwartend an, doch ich bringe keine Antwort zustande. Wir sind auf der sicheren Seite, haben alle Wahrscheinlichkeiten abgewogen. Trotzdem ist die irrationale Angst wieder da und raunt mir beständig ins Ohr, dass das hier eine grauenhafte Idee ist.

»Okay«, hauche ich nur und setze schnell einen Fuß vor den anderen, bevor sich meine Vernunft einschalten kann und mich zum Fliehen zwingt. Stattdessen trete ich tiefer ins Haus ein.

»Lass uns gleich in Kians Zimmer gehen, in den ersten Stock.« Yves vergeudet keine Zeit und eilt die Treppe hinauf. Ich haste so lautlos wie möglich hinterher.

Der Flur oben ist mit einem dunkelroten Teppich ausgelegt, der jedes Geräusch verschluckt. Wir laufen bis zum Ende, bis zu Kians Tür. Yves' Hand zittert leicht, während er zu der Klinke greift. Wann war er zuletzt hier? Wenige Tage, bevor Kian gestorben ist? Was geht ihm wohl durch den Kopf? All das will ich ihn fragen, allerdings kann ich mich nicht überwinden, die Stille zu durchbrechen. Stattdessen beobachte ich, wie Kians Tür langsam aufschwingt und uns sein ehemaliges Reich offenbart.

Ehrfürchtig treten wir in den Raum ein und sehen uns mit großen Augen um. Ich betrachte sein King-Size-Bett, dem gegenüber ein gigantischer Flachbildfernseher an der Wand hängt. Mehrere Sitzsäcke und eine Sofaecke sind dazwischen positioniert, während auf der anderen Seite des Raumes ein langer Schreibtisch steht, der vor Büchern und Lernmaterialien überquillt. Sein Computerbildschirm thront über dem ganzen Chaos. Kians Kleiderschrank ist mit Postern und Stickern vollgeklebt. Erst jetzt fällt mir auf, wie selten wir während unserer Beziehung hier Zeit verbracht haben. Meist waren wir bei mir oder irgendwo draußen unterwegs.

Ich drehe mich im Kreis und sauge die verschiedenen Eindrücke wie ein Schwamm in mich auf. Hier herrscht das typische Chaos eines Jungen, der nicht besonders viel Wert auf Ordnung legt. Kians Gegenwart ist hier drin irgendwie immer noch greifbar. Ebenso wie der herbe Duft seines Aftershaves, der in der Luft schwebt und seinen Tod überdauert. Es … überfordert mich. Ich hätte nicht damit gerechnet, dass er mir in diesem Raum so lebendig vorkommen würde. Irgendwie fühle ich mich ihm hier, in seinem Zimmer, viel näher als auf seiner Beerdigung. Ist das normal?

»So chaotisch war es das letzte Mal nicht, als ich hier war«, murmelt Yves nachdenklich.

»Meinst du, die Polizei war bereits hier und hat alles durchsucht?«, frage ich. Ein Schauder wandert über meinen Rücken und plötzlich betrachte ich das Chaos vor mir mit ganz anderen Augen. Erst jetzt erkenne ich, dass wirklich jedes Kleidungsstück in die Hand genommen und jedes Möbelstück verrückt worden sein muss. Sie haben jeden Winkel des Zimmers abgesucht. Ich raufe mir die Haare und versuche durchzuatmen. Natürlich, da hätten wir ja auch vorher drauf kommen können. Wenn die Polizei bereits alles durchsucht hat, was tun wir dann hier? Sie haben bestimmt schon alles mitgenommen, was uns weiterhelfen könnte. Und damit auch alles, was gegen uns sprechen könnte. Glaubt Yves tatsächlich, wir könnten noch etwas Brauchbares finden inmitten des Chaos?

Er scheint meine unausgesprochenen Zweifel wahrzunehmen. »Die Polizisten kennen Kian nicht. Ich schon. Seine besten Verstecke hat er keinem verraten. Niemand könnte sie finden, nicht einmal die Polizei, hat er immer gesagt. Wir müssen einfach schlauer sein. Gib die Hoffnung nicht auf, Bri«, versucht er, mir Mut zu machen.

»Okay«, sage ich zögerlich. Wer weiß? Vielleicht hat Yves ja recht, und wir finden etwas, das die Polizei übersehen hat. »Lass uns loslegen.«

Yves lockert die Krawatte um seinen Hals, die er nur wegen der Trauerfeier umgelegt hat.

»Du suchst das Zimmer ab, und ich versuche mich in seinen Computer einzuloggen. Vielleicht finden wir Chatverläufe, Dateien oder Fotos, die uns irgendwie weiterhelfen. Ich bin mir zwar sicher, dass die Polizei schon alles gesichert und überprüft hat, aber es kann ja nicht schaden«, schlage ich vor, woraufhin Yves hektisch nickt.

»Ja, das ist gut. Ich weiß, dass er irgendwo in diesem Zimmer ein Geheimversteck hatte. Er hat mir so oft davon erzählt, aber natürlich hat er mir nie verraten, wo genau es sich befindet.« Yves grübelt und beginnt das Zimmer nach möglichen Ecken abzusuchen, die für ein Geheimversteck infrage kommen. Mir läuft es eiskalt den Rücken hinunter. Ich will mir gar nicht vorstellen, was er finden könnte … welche Geheimnisse er aufdecken könnte.

»Achte auf Hohlräume. Klopf die Wände und den Boden ab. Und beeil dich«, dränge ich, bevor ich mich auf Kians Schreibtischstuhl platziere. Das Sitzpolster gibt unter mir nach und quietscht bedrohlich, aber es hält stand. Dann greife ich nach der Tastatur auf seinem Schreibtisch und starte nebenbei den PC. Nachdem er hochgefahren ist, steht mir natürlich die Passworteingabe bevor. War ja klar.

Kalter Schweiß bricht mir aus, trotzdem lasse ich mich nicht aus der Ruhe bringen. Ich kenne Kian bereits mein ganzes Leben lang. Es sollte also keine große Schwierigkeit darstellen, sein Passwort zu erraten.

Hinter mir rumort Yves durch den Raum. Er zieht Schubladen und Schranktüren auf. Wühlt sich durch Klamottenstapel und Papiere. Er schaut sogar unter Kians Matratze nach und findet dort einige versteckte Playboy-Hefte. Offensichtlich besaß sein Kumpel mehr als nur ein Versteck für seine schmutzigen Geheimnisse.

Ich konzentriere mich wieder auf das Passwort und starre für einige Sekunden lang den blinkenden Cursor an, bevor ich zögerlich sein Geburtsdatum eingebe. Den Klassiker.

16 092 001.

Falsche Passworteingabe. Versuchen Sie es erneut. Achten Sie darauf, ob die Feststelltaste eingestellt ist. Sie haben noch zwei Versuche übrig.

Ich fahre mir mit den Fingern durch die Haare und ziehe an den Spitzen, sodass mir ein leichter Schmerz in die Kopfhaut fährt. *Denk nach, denk nach, denk nach* … Kian hatte vor ewigen Zeiten mal einen Hund. Wie hieß er doch gleich?

Buster.

Falsche Passworteingabe. Versuchen Sie es erneut. Achten Sie darauf, ob die Feststelltaste eingestellt ist. Sie haben noch einen Versuch übrig.

Oh verdammt. Ich darf das nicht versauen. Das hier ist meine letzte Chance. Was könnte Kians Passwort sein? Viel Wert auf Datenschutz hat er nie gelegt. Was könnte ihm wichtig genug sein, um es als Passwort zu verwenden?

Mein Gehirn läuft auf Hochtouren. Ich habe das Gefühl, eine Maschine in meinem Kopf zu beherbergen, an der jedes Zahnrad und jeder Mechanismus auf Vollgas läuft. Mich würde es nicht wundern, wenn gleich Rauch aus meinen Ohren quillt oder mein Kopf explodiert.

Dann macht es plötzlich *klick*. Als Kian und ich zusammen waren, hat er mir oft gesagt, wie viel ich ihm bedeutete. Mehr als alles andere auf der Welt. Er änderte sogar den Sperrcode seines Handys zu unserem Jahrestagsdatum. Das war natürlich, bevor er mich hintergangen hat – ob er sein Passwort nach unserem Bruch wohl geändert hat? Und ob er dasselbe Passwort für seinen Computer verwendet hat? Vermutlich nicht sofort … Aber ich habe keine Wahl, ich muss einfach alles auf diese eine Karte setzen und hoffen, dass ich richtigliege. Am liebsten würde ich die Augen zusammenkneifen, während ich das Datum eingebe, an dem wir unsere Beziehung öffentlich gemacht haben.

13 012 017.

Angespannt starre ich auf die schwarzen Punkte, bevor ich die Entertaste drücke und auf das vernichtende Urteil des

Computers warte. Eine endlose Sekunde lang geschieht absolut gar nichts. Ich wage es nicht einmal zu blinzeln. Und dann …

»Ich bin drin«, raune ich, sobald das runde Ladezeichen anstelle der Maus erscheint. Plötzlich wird der Bildschirm schwarz, bevor er wieder aufleuchtet. Sobald ich das Foto sehe, das als Desktophintergrund angezeigt wird, blinzele ich erstaunt. Es stammt vom letzten Winterball unserer Highschool. Kian und ich stehen einander gegenüber und werden vom schimmernden Licht der Scheinwerfer beleuchtet. Mein mitternachtsblaues Kleid schwingt sanft, während Kian mich herumwirbelt. Unsere Blicke sind dennoch ineinander verfangen und strahlen voller Zuneigung. Ich schlucke schwer. Diese wundervolle Erinnerung so deutlich vor Augen geführt zu bekommen, lässt mich kurz innehalten und nach Luft ringen.

Hat Kian die ganze Zeit noch etwas für mich empfunden, trotz der Trennung? Waren seine Bemühungen und Entschuldigungen keine leeren Phrasen? Er hat weder sein Passwort geändert noch seinen Desktop-Hintergrund. Ich kann den Blick erst von dem Bild lösen, als Yves hinter mir etwas Schweres fallen lässt und leise flucht.

»Mach bloß nichts kaputt«, ermahne ich ihn, woraufhin er sich bloß eine widerspenstige Locke aus der Stirn pustet. Erst danach wende ich mich wieder dem Computer zu.

Okay, tief durchatmen. Ich kann das schaffen.

Verzweifelt reiße ich meinen Blick von unserer glücklichen Vergangenheit los und konzentriere mich auf das Wesentliche.

Auf dem Desktop finde ich keine Dateien, die etwas offenbaren würden. Aus reiner Neugierde klicke ich auf den Ordner »Schule«. Was ich jedoch darin finde, sind keineswegs Essays oder Powerpoint-Präsentationen, sondern … nicht jugendfreies Material. Noch nie in meinem Leben habe ich so schnell versucht, ein Fenster zu schließen. Hitze schießt in meine Wangen, während ich mit dem Touchpad auf das rote Kreuz am Rande des Tabs einhämmere. Erst als sich Kians geheimer Porno-Ordner schließt, atme ich erleichtert auf.

Okay, nicht ablenken lassen. Das war bloß ein kleiner Rückschlag. Such weiter!

Mithilfe der Suchfunktion jage ich verschiedene Begriffe durch seine Festplatte. *Drogen, Handel, Drohung* … Aber nichts ploppt auf. Mist, das wäre auch zu einfach gewesen. Als Nächstes versuche ich es mit *Kunden*. Auch nichts.

Verdammt, mir läuft die Zeit davon! Ich muss ruhig bleiben und logisch denken. Nein, nicht logisch. Ich muss denken wie Kian. Wo würde ich an seiner Stelle meine Informationen zu möglichen Kunden und Händlern verstecken?

Meine Gedanken rasen, und pochende Kopfschmerzen manifestieren sich hinter meinen Schläfen. Kian war vielleicht wagemutig und rücksichtslos, aber er war nicht dumm. Er würde so etwas Wichtiges nicht in einem Dokument auf seinem Computer speichern. Dort wäre es zu leicht nachweisbar. Er wäre überführbar. Trotzdem glaube ich, dass hier an seinem Schreibtisch das Geheimnis verborgen liegt. Sollte ich seine Bücher und Notizen durchwühlen?

Ich lehne mich ein Stück zurück und lasse den Blick über seine Ordner wandern, bis er auf den riesigen Kasten unter dem Schreibtisch fällt. Kians Computer. Ich betrachte den schwarzen Koloss nachdenklich. Was wäre, wenn die Daten trotz allem *in* seinem Computer stecken? Nicht auf der Festplatte oder dem internen Speicher, sondern wirklich *in* dem Rechner? Das würde zu Kian passen. Verwirrung stiften war eines seiner Spezialgebiete.

Kurzerhand hocke ich mich unter den Schreibtisch und löse die seitliche Abdeckung des PCs. Ein Gewirr aus Kabeln, Platinen und eine gigantische Grafikkarte kommen zum Vorschein.

Im ersten Moment bin ich ein wenig überfordert, dann betrachte ich das Innenleben des Geräts genauer und beginne, die einzelnen Bestandteile abzutasten.

Gerade als meine Finger über die Unterseite einer externen Festplatte fahren, die Kian zusätzlich eingebaut haben muss, ertasten meine Fingerspitzen etwas Seltsames. Ganz bestimmt kein Kabel oder ein Verbindungsstück. Nein, mein Fund knistert zwischen meinen Fingern. Papier.

Ich unterdrücke einen Jubelschrei und ziehe das zusammengefaltete Blatt schließlich hervor. Kians Computerversteck muss unentdeckt geblieben sein, trotz der intensiven Durchsuchung der Polizei. Vielleicht verbirgt sich auf dem Papier ein Hinweis, der uns auf eine neue Spur bringt.

Zuerst muss ich allerdings selbst herausfinden, was ich überhaupt entdeckt habe. Eilig falte ich das Stück Papier auseinander und betrachte es einige Sekunden lang. Der Puls hämmert mir von innen gegen den Schädel. Es ist wahr. Es ist alles wahr.

Vor mir sehe ich eine Reihe von Namen mit den dazugehörigen »Bestellungen«. Ich überfliege die Liste und traue mich kaum, irgendein Geräusch von mir zu geben, damit Yves nicht auf mich aufmerksam wird. Er soll sich auf seine eigene Suche fokussieren.

Adams, Rachel – Weed
Wellis, Bruce – Anabolika
Carter, Josh – Speed, Rohypnol
Lugiver, Mary – Valium
Porter, Lilly – Weed, XTC
Longland, Kyle – Ritalin …

Ich beiße mir auf die Unterlippe, bis ich Blut schmecke. Mein Herz wummert, und meine Gedanken drehen sich nur noch im Kreis. So viele Namen. Wie viele Schülerinnen und Schüler an der Fircreek Highschool ließen sich bitte heimlich von Kian beliefern? Vermutlich brauchten sie das meiste Zeug für Partys und zum Feiern. Die Erinnerung daran, wie viele Hauspartys Kian in letzter Zeit besucht hat, stößt mir plötzlich sauer auf. Auf einmal erscheint alles in neuem Licht. Wie zur Hölle konnte mein eigener Freund das alles vor mir geheim halten? Irgendwie schäme ich mich dafür, es nicht früher bemerkt zu haben und nur durch Gerede überhaupt darauf aufmerksam geworden zu sein. Mein toter Ex-Freund war ein Dealer. Jetzt ist es kein Gerücht mehr, sondern die Wahrheit. Das muss ich erst einmal verdauen.

Ich habe nicht geahnt, dass er *so* tief in das zwielichtige Geschäft verwickelt war. Bei dieser Liste ist wirklich hartes Zeug dabei. Stoff, an den Minderjährige niemals ohne fremde Hilfe herankommen würden. Auch Kian nicht. Er kann das alles unmöglich allein organisiert haben. Ich presse die Zähne aufeinander und lese weiter. Bis mir ein ganz bestimmter Name ins Auge springt.

Chadburn, Xenia – Valium, Ritalin

Was?

Das kann nicht sein!

Ich ringe nach Luft. Ausgerechnet Xenia steht auf dieser Liste? Aber … wieso? Wieso weiß ich nichts davon? Warum hat sie nie etwas gesagt? Ich … ich kann nicht einmal beschreiben, was ich jetzt fühle. Der Schock darüber, Xenias Namen auf dieser Liste zu sehen, sitzt viel zu tief.

Ich spähe zu Yves hinüber. Er ist gerade damit beschäftigt, sich durch Kians total überfüllten Kleiderschrank zu wühlen, und beachtet mich zum Glück nicht. Ich wende mich wieder der Liste zu und starre den verdammten Namen an. Da steht es schwarz auf weiß. Die Lüge, die Xenia heimlich mit sich herumträgt. Wieso verbirgt sie die Wahrheit vor mir? Ich dachte, wir sind Freundinnen.

Warum nimmt sie dieses Zeug? Helfen die Pillen ihr, wenn sie in der Dunkelheit versinkt? Unterstützen sie sie dabei, aus dem Loch zu kriechen und weiterzumachen? Verdammt, Xenia! Was machst du nur?

In dem Moment fällt mir die Papiertüte wieder ein, die ihr letztens in der Schule aus der Tasche gefallen ist. Natürlich! Darum kam sie mir gleich so bekannt vor – in diesen Tüten hat Kian häufig Sandwiches eingepackt. Hat er sie auch als Transportmittel für Drogendeals verwendet? Denkbar wäre es.

Vermutlich ist damit auch geklärt, warum Xenia letztens in der Schule so nervös und fahrig war … Weil ihr Dealer nun keinen Nachschub mehr liefert. Jedenfalls erscheint mir das völlig logisch. Ich will vergessen, Xenias Namen auf dieser Liste gelesen zu haben, aber das ist unmöglich. Mein Verstand ist immer noch damit beschäftigt, all die neuen Informationen zu sortieren und zu verstehen. Mein Herz hat die Tatsachen allerdings längst akzeptiert und verkrampft sich immer und immer wieder. Jedes Pochen ist schmerzhafter als das vorherige.

Mein Blick fällt wieder auf die Liste. Ich muss mich auf die Gegenwart konzentrieren. Einen Nervenzusammenbruch kann ich auch später noch bekommen. Ganz unten am Rande des Blattes erkenne ich das Buchstabenkürzel TR und eine hingekritzelte Telefonnummer. Könnte die etwa seinem Kontaktmann oder gar einem Dealer gehören? Einem möglichen Verdächtigen in Kians Mordfall? Ich starre die Zahlenkombination endlos lange an und versuche mir aus den zwei Buchstaben eine Meinung zu bilden, aber es klappt einfach nicht. Hierzu muss ich mir in Ruhe Gedanken machen.

Ich falte das Blatt Papier zusammen und verstaue es in meiner Handtasche. Das Gewicht der Namen wiegt schwer auf meinen Schultern. Trotzdem kämpfe ich mich auf die Beine. Meine Aufgabe hier ist getan.

Gemeinsam mit Yves widme ich mich nun dem ganzen Zeug, das scheinbar wahllos in Kians Zimmer herumliegt. Getragene Kleidung, verlassener Krimskrams, halbfertig gespielte Videospiele und Unmengen an Chips und Süßkram. Das Zimmer wirkt, als sei Kian heute Morgen erst verschwunden oder nur zur Schule gegangen, und nicht so, als wäre er schon seit über zwei Wochen nicht mehr da gewesen.

Kian, der verlorene Sohn, der immer noch in sein Reich zurückkehren kann. Der Held, den alle feiern. Der Junge, der niemals Opfer eines solchen Verbrechens werden sollte.

Ich besehe mir das Chaos und frage mich innerlich, wo zur Hölle man hier überhaupt anfangen soll zu suchen. Hier liegt so viel Zeug herum, dass ich nicht auseinanderhalten kann, was wichtig sein könnte und was nicht. Also arbeite ich mich von der Zimmertür aus immer weiter ins Innere des Raumes vor. Ich schiebe schmutzige Klamotten zur Seite und schaue sogar zwischen den Comicheften nach, die Yves ihm vor Ewigkeiten ausgeliehen und nie zurückbekommen hat.

Ich hebe seinen kreisrunden Teppich an, in der Hoffnung, darunter ein geheimes Fach zu entdecken, doch Fehlanzeige. Nach einer Weile werden meine Bewegungen hektischer und fahriger. Wir müssen Kians Geheimversteck finden, bevor seine Familie zurückkehrt und uns diese einmalige Gelegenheit entgleitet.

Ich ziehe Schubladen und Schranktüren auf, wühle selbst durch Kians Hemden und Hosen. Irgendwo hier muss etwas zu finden sein! Aufgeben ist keine Option. Nach einer Weile gehe ich mit Yves sogar jede Bodendiele ab, achte besonders auf das Knarzen und mögliche lose Bretter, die einen Hohlraum abdecken könnten. Kurz darauf kriecht Yves die Wände ab und klopft gegen die Seitenleisten, aber auch hier lässt sich nichts finden. Ich habe ihm kurz von der Liste erzählt, und seine Miene hellte sich auf, aber Yves ist der festen Überzeugung, dass Kian noch mehr verbirgt. Wir brauchen mehr Beweise.

Ich werfe einen flüchtigen Blick auf mein Smartphone, allerdings ist bisher keine neue Nachricht von Xenia angekommen. Wir haben also anscheinend noch ein bisschen Puffer, sehr gut.

Wenn ich etwas verstecken müsste, was niemand je finden dürfte, wo würde ich es verstauen? Es muss hier im Zimmer sein, zumindest nach dem, was Yves gesagt hat.

Statt weiter planlos draufloszusuchen, bleibe ich mitten im Raum stehen und schaue mich genau um. Dieses Zimmer versinkt im Chaos! Die Polizisten haben wirklich alles auseinandergenommen.

Außer Kians Spielkonsolen. Sie stehen ordentlich in Reih und Glied auf einer Kommode unterhalb des Fernsehers. Mein Ex besaß jedes Xbox- und PlayStation-Modell sowie einen GameCube und sogar eine NES von Nintendo. Er hat sie alle aufbewahrt wie Trophäen, selbst seinen kaputten GameCube, der bestimmt schon seit einem Jahrzehnt nicht mehr funktioniert. Ich trete näher an die Konsolensammlung heran und verspüre einen Anflug von Neid. In meiner Kindheit habe ich davon geträumt, eine Konsole zu besitzen, doch meine Eltern waren nicht so dafür. Außerdem hatte meine Mom gerade erst ihren neuen Job begonnen, und das Gehalt meines Dads war auch nicht so üppig. Als Zehnjährige hätte ich meine Seele für eine PlayStation verkauft.

Ich will mich gerade wieder von den Konsolen abwenden, als mir etwas Seltsames auffällt. Fast alle sind von einer dicken Staubschicht ummantelt. Alle, bis auf den kaputten GameCube. Dieser ist völlig sauber. Das ist doch komisch, oder?

Neugierig gehe ich vor dem blauen Würfel in die Knie und betrachte ihn von allen Seiten. Von außen wirkt er ganz normal. Selbst der Retrocontroller liegt noch neben der Konsole, ist allerdings ebenfalls unter Staubmilben begraben. Was wiederum bedeutet, dass Kian seinen GameCube nicht wiederbelebt und damit gezockt hat. Könnte das hier sein Geheimversteck sein?

Ich betätige den Öffnungsmechanismus auf der Oberseite des GameCube und beobachte, wie der Deckel sich quälend langsam anhebt. Normalerweise könnte man direkt darunter das Spiel einlegen und den Deckel wieder schließen. Aber Kian hat ganze Arbeit geleistet. Das komplette Innenleben des GameCube ist verschwunden, und stattdessen ist nur noch die blaue Hülle aus Hartplastik geblieben. Die ganze würfelartige Konsole ist hohl von innen … und bis oben hin gefüllt mit Geheimnissen.

Ich strecke meine Hand durch die Öffnung und greife einige Gegenstände heraus. Sobald ich die Finger der Hand öffne, liegen dort hauptsächlich kleine Tütchen, die mit seltsamen Substanzen gefüllt sind. Pillen in allen möglichen Farben, Pulver aus groben und feinen Kristallen und natürlich grünes Zeug, das wie Weed aussieht. Ich starre auf die Drogen und muss für einen Moment die Augen schließen. Es ist wahr. Die ganzen Gerüchte sind tatsächlich wahr. Das beweist nicht nur die Liste in meiner Tasche, sondern auch die säuberlich abgepackten Substanzen. Die Wahrheit jetzt wortwörtlich auf der Hand liegen zu haben, ist erschütternd.

Ich kann nicht aufhören, die Drogen anzustarren und den Anblick mit dem Kian in Verbindung zu bringen, den ich kannte. Wie lange hat er das gemacht? Monate? Jahre? Wie viele Schüler an unserer Highschool hat er mit diesem Zeug versorgt? Könnte jemand aus der Szene seinen Tod gewollt haben? Hat er selbst regelmäßig konsumiert? Mich beschleicht erneut das Gefühl, meinen Freund nie wirklich gekannt zu haben …

Erst nach fast einer Minute gelingt es mir, das giftige Zeug zur Seite zu legen und ein weiteres Mal in den GameCube zu fassen. Sobald ich den Rest von Kians Geheimnissen in den Händen halte, muss ich schwer schlucken. Ganz oben liegt ein USB-Stick. Mit Edding ist ein Name auf die weiße Plastikhülle geschrieben worden:

Yves.

Ich halte die Luft an und betrachte das Ding ratlos, bevor ich den Stick ebenfalls in meiner Tasche verschwinden lasse. Was könnte sich auf dem kleinen Datenträger verbergen? Hatte Kian etwas gegen seinen besten Freund in der Hand? War auch Yves in Kians dunkle Machenschaften verwickelt? Der Streit zwischen Kian und Yves vor einigen Monaten kommt mir wieder in den Sinn. Ist dieser USB-Stick womöglich der Schlüssel?

Die Befürchtung, dass ich gerade Beweismaterial gegen meinen Kumpel an mich genommen habe, verursacht mir Übelkeit. Was könnte Yves vor mir verbergen? Schlimmer als Xenias offensichtlicher Konsum von Rauschmitteln kann es ja nicht sein. Oder? Darum muss ich mich später kümmern.

Später, später, später. Bloß nicht jetzt.

Danach widme ich mich den restlichen Geheimnissen aus Kians Versteck: Ein gutes Dutzend Polaroidbilder. Verwirrt runzle ich die Stirn. Die ersten Fotos sind dunkel und kaum erkennbar. Doch je mehr Bilder ich ansehe, desto deutlicher wird mir, was ich da in den Händen halte.

Fotos von wilden Partys. Bilder von verbotenen Substanzen und Jugendlichen, die diese hemmungslos konsumieren. Auf einigen Fotos entdecke ich Mitschüler, die ich aus verschiedenen Kursen oder zumindest vom Sehen her kenne. Ab und zu sind auch völlig bewusstlose Personen darunter, die in verrenkten

Positionen auf dem Boden liegen. Haben diese Jugendlichen es einfach übertrieben? Aber warum hat Kian sie fotografiert? Bedeutete das eine Art Triumph für ihn? Meine Hände beginnen zu zittern und meine Bewegungen werden fahriger, weshalb mir einige Fotos aus der Hand fallen. Eine düstere Vorahnung sucht mich heim. Plötzlich kann ich nicht mehr aufhören nach einem ganz bestimmten Gesicht zu suchen, während ich verzweifelt dafür bete, es nicht zu finden. Bitte, bitte, bitte enttäusch mich nicht, Kian!

Es ist das vorletzte Bild. Mein dunkles Haar ist völlig zerzaust und hängt mir strähnig in der Stirn. Der Blitz der Kamera verzerrt die Schatten in meinem Gesicht und lässt es unecht wirken. Aber es besteht kein Zweifel: Es ist ein Foto von mir. Und es ist garantiert nicht mit meinem Einverständnis entstanden. Allerdings erkenne ich, wo es aufgenommen wurde … und an den Abend erinnere ich mich sehr genau.

SAMSTAG, 11. MAI

22:15 Uhr

»Komm schon, Bri. Du wirst Spaß haben, ich verspreche es dir!« Kian lächelt mich breit an. Die Vorfreude glitzert in seinen Augen, und obwohl ich mich so sehr auf einen ruhigen, gemeinsamen Abend gefreut habe, weiß ich jetzt schon, dass ich ihm den Wunsch nicht abschlagen kann.

Ich streiche über mein Kleid und hadere. Eigentlich will ich nicht auf eine weitere Hausparty gehen. In den letzten Wochen haben wir fast jedes Wochenende eine andere Feier besucht.

»Ich weiß nicht. Können wir diese eine Party nicht sausen lassen? Zu zweit ist es doch auch schön.«

»Du bist eine richtige Spaßbremse«, erwidert Kian nun. Ein harter Unterton schleicht sich in seine Stimme. Nimmt er es mir tatsächlich übel, dass ich diesen Samstag gerne anders verbringen würde?

»Wie bitte? Hörst du dir eigentlich zu? Kian, ich will Zeit mit dir verbringen. Mit dir! Nicht mit deinen Tausenden Freunden, sondern mit dir allein. Ist das etwa zu viel verlangt?«, gebe ich Kontra. Daraufhin verfinstert sich seine Miene allerdings noch mehr.

»Wenn du nicht mitkommst, gehe ich eben allein«, stellt er klar, bevor er sich aufrappelt und Anstalten macht, unseren Garten zu verlassen. Bis gerade eben haben wir noch gemütlich zusammengesessen und gemeinsam gegessen, während die Sonne langsam dem Horizont entgegensank. Die Harmonie wurde erst unterbrochen, als wieder dieses lästige Thema aufkam. Ich bin alles andere als prüde und gehe gerne feiern, aber ab und an sehne ich mich auch nach ein wenig Ruhe. Kann Kian das gar nicht nachvollziehen?

»Das kann nicht dein Ernst sein!«, fahre ich ihn an und erhebe mich ebenfalls, während ich dabei zusehe, wie Kian sich seine Lederjacke überstreift.

»Und ob. Sieh mir gut zu, wie ernst ich es meine.« Seine plötzliche Härte schockt mich. Kian wendet sich von mir ab und geht auf das Gartentor zu, ohne sich noch einmal umzudrehen. Er wird wirklich ohne mich gehen.

Irgendetwas in mir sträubt sich dagegen. Ich will ihn nicht einfach ziehen lassen, und gleichzeitig würde ich ihm nur zu gerne eine Lektion erteilen, indem ich hierbleibe. Doch allein der Gedanke, dass er nun Groll gegen mich hegt, lässt mich innehalten.

»Kian! Warte!«, rufe ich ihm hinterher. Er stoppt sofort und dreht sich mit einem vielsagenden Grinsen zu mir um. Wahrscheinlich hat er vorausgeahnt, wie ich reagieren würde. Trotzdem erzeugt die Art und Weise, wie er mit meinen Gefühlen spielt, einen bitteren Geschmack auf meiner Zunge. Ich sollte ihn gehen lassen. Sollte ich wirklich. Tue ich nur leider nicht.

»Ich hole eben meine Jacke«, murmele ich.

Nur etwa eine halbe Stunde später kommen wir auf der legendären Hausparty an, von der Kian mir nun schon minutenlang die Ohren vollschwärmt. Ich habe nichts als ein müdes Lächeln dafür übrig. Diesen Abend habe ich mir ganz anders vorgestellt …

»Na komm, Bri. Stell dich nicht so an. Das wird eine tolle Nacht!«,

versucht Kian mich zu überzeugen. Für ihn vielleicht, für mich eher … na ja.

Ich spare mir einen Kommentar und mache mir auch nicht die Mühe, die Gastgeber zu begrüßen, nachdem wir über die Schwelle des fremden Hauses treten und von einer wilden Meute begrüßt werden. Die Sonne ist noch nicht ganz untergegangen, und trotzdem wütet hier bereits das absolute Chaos. Tanzende Jugendliche auf Tischen, lautes Gegröle und Gebrüll, Alkohol in Massen und natürlich: keine Eltern weit und breit.

Schnell kapsle ich mich von Kian ab, der bereits von verschiedenen Leuten überschwänglich begrüßt wird, und erkämpfe mir eine Zimmerecke, in der mich hoffentlich niemand sieht und anspricht. Das klappt zumindest für eine Stunde ganz gut, in der ich mich damit beschäftige, abwechselnd das Geschehen zu beobachten und auf meinem Handy mit Xenia zu chatten. Als ich das nächste Mal den Blick vom Display löse, steht mir Kian gegenüber. Endlich.

»Können wir gehen? Bitte«, frage ich und sehe ihn mit großen Augen an.

Er schüttelt jedoch den Kopf. »Bestimmt nicht, jetzt wird es doch erst richtig lustig. Warte, ich bring dir was …«, sagt er und verschwindet für einen Moment.

Sobald er wiederkommt, sind seine Lippen zu einem schiefen Lächeln verzogen, und er hält mir ein Glas mit einer roten Flüssigkeit hin.

»Um dich lockerer zu machen«, meint er bloß. Mit einem Seufzen nehme ich das Glas entgegen und trinke es in einem Zug leer. Ich schmecke nicht einmal den Alkohol raus, weil das Zeug so verdammt süß ist. Was soll das sein? Bowle oder nur Zuckerwasser? Angeekelt verziehe ich das Gesicht.

»Bah! Was ist das?«, frage ich, woraufhin er nur breiter lächelt.

»Punsch. Was sonst?«

Hmm, vielleicht eher: zuckriges Gemisch aus der Hölle?

Es dauert nur wenige Sekunden, bis ich plötzlich merke, dass mir das Stehen auf die Beine geht. Vielleicht sollte ich mich kurz setzen. Während ich auf das Sofa in der Nähe zusteuere, stolpere ich zwei Mal. Wie viel Alkohol war bitte in der Bowle? Und warum schwankt die Welt so sehr? Haben wir ein Erdbeben?

Ich versuche, das Gleichgewicht zu halten, allerdings misslingt es mir völlig. Meine Muskeln zittern allesamt, als würde ich unter Schüttelfrost leiden, bevor sich mein ganzer Körper schlagartig entspannt und ich mich nicht mehr aufrecht halten kann. Farben und Silhouetten verwischen zu formlosen Gebilden, Geräusche vermengen sich zu einem undefinierbaren Brei und erfüllen meinen Kopf. Ich will schreien, doch habe die Kontrolle völlig verloren. Ich könnte nicht einmal meinen kleinen Finger bewegen, selbst wenn ich wollte.

Was geschieht nur mit mir?

Bevor mein Bewusstsein von einer Sekunde auf die andere ausgeknipst wird, vernehme ich einen letzten Satz klar und deutlich. Es ist Kians Stimme, die sich trotz allem einen Weg in mein Bewusstsein bahnt: »Schlaf schön, Bri.«

Ich tauche wieder aus meinen Erinnerungen auf. Der Schock über die Erkenntnis, was damals wirklich geschehen ist, lähmt mich. Zu jener Zeit habe ich geglaubt, der Alkohol wäre mir zu Kopf gestiegen. Früher habe ich oft Schmerzmittel genommen, um das Cheerleading-Training trotz Verletzungen durchzustehen. Jeder Idiot weiß, dass sich Medikamente und Alkohol nicht vertragen. Offenbar war meine starke körperliche Reaktion aber nicht nur auf diese Mischung zurückzuführen. Kian muss mir irgendwelche Drogen untergejubelt haben, um mich aus dem Weg zu schaffen. Ich spüre bei diesem Gedanken weder Enttäuschung noch Angst oder Wut. Nur gähnende Leere, die mich dazu bringt, zu funktionieren. Um meine Emotionen kann ich mich später kümmern. Später, später, später.

Ich lasse das Polaroid sinken und starre für einen Moment an die Decke, bevor ich Yves direkt hinter mir wahrnehme. Ich habe gar nicht mitbekommen, wann er seine Suche beendet hat. Allerdings traue ich mich auch nicht zu fragen, was er gefunden hat. Mein Bild von Kian wurde heute schon genug zerstört.

»Was ist das?«, fragt er mich mit einem unterdrückten Beben in der Stimme, welches vermuten lässt, dass auch er das Foto gesehen hat.

»Fotos von Leuten aus unserer Schule. Beim Feiern und Konsumieren von Drogen. Ein paar von den Leuten sind sogar bewusstlos.« Meine Stimme klingt belegt. Jetzt bloß nicht weinen. »Meinst du, die Bilder hat Kian gemacht? Was wollte er damit bezwecken? Wollte er seine eigenen Kunden erpressen? Oder war das seine Art, seinen Erfolg zu feiern?«

»Ja«, zischt Yves. Dann greift er zu dem GameCube und stellt ihn auf den Kopf, um mögliche Restgeheimnisse rauszuschütteln. Tatsächlich fällt kurz darauf ein altes Klapphandy auf den Boden. Wie merkwürdig! Kian hatte immer genug Geld zur Verfügung, um sich die neusten Marken-Smartphones zu besorgen. Warum besaß er so ein billiges Prepaid-Phone?

Einen Moment später könnte ich mir selbst wegen meiner Dummheit gegen die Stirn schlagen. Natürlich hat Kian nicht von seinem eigenen Smartphone aus seine Kontaktleute aus der Drogenszene angerufen. Das hier muss sein »Geschäftshandy« gewesen sein, ein Wegwerfgerät, über das er in Kontakt mit seinem Dealer stand. Er hat wirklich alles bedacht. Und selbst die Polizei konnte sein Versteck nicht entdecken. Ich zögere nicht lange, sondern stecke das Telefon direkt in meine Tasche.

Tatsächlich segelt neben uns noch ein Fetzen Papier zu Boden, den ich sofort an mich nehme und nach kurzer Betrachtung ebenfalls einstecke. Damit müssen wir uns zu einem anderen Zeitpunkt befassen. Die Zeit läuft uns davon. Wie lange sind wir schon hier? Eine Stunde? Oder länger?

»Mach Fotos von den Polaroidbildern und leg sie dann wieder zurück zu den Drogen. Wir können der Polizei das Versteck nennen, wir wissen jetzt alles. Behalte nur dein eigenes Foto«, sagt Yves. Wann haben wir Rollen getauscht? Ich habe gedacht, dass ich die Mutige und Durchdachte von uns beiden wäre, aber jetzt hat Yves mit seiner intelligenten und coolen Art die Kontrolle übernommen.

Ohne Widerworte verteile ich die Polaroidbilder und die Tüten auf dem Boden und ziehe mein Smartphone hervor, um Beweisbilder zu schießen. Doch so weit komme ich gar nicht, denn plötzlich fallen mir die Tausenden verpassten Nachrichten auf, die das Display komplett ausfüllen.

Xenia: *»Brandon verlässt das Gebäude!«*

Xenia: *»Vielleicht will er nur eine rauchen …«*

Xenia: *»Shit! Er kommt nicht wieder!«*

Xenia: *»Er ist wahrscheinlich früher gegangen … Er sah ziemlich fertig aus.«*

Xenia: *»Ihr müsst da raus, sofort!«*

Xenia: *»Er könnte jeden Moment nach Hause kommen!«*

Xenia: *»HAUT AB!«*

Scheiße, die Nachrichten sind schon mindestens fünf Minuten alt, und mit dem Auto braucht Brandon höchstens sechs oder sieben Minuten hierher. Wie um meine schlimmste Befürchtung zu bestätigen, meine ich ein Klacken im Eingangsbereich zu hören. War das die Haustür? Ist Brandon schon da? Es gibt nur den einen Ausweg für uns …

»Wir müssen hier raus. Sofort!«, raune ich und ziehe Yves in die Höhe, sobald er die letzten Pillen zurück in den GameCube gestopft hat. Mein Griff um seinen Oberarm ist viel zu fest, weil mein ganzer Körper verkrampft. Allein bei der Vorstellung, erwischt zu werden, könnte ich vor Verzweiflung schreien. Wir hatten diesen wasserdichten Plan, und jetzt habe ich den größten Fehler überhaupt gemacht und nicht auf Xenias Nachrichten geachtet!

Sind das etwa Schritte, die in weiter Ferne verklingen? Drehe ich jetzt durch? Oder ist es einfach mein eigener Puls, der durch meinen Kopf echot?

»Was ist denn los?«, fragt Yves, worauf ich ihm bloß mein Smartphone hinhalte. Seine Augen weiten sich, und ich sehe deutlich den Schock in seinem Blick. Jetzt dürfen wir keine Zeit verschwenden.

Mit drei großen Schritten bin ich an Kians Zimmertür und ziehe sie ein Stück weit auf, um in den Flur hineinzuspähen. Hoffentlich ist niemand da, und wir können uns unbemerkt aus dem Haus schleichen. Meine Sinne sind so geschärft, dass ich mir einbilde, Yves' Angst riechen zu können. Gleichzeitig wappne ich mich dafür, Brandons Silhouette zu sehen oder von der Treppe her bereits Schritte zu hören.

Womit ich allerdings nicht gerechnet habe, ist direkt in den Lauf einer Waffe zu blicken.

Ich schlucke schwer. Schweiß bricht mir aus jeder Pore aus. Der Anblick der schwarzen Pistole erfüllt mich mit so viel Panik, dass ich nur noch nach Luft schnappen kann und kein Wort mehr zustande bringe.

»Wenn ihr keine Patronen fressen wollt, kommt ihr sofort aus Kians Zimmer«, grollt Brandon direkt mir gegenüber. Ich war bisher so auf die Waffe fixiert, dass ich ihn gar nicht wahrgenommen habe. Sein zerzaustes Haar und die braunen Augen, die vor Hass überschäumen. Ich hebe die zitternden Hände und trete langsam in den Flur. Yves tut es mir gleich. Er presst den Mund zu einer dünnen Linie zusammen und besitzt wieder diesen kalten berechnenden Blick. Als würde er gerade überlegen, wie er Brandon am besten unschädlich machen kann.

»Was habt ihr dadrin gesucht?«, raunt Brandon, tritt mit der Waffe nah an mich heran und drückt die Mündung gegen meinen Brustkorb. Der Schock lähmt mich völlig. Ich bin in meinem regungslosen Körper gefangen. Eine Statue aus Fleisch und Blut. Jede Bewegung könnte der Tropfen sein, der Brandons Selbstkontrolle zunichte macht und ihn zum Abdrücken bringt. Aber unser Schweigen scheint ihn auch nicht zufriedenzustellen. Weiß er, was wir gesucht haben, und fürchtet er, dass wir es gefunden haben?

»Redet! Oder ich blase euch beiden den Schädel weg!«, brüllt er mir nun ins Gesicht. Seine Spucke trifft meine Haut, aber niemals würde ich es wagen, sie in diesem Moment wegzuwischen.

»Alles. Wir haben alles gefunden«, antwortet Yves an meiner Stelle. Er klingt ruhig und gefasst. Als würde er nicht gerade einem Bewaffneten gegenüberstehen. Wahrscheinlich besitzt Brandon die Glock schon ewig und hat nur auf eine Gelegenheit wie diese gewartet. Von Kian weiß ich, dass sein Bruder definitiv ein Waffennarr ist. Soweit ich weiß, hat er bereits als Kind mit seinem Vater das Zielen im Garten geübt. Ich hoffe nur, dass er seine Schießfähigkeiten nicht an uns austesten wird.

»Bullshit! Ihr steckt alle unter einer Decke. Die Ex, der Junkie und der Loser«, fährt Brandon ihn an, woraufhin Yves' Gesicht jegliche Farbe verliert. Kians Bruder hingegen verzieht die Lippen zu einem grässlichen, grimassenhaften Lächeln. »Was? Hast du etwa gedacht, ich krieg nichts mit? Sorry, da muss ich dich wohl enttäuschen.«

Brandons Mundwinkel zuckt, bevor er die Waffe ruckartig von mir wegzieht und gegen Yves' Stirn drückt.

»Was soll das, Brandon? Wir wollen nur herausfinden, wer Kian wirklich auf dem Gewissen hat. Stehen wir nicht auf derselben Seite?« Obwohl Yves ruhig und diplomatisch klingt, komme ich nicht umhin, den Schweißtropfen zu bemerken, der an seiner Schläfe hinabläuft.

»Wir stehen definitiv *nicht* auf derselben Seite! Ihr seid schuld, dass ich jetzt diese ganze Sauerei an der Backe habe. Wisst ihr, was für einen Kundenstamm er mir hinterlassen hat? Was für Probleme? Glaub mir, euch endgültig zu beseitigen, wäre mir ein Vergnügen und …«

Weiter lasse ich ihn nicht kommen. Ich muss endlich handeln! Es steht nicht nur mein Leben auf dem Spiel, sondern auch das von Yves.

Gezielt umfasse ich den Lauf der Waffe und drücke ihn nach oben, während ich zeitgleich meine andere Hand auf Brandons Handgelenke sausen lasse. Seine Hände trennen sich von dem Griff, dennoch löst sich ein Schuss aus der Glock, noch bevor ich sie an mich nehmen kann. Der Knall bohrt sich in mein Gehirn und zerfetzt für einen Moment meinen Verstand. Er klingelt mir noch in den Ohren, als Brandon vor mir und Yves zurückstolpert.

Yves! O mein Gott, hat der Schuss ihn getroffen?

Ich wende mich panisch zu ihm um und betrachte ihn prüfend von Kopf bis Fuß. Kein Blut zu sehen. Mein Blick wandert weiter nach oben, und ich sehe das Einschussloch etwa zwanzig Zentimeter über seinem Kopf in der Wand. Mir wird schwindelig, und mein Magen krampft sich so sehr zusammen, dass ich befürchte, mich hier und jetzt übergeben zu müssen.

Erst als Brandon wieder auf uns zukommt, reagiere ich. Meine Überlebensinstinkte übernehmen die Kontrolle, und plötzlich richte ich die Waffe gegen Kians Bruder. Dieser hält sofort inne. Dieses Mal ist er derjenige, der die Hände hebt. Der

Hass in seinen Augen bleibt allerdings unverändert. Sein ganzer Körper bebt und scheint unter Spannung zu stehen. Ich rechne jeden Augenblick mit einem Gegenangriff.

»Verschwindet!«, knurrt er jedoch durch seine zusammengepressten Zähne. Das lasse ich mir nicht zwei Mal sagen. Ich behalte die Waffe in der einen Hand, während ich mit der anderen Yves das Signal gebe loszurennen. Natürlich könnte ich den Abzug nicht einmal betätigen, wenn es darauf ankommen würde. Niemals würde ich das fertigbringen. Aber die Pistole gibt mir Sicherheit und verschafft mir den Respekt von Brandon. Und genau den brauche ich, um zu entkommen. Yves sagt kein Wort, während ich uns beide Richtung Treppe führe. Mein Kumpel wirkt wie eine Puppe, die man mit sich schleift. Er wirkt fast schon apathisch, und damit macht er mir beinahe mehr Angst als der vor Wut rasende Bruder meines toten Freundes.

Sobald ich die erste Stufe sehe, kann mich nichts mehr halten. Ich sprinte mit Yves die Treppe hinab, durch den Eingangsbereich und zur Haustür hinaus. Wir laufen noch einige Minuten lang weiter, bis wir genug Distanz zwischen uns und das Anwesen der Lewis' gebracht haben. Erst jetzt wagen wir es, tief durchzuatmen. Meine Lunge kollabiert fast vor so viel Anstrengung, und meine Glieder zittern so sehr, dass ich es kaum schaffe, die gesicherte Waffe in meiner Tasche zu verstecken. Die langsam heilende Rippenverletzung macht sich ebenfalls mit schmerzhaften Stichen bemerkbar.

Trotzdem hat die Luft in Fircreek noch nie so sehr nach Freiheit geschmeckt. Erleichterung überfällt mich wie ein hinterhältiger Dieb und nimmt mir für einen Augenblick die Angst. Dennoch weiß ich ganz genau, dass unser Einbruch noch Folgen haben wird. Vielleicht sollte ich die Freiheit genießen, solange es noch möglich ist …

»Wo seid ihr? Wurdet ihr erwischt? Geht es euch gut?« Die Fragen sprudeln aus Xenia heraus, sobald sie meinen Anruf entgegennimmt, und dann herrscht für einen Augenblick schwere Stille zwischen uns. Kurz hadere ich und frage mich, wo ich überhaupt anfangen soll. Dann presse ich das Smartphone enger an mein Ohr und versuche für einen Augenblick, alles zu verdrängen, was ich heute herausgefunden habe.

»Uns geht es gut«, presse ich heraus, woraufhin ich einen Seufzer nicht unterdrücken kann. Ich zupfe an meinem Zopf herum und warte kurz ab, bevor ich hinterherschiebe: »Aber wir wurden erwischt.«

»Was? Seid ihr bei der Polizei? Rede mit mir, Bri!« Xenias Stimme ist extrem schrill, weshalb ich das Smartphone kurz von meinem Ohr weghalten muss.

»Nein, wir sind nicht bei der Polizei. Aber wir müssen uns dringend mit dir treffen. Kannst du zum Comicladen kommen?« Ich weiß aus Erfahrung, dass Xenia nicht am Telefon über wichtige Dinge reden wird. Besonders nicht über ihren Drogenkonsum.

»Ich bin in zwanzig Minuten da!«, sagt sie schnell, bevor sie mich wegdrückt. Zwanzig Minuten sind recht knapp, aber wir können es schaffen. Seit das Cheerleading-Training wegfällt, brauche ich sowieso einen sportlichen Ausgleich. Warum nicht direkt mit Joggen anfangen? Hoffentlich macht mir meine Verletzung keinen Strich durch die Rechnung.

»Los geht's«, meine ich bloß, woraufhin Yves ergeben nickt. Er scheint ebenfalls am Ende seiner Kräfte zu sein. Ich versuche, alles Schlechte hinter mir zu lassen und mich einfach auf das Laufen zu konzentrieren. Doch kein Sprint ist schnell genug, um vor den eigenen Gedanken zu fliehen.

Schweiß fließt meinen Nacken hinab, und die Haare stehen mir wirr vom Kopf ab. Meine Lunge steht in Flammen. Ich keuche und lechze nach Sauerstoff, aber ich höre erst auf zu rennen, als der Comicladen in Sicht kommt.

Mit seinem retrohaften Äußeren und dem gigantischen Logo in blau-gelber Neonfarbe kann man den Shop bereits aus weiter Entfernung erspähen. Ebenso wie die verloren aussehende Person, die vor dem Laden herumlungert. Xenia. Nach etwa einer Minute komme ich neben meiner Freundin zum Stehen. Yves gesellt sich wenig später zu uns.

Meine Knie zittern, und ich spüre jeden einzelnen Muskel, jede Sehne.

»Da seid ihr ja endlich«, zieht mich Xenia mit einem Lächeln auf, doch sobald sie meinen harten Blick bemerkt, schließt sie schnell den Mund. Ich keuche erschöpft und stemme mir die Hände in die Taille, um das Seitenstechen zu verringern. Natürlich vergebens. Ausdauer war eben noch nie meine Stärke.

»Lasst uns erst einmal reingehen«, murmelt Yves nun, bevor er einen Schlüsselbund hervorzieht und den Laden aufschließt. Beim Eintreten schaltet er fünf übereinander angebrachte Lichtschalter ein, sodass die Deckenbeleuchtung mit einem Flackern zum Leben erwacht. Hinter uns schließt er schnell wieder ab.

»Habt ihr heute gar nicht geöffnet?«, frage ich ächzend. Inzwischen erholt sich immerhin meine Lunge, und ich kann zumindest wieder vernünftig atmen.

»Freitags ist der Laden immer geschlossen. Ruhetag. Fragt mich nicht wieso, Pete macht hier die Regeln.« Yves lotst uns zum hinteren Ladenteil, wo nur noch die Kasse steht. »Hier hinten sind wir ungestört und von draußen nicht zu sehen.«

Er lässt sich kurzerhand auf dem Boden nieder und lehnt sich mit dem Rücken an die Theke. Yves schließt kurz die

Augen und atmet tief durch. Ich ertrage das Schweigen nicht länger.

»Wir sollten direkt zur Sache kommen«, fordere ich und schaue abwechselnd zwischen Yves und Xenia hin und her. Sie presst die Lippen zusammen, als würde sie sich selbst das Sprechen verbieten. Ahnt sie, dass ich hinter ihr Geheimnis gekommen bin?

»Wir waren in Kians Zimmer und haben tatsächlich einiges gefunden. Aber bevor wir entkommen konnten, hat uns Brandon überrascht«, beginnt Yves zu erklären. Er greift hinter sich, und bevor ich ihn fragen kann, was zur Hölle er da tut, zieht er die verdammte Pistole aus meiner Handtasche. Ich springe sofort einen Schritt zurück und starre auf die Glock. Adrenalin rauscht schlagartig durch meine Adern und treibt mein Hirn auf Hochtouren.

Erst als Yves die Waffe auf dem Boden ablegt und mit mindestens genauso viel Abscheu wie ich betrachtet, klärt sich der Nebel in meinen Gedanken. Ich kann selbst kaum fassen, wie schreckhaft und angstgesteuert ich mich gerade verhalte. Ich schüttle den Kopf, um mich zu besinnen. Yves würde uns niemals angreifen. Vor ihm muss ich mich nicht fürchten.

»Brandon hat uns damit bedroht und mich beinahe erschossen. Brianna konnte ihn entwaffnen und das Scheißding gegen ihn richten, damit wir weglaufen konnten. Bestimmt hat er längst die Polizei gerufen. Wer weiß, wie viel Zeit uns noch bleibt, bis sie uns aufspürt und verhaftet. Deshalb müssen wir bis dahin alles besprochen haben. Keine Geheimnisse mehr, alle Tatsachen kommen auf den Tisch. Sonst gefährden wir uns nur gegenseitig.« Sein Blick ruht insbesondere auf Xenia.

Ich versuche immer noch zu verstehen, was Brandon getan hat. Warum er eine Waffe gegen uns gerichtet hat. In was für einer Welt leben wir eigentlich?

Langsam gehe ich auf Yves zu und setze mich ihm gegenüber auf den kalten PVC-Boden. Ich lehne mich mit dem Rücken gegen eines der Regale und versuche, mein rasendes Herz zu beruhigen. Allerdings hilft der Anblick der verdammten Glock direkt vor meinen Füßen dabei nicht gerade.

»Was habt ihr gefunden?«, flüstert Xenia.

»Beweise dafür, dass Kian tatsächlich an unserer Schule mit Drogen gedealt hat. Wir haben einen kleinen Vorrat davon gefunden«, presst Yves hervor. Ihm scheinen die Worte nur schwer über die Lippen zu kommen, denn er spuckt sie förmlich aus. Kian war ein Drogendealer. Ich kann es immer noch nicht begreifen. Hätte ich das nicht bemerken müssen?

»Hat er je mit dir darüber gesprochen?«, fragt Yves mich, worauf ich bloß den Kopf schüttele.

»Nein, er hat nie was gesagt. Aber wir waren oft auf irgendwelchen Hauspartys, und Kian traf sich fast jedes Mal mit anderen Leuten. Er könnte dort sein Zeug verteilt haben, mitgekriegt habe ich allerdings nichts davon.«

Ich kratze mich im Nacken und versuche irgendwo anders hinzuschauen als in Yves' Richtung. Röte schießt mir in die Wangen, denn irgendwie ist es mir peinlich, dass ich so etwas Wichtiges über meinen Ex-Freund nicht weiß. Wenn man sich nahesteht, dann sollte man doch wissen, ob der andere in illegale Machenschaften verwickelt ist, oder nicht?

»Hast du selbst Drogen konsumiert, Brianna?« Diese Frage bringt mich nun völlig aus dem Konzept. Meine Augenbrauen schießen nach oben und Zorn flammt in mir auf. Wie kann er es wagen?

»Bist du noch ganz dicht? Ich bin Leistungssportlerin! Weißt du, was Drogen mit meinem Körper anrichten könnten?«, fahre ich ihn an, woraufhin Yves beschwichtigend die Hände hebt.

»Wie kommst du auf so einen Mist?«, frage ich nach. Nun

deutet er auf meine Tasche. Für einen Moment steht die Welt still. Ich weiß, worauf er hinauswill.

Ich ziehe das Polaroidfoto hervor. Ohne einen Kommentar lege ich es in die Mitte unseres Kreises auf den Boden. Direkt neben die Waffe. Das Mädchen auf dem Bild könnte mir nicht fremder sein. Allerdings ist es eindeutig mein Körper, der dort abgelichtet wurde. Mein bewusstloser, verdrehter Körper auf einem verdammt hässlichen Teppichboden. Tränen schießen mir in die Augen, Tränen des Zorns. Ich spüre ein hässliches Brennen in mir, das nichts außer Wut übrig lässt.

»Wo habt ihr das her?«, fragt Xenia.

»Es war in Kians Versteck, zusammen mit den Drogen. Da lagen noch mehr Bilder von Leuten aus der Schule. Vermutlich hat Kian sie abgelichtet, nachdem sie sich mit seinen Drogen freiwillig oder unfreiwillig abgeschossen haben. Was auch immer er davon hatte.« Yves Worte schütten Benzin in meinen inneren Flächenbrand und zerstören alles, was noch an Emotionen für Kian übrig war. Das letzte bisschen Herzrasen ist inzwischen verkohlt und abgestorben.

Dieser verfluchte Idiot! Ich hasse, hasse, hasse Kian! Das hier ist schlimmer als sein Betrug, schlimmer als jedes manipulative Wort, das er jemals an mich gerichtet hat. Kian hat keine Trauer verdient. Er hat nichts verdient außer Hass. Puren, unendlich lang andauernden Hass!

»Er hat mir offensichtlich irgendwas verabreicht, ohne dass ich davon wusste«, erkläre ich tonlos.

Ich bebe. Mein ganzer Körper steht unter Strom, und ich wünschte, ich könnte die ganze negative Ladung irgendwo einschlagen lassen. Ich will um mich treten, irgendetwas mit bloßen Händen zerstören, zerreißen oder zerfetzen. Niemand hat das Recht, mich oder andere so zu behandeln!

»Das Bild gehört jetzt dir. Du kannst es für immer vernichten«, meint Yves beschwichtigend, weil er garantiert meine abgrundtief beschissene Stimmung bemerkt hat. Xenia meidet hingegen meinen Blick und jegliche Berührungen, als fürchte sie sich vor meiner Wut.

»Ich werde es behalten. Als Erinnerung daran, was für ein menschlicher Abschaum Kian war«, zische ich und stecke das Bild weg. Vielleicht verbrenne ich es auch später, wer weiß.

»Was noch?«, fragt Yves anschließend. Dieses Mal ergreife ich das Wort.

»Ich habe Kians Kundenliste gefunden. Darauf sind viele Namen aus unserer Schule zu finden, dazu eine Telefonnummer und ein Buchstabenkürzel. Vielleicht handelt es sich dabei um den Dealer.« Ich beobachte ganz genau die Reaktion meiner besten Freundin. Sie scheint tiefer in sich zusammenzusinken und blickt mir immer noch nicht in die Augen. Ich weiß nicht, ob es die unterdrückte Wut ist, die mich dazu bringt, aber ich fauche ihr schließlich entgegen: »Hast du dazu vielleicht etwas zu sagen, Xenia?«

Sie zieht den Kopf ein und zuckt zusammen, als ich sie direkt anspreche. Genauso gut hätte ich sie ohrfeigen können.

»Brandon hat da etwas angedeutet. Er hat dich als Junkie bezeichnet, Xenia«, ergänzt Yves deutlich einfühlsamer als ich. Xenia schweigt eisern weiter. Sie würde niemals so reagieren, wenn diese Behauptung nur eine Lüge wäre.

»Brandon hat recht«, gibt sie nach minutenlanger Stille schließlich zu. Sie spricht so leise, dass ich im ersten Moment glaube, mich verhört zu haben.

»Du hast Drogen von Kian gekauft?«, hake ich noch mal nach. Ich habe das Gefühl, dass ich keinen meiner Freunde richtig kenne. Bin ich so blind und ignorant? Wie konnten sowohl Kian als auch Xenia solche großen Geheimnisse vor mir verbergen?

»Es war eine Notlösung. Zumindest vorerst. Das Valium sollte mein ständig rasendes Gedankenkarussell endlich stoppen und mir das Einschlafen erleichtern. Und das Ritalin war dazu da, damit ich mich intensiver auf die Klausuren vorbereiten kann. Ich wollte aufhören, wirklich! Aber dann lief alles so gut, ich habe Bestnoten bekommen und niemandem hat es geschadet. Ich möchte doch einfach nur ein gutes College besuchen, und dazu muss ich diese unmenschlich hohen Anforderungen erfüllen. Dieser Druck ist kaum zu ertragen …«

»Aber so was hast du gar nicht nötig«, bricht es aus mir heraus. Xenia starrt mich zunächst ungläubig an, bevor sie das Gesicht hinter ihren Händen verbirgt und ihr zierlicher Körper von schweren Schluchzern erschüttert wird. Obwohl sie ihre Augen verdeckt, sehe ich die Tränen an ihren Wangen hinunterlaufen.

Ich rutsche näher an sie heran und zögere nicht, sie in den Arm zu nehmen. Yves nähert sich von der anderen Seite und breitet ebenfalls seine Arme aus. Zusammen sitzen wir dort ineinanderverknotet auf dem Boden des Comicladens und heulen gemeinsam mit Xenia, während wir uns gegenseitig festhalten. Die Tränen kommen einfach. Es ist wie ein natürlicher Reflex, den ich nicht unterdrücken kann. Wir haben in den letzten Stunden so viel gemeinsam durchgestanden, und jetzt reißen alle Dämme ein.

»Es tut mir so leid«, wispert Xenia leise vor sich hin, woraufhin Yves und ich mit leisem Zuspruch reagieren. Das Einzige, was jetzt zählt, ist zusammenzuhalten. Gemeinsam gegen den Rest der Welt …

Obwohl ich mich vorher furchtbar gefühlt habe, bin ich in diesem Moment unglaublich froh, meine Freunde an meiner Seite zu haben. Sie schützen und stärken mich, und genau das muss ich nun auch Xenia beweisen.

Ihr größtes Geheimnis ist gelüftet, und auch ich wurde mit Dingen aus der Vergangenheit konfrontiert, die ich lieber bis in alle Ewigkeit ignoriert hätte. Der Einzige, der scheinbar keinen Dreck am Stecken hat, ist Yves. Genau dieser Gedanke durchbricht die Harmonie, die uns gerade umgibt. Denn ich beschließe, dass es an der Zeit ist, den USB-Stick zur Sprache zu bringen.

18:10 Uhr

Es dauert eine ganze Weile, bis wir uns voneinander lösen. Xenia starrt ins Nichts und wirkt kaum ansprechbar, als sei sie mit den Gedanken ganz woanders. Auch ich konzentriere mich voll und ganz darauf, meine Atmung zu beruhigen. Heute wurden wir beide mit unseren größten Ängsten konfrontiert. Statt uns gegenseitig zu verurteilen, haben wir zusammengehalten. So wie es sein sollte.

Der USB-Stick in meiner Tasche scheint mit einem Mal hundert Kilo mehr zu wiegen, denn sein Gewicht kettet mich an Ort und Stelle fest. Es wäre das einzig Richtige, nun auch Yves' Geheimnis zu lüften. Trotzdem ist da diese innere Barriere in mir, die ich nur mit einem Hechtsprung nach vorne überwinden könnte. Was dahinter auf mich lauert, kann ich nicht vorhersehen. Mich könnte ein Sicherheitsnetz erwarten oder ein bodenloses Loch, das meinen Untergang bedeutet. Aber ich kann es nur herausfinden, indem ich mich selbst überwinde und Yves' Geheimnis endlich offenlege.

»Ich … ich muss euch auch noch etwas zeigen«, gebe ich schließlich flüsternd zu. Meine Zunge verknotet sich, und ich glaube, ich habe in meinem ganzen Leben noch nie so viel Überwindung gebraucht. Yves' und Xenias Blicke legen sich auf mich und bohren sich in meine Haut. Je mehr Zeit verstreicht, desto unangenehmer wird die Situation. Der einzige Weg, um daraus auszubrechen, ist die Wahrheit.

»Das hier habe ich ebenfalls in Kians Versteck gefunden«, sage ich, während ich den USB-Stick hervorhole. Sofort verändert sich etwas in Yves' Haltung. Er fixiert den kleinen Gegenstand so intensiv, als wäre dies der Grund, warum er überhaupt in Kians Haus einbrechen wollte. Was, wenn das wirklich der Fall ist? Könnte sich auf dem Stick etwas befinden, was ihn ernsthaft belastet?

Er scheint kurz mit sich zu ringen, bevor er zusammenbricht.

»Ich schätze, ich muss euch ebenfalls etwas sagen.« Mit einem schweren Seufzen steht er auf und umrundet den Tresen, um in das Hinterzimmer des Comicladens zu gelangen. Als er zurückkehrt, hält er einen klobigen Laptop in den Händen.

Wortlos stellt er ihn auf dem Boden ab und startet das alte Gerät. Es dauert eine Weile, bis er komplett hochgefahren ist. Währenddessen ist das lautstarke Röhren der Lüftung das Einzige, was die Stille zwischen uns dreien füllt. Erst als der Desktop vollständig geladen ist und alle Ordner sichtbar sind, reiche ich ihm den USB-Stick. Die Tatsache, dass sich in diesem winzigen Gerät eines seiner Geheimnisse oder vielleicht sogar ein Mordmotiv verbirgt, ist unvorstellbar.

Yves steckt den USB-Stick in den vorgesehenen Port und wartet, bis der Inhalt auf dem Bildschirm aufploppt. Es ist ein einziges Video. Nicht mal drei Minuten lang.

»Bevor ich das hier abspiele, muss ich euch sagen, dass dieses Video nicht mit meinem Einverständnis entstanden ist. Kian hat mich heimlich gefilmt und … das Material später gegen mich verwendet«, stellt er schnell klar. Ich erkenne, wie sehr er mit sich ringt, und würde ihm gerne etwas Erleichterung verschaffen, aber das wäre pure Heuchelei, solange wir nicht wissen, was in dem Video vor sich geht. Xenia greift nach seiner Hand und drückt sie kurz. Seine Anspannung scheint auf sie übergegangen zu sein, denn sie wirkt mindestens genauso verkrampft. Trotzdem lässt sie nicht los und ist für ihren Freund da.

Ich atme tief durch. Einmal. Zweimal. Dann klickt Yves doppelt auf das Video, wodurch es sich im Vollbildmodus öffnet. Bereits in der ersten Sekunde sieht man Kians Gesicht als Nahaufnahme. Er grinst in die Kamera und streckt der Linse die Zunge heraus. Sein lebendiger und fröhlicher Anblick schmerzt, obwohl ich immer noch unfassbar wütend auf ihn bin.

Ich beobachte, wie Kian die Kamera auf einem Regalbrett abstellt und sie so ausrichtet, dass sie ins ansonsten menschenleere Zimmer zeigt. Kian läuft ein paar Sekunden ziellos im Raum herum. Seine Unruhe wirkt nicht gestellt, sondern verblüffend echt.

Es dauert nicht lange, bis sich die Tür öffnet und Yves eintritt. Er scheint die Kamera nicht zu bemerken. Bestimmt ist es für ihn seltsam, sich selbst zuzusehen und genau zu wissen, was als Nächstes passiert. Sein Vergangenheits-Ich ist im Gegensatz dazu vollkommen ahnungslos und tritt näher an Kians Spielkonsole heran, um das Videospiel beenden, das sie anscheinend kurz vorher begonnen haben. Ich wage es, einen kurzen Blick auf Xenia und Yves zu werfen, die beiden sind jedoch völlig in das Video vertieft.

»Yves, ich habe nachgedacht«, beginnt Kian zu sprechen, woraufhin wir alle hinter dem Bildschirm zusammenzucken. Seiner tiefen Stimme zu lauschen, bringt Kian von den Toten zurück. Allerdings nur für einen Augenblick.

»Hm? Worüber denn?« Yves legt den PlayStation-Controller zur Seite. Die Ahnungslosigkeit in seinem eigenen Gesicht zu sehen, tut fast schon weh.

»Ich weiß, du bist schon seit Jahren in Xenia verknallt. Denkst du nicht, es ist endlich an der Zeit, den ersten Schritt zu machen?«, fragt Kian.

Ich halte die Luft an und werfe einen heimlichen Seitenblick auf meine Freundin. Sie ist völlig erstarrt und schaut mit großen Augen den Geschehnissen auf dem Bildschirm zu. Kurz bilde ich mir sogar ein, ihren rasenden Puls zu hören.

»Du weißt, dass Xenia in mir nur einen guten Freund sieht. Nicht mehr«, gibt Vergangenheits-Yves bedrückt zu. Gegenwarts-Yves rutscht unruhig hin und her. Plötzlich mache ich mir Vorwürfe, weil ich ihn in diese Lage gebracht habe.

Kian grinst und zwinkert in die Kamera, bevor er sich wieder seinem Freund zuwendet. Mir wird schlecht.

»Wie verliebt bist du in sie? Willst du nur mit ihr rumknutschen oder auch mit ihr ins Bett?«, triezt er seinen Kumpel. Vergangenheits-Yves lacht auf und denkt kurz nach, bevor er antwortet.

»Ich glaube, ich stand schon immer auf sie. Kannst dir ja vorstellen, woran ich denke, wenn ich abends allein bin und sie vermisse.« Yves nimmt wirklich kein Blatt vor den Mund. Wahrscheinlich ist das nicht das erste Mal, dass sie sich auf diese Weise über meine Freundin unterhalten. Ein flaues Bauchgefühl macht sich in mir breit.

»Ich kann es mir denken. Ich wünschte, Bri hätte so einen Vorbau wie Xenia. Das würde unsere Beziehungsprobleme sicher schneller lösen.« Kians gehässiges Lachen lässt mein Blut gefrieren. Wie abfällig er über mich spricht vor seinen Freunden … damit habe ich nicht gerechnet.

Aber das ist noch längst nicht alles. Die Jungs unterhalten sich minutenlang über die Vorzüge von Xenia. Über ihre offensichtliche Schönheit, ihren Hintern, ihre Brüste und wie gerne sie mit ihr im Bett landen würden. Sie reden über meine Freundin, als sei sie ein Ding. Ein Objekt, das man nach Kriterien bewerten kann und das zu nichts anderem als Sex zu gebrauchen ist. Kian treibt es immer weiter und trifft immer extremere Aussagen, die Yves meist mit einem Lächeln oder einem zustimmenden Kommentar erwidert.

»*Wenn ich könnte, würde ich sie hier und jetzt nehmen ...*«, murmelt Yves im Video, und es ist mehr als offensichtlich, dass er von Sex spricht. Xenia versteift sich neben mir. »*... aber darauf würde sie sich niemals einlassen. Nicht mit mir.*«

»*Perfekt, das ist alles, was ich hören wollte.*« Kians Tonfall wandelt sich mit einem Mal und nimmt einen unterkühlten Unterton an. Ich sehe die Verwirrung darüber deutlich in Yves' Miene. Dieser entdeckt nun auch die Kamera im Regal. Jegliche Gesichtszüge entgleisen ihm, während er begreift, dass Kian die komplette Unterhaltung aufgenommen hat. Nicht nur sein Geständnis, in Xenia verknallt zu sein, sondern auch, wie abwertend sie über ihren Körper gesprochen und über den Sex mit ihr fantasiert haben. In diesem Moment ist das Vertrauen zwischen Kian und Yves zerbrochen, das weiß ich genau. Man sieht es nur zu deutlich an Yves' verletztem Blick. Plötzlich wandelt sich sein Schmerz zu Wut, und Yves stürzt mit geballten Fäusten auf seinen Kumpel zu. Die beiden beginnen zu raufen, die Kamera schwenkt durch die Gegend, und man vernimmt nur noch Kians kehliges Lachen.

»*Lösch das! Lösch das Video, Kian! Ich schwöre, ich bringe dich um!*« Mit diesen Worten von Yves endet das Video. Der Bildschirm wird schwarz. Das war es. Jetzt ist alles raus. Inzwischen weiß ich, wieso Yves dieses Video geheim halten wollte. Hätte Xenia es früher zu Gesicht bekommen, hätte sie garantiert sofort Abstand zu Yves genommen und vermutlich nie wieder ein Wort mit ihm gesprochen. Aber wie reagiert sie wohl heute? Ich warte auf irgendeine Regung von Xenia, aber niemand sagt etwas.

»Ich habe Kian geliebt, wirklich. Wie einen Bruder. Aber er hat meine Gefühle für Xenia gegen mich verwendet. Mich damit erpresst und mich zu Dingen gezwungen, die ich nie tun wollte. Ich musste seine Hausaufgaben erledigen, all seine Schulprojekte bearbeiten, und ich bin sogar einmal in das Büro von Ms Hamel eingebrochen, um die Klausuren und deren Lösungen eines Lehrers einzusehen. Hätte Kian mich um Nachhilfe gebeten, hätte ich ihm sofort geholfen. Er wollte stattdessen jemanden, der ihm die ganze Arbeit abnimmt und sich ihm nicht widersetzt. Jedes Mal, wenn ich mich wehren wollte, hat er damit gedroht, das Video an der ganzen Schule zu verbreiten. Das hat unsere Freundschaft in den letzten Monaten immer mehr zerrüttet, wir waren irgendwann in komplett unterschiedlichen Kreisen unterwegs. Auch wenn ich mir nach außen hin Mühe gegeben habe, es anders wirken zu lassen. Ich wollte ihn nicht als Freund verlieren, trotz allem, was er mir angetan hat. Aber deswegen würde ich ihn trotzdem niemals töten«, flüstert Yves neben uns. »Ich hatte Angst, dass die Polizei das Video entdeckt. Meine im Affekt gesagten Worte wären ein Indiz für die Beamten, sie würden mich vielleicht als Mörder hinstellen.« Yves schluckt schwer und muss sich zum Weiterreden zwingen.

»Immer wieder, wenn wir uns wegen Kleinigkeiten gestritten haben, hat er gedroht, mich zum Gespött der Schule zu machen und Xenia gegen mich aufzubringen. Die Macht und Mittel dazu hatte er ja. Ich habe so viel Mist in diesem Video geredet, für den ich mich jetzt im Nachhinein schäme. Es tut mir so leid, wie ich mich verhalten habe und wie ich hinter eurem Rücken über euch beide geredet habe. Das war falsch und ekelhaft. Dennoch habe ich mich nie getraut, Kian die Stirn zu bieten. Dafür hatte ich einfach zu viel Angst.« Beim Gedanken daran, wie kalkuliert Kian die Worte aus Yves herausgepresst hat, um sie gegen ihn zu verwenden, wird mir schlecht.

Ein saurer Geschmack legt sich auf meinen Rachen, während ich versuche, die Fassung zu bewahren. Ja, seine Aussagen im Video waren furchtbar. Trotzdem ist es offensichtlich, dass Yves sich seitdem gewandelt hat. Er wirkt reifer und überlegter. Er hat seine Lektion gelernt.

»Kian hat mir nie die Chance gegeben, vernünftig mit ihm zu reden. Das war am Ende die Essenz unserer Freundschaft: Er hat etwas gefordert, und ich habe es ohne Widersprüche getan, weil ich die Folgen genau kannte. Es wurde zur Normalität. Aber ich hatte immer im Hinterkopf, dass dieses Video irgendwo noch existieren musste. Kian hätte selbst über seinen Tod hinaus die Macht dazu, mich zu ruinieren. Ich wusste: Wenn die Polizei es zu sehen kriegt, werde ich sofort verdächtigt. Was wäre ein besseres Motiv als Rache an demjenigen, der dich verarscht und erpresst hat?«

Inzwischen sammeln sich Tränen in meinen Augenwinkeln, und der Damm aus Selbstbeherrschung bröckelt. Endlich ist die Wahrheit ans Licht gekommen. Alle Geheimnisse, die Kian vor uns gehabt und gegen uns verwendet hat.

»Das Video war wirklich furchtbar«, meint Xenia plötzlich. »Kian hat dir Worte in den Mund gelegt und Dinge aus dir herausgekitzelt, die du niemand anderem so ins Gesicht gesagt hättest. Das weiß ich. Zu einer anderen Zeit hätte ich dich dafür verurteilt, aber heute? Ich glaube, ich kann es verstehen. So oder so, wir hätten zu dir gehalten. Nicht wahr, Bri?« Xenia schaut zu mir herüber, woraufhin ich zögerlich nicke. Ihre Worte beeindrucken mich. Kann sie wirklich einfach über Yves' zweifelhafte Aussagen in dem Video hinwegsehen? Nun ja, das muss sie selbst entscheiden. Ich werde es auf jeden Fall nicht so schnell vergessen.

»Kian hatte so viele Geheimnisse … wer weiß, welches davon letztendlich zu seinem Untergang geführt hat?«, grübelt

Xenia vor sich hin. Sie geht gar nicht darauf ein, dass Yves ihr gerade durch das Video indirekt seine Liebe gestanden hat. Ihre Wangen glühen, aber was geht wirklich in ihren Gedanken vor?

»Ich habe eine Idee. Wir müssen uns einen Überblick verschaffen. Wartet kurz hier.« Yves steht schnell auf und geht erneut in das Hinterzimmer. Mit Zettel und Kugelschreiber kehrt er zurück.

Ich gönne mir eine Sekunde, um kurz durchzuatmen. Der Tag war zugleich verrückt und wahnsinnig emotional. Das Video hat mir mehr zugesetzt, als ich gedacht hätte. Sowohl positiv als auch negativ. Zum einen hat es mir die Chance gegeben, mir Kian noch mal ins Gedächtnis zu rufen. Sein Lächeln, seine Stimme, sein Aussehen. Zum anderen führte es mir vor Augen, dass Kian nicht der gute Freund war, den ich immer in ihm sehen wollte.

»Ich habe mir genau wie Brianna Gedanken dazu gemacht, wer als Täter infrage kommen könnte. Ganz oben standen bei mir Olivia und leider auch du, Brianna. Ihr beide habt ein Motiv, und ihr hattet die Möglichkeit, Kian zu schaden.« Yves holt tief Luft. »Es macht keinen Sinn, um den heißen Brei herumzureden. Wir müssen möglichst objektiv denken, denn genau das wird die Polizei auch tun. Vielleicht suchen sie uns schon längst, weil Brandon uns verpfiffen hat.«

Ich schaue mit Unbehagen auf meinen umkreisten Namen und muss unweigerlich an meine eigene Mindmap denken. Sie sieht der Auflistung von Yves verdammt ähnlich. Mit dem Unterschied, dass er nun unter meinem Namen noch den Stichpunkt »Exzess-Foto« ergänzt.

»Möglicherweise hat noch jemand herausgefunden, dass Kian diese Bilder gemacht hat. Oder jemand hat gesehen, wie er Leuten heimlich etwas untergejubelt und ins Getränk gemischt hat«, halte ich fest. »Ich kann nur für mich sprechen, aber ich trinke echt nicht viel. Als ich jedoch an diesem einen Abend mit Kian feiern war, habe ich mich so komisch gefühlt, obwohl ich nur ein Glas getrunken hatte. Ich habe mir da nichts bei gedacht, doch jetzt im Nachhinein …« Ich muss mich zusammenreißen, um nicht lautstark zu fluchen. Damals habe ich geglaubt, dass ich einfach nichts vertrage und meinen Schwindel auf Kreislaufprobleme geschoben. Hat in Wahrheit Kian dahintergesteckt?

»Meint ihr, er hat allein gehandelt?«, fragt Xenia plötzlich. »Irgendwie glaube ich nicht, dass Kian die ganze Drogengeschichte allein durchgezogen hat.«

Automatisch springen meine Gedanken zu Brandon. Er scheint in die Geschäfte verwickelt zu sein und hätte definitiv Gelegenheit gehabt, mit seinem Bruder zusammenzuarbeiten.

»Jeder könnte ihm geholfen haben. Es waren immer so viele Leute auf diesen Partys. Ausnahmslos jeder ist verdächtig«, sage ich stattdessen. »Wer steht noch auf deiner Liste?«

»Xenia. Bisher warst du die Einzige, die kein triftiges Motiv hatte. Die Sache mit den Drogen macht allerdings auch dich verdächtig. Du könntest versucht haben, deinen Konsum zu vertuschen«, presst Yves hervor, und allein diese Worte zu hören, fühlt sich falsch an. Xenia nickt bloß. Ihre Miene ist völlig blank, ich kann keine Emotion ablesen, weswegen ich zögerlich einen Stichpunkt unter ihrem Namen ergänze. Sie zuckt nicht einmal mit der Wimper.

»Ich würde behaupten, dass wir seit heute auch einige neue Namen hinzufügen können«, meine ich schließlich, nachdem auch Yves' Motiv ergänzt wurde. Erpressung und Erniedrigung. »Zum Beispiel Brandon.« Ich starre ins Leere, aber mein ganzer Körper versteift sich. Die Erinnerung daran, wie Kians Bruder Yves eine geladene Waffe an den Kopf gehalten hat, lodert in meinen Gedanken.

Ich schreibe, ohne zu zögern, seinen Namen auf das Blatt. Als Stichpunkte führe ich an, dass er eine Waffe besaß und zusätzlich wusste, wo sein Bruder sich an jenem Wochenende aufhalten würde. Möglicherweise hat er sogar mit Kian zusammengearbeitet, um den Jugendlichen auf den Hauspartys Drogen unterzujubeln. Die beiden Brüder waren ein festes Gespann und oft gemeinsam unterwegs.

Hatte Brandon wohl ebenfalls Zugriff auf die Drogen, die Kian vertickt hat? Was, wenn der plötzliche Schlaf in der Nacht von Kians Tod seinen Grund in ebenjenen Drogen hatte? Könnte Brandon uns damals betäubt haben? Es liegt auf jeden Fall im Bereich des Möglichen.

»Brandon hat zudem Kians Geschäft übernommen«, kommt es plötzlich aus Xenias Richtung. Mein Kopf ruckt hoch, und unsere Blicke kollidieren miteinander. Da ist so viel Bedauern und Scham in ihren Augen, dass es uns beide innerlich zerreißt.

»Bei meiner letzten Bestellung stand statt dem gewohnten K. für Kian ein B. auf dem Notizzettel. Ich dachte zunächst, dass Bruce in das Drogengeschäft verwickelt sein könnte. Anscheinend ist Bruce aber lediglich ein Käufer. Deswegen funktionierte in der Sporthalle auch meine Drohung. Damals habe ich geglaubt, er würde den Stoff verticken und nicht nur konsumieren.« Xenia schnieft in ein Taschentuch, das ihr von Yves angeboten wird. »Aber als ihr erzählt habt, dass Brandon mich vorhin als *Junkie* betitelt hat, ist mir klar geworden, was Sache ist. Brandon muss Kians Platz eingenommen haben und führt nun seinen Handel fort. Wer weiß, wie lange die beiden schon unter einer Decke stecken.«

Jetzt wo Xenia die Fakten auf den Tisch legt, dämmert mir auch wieder, was Brandon gesagt hat. Er hat davon gesprochen, dass Kian ihm viel Arbeit und Probleme hinterlassen hätte. Er hing also definitiv mit drin im Geschäft. Vielleicht hätte er den

Handel gern anders organisiert, und es kam dadurch zum Streit? Ich ergänze unter Brandons Namen in fetten Buchstaben die Motive »Drogenhandel« und »Geschäftspartner, Streit?«. Innerhalb eines Tages hat Brandon es geschafft, ganz oben auf unserer Liste der Verdächtigen zu landen. Wäre er wirklich in der Lage, seinen eigenen Bruder zu ermorden?

Außerdem kann ich Bruce nun besser einschätzen und schreibe die Worte »Kians Kunde«, unter seinen Namen. Widerwillig muss ich mir eingestehen, dass Bruce nicht ganz auf die Liste der Verdächtigen passt. Er hätte sich mit einem Mord an Kian nur selbst ins Bein geschossen, weil er keinen Zugang mehr zu den Drogen hätte.

»Vergiss nicht TR«, erinnert mich Yves. »Ich glaube, dass es sich bei diesem Typen um Kians Dealer handeln könnte. Falls er gewaltbereit ist und Kian es sich irgendwie mit ihm verscherzt hat, könnte auch er der Täter sein.«

Guter Einwand.

Ich notiere das Buchstabenkürzel auf dem Zettel. Schließlich lange ich in meine Tasche und ziehe das Klapptelefon sowie den kleinen Zettel aus dem GameCube hervor. Weitere Geheimnisse aus Kians Versteck.

»Was ist das?«, fragt Xenia verwirrt.

»Ein Prepaid-Phone. Es gehörte Kian«, stelle ich klar.

»Glaubt ihr, damit hat er TR kontaktiert?« Xenias Augen weiten sich. »Wenn ja, müsste der in den Kontakten zu finden sein.«

Wir alle starren auf das Gerät in meiner Hand, und mit einem Mal fühlt es sich fast zehn Kilo schwerer an. Ich lege es vorsichtig zwischen uns ab und stütze mich nachdenklich mit dem Kinn auf der Handfläche ab. Ich will gerade den Mund aufmachen und fragen, ob wir das das Telefon anschalten sollten, als plötzlich ein lautes Vibrieren ertönt. Ich zucke zusammen und schaue mich um, doch Yves zieht lediglich sein eigenes Smartphone hervor. Insgeheim würde ich es ihm am liebsten aus der Hand schlagen, weil wir gerade viel Wichtigeres zu tun haben. Nachdem er seinen Bildschirm entsperrt hat, sacken seine Mundwinkel nach unten, und ein panischer Ausdruck flackert über sein Gesicht.

»Was ist los?«, frage ich sofort. Könnte es Brandon sein, der ihn kontaktiert hat? Oder jemand anderes, der uns auf die Schliche gekommen ist?

Mein Gehirn spinnt Horrorszenarien, die unweigerlich damit enden, dass wir alle im Knast enden oder von einem Drogenbaron verfolgt werden. Ich habe mir früher immer mehr Aufregung in meinem Leben gewünscht. Jetzt, wo all diese Wünsche zur grausigen Realität geworden sind, möchte ich nichts lieber, als zu meiner langweiligen Normalität zurückzukehren.

»Es ist eine weitere Nachricht von der unbekannten Nummer«, flüstert Yves schließlich. Sofort sind all meine Nervenenden wie elektrisiert. Ich kann gar nicht schnell genug mein eigenes Smartphone aus der Hosentasche hervorziehen. Meine Finger zittern verräterisch, während ich es entsperre. Ich überlege nicht lange, sondern klicke direkt auf die Benachrichtigung.

Anonym: *»Genießt ihr eure letzten Stunden in Freiheit?«*

Ein frustriertes Stöhnen entweicht meinem Mund, bevor ich das Handy ausschalte und achtlos auf den Boden werfe. Direkt neben die Mindmap.

Mein Blick gleitet über die verschiedenen Namen, und automatisch beginnen sich die Rädchen in meinem Kopf zu bewegen. Wer ist der Versender der Nachrichten? Ist es jemand von unserer Verdächtigen-Liste oder jemand gänzlich anderes? Wer hätte Zugriff auf all unsere Nummern und die Möglichkeit, uns zu kontaktieren? Und vor allen Dingen: Welchen Zweck verfolgt der Fremde mit diesen Nachrichten?

»Ich kann das nicht mehr, ich habe solche Angst«, meint Xenia plötzlich. Sie vergräbt das Gesicht in ihren Händen. Ihre Schultern zucken verräterisch, und ein leises Schluchzen dringt zu mir herüber. Ich streiche ihr sanft über den Arm. »Ich will, dass die Wahrheit endlich ans Licht kommt und das hier vorbei ist. Damit alles wird wie früher.«

»Das wollen wir alle«, flüstere ich und greife nach ihrer Hand. »Deshalb müssen wir herausfinden, wer für das ganze Chaos verantwortlich ist.«

Xenia schnieft ein letztes Mal, bevor sie mich aus tränenverhangenen Augen anschaut und nickt. Sie wirkt gebrochen und kaputt, aber sie ist genauso wenig wie ich bereit aufzugeben. Wir müssen nur zuversichtlich sein.

»Habt ihr eine Vermutung, wer hinter den Nachrichten stecken könnte?«, frage ich, nachdem endlich wieder Ruhe einkehrt. Der heutige Tag hat meine Nerven und mein Durchhaltevermögen auf eine harte Probe gestellt, aber ich bin noch nicht bereit, mich geschlagen zu geben.

»Ich tippe auf Brandon. Er hat durch Kian leichten Zugriff auf unsere Telefonnummern und hat es ohnehin auf uns abgesehen. Diese kryptischen Drohungen würden zu allem passen, was wir bisher über ihn wissen. Vielleicht will er den Verdacht dadurch von sich weglenken und seine eigene Tat vertuschen.« Yves' Stimme klingt selbstsicher, und ich stimme ihm insgeheim zu. Haben wir unseren Schuldigen etwa schon gefunden?

Vielleicht hegt er aber auch gerade nur einen starken Hass auf ihn, weil er ihm eine verdammte Pistole gegen die Stirn gehalten hat. Ich würde es ihm nicht verübeln, wenn er den Kerl deswegen für den Rest seines Lebens verabscheut.

»Es könnte aber auch Olivia sein. Sie besitzt all unsere Nummern und ist genauso in Kians Leben verwickelt gewesen wie wir alle. Nicht zu vergessen, dass sie uns ebenfalls die Schuld gibt für das, was passiert ist. Und wer weiß? Vielleicht macht sie auch mit Brandon gemeinsame Sache. Es muss ja nicht zwangsweise nur einen Täter gegeben haben«, wirft Xenia in den Raum. Widerwillig muss ich ihr ebenfalls recht geben. Olivia hätte definitiv gute Gründe, uns zu bedrohen. Die Frage ist nur, ob sie wirklich am anderen Ende der Nachrichten sitzt.

»Das ist zum Verrücktwerden«, murmelt Xenia schließlich.

»Ich glaube, für heute reicht es«, gestehe ich mir ein und streiche meine Haare zurück, die mir völlig wirr in der Stirn hängen. »Wir sollten nach Hause gehen und ein bisschen Kraft tanken.«

Vielleicht werden Yves und ich in den nächsten Stunden wegen unseres Einbruchs verhaftet. Vielleicht wird der wahre Mörder gefasst. Vielleicht haben wir Glück und werden entlastet. Vielleicht …

»Ich werde das vorsichtshalber mitnehmen«, stelle ich klar und deute mit dem Zeigefinger auf das Prepaid-Phone.

»Solange du nichts löschst oder irgendjemanden in Kians Namen kontaktierst, geht das klar«, meint Yves bloß, und auch von Xenia kommen keine Einwände, weshalb ich das Gerät kurzerhand einstecke.

»Dann nehme ich die Waffe mit. Du solltest sie nicht länger mit dir herumtragen«, meint Xenia und greift kurzerhand nach der Pistole. Keiner erhebt Einspruch. Ehrlich gesagt bin ich sogar froh darüber, das teuflische Ding endlich los zu sein. Xenia wird sie gut aufbewahren, da bin ich mir sicher.

Ich versuche, meiner Freundin ein aufmunterndes Lächeln zu schenken, aber sie wirkt ebenfalls wie erschlagen von den heutigen Ereignissen. In mir macht sich die Befürchtung breit, dass sie all die grauenhaften Geschehnisse der letzten Wochen nicht einfach so wegstecken wird. Sie wünscht sich genauso wie ich nichts sehnlicher als Normalität.

»Egal was passiert, zwischen uns wird sich nichts ändern. Wir werden immer Freunde sein und zueinanderstehen«, verkünde ich und drücke ihre Hand, was Xenia tatsächlich ein Zucken ihres Mundwinkels entlockt.

Was mache ich mir vor? Die letzten Wochen haben uns bereits so sehr verändert, dass ich uns kaum wiedererkenne. Und ich befürchte, dass die Ereignisse, die uns noch bevorstehen, uns zu gänzlich neuen Menschen machen werden.

20:34 Uhr

Endlich kann ich die Zimmertür hinter mir schließen. Nachdem sich Xenias, Yves' und meine Wege getrennt haben, bin ich direkt nach Hause gegangen. In meiner Handtasche befinden sich Kians Telefon, die Liste und das Polaroidfoto, auf dem ich zu sehen bin. Der heutige Tag war verrückt …

Zuerst Kians Beerdigung, dann der zunächst misslungene und später doch irgendwie geglückte Einbruch und schließlich die ganzen Offenbarungen im Comicladen. Nie im Leben hätte ich gedacht, dass wir alle so viel voreinander geheim gehalten haben. Jeder besitzt dunkle Flecken auf der Seele und trägt sein eigenes Päckchen durch die Gegend.

Mir wird das alles erst in diesem Moment der Ruhe bewusst. Nachdem ich zu Hause angekommen bin, habe ich mich nur kurz mit meinen Eltern unterhalten und ihnen gesagt, dass ich ein bisschen Zeit für mich brauche. Mom knirschte daraufhin lautstark mit den Zähnen, aber Dad drückte mir nur einen Kuss auf den Scheitel und nahm mich kurz in die Arme. Ich spüre die Überbleibsel seiner warmen Umarmung immer noch auf meiner Haut.

Jetzt stehe ich hier in meinem Zimmer und weiß nicht, wohin mit mir. Unschlüssig lege ich die Handtasche auf meinem

Bett ab, bevor ich mich aus dem schwarzen Kleid schäle. Der Moment, in dem der Stoff sich von meiner Haut löst, ist absolut befreiend. Ich atme auf, während ich das Kleid in eine Zimmerecke schmeiße. Möglichst weit weg von mir.

Danach krame ich aus meinem Schrank den flauschigsten Pyjama, den ich finden kann, bevor ich ins Bad verschwinde und mich schnell unter die Dusche stelle. Ich will gar nicht zu viel Zeit verplempern, deswegen warte ich nicht einmal ab, bis sich das Wasser richtig erhitzt hat. Die noch kalte Flüssigkeit perlt auf meiner Haut ab und bohrt sich wie Tausende kleine Nadelstiche in mein Fleisch. Ich unterdrücke gerade noch einen spitzen Aufschrei und beeile mich mit dem Abduschen so sehr, dass ich bereits fertig bin, als das Wasser endlich heiß wird. Ich hasse die alten Leitungen in diesem Haus.

Schnell drehe ich das Wasser ab, bevor ich mich in ein weiches Frotteehandtuch wickle und aus der Kabine trete. Direkt auf der anderen Seite des Raumes befindet sich eine riesige Spiegelwand oberhalb der Waschbecken. Sobald mein Blick auf mein eigenes Gesicht fällt, schrecke ich zurück.

Verdammt, ich sehe furchtbar aus.

Meine Augen wirken rot und verquollen. Die Überreste meiner eigentlich wasserfesten Mascara haben sich um meine Lider verteilt, sodass ich einem Panda Konkurrenz machen könnte. Abgesehen davon bin ich so blass, dass ich auch als Geist durchgehen könnte.

Ich schenke meinem zerstörten Ich ein kleines Lächeln im Spiegel, bevor ich zu meiner Kosmetiktasche greife und mein Abschminkzeug zutage fördere. Mit Gesichtstüchern und Wattepads bewaffnet sage ich den Panda-Augen den Kampf an und schrubbe so lange, bis nicht einmal mehr ein Schatten der verlaufenen Tusche auf meiner Haut zurückbleibt. Mit jedem verbrauchten Tuch und jeder Schicht Make-up, die ich abtrage, fühle ich mich ein wenig besser. Als würde ich die wahre Brianna offenlegen und endlich die Maske abstreifen, die ich den ganzen Tag über aufrechterhalten musste. Die Anstrengungen des Tages weichen Stück für Stück von mir, trotzdem dauert es eine halbe Ewigkeit, bis ich fertig bin. Danach ist meine Haut ein wenig gerötet, aber ich sehe endlich wieder mehr aus wie ich selbst.

Mit ein paar pflegenden Cremes, die nach Lavendel duften, tue ich meiner Haut noch etwas Gutes, bevor ich das Handtuch ablege und endlich in meinen weichen Pyjama schlüpfe. Der Stoff fühlt sich wie die Umarmung einer Wolke an. Ich seufze leise auf und greife nach zwei Zopfgummis, um mir einen chaotischen Dutt zu binden. Hauptsache, die Haare sind aus dem Weg.

Erst dann kehre ich zurück in mein Zimmer. Ich fühle mich wie ein neuer Mensch, nicht mehr wie die Person, die vor etwa einer Stunde im schwarzen Kleid durch diese Tür getreten ist. Wie viel ein bisschen Ablenkung und Self-Care ausmachen können.

Ich werfe einen Blick auf meinen Wecker. Es ist gerade einmal zehn, aber heute werde ich garantiert nichts Produktives mehr erledigen, deshalb verkrieche ich mich kurzerhand ins Bett. Für einen Augenblick genieße ich das angenehme Gewicht der Decke auf mir, die mich in Geborgenheit hüllt. Das Kopfkissen riecht nach dem Weichspüler, den meine Mutter schon immer benutzt, und allein dieser Duft erdet mich so sehr, dass ich mich tiefer in die Laken kuschele.

Am liebsten würde ich jetzt schon die Augen schließen und versuchen zu schlafen, aber da macht mein Gehirn nicht mit. Ich bin kein Stückchen müde. Abgekämpft und aufgewühlt, ja. Aber nicht müde.

Zudem wohnt in meinem Inneren eine ganz neue Art der

Angst. Bei jedem kleinen Geräusch, das ich irgendwo aus dem Haus vernehme, zucke ich zusammen. Jedes Mal stelle ich mir vor, wie Polizisten in unsere vier Wände eindringen und mich verhaften wollen, wegen des Einbruchs. Aber es geschieht nichts.

Hat Brandon beschlossen, uns nicht zu verpfeifen? Er hätte längst die Beamten einschalten können. Was hindert ihn daran? Verbirgt er noch mehr, als wir glauben? Könnte er wirklich selbst seinen Bruder auf dem Gewissen haben? Oder fehlen ihm die Beweise, um uns zu überführen?

Um mich von den nagenden Fragen abzulenken, greife ich kurzerhand ans Bettende, wo immer noch meine Tasche ruht. Ich greife hinein und hole mein eigenes Smartphone und das Prepaid-Phone von Kian heraus.

Beim Anblick des altmodischen Geräts werde ich ganz wehmütig. Es verkörpert einfach alles, was Kian vor mir und seinen engsten Freunden geheim gehalten hat. Ich habe das Gefühl, im Leben eines Fremden herumzuschnüffeln.

Mit einem Seufzen lange ich noch mal in die Tasche und ziehe das Polaroidbild hervor. Mich selbst in dieser unnatürlichen Pose zu sehen, völlig bewusstlos, verursacht mir trotz der warmen Decke Gänsehaut. Ich kann nicht begreifen, weshalb Kian dieses Foto geschossen hat. War er so sehr in diesem ganzen Machtspiel mit den Drogen gefangen, dass er keine menschenwürdigen Entscheidungen mehr treffen konnte?

Allein die Vorstellung, dass Kian einen ganzen Stapel dieser Bilder besessen hat, verursacht mir Kopfschmerzen. Mein Herz versucht sich gegen diese furchtbare Wahrheit zu wehren, es weigert sich, sie zu akzeptieren. Mein Verstand hat es allerdings längst begriffen. Kian war gefährlich und unberechenbar. Selbst wenn das keiner von uns wahrhaben wollte. Ich am allerwenigsten.

Umso wichtiger ist es herauszufinden, was noch alles hinter seiner Fassade steckte. Wem er noch geschadet hat und wer ihm vielleicht genau deswegen etwas antun wollte. Und das gelingt uns nur auf einem Weg …

Dieses Mal greife ich entschlossener zu dem kleinen Telefon. Ich klappe es auf und drücke lange auf die Taste mit dem roten Hörer. Erst jetzt kommt mir der Gedanke in den Sinn, dass der Akku vielleicht leer sein könnte. Dann wäre dieses Unterfangen sowieso sinnlos.

Zum Glück leuchtet nach ein paar Sekunden das Display auf und zeigt das Logo der Herstellermarke an. Kurz darauf gelange ich auf den Home-Bildschirm. Mein Blick wandert sofort zu der oben rechts abgebildeten Anzeige des Akkus. Puh, er ist noch zur Hälfte geladen. Das heißt, er könnte noch eine ganze Weile halten. Trotzdem sollte ich keine Zeit verschwenden.

Ich klicke direkt auf das kleine Briefsymbol, um die Textnachrichten zu lesen, die Kian mit seinen Kunden ausgetauscht hat. Ein Passwort braucht es bei dem alten Ding zum Glück nicht. Es dauert tatsächlich über eine Minute, bis alles vollständig lädt. Ich beginne derweil, an meinen Fingernägeln zu knabbern. Eine Sache, die ich mir eigentlich schon vor Jahren abgewöhnt habe und die nur ans Tageslicht kommt, wenn ich wahnsinnig nervös bin.

Ich halte inne, als ich die Fülle an Nachrichten entdecke, die Kian verschickt und erhalten hat. Das sind bestimmt über fünfzig Chats! Wie zur Hölle konnte er ein normales Leben führen und gleichzeitig nebenbei so viele Kunden bedienen?

Ich beginne mich durch die ersten Chats zu klicken. Meist sind es Anfragen von Leuten, die eine Bestellung durchgegeben und keine Bestätigung von Kian erhalten haben. Irgendwann stoße ich auf jemanden, der lediglich *R.I.P.* gesendet hat. Sofort kriecht mir eine Eiseskälte in die Knochen, und ich drücke schnell auf die Pfeiltaste, durch die ich zurück auf die Chatübersicht gelange. Es sind so viele Nummern. Wie soll ich da irgendetwas Brauchbares finden?

Plötzlich kommt mir jedoch eine Idee. In dem Dokument, das ich auf Kians Computer gefunden habe, war doch eine Nummer angegeben. Vielleicht habe ich Glück, und es handelt sich tatsächlich um die Telefondaten von seinem ehemaligen Dealer. Nach einem Blick auf die Liste versuche ich mir die Nummer einzuprägen und scrolle wieder durch die Chatliste auf Kians Wegwerftelefon. Bei einer ganz bestimmten Zahlenkombination halte ich inne. Ich hätte damit rechnen müssen, dennoch rieselt ein Schauder meine Wirbelsäule hinab, sobald ich Xenias Nummer mitten in dieser Liste entdecke. Die Versuchung, auf den Chat zu klicken, ist verdammt groß. Trotzdem halte ich inne. Xenia hat uns bereits erzählt, womit sie zu kämpfen und dass Kian sie regelmäßig mit Stoff versorgt hat. Dieser Chat wird vermutlich genauso aussehen wie fast jeder andere in dieser Liste. Eine kurze Bestellung eines Kunden, in der die genauen Mengen und die Inhalte stehen, die gebraucht werden, und ein kurzes Okay von Kian, der Zeit und Ort der Übergabe vereinbart.

Deshalb überspringe ich Xenias Chat entschieden und scrolle weiter. Ich muss nicht lange weitersuchen. Da ist die Nummer, nach der ich Ausschau gehalten habe. TR. Endlich!

Ich öffne die Konversation, und sofort fällt mir auf, wann die letzten Nachrichten gesendet wurden. Am Freitag, dem zwölften April um zehn Uhr abends. Die Nacht vor Kians Verschwinden. Vor seinem Tod.

Kian: *»Ich brauche neuen Stoff. Valium, Ritalin, Weed und ein bisschen Rohypnol. Übernächstes Wochenende steigt eine Party, und ich will gut ausgestattet sein. Du weißt ja, wie das ist.«*

TR: *»Kriegst du. Treffpunkt wie immer, hinter dem Skaterpark?«*

Kian: *»Nah, ich bin morgen nicht in der Stadt. Kannst du zum Campingplatz kommen?«*

TR: *»Dein scheiß Ernst!? Weißt du, wie weit das von meiner Route entfernt ist?«*

Kian: *»Es sind nur ein paar Meilen. Komm schon, Mann. Ich brauche das Zeug …«*

TR: *»Vergiss es.«*

Kian: *»Ich könnte uns beiden bestimmt ein paar Hunderter einbringen. Willst du das wirklich wegschmeißen, nur weil du zu faul bist, ein paar Meilen mehr zu fahren?«*

TR: *»Du bist ein Drecksack, Lewis.«*

Kian: *»Also bist du dabei, Ray?«*

TR: *»Morgen. Um Mitternacht. Am Campingplatz. Wenn du mich verarschst, bist du erledigt.«*

Ich lasse das Smartphone so schnell los, als hätte ich mich an der Hülle verbrannt. Meine Finger verkrampfen sich, und ich kralle mich an der Decke fest. Während mein Körper in eine Starre verfällt und ich mich nicht bewegen kann, rasen meine Gedanken.

Kian hat eine verdammte Drogenübergabe während unseres Campingtrips geplant. Nutzte er auch unseren Streit dazu, um sich davonzuschleichen, damit er den Deal abschließen konnte? Ich fasse es nicht! Kam es zu einer Auseinandersetzung mit seinem Dealer? Die beiden scheinen zumindest kein rosiges Verhältnis gehabt zu haben, wenn sie sich selbst in Textnachrichten beleidigen und bedrohen.

Außerdem hat Kian den Typen mit »Ray« angesprochen, nachdem dieser ihn »Lewis« genannt hat. Könnte Ray dementsprechend der Nachname des Dealers sein? Das würde auch zu seinem Kürzel passen … TR.

Meine Schläfen beginnen zu stechen, und ich spüre, wie sich eine Migräneattacke anbahnt. Die letzte hatte ich vergangenes Jahr während einer sehr stressigen Klausurenphase. Allein das führt mir vor Augen, wie sehr mich die Situation momentan belastet. Mein Körper sendet mir die ersten Warnsignale, und wenn ich diese nicht ernst nehme, könnte es mich in ein paar Tagen komplett ausknocken.

Trotzdem greife ich noch mal nach dem Telefon, um durch den Chat zu scrollen. Allerdings finde ich keine neuen Hinweise auf TR. Gerade will ich das Gerät ausmachen, um Akku zu sparen, als es in meiner Hand anfängt zu vibrieren.

Im ersten Moment begreife ich gar nicht, was passiert. Es vibriert ein weiteres Mal und dann noch ein paar Mal in regelmäßigen Abständen. Auf dem Display leuchtet eben jene Nummer auf, die sich inzwischen in mein Gehirn tätowiert hat.

TR.

Ich sollte es nicht tun. Ich sollte den Anruf ignorieren. Aber ich kann einfach nicht. Blitzschnell packe ich mein eigenes Telefon, öffne die Memo-App und starte eine Tonaufnahme, bevor ich den grünen Hörer anklicke. Ich presse das Mikro meines eigenen Smartphones gegen den Lautsprecher von Kians Telefon, während ich gleichzeitig mein Ohr daneben positioniere. Das Herz schlägt mir bis zum Hals, und ich wage es nicht, auch nur zu atmen, um kein Geräusch von mir zu geben. Die Stille in der Leitung ist so laut, dass sie mir in den Ohren schmerzt.

Komm schon, sag etwas! Verrate dich selbst!

Es dauert fast eine Minute, bis TR sein Schweigen bricht. Eine Minute, die sich so anfühlt, als würde ich durch flüssigen Beton waten müssen. Die Zeit scheint zäher zu werden und erstarrt langsam.

Endlich beginnt der Fremde zu sprechen, und ich bemerke

sofort, wie rau seine Stimme klingt. Ich vermute, durch jahrelangen Zigaretten- und Alkoholkonsum.

»Wusste ich es doch.«

Dann ertönt nur noch ein Klicken, bevor die Leitung stirbt. Genauso wie der letzte Rest meines Mutes.

SONNTAG, 28. APRIL

8:05 Uhr

Ein dröhnendes Vibrieren reißt mich aus dem Schlaf. Es hört einfach nicht auf, und selbst, als ich mir das Kissen aufs Gesicht presse, kann ich es nicht ausblenden.

Mit einem Stöhnen kämpfe ich mich in eine aufrechte Position. Die Müdigkeit fesselt mich weiterhin ans Bett, und ich schaffe es nicht einmal, meine Lider offen zu halten. Wer auch immer es wagt, mich um diese Uhrzeit am Sonntagmorgen mit Anrufen zu bombardieren, muss lebensmüde sein.

Nachdem ich einen Blick auf mein Smartphone-Display werfe, werde ich jedoch schlagartig wach. Eine unbekannte Nummer. Ist es die gleiche, über die uns die Drohnachrichten geschickt werden? Ich kann es auf den ersten Blick nicht erkennen.

Trotzdem nehme ich den Anruf an. Immerhin bin ich schon mal wach und kann jetzt genauso gut den Grund dafür erfahren.

»Hallo?«, grummele ich ins Mikrofon.

»Bri! Zum Glück gehst du ran!« Yves' Stimme dröhnt mir ins Ohr. Er spricht viel zu laut und zu hektisch.

»Yves? Warum rufst du von einer fremden Nummer an?«, nuschle ich.

»Ich bin auf der Polizeistation, weil ich heute Morgen festgenommen wurde. Ich brauche einen Anwalt, Bri.« Seine Worte benötigen einen Moment, bis sie vollständig in mein Bewusstsein sacken. Nach einer Sekunde trifft mich der Schock mit voller Wucht.

»Was?«, schreie ich. »Du wurdest verhaftet?«

»Das habe ich doch gerade gesagt!« Er atmet immer schneller, hoffentlich hyperventiliert er nicht. Ich muss ihn irgendwie beruhigen, auch wenn mein eigener Kopf jeden Moment zu platzen droht.

»Ich schicke dir unseren Anwalt, Yves. Wir werden uns um alles kümmern, du musst dir keine Sorgen machen. Wir holen dich da raus«, versichere ich ihm, obwohl ich keine Ahnung habe, ob ich dieses Versprechen halten kann. »Rede bis dahin mit keinem. Sag kein Wort. Nichts. Hast du verstanden?«

»Ja, ja ich habe verstanden«, kommt es sofort zurück. Ich atme tief durch. Okay, die Situation ist mehr als verzwickt, aber nicht unmöglich zu lösen. Allerdings brauche ich mehr Informationen.

»Was ist denn passiert?«, hake ich nach.

»Ich habe heute Morgen ganz normal meine Schicht im Comicladen begonnen. Dann ging die Tür auf, und diese zwei Polizisten kamen rein. Einer davon war natürlich Officer Hall.«

Am liebsten hätte ich bei diesem Satz etwas zerschlagen. Dieser verdammte Cop! Wieso macht er uns das Leben so schwer?

»Er sagte: ›Mr Belrose, Sie sind hiermit wegen Einbruchs festgenommen. Zudem besteht gegen Sie nun erhärteter Mordverdacht im Fall Kian Lewis.‹ Sie haben mich umgedreht und mir Handschellen angelegt. Das kühle Metall war das Erste, was sich real angefühlt hat an dieser ganzen Situation.«

Ich schlage geschockt die Hand vor den Mund. Yves wurde wirklich verhaftet. Und ich noch nicht. Stehen die Cops gleich bei mir vor der Tür?

»Ich habe die ganze Zeit gesagt, dass ich Kian nicht getötet habe. Und dass die Sache mit dem Einbruch bloß ein Missverständnis ist und ich alles erklären kann. Aber das war ihnen egal. Sie haben mich trotzdem mitgenommen«, flüstert er nur noch.

»Wir kriegen das wieder hin, Yves. Vertrau mir«, entgegne ich, während ich gegen meine eigene Verzweiflung ankämpfe. In meinem Hals bildet sich ein gigantischer Kloß, der das Sprechen und Schlucken fast unmöglich macht.

»Kannst du mir noch einen Gefallen tun?«, fragt Yves leise.

»Natürlich«, presse ich schnell hervor.

»Sag bitte Xenia Bescheid. Ich will nicht, dass sie von irgendeinem Fremden davon erfährt. Da mir mein Handy abgenommen wurde, kann ich sie selbst nicht mehr erreichen.« Allein die Vorstellung von Xenias entsetzter Miene, wenn sie von der Festnahme ihres besten Freundes erfährt … Mir dreht sich direkt der Magen um. Dennoch muss sie es wissen.

»Keine Sorge, ich kümmere mich drum. Pass auf dich auf und halte durch, Yves«, beschwöre ich ihn. Hilfe ist unterwegs.

»Danke, ich gebe mein Bestes«, antwortet er noch schnell, bevor ich eine weitere Stimme aus dem Hintergrund vernehme.

»Deine Sprechzeit ist rum«, teilt ihm ein Polizeibeamter kühl mit, woraufhin ich nur noch ein Klicken in der Leitung vernehme. Danach herrscht Stille.

Die Fragen in meinem Kopf werden unerträglich laut. Warum hat man Yves verhaftet und mich nicht? Ich bin schließlich auch ins Haus der Lewis' eingestiegen. Was geht hier vor sich?

Ich bete innerlich, dass ich mein Versprechen halten und Yves aus dieser misslichen Lage rausboxen kann. Ein bisschen göttliche Unterstützung hat immerhin noch nie geschadet.

»Rettung ist unterwegs«, flüstere ich ins längst verstummte Telefon hinein.

12:30 Uhr

Ich sitze nun schon seit vier Stunden vor dem Polizeipräsidium und warte. Und warte. Und warte. Auf ein Zeichen oder irgendeine Neuigkeit von Yves.

Nachdem er mich aus dem Bett geklingelt hat, haben Mom und Dad keine Sekunde gezögert und unseren Anwalt kontaktiert. Sie meinten, ich solle mir keine Sorgen machen und mich beruhigen. Ich habe es versucht, wirklich. Aber die Angst hat sich trotzdem in mein Herz geschlichen und mich nicht in Ruhe gelassen. Erst, als ich hierhergejoggt bin, habe ich so etwas wie Beruhigung gespürt. Das Laufen, der gleichmäßige Rhythmus und die schwere Atmung haben mir etwas zu tun gegeben. Ich hatte das Gefühl, nicht mehr nur tatenlos herumzusitzen. Zumindest bis ich hier ankam und nichts anderes mehr tun konnte, als zu warten.

Plötzlich vibriert mein Smartphone in der Hosentasche, und am liebsten hätte ich deswegen begeistert aufgeschrien. Alles, was mich ablenkt, ist gerade ein wahrer Segen. Ich ziehe das Handy so hastig hervor, dass es mir beinahe aus den Händen fällt, und entsperre es sofort.

Xenia: *»WAS?! Ich bin in zehn Minuten da!«*

Na endlich! Ich habe ihr direkt heute Morgen geschrieben, was geschehen ist, aber sie ist stundenlang nicht online gewesen. Inzwischen ist es schon Mittag. Hat sie etwa so lange geschlafen?

Mein Gedanken beginnen sich sofort zu drehen. Hat Xenia einfach nur Ruhe gebraucht oder hat sie sich nach dem gestrigen Tag wieder etwas eingeworfen? Und wenn ja, wie viel?

Ich beginne an meinem Daumennagel zu kauen. Irgendwie kann ich mich immer noch nicht mit der Vorstellung von Xenia als Drogensüchtige anfreunden. Wie ist es ihr gelungen, das alles vor mir und Yves geheim zu halten? Wie lange geht das schon? Wann hat sie damit angefangen? Und vor allen Dingen: Wie kann ich ihr helfen, ohne dass sie mich von sich stößt? Wenn dieser ganze Wahnsinn überstanden ist, werde ich mit ihr gemeinsam einen Therapeuten oder Arzt für sie suchen.

Gestern schien Xenia den Drogenmissbrauch ehrlich zu bereuen, doch die Verzweiflung, die sie nach unserem Treffen ausgestrahlt hat, war zu groß. Sie hat davon gesprochen, keine andere Lösung zu kennen für ihr Problem. Ist sie überhaupt bereit, sich helfen zu lassen? Diese Frage kann nur sie allein beantworten …

***

Ich versinke völlig in meinem Gedankensumpf, und vor lauter Grübeln bemerke ich gar nicht, wie die Zeit vergeht. Erst als neben mir etwas scheppernd zu Boden fällt, schrecke ich auf. Vor mir steht eine völlig atemlose Xenia, die soeben ihr Fahrrad achtlos fallen gelassen hat. In ihren Augen brodelt ein Sturm aus Verwirrung und Furcht. Sie atmet schwer und muss mehrmals tief Luft holen, bevor sie überhaupt sprechen kann. Mit zittrigen Händen richtet sie ihre Umhängetasche auf der Schulter.

Ich stehe auf und nehme sie in den Arm. Sie bebt, und ihre Haut ist von einem dünnen Schweißfilm überzogen, aber das stört mich nicht weiter. Xenia zieht mich enger an sich und vergräbt ihren Kopf in meiner Schulterbeuge, während ich ihr mit der Hand über den Rücken streiche. Mein eigenes Herz wummert viel zu laut und sendet ein pulsierendes Echo durch meine Arme und Beine, weil ich Xenias Schmerz, ihr Entsetzen und ihre Angst so mitfühlen kann.

Wir lösen uns erst nach einigen Minuten voneinander, als sie wieder in regelmäßigen Zügen atmen kann. Vorsichtig schiebt sie mich fort und wischt sich über die Wangen, um ein paar Tränen zu trocknen.

»Was ist überhaupt passiert?«, fragt sie. Eigentlich hatte ich Xenia schon in meiner Textnachricht alles erzählt, was ich weiß, aber wahrscheinlich muss sie es noch einmal aus meinem Mund hören. Ich lasse mich auf der Bank nieder, wo ich bereits die letzten Stunden verbracht habe. Von hier aus hat man den perfekten Blick auf den Ein- und Ausgang des Polizeipräsidiums. Xenia lässt sich zögerlich neben mir nieder.

»Yves hat mich heute Morgen um acht Uhr aus dem Bett geklingelt, weil er einen Anwalt brauchte. Er wurde vorläufig festgenommen wegen des Einbruchs bei den Lewis. Ich glaube, dass Brandon ihn angezeigt hat. Mehr weiß ich leider selbst nicht«, gebe ich zu.

Plötzlich weicht jegliche Farbe aus Xenias Gesicht, und sie schaut ertappt zu Boden. Oh nein … Ich kenne diesen Ausdruck noch von früher, als wir klein waren. Sie verschweigt mir etwas.

»Wenn du etwas weißt, dann sag es mir jetzt. Keine Geheimnisse mehr, Xenia«, bitte ich sie. Schließlich haben wir ja gesehen, wohin uns diese ganze Geheimniskrämerei geführt hat! Meine beste Freundin scheint kurz mit sich selbst zu ringen, bevor sie ihr Smartphone hervorzieht und die Messenger-App öffnet. Wortlos reicht sie mir das Gerät. Auf dem Display ist der Chatverlauf mit einer unbekannten Nummer zu sehen, trotzdem erkenne ich recht schnell, dass es sich um Brandon handeln muss.

Ich schlucke schwer und lese die oberste Nachricht. Sie stammt von heute Morgen. Und es war nicht Xenia, die eine Unterhaltung mit Brandon begonnen hat, sondern er selbst.

Brandon: *»Ihr könnt froh sein, dass es nur einen von euch getroffen hat. Sieh es als Dank an, weil du so eine treue Kundin bist. Das nächste Mal kostet es extra. Außerdem habe ich jetzt etwas gegen euch in der Hand. Also: keine dummen Aktionen mehr.«*

Eine Antwort hat Xenia erst einige Stunden später geschickt.

Xenia: *»Wovon redest du?«*

Das war alles, es kam keine Reaktion mehr. Ich reiche das Smartphone zurück an Xenia. Im ersten Moment wirkt Brandons Nachricht völlig kontextlos und kryptisch, doch wenn man weiß, worum es geht …

»Er hat mich geschützt und Yves verpfiffen«, bringe ich es auf den Punkt. »Weil du zu seiner Kundschaft gehörst und er dich nicht vergraulen will. Und weil er auf diese Weise etwas gegen uns in der Hand hat. Er könnte mich jederzeit ebenfalls anzeigen, wenn er will.«

Meine Freundin bringt nur ein Nicken zustande, bevor sich wieder Tränen in ihren Augen sammeln. Sie blinzelt heftig, und ihre Unterlippe bebt. Deswegen zögere ich nicht, nach ihrer Hand zu greifen und ihr fest in die Augen zu sehen. »Es wird alles gut. Yves hat den besten Anwalt der Stadt an seiner Seite. Ich verspreche es dir«, sage ich mit so fester Stimme wie möglich.

Xenia erwidert nichts, sondern drückt meine Hand fester. Hoffentlich kann ich mein Versprechen halten.

***

Es dauert noch eine weitere Stunde, bis sich endlich die Türen der Polizeiwache öffnen und Yves neben unserem Familienanwalt das Gebäude verlässt. Er sieht völlig fertig aus, tiefe Ringe haben sich unter seinen Augen gebildet, und sein Gang wirkt vor Anspannung ganz steif. Das hält Xenia allerdings nicht davon ab, aufzuspringen und den beiden entgegenzulaufen.

Yves scheint uns erst zu bemerken, als wir nur noch wenige Meter von ihm entfernt sind. Sein Blick wandert sofort zu Xenia, und er ringt sich nur für sie ein müdes Lächeln ab. Ohne ein Wort zu verlieren, schließen sich die beiden in die Arme. Sind einfach füreinander da, halten einander. Sie wirken wie ineinander verwachsen und weigern sich, den jeweils anderen gehen zu lassen. Mich beschleicht das leise Gefühl, dass sich irgendetwas zwischen den beiden verändert hat.

Ich lächele und wende mich Mr Barnes zu. Der Anwalt betrachtet die beiden ebenfalls.

»Vielen Dank für Ihre schnelle Hilfe«, sage ich und meine es völlig ernst. Ohne seine Unterstützung würde Yves immer noch von Polizeibeamten unter Beschuss genommen werden.

»Ich kann deiner Mutter eben keinen Wunsch ausschlagen. Außerdem hatte der Arme meine Hilfe bitter nötig. Die wollten ihn wider aller Gesetze bis zur Anhörung festhalten. Selbst bei einem konkreten Verdacht dürfte er als Minderjähriger nicht länger als vierundzwanzig Stunden in Gewahrsam genommen werden. Da die Anhörung frühestens in drei Tagen stattfinden kann, ist er bis dahin auf freiem Fuß. Es besteht zudem keine Fluchtgefahr bei Yves. Sollte es jedoch neue Erkenntnisse geben, kann die Polizei ihn jederzeit wieder einbestellen«, erklärt mir der Anwalt. Yves hat sich inzwischen zu uns gestellt und nickt.

»Bis auf eine Zeugenaussage von Brandon Lewis gab es keine Hinweise auf einen Einbruch. Die Alarmanlage und die

Kameras im Eingangsbereich wurden nicht ausgelöst, und auch ansonsten lagen keine konkreten Anzeichen für unerlaubtes Eindringen vor. Na ja, bis auf ein paar haltlose Indizien«, meint Yves nun. Ich runzele die Stirn, während ich selbst zu grübeln beginne.

Eigentlich hätte Brandon unseren Einbruch leicht nachweisen können, da wir einiges mitgehen lassen haben. Aber wenn er die Polizisten auf Kians Geheimversteck und damit auf den Drogenhandel und die anderen Machenschaften hingewiesen hätte, wäre das schlussendlich nur auf ihn selbst zurückgefallen. Früher oder später hätten sie herausgefunden, wie er in das Geschäft verwickelt ist, und damit wäre alles vorbei gewesen. Brandon konnte der Polizei also keine Beweise liefern, ohne sich selbst zu verraten.

Manchmal ist das Schicksal eben doch auf unserer Seite.

»Ich würde dir raten, mit niemandem weiter über die Sache zu reden. Und hier …« Mein Anwalt reicht Yves eine schlichte Visitenkarte mit seinen Kontaktdaten. »… du kannst mich über diese Nummer jederzeit erreichen.«

»Vielen, vielen Dank! Ohne Ihre Hilfe wäre ich verloren gewesen«, sagt Yves dankbar. Mr Barnes bietet ihm daraufhin einen Handschlag an, den er sofort erwidert.

»Jederzeit wieder. Ich lasse nicht zu, dass diese ignoranten Beamten unschuldige Jugendliche hinter Gitter sperren, während der wahre Mörder immer noch frei herumläuft. Ihr seid nicht auf euch allein gestellt, vergesst das nicht. Keiner von euch«, richtet der Anwalt seine Worte an uns alle.

Irgendwie ist es beruhigend, dass es Menschen gibt, die an unsere Unschuld glauben. Sonst hören wir überall nur Verdächtigungen, Vorwürfe und Gerüchte. Niemand hat seit Kians Tod uns gegenüber eine Beileidsbekundung in den Mund genommen.

Fast habe ich das Gefühl, gar nicht trauern zu dürfen, weil ich unter Verdacht stehe, meinen Ex-Freund ermordet zu haben. Niemand sieht in mir das Mädchen, dessen bester Freund getötet wurde. Ich muss stark sein, obwohl ich mich noch nie in meinem Leben so schwach gefühlt habe. Und das tut verdammt weh …

Doch zu wissen, dass ich Menschen wie Xenia, Yves oder Mr Barnes habe, die mich verstehen und versuchen, eine Stütze zu sein, macht es um einiges erträglicher. Niemand von ihnen kann mir den Schmerz nehmen oder die Narben auf meiner Seele verschwinden lassen. Aber sie können nachempfinden, was ich fühle.

»Passt auf euch auf«, meint Mr Barnes, bevor er sich verabschiedet und den Parkplatz ansteuert.

Wir schauen dem Anwalt noch lange hinterher, bis ich mich mit einem Seufzen zu Xenia und Yves umwende. Dabei entgeht mir natürlich nicht, wie eng sie beieinanderstehen. Obwohl ich mich wirklich für die beiden freue, spüre ich einen Stich in der Magengrube. Eifersucht. Vor gar nicht allzu langer Zeit waren Kian und ich genauso verliebt ineinander gewesen.

Allerdings will ich daran gerade nicht denken. Deshalb pflastere ich das breiteste Zahnpastalächeln auf meinen Mund und frage herausfordernd: »Und was machen wir jetzt?«

Überraschenderweise ist es Yves, der mir antwortet. Er reckt das Kinn und streckt den Rücken durch, bevor er mit herausforderndem Grinsen sagt: »Jetzt lassen wir einen Drogendealer auffliegen.«

18:47 Uhr

Es ist paradox. In einem Moment verspüre ich intensive Angst und würde mich am liebsten für immer in meinem Zimmer verkriechen, aber nur eine Sekunde später treibt mich mein innerer Tatendrang dazu, mich in die nächste gefährliche Situation zu stürzen.

Yves, Xenia und ich haben beschlossen, heute Abend den Skatepark aufzusuchen und auf gut Glück auf TR zu warten. Immerhin ist dies sein Stammplatz, wenn man den Nachrichten auf Kians Prepaid-Phone Glauben schenkt. Vielleicht kommen wir so dem Rätsel um Kians Mörder ein Stückchen näher.

Xenia war von der Idee zunächst nicht wirklich begeistert, hat aber letztlich eingesehen, dass wir nichts Verbotenes vorhaben und uns nicht strafbar machen, nur weil wir den Skatepark besuchen.

Ich musste den beiden zudem gestehen, dass der Dealer angerufen hat und ich seine Stimme gehört habe. Was er mit seinem Kommentar gemeint hat, konnten wir uns allerdings nicht zusammenreimen. Wieso hat er überhaupt angerufen? Wollte er prüfen, ob irgendjemand das Handy gefunden hat? Oder wollte er vielleicht sogar mit Brandon sprechen?

Was uns allerdings alle gleichermaßen schockt, ist die Tatsache, dass TR offenbar am Abend unseres Campingausflugs ein Treffen mit Kian vereinbart hatte. Während ich Yves und Xenia von dem Chat zwischen dem Dealer und Kian erzähle, verdüstern sich ihre Mienen. Sie befürchten anscheinend dasselbe wie ich. Im schlimmsten Falle lauern wir gerade einem Mörder auf. Davon dürfen wir uns jetzt nicht mehr aufhalten lassen …

Ich werfe Yves einen unauffälligen Seitenblick zu. Das Licht der Abendsonne tanzt über seine bronzefarbene Haut, und ein angespanntes Lächeln legt sich auf seine Lippen. Ganz offensichtlich versucht er sich nicht anmerken zu lassen, wie sehr ihn die Verhaftung geschockt hat. Dennoch bemerke ich das hastige Zucken seiner Pupillen und die Blicke, die er immer wieder über seine Schulter nach hinten wirft.

»Was meint ihr, wie lange es dauern wird, bis jemand auftaucht?«, frage ich leise.

»Ähm, also … ich glaube, die meisten Übergaben finden spätabends statt. Weil dann die meisten Jugendlichen unterwegs sind, ohne große Aufmerksamkeit zu erregen«, stottert Xenia vor sich hin. Ich hinterfrage dieses Wissen nicht und nehme es einfach hin. Außerdem sagt mir mein Bauchgefühl, dass sie aus eigener Erfahrung spricht.

»Also bleiben uns wahrscheinlich noch ein paar Stunden«, meine ich, während ich weiter stur nach vorne schaue, um den Anblick von Yves und Xenia zu meiden.

Insgeheim frage ich mich, was wir tun werden, wenn TR nicht auftaucht. Kommen wir dann morgen wieder? Oder übermorgen? Lauern wir ihm so lange auf, bis wir ihn endlich überführen können?

Schweigend setzen wir unseren Weg fort, bis endlich das Eingangstor des Skateparks in Sicht kommt. Ich habe mich hier nie gerne aufgehalten, und die Gelegenheiten, zu denen ich hergekommen bin, kann ich an einer Hand abzählen. Irgendwie wird der Ort von einer düsteren Aura umgeben. Es gibt unzählige Berichte über zwielichtige Vorfälle. Fast einmal pro Monat wird hier jemand zusammengeschlagen oder abgestochen oder, oder, oder …

Langsam, aber sicher kämpft sich die Angst zurück an die Oberfläche, und ich versuche, sie mit aller Macht zurückzudrängen. Ich balle die Hände zu Fäusten. Der Schmerz, als sich meine Fingernägel in meine Handballen bohren, bringt mich zumindest kurzzeitig zur Besinnung. Wir ziehen das hier durch. Gemeinsam.

Ich schließe kurz die Augen und atme tief durch. Sauerstoff

strömt in meine Lungenflügel. Einen Moment lang rückt alles andere in den Hintergrund.

Sobald ich endlich wieder Herrin meiner Sinne bin, erkenne ich, dass wir uns inzwischen direkt vor dem Eingang zum Skatepark befinden, der aus einem Loch in einem rostigen Maschendrahtzaun besteht. Darüber ist ein Brett angebracht, das jemand mit sehr mittelmäßigen Graffiti-Künsten beschriftet hat: *Skatepark – Betreten auf eigene Gefahr.*

Ich schlucke schwer und muss mich regelrecht überwinden, um mich durch den Zaun zu quälen. Das Loch ist etwa zwei Meter breit und hoch, sodass man sich nicht einmal bücken muss, um hindurchzupassen. Trotzdem beschleicht mich das Gefühl, gerade etwas Illegales zu tun. Den anderen scheint es genauso zu gehen, denn sowohl Xenia als auch Yves verziehen das Gesicht.

Vielleicht war es doch nicht so eine gute Idee herzukommen. Ich will gerade den Mund öffnen und meine Zweifel teilen, als Yves das Wort ergreift: »Kommt, wir sehen uns erst einmal um und verschaffen uns einen Überblick.«

Er übernimmt kurzerhand die Führung und schreitet voran. Xenia und ich werfen uns einen skeptischen Blick zu, bevor wir ihm folgen. Der Skatepark liegt im Industriegebiet von Fircreek. Dementsprechend wird die Umgebung zum Großteil durch gigantische, bauklotzartige Gebäude bestimmt. Das Gelände des Parks liegt in einer Art Sackgasse, die von drei Seiten nicht nur umzäunt, sondern auch eingemauert ist. An den grauen Fassaden einer leer stehenden Fabrik prangt ein Graffito neben dem nächsten. Die leuchtend grelle Sprühfarbe verleiht dem Ort einen giftigen Glanz.

Es dauert eine Weile, bis ich den Blick von den immer wieder übereinandergeschichteten Kunstwerken zu den Rampen und Hindernissen lenken kann. Nicht weit von mir entfernt stehen große Rampen mit einer fast senkrechten Neigung, von denen sich einige wagemutige Skater in die Tiefe stürzen. Ihre Schreie sind über das ganze Gelände zu hören. Neben den Rampen sind in regelmäßigen Abständen Betonecken und Geländer für Tricks aufgestellt, die zurzeit von ein paar anderen Jugendlichen genutzt werden.

Ich schlucke schwer, während ich mich an meinen ersten abendlichen Besuch im Skatepark zurückerinnere. Es ist höchstens ein Jahr her. Vorher hatte ich mich schon mehrmals mit Kian hier getroffen, aber immer gegen Mittag, wenn kaum jemand hier und es zudem taghell war. Mein Freund hat mir alles gezeigt und mir sogar einige Tricks auf seinem Skateboard beigebracht. Er hat sich, im Gegensatz zu mir, sehr gerne hier aufgehalten.

Aber alles änderte sich, als Kian mich anschrieb und Bescheid gab, dass er hier auf mich warten würde. Am späten Abend. Er hätte noch etwas zu erledigen. Inzwischen glaube ich zu wissen, was er damit gemeint hat. Damals war ich allerdings zu naiv, um etwas von seinen Machenschaften zu ahnen. Deswegen fuhr ich zum vereinbarten Treffpunkt, und Kian kam kurz zu mir, um mich zu begrüßen und mir zu sagen, dass ich auf ihn warten solle. Danach ist er zu jemandem gegangen, der sich in einer der dunklen Ecken des Geländes versteckte. Es dauerte eine ganze Stunde, bis Kian zurückkam. In der Zwischenzeit wurde ich von allen möglichen zwielichtigen Gestalten angesprochen. Einem Kiffer, der »bloß ein bisschen Spaß« haben wollte. Einem Heroinsüchtigen, der sich direkt vor meinen Augen einen Schuss setzte, und einem Mann, der mich so lange anstarrte, bis seine Blicke förmlich auf meiner Haut klebten. Einmal hat er es sogar gewagt, mich anzusprechen und seine schmierigen Hände nach mir auszustrecken.

»Na, Süße, wollen wir uns ein bisschen die Zeit vertreiben?«

Ich zitterte am ganzen Körper, wollte fliehen und endlich abhauen, war aber wie festgefroren. Eine lebendige Statue, die nichts anderes tun konnte, als zu warten und zu hoffen. Diese Tortur werde ich nie vergessen. Die fremden Blicke und Berührungen, die ich immer wieder abwehren musste. Und dieses dreckige Gefühl, von allen begafft zu werden …

Als Kian endlich ankam, glich das einem Befreiungsschlag. Ich ergriff seine Hand und wollte nur noch losrennen. Vorbei an dem kiffenden Grapscher, dem bewusstlosen Spritzer und dem unheimlichen Stalker. Er fand mein Verhalten hingegen völlig überzogen und begriff nicht, warum ich keine Sekunde länger dort bleiben wollte. Also bin ich schließlich allein nach Hause gegangen.

Auf dem Heimweg habe ich mich alle zehn Sekunden umgewandt und überprüft, ob mir jemand folgt. Die Paranoia saß mir wie eine Zecke im Nacken und ließ sich einfach nicht abschütteln. In jedem Schatten habe ich einen möglichen Verfolger gesehen, in jedem Auto einen Kidnapper und in jedem Fremden, dem ich auf der Straße begegnet bin, einen Messerstecher.

Ich erinnere mich noch genau daran, wie ich endlich meine Zimmertür hinter mir geschlossen habe und danach die schlimmste Panikattacke meines Lebens erlitt. Selbst in meinen eigenen vier Wänden habe ich mich unsicher gefühlt. Jemand könnte durch das Fenster einbrechen, meine Tür eintreten, das Haus anzünden, einbrechen, alles zerstören. Die Träume in jener Nacht waren beinahe genauso schlimm wie die tatsächlichen Ereignisse.

Ich atme tief durch und versuche mich von den Flashbacks jenes Abends zu lösen. Ich muss die Vergangenheit hinter mir lassen. Nur noch die Gegenwart zählt.

Es dauert eine geschlagene Minute, bis sich mein Puls beruhigt und ich meine bebenden Muskeln wieder kontrollieren kann. Yves und Xenia sind so damit beschäftigt, die Umgebung in Augenschein zu nehmen, dass sie nichts mitbekommen haben von meinem mentalen Ausreißer.

Ich schaue mich ebenfalls genauer um. Dieses Mal konzentriere ich mich auf die Menschen, die sich im Skatepark aufhalten. Es sind gerade einmal vier, und niemand von ihnen wirkt kriminell. Eher wie Schüler, die sich die Zeit vertreiben. Diese Tatsache lässt mich leise aufatmen.

»So, und was machen wir jetzt?«, fragt Yves in die Runde.

Xenias Mundwinkel zucken nach oben, bevor sie leise sagt: »Jetzt warten wir auf Antworten.«

20:54 Uhr

Es dauert noch fast drei Stunden, bis tatsächlich etwas Nennenswertes geschieht. Wir sind immer wieder ziellos im Kreis gelaufen und haben jeden Zentimeter des Skateparks abgesucht. Inzwischen kenne ich ihn schon mindestens genauso gut wie jede Ecke in meinem Zimmer. Die zuvor so penetrante Furcht hat sich glücklicherweise in die hinterste Ecke verzogen. Dort lauert sie, bis sie mich wieder einmal überfallen kann.

Mein Blick tigert rastlos durch den Park und nimmt nach und nach die einzelnen Skater in Augenschein, die allein oder in Grüppchen ihre Runden drehen. Plötzlich halte ich allerdings inne. Ist das etwa … Nein, das kann nicht sein! Oder doch?

»Versteckt euch«, zische ich Yves und Xenia zu, die bis gerade eben locker neben mir hergeschlendert sind. Es dauert nur den Bruchteil einer Sekunde, bis wir uns alle schnell hinter eine der über zwei Meter hohen Rampen begeben und vorsichtig um die Ecke lugen.

»Hast du irgendwen entdeckt, der dir verdächtig vorkommt?«, fragt Xenia leise nach und sucht ebenfalls den Platz ab.

»Allerdings«, entgegne ich und deute mit dem Zeigefinger in die Richtung, wo ich den verräterischen blonden Haarschopf gesehen habe.

»Das kann nicht sein! Ist das etwa …?«

»Brandon«, beantworte ich die unausgesprochene Frage meiner Freundin. Kians Bruder bewegt sich mit einer Arroganz durch die Reihen der Skater, die ich noch nie an ihm wahrgenommen habe. Selbstbewusst hält er das Kinn hoch und den Rücken gerade durchgestreckt. Er stolziert geradezu durch den Park. Von dem kleinen Bruder, der uns früher angebettelt hat, dass er beim Fangen oder Versteckspielen mitmachen durfte, ist nichts mehr zu erkennen. Es ist offensichtlich: Er ist jetzt derjenige, der die Spielregeln bestimmt.

Ich kann den Blick nicht abwenden und stelle mit Schrecken fest, dass Brandon sich mit großen Schritten in Richtung unseres Verstecks bewegt. Weiß er, dass wir hier sind? Hat ihm jemand vielleicht etwas von auffälligen Jugendlichen erzählt, die durch den Park streunen? Vielleicht male ich mir aber auch nur wieder Horrorszenarien aus, die nie passieren werden.

Brandon bleibt ruckartig vor der Rampe stehen, hinter der wir kauern. Yves, Xenia und ich tauschen einen Blick aus. Ich hebe wortlos die Hand und lege den Finger an die Lippen.

Also schweigen wir und warten ab. Es dauert keine zehn Minuten, bis ein weiterer Mann den Skatepark betritt, der nach jemandem Ausschau zu halten scheint. Brandon hebt daraufhin die Hand, um den Fremden zu grüßen. Könnte das etwa TR sein?

Ich beiße mir auf die Zunge, bis ich Blut schmecke, um meine Nervosität irgendwie zu kontrollieren. Mit rasendem Puls beobachte ich, wie der Fremde sich Brandon nähert und sich kurz umsieht. Zum Glück entdeckt er uns nicht und richtet seine Aufmerksamkeit schnell wieder komplett auf Brandon.

Der Mann fällt völlig aus dem Raster und passt keineswegs in das Bild des heruntergekommenen Skateparks. Der Fremde wirkt wie ein Geschäftsmann, der gerade ein wichtiges Meeting besuchen will, und nicht wie ein möglicher Drogendealer. Ist das wirklich TR? Ich habe mir eher einen mittellosen Kerl in Lumpen vorgestellt und keinen adretten Mann.

Ein maßgeschneiderter Anzug betont seinen schlanken Körper, und das zurückgegelte Haar offenbart ein spitz zulaufendes Gesicht, das mich entfernt an einen Fuchs erinnert. Seine dunklen Augen glühen wie zwei Stücke Kohle, und ich glaube, in seinem Blick eine gewisse Boshaftigkeit zu erkennen. In seiner Hand hält der Fremde einen Aktenkoffer, den er locker hin und her schwingt. Könnten sich darin Drogen befinden?

»Du bist zu spät«, eröffnet Brandon das Gespräch. Sein Tonfall ist provokant und unnachgiebig. Der Fremde verzieht den Mund aufgrund von Brandons Tonfall, und sein Blick verhärtet sich.

»Du bist nur zu früh dran, Junge«, murrt er. Seine Stimme klingt, als sei sie mit einem Reibeisen angeraut worden. Ein Schauder wandert über meine Wirbelsäule.

»Dann lass uns jetzt keine Zeit verschwenden. Gib mir den Stoff.« Brandon streckt fordernd seine Hand aus und deutet auf den Aktenkoffer. Ich hatte recht! Darin muss sich sein Nachschub befinden.

»Du kennst die Regeln: erst das Geld.« Plötzlich wandelt sich der Tonfall des Älteren. Er ist nicht zum Scherzen hier. Sein Blick wird stechender, und ein fratzenhaftes Grinsen zerrt seine Mundwinkel auseinander. Es wirkt wie eine Grimasse …

Brandon stöhnt entnervt auf und verdreht die Augen, bevor er in seine hintere Hosentasche langt und einen zusammengefalteten Briefumschlag hervorzieht. Bevor er ihn dem Fremden reichen kann, reißt dieser ihm den Umschlag auch schon aus der Hand und zählt die Scheine durch, die sich darin befinden. Es dauert einige Sekunden, bevor er wieder aufschaut. Er stockt.

Ich halte die Luft an und wage kaum zu atmen. Xenia greift haltsuchend nach meiner Hand und zerquetscht sie beinahe, aber ich gebe dennoch keinen Laut von mir.

»Wo ist der Rest?«, knurrt der Fremde. Seine Stimme gleicht einem Donnergrollen. Dem Vorboten eines nahenden Sturms.

»Welcher Rest?«, erwidert Brandon. Ich erkenne die Veränderung in seiner Körperhaltung. Die zuvor demonstrierte Stärke weicht sichtbar einer inneren Anspannung.

»Die restlichen zweihundert Dollar, die du mir schuldest für deine Bestellungen«, spuckt der Fremde ihm entgegen. Dann passiert plötzlich alles Schlag auf Schlag.

Der Mann greift mit einer Schnelligkeit, die ich ihm gar nicht zugetraut hätte, unter seine Anzugjacke und zieht ein langes Messer hervor. Da er sich direkt vor Brandon positioniert hat und ihm so den Fluchtweg abschneidet, hat er ganz offensichtlich die Oberhand. Inzwischen glaube ich zu verstehen, warum Brandon gestern so schnell zur Waffe gegriffen hat, als er Yves und mich beim Einbruch erwischt hat. Wer weiß, wie oft er bereits bedroht wurde.

»Dein Bruder war definitiv vernünftiger. Er hat nie versucht, mich zu verarschen. Schade, dass er tot ist. Mit dir gibt es nur Probleme«, zischt der Fremde. Jedes Haar an meinem Körper richtet sich auf. In der Stimme des Fremden liegt kein Mitgefühl, nur kalter Egoismus. Mir wird wieder vor Augen geführt, dass wir gerade vor Kians Mörder stehen könnten.

»Bisher konnte ich immer bezahlen und das Geschäft wie

gewohnt fortführen. Ich habe keine Schwierigkeiten verursacht!«, verteidigt sich Brandon.

»Du widersetzt dich meinen direkten Anweisungen!«, brüllt der Fremde. »Ich hab dir gesagt, du sollst das Handy von deinem Bruder nicht mehr verwenden, weil es im schlimmsten Fall eine direkte Spur zu uns legen könnte. Und letztens war es wieder eingeschaltet! Du Idiot bist sogar drangegangen! Hältst du mich für bescheuert? Dachtest du, ich krieg das nicht mit?«

Mein Blut erhitzt sich schlagartig und strömt heiß durch meine Adern. Spricht der Mann gerade von dem Anruf, den ich entgegengenommen habe? Wahrscheinlich ist er davon ausgegangen, dass Brandon am anderen Ende der Leitung ist … Oh Scheiße!

Ich beiße die Zähne zusammen und warte ab, was als Nächstes geschieht. Obwohl ich verabscheue, was Brandon da tut, muss ich den Drang, in der gefährlichen Situation zwischen ihn und seinen Dealer zu gehen, stark unterdrücken. Das Einzige, was mich wirklich zurückhält, ist Xenias fester Griff.

»Ich habe dir alles gegeben, was ich habe, und mich an all deine Forderungen gehalten. Kians Handy habe ich seit seinem Tod nicht mehr angefasst«, wehrt sich Brandon. Den Schock versteckt er hinter einer eiskalten Maske. Er versucht offensichtlich, der Situation zu entfliehen.

»Hältst du dich für was Besseres? Für schlauer? Ich treib dir das noch aus, warte es nur ab! Dein Bruder hat sich auch einige Feinde gemacht. Ich habe gesehen, was mit ihm geschehen ist. In jener Nacht, im Wald«, raunt der Fremde. Sofort werde ich hellhörig. Wie bitte? Was hat er gesagt?

»Wovon redest du?«, fragt Brandon, aber sein Gegenüber scheint sich in einer Art Wahn zu befinden und nicht ganz bei Sinnen zu sein. Ein heiseres Lachen, das von Wahnsinn völlig verzerrt klingt, dringt aus seiner Kehle. Seine dunklen Augen heften sich an Brandon fest. Wer weiß, was sich der Fremde vor diesem Treffen eingeworfen hat.

»Ich war da und habe den Mord genau gesehen. Erst einen, dann zwei, dann drei Schläge. Genau auf den Kopf. Dein Bruder konnte sich nicht einmal mehr wehren. Falls es dich wirklich interessiert, der entscheidende Beweis liegt noch dort vergraben.« Der Mann wirkt inzwischen völlig neben der Spur. Stimmt das, was er sagt? Kann man ihn überhaupt ernst nehmen? Und könnte man seine Worte bereits als Geständnis werten?

Seine Lippen verziehen sich zu einem unnatürlich breiten Grinsen, und er fokussiert Brandon mit einer Intensität, die selbst mir Unwohlsein verursacht. Sollten wir eingreifen? Ihm helfen? Brandon erstarrt zur Salzsäule und wirkt völlig geschockt. Genauso wie ich.

»Dir wird es genauso gehen, wenn du mir nicht endlich das Geld gibst …«, droht der Dealer und hebt die Klinge an. Kians Bruder starrt auf das Messer und scheint seine Chancen abzuwägen.

Bevor er sich eine Antwort überlegen kann, macht der Dealer plötzlich einen Satz nach vorne und stürzt sich mit seinem gesamten Körpergewicht auf Brandon.

Der Angriff spielt sich innerhalb weniger Sekunden ab. Aus einem Reflex heraus will ich schon nach vorne stürmen und Brandon helfen, aber der bringt sich mit einem Ausfallschritt schnell selbst in Sicherheit.

Trotzdem ist er zu langsam und kann ein Streifen der Messerklinge nicht verhindern. Er stößt einen Fluch aus und presst seine rechte Hand auf den linken Oberarm, wo sich auf dem Ärmel seines hellen Pullovers inzwischen ein dunkler Blutfleck ausbreitet. Beim Anblick der roten Flüssigkeit dreht sich mir der Magen um. Galle steigt in meinem Rachen auf, und ich muss ein Würgen unterdrücken, aber Brandon scheint sich kaum daran zu stören. Er sieht vielmehr entnervt aus. Als sei das hier bloß eine Lappalie für ihn und nicht weiter tragisch.

Der Fremde hingegen verliert durch die Wucht und den Schwung seines Angriffs das Gleichgewicht und stolpert nach vorne, wobei ihm der Aktenkoffer aus der Hand rutscht. Er stößt ein schweres Ächzen aus und muss sich sammeln, bevor er sich wieder auf die Beine kämpft. Seine Arme und Beine scheinen ihm kaum zu gehorchen, und er schaut sich mehrfach um, als müsse er sich neu orientieren. Obwohl er noch relativ jung wirkt, bewegt er sich so schwerfällig wie ein alter Mann. Inzwischen bin ich mir sicher, dass er sich vor dem Treffen mit Brandon irgendeine Droge eingeworfen hat. Seine aggressive Art, die kryptischen Aussagen und nun auch noch die fehlende Koordination? Das alles spricht für einen Rauschzustand.

Obwohl er durch seinen Anzug und sein Erscheinungsbild Professionalität vermittelt, verbirgt sich hinter TRs Fassade offenbar nichts weiter als ein Dealer, der ein Opfer seines eigenen Geschäfts geworden ist.

Während der Mann nach seinem Koffer tastet, beobachte ich, wie Brandon die Flucht ergreift und in Richtung des Ausgangs sprintet. Offensichtlich ist ihm der Handel mit TR egal geworden, oder er fürchtet tatsächlich um sein eigenes Leben.

Der Mann rappelt sich auf und starrt ihm hinterher, bevor er mit seiner rauen Stimme quer über den Platz brüllt: »Renn nur weg! Und komm ja nie wieder!«

Ansonsten macht er keine Anstalten, etwas zu unternehmen. Er rennt ihm nicht hinterher oder versucht, mit ihm zu sprechen. Stattdessen seufzt er nur schwer und sammelt sein Messer ein, bevor er sich am tiefsten Punkt der Skating-Rampe niederlässt und in den Taschen seines Anzugs kramt.

Er fördert eine Zigarettenpackung und ein Feuerzeug zutage und zündet sich einen der Glühstängel an, bevor er lange an der Zigarette zieht und kurz darauf den Rauch in die Luft pustet.

»Das hier ist unsere Chance. Wir müssen versuchen, mit ihm zu reden!«, wispert Yves plötzlich hinter mir. Hat er den Verstand verloren? TR hat gerade vor unseren Augen versucht, Brandon abzustechen, und Yves will mit ihm *reden*?

Ich habe gar keine Möglichkeit, ihm zu widersprechen, denn im nächsten Moment umrundet er schon die Rampe und baut sich vor dem Dealer auf. Verdammt! So war das nicht geplant …

Ich will schon hinter meinem Freund herstolpern, als Xenia mich am Arm festhält. Ihre Augen sind vor Panik weit aufgerissen.

»Ich habe Angst, Bri«, flüstert sie mit zittriger Stimme. Ich lege meine Hand auf ihre und schenke ihr ein kleines Lächeln. Xenia wirkt sofort etwas ruhiger und atmet nicht mehr so hektisch. Hoffentlich bekommt sie keine Panikattacke.

»Warte im Versteck. Hier bist du sicher. Ich gehe zu Yves und pass auf, damit ihm nichts geschieht.« Mein Vorschlag scheint sie zu beruhigen.

»Versprochen?«

»Ehrenwort.« Ich ertappe mich bei dem Gedanken, in den letzten Wochen zu viele Versprechen gegeben zu haben, die ich unmöglich alle halten kann. Dennoch lässt Xenia von mir ab.

Ich verschwende keine Sekunde, sondern eile hinter Yves her. Er steht bereits vor dem Fremden, muss sich allerdings tatsächlich erst räuspern, bevor dieser ihn wahrnimmt. TR ist gerade damit beschäftigt, erneut das Geld zu zählen, das Brandon ihm vorbeigebracht hat.

»Was willst du, Junge? Möchtest du was kaufen?«, grummelt der Mann und schenkt uns bloß einen flüchtigen Seitenblick. Ich habe noch nie so viel Desinteresse in einem Menschen vereint gesehen. »Ich habe nicht viel Stoff da. Wenn du was Besonderes willst, musst du bestellen.«

Geschockt starre ich auf den edel angezogenen Mann hinab. Er bietet uns gerade völlig nebenbei Drogen an, als sei das keine große Sache. Offenbar fühlt er sich hier im Skatepark sicher und besitzt keinerlei Skrupel, mit Jugendlichen zu handeln. Ich will gar nicht wissen, wie viele Teenager sich hier bereits von ihm etwas aufschwatzen lassen haben. Hat Kians Geschäft ebenfalls so begonnen? Könnte TR ihn während des Skatens angesprochen und auf diese Weise sein Interesse geweckt haben? Denkbar wäre es auf jeden Fall.

»Ich will nichts kaufen. Bist du Ray?« Yves geht nicht weiter auf das Angebot ein und kommt direkt zum Punkt. Hoffentlich geht das nicht nach hinten los, immerhin besitzt dieser Typ ein Messer und ist definitiv gewillt, es auch einzusetzen. Am liebsten würde ich Yves' Ärmel ergreifen und ihn wegzerren. Wir haben heute schon genug riskiert.

»Kommt ganz drauf an, wer fragt«, antwortet er. Dieses Mal betrachtet TR meinen Freund mit mehr Interesse. »Was wollen du und deine Freundin hier? Das ist keine Gegend für euch Rich Kids.«

»Wir brauchen Informationen«, stelle ich klar. Daraufhin verändert sich die Haltung des Dealers komplett.

»Ach ja? Und zahlt ihr auch dafür?«, fragt er gierig. Immerhin in einer Sache trügt sein Erscheinungsbild nicht: Er ist ein Geschäftsmann. Mit der Aussicht auf Geld haben wir ihn am Haken, jetzt müssen wir nur noch dafür sorgen, dass er den Mund aufmacht.

»Natürlich«, antworte ich deswegen hastig.

»Zwanzig Dollar für die ersten drei Antworten. Danach für jede weitere fünf extra«, stellt der Dealer klar. Obwohl sich alles in mir dagegen sträubt, nicke ich.

Langsam greife ich in meine hintere Hosentasche, in der ich immer ein bisschen Notfallgeld aufbewahre. Als Beweis ziehe ich einen Zwanzig-Dollar-Schein hervor. Yves schaut das Stück Papier erschrocken an, als könne er nicht glauben, dass ich tatsächlich bereit bin, den Junkie für seine Antworten zu bezahlen. Aber was hat er erwartet? TR würde uns wohl kaum aus reiner Nächstenliebe helfen. Auf diese Weise ist mir die Aufmerksamkeit von Ray nun gewiss, denn er kann die Augen nicht mehr von dem Schein lösen.

»Frag«, befiehlt er lediglich. Ich bemerke, wie Yves nach seinem Smartphone greift und geschützt hinter meinem Rücken eine Diktier-App öffnet, um das Gespräch aufzuzeichnen.

»Unser Freund Kian ist vor zwei Wochen gestorben. Haben Sie ihm Drogen verkauft, die er an der Highschool und auf Partys verteilt hat?« Meine Stimme bebt verräterisch. Trotz allem, was wir bisher erfahren haben, kann ich immer noch nicht ganz begreifen, was für ein falsches zweites Gesicht Kian unter seiner beliebten Maske getragen hat.

»Ja.« Die Antwort ist so einfach, dass es körperlich wehtut, sie zu hören. Natürlich war uns allen klar, was Kian getrieben hat, aber es aus dem Mund seines Dealers zu hören, ist noch mal etwas ganz anderes. Die Bestätigung gleicht einem Messerstich mitten in die Eingeweide. Ich schlucke schwer, bevor ich fortfahren kann.

»An dem Abend, an dem er gestorben ist – wollten Sie sich für einen Deal mit ihm am Campingplatz treffen?« Meine Stimmbänder verknoten sich ineinander, obwohl ich verzweifelt versuche, die Kontrolle zu bewahren.

»Ja.«

Es stimmt also wirklich. »Okay.« Ich atme tief durch, bevor ich die dritte Frage stelle. »Waren Sie derjenige, der Kian erschlagen hat?«

Stille. Absolute, alles vernichtende Stille. Rays zuvor selbstbewusste Haltung fällt in sich zusammen. Sein fassungsloser Blick springt von mir zu Yves und dann wieder zurück zu mir.

»Was ist das denn bitte für eine Frage? Natürlich nicht! Er war einer meiner besten Männer.« Ray scheint in sich hineinzuhorchen und zu grübeln. Irgendwie beschleicht mich das Gefühl, dass da mehr ist. Vor allem nach dem, was er vorhin zu Brandon gesagt hat. Tatsächlich öffnet er auf einmal erneut den Mund. »Aber ich weiß, wer es gewesen ist.«

»Was? Wer?«, frage ich überrascht.

Auf Rays trockenen Lippen breitet sich ein dreckiges Grinsen aus. Die Gier blitzt in seinen Augen auf.

»Das ist die vierte Frage, Schätzchen. Denk an das Geld.« Ray lächelt breit und präsentiert uns ein bedrohliches Haifischlächeln. Langsam wird mir mulmig zumute. Spricht der Typ die Wahrheit? Hat er wirklich etwas gesehen oder gehört? Oder erzählt er nur irgendeinen Mist, um uns noch mehr Kohle abzuknöpfen?

»Ich zahle, wenn Sie reden«, antworte ich bloß.

»Kian ist damals nicht aufgetaucht. Ich dachte schon, er hätte mich versetzt, bis ich plötzlich diesen Schrei gehört habe. Ich meinte seine Stimme erkannt zu haben und bin sofort losgelaufen, um ihm zu helfen. Aber als ich ankam, war es längst zu spät. Er lag bereits am Boden und über ihm stand jemand …«

»Sie haben den Mörder gesehen?«, unterbreche ich den Mann fassungslos. Das bedeuteten also seine scheinbar sinnlosen und wahnsinnigen Wortfetzen von vorhin. Ob er den Täter erkannt hat? Und würde Ray vor der Polizei aussagen? Das würde mich und meine Freunde von allen Vorwürfen befreien!

»Fünfte Frage. Ja, ich habe jemanden gesehen. Aber es war dunkel und stürmisch. Außerdem war ich eventuell nicht ganz klar im Kopf.« Er lacht dreckig, worauf ich ihm am liebsten den

Hals umgedreht hätte. Unser Zeuge war bekifft oder mehr als das! Damit wäre seine Aussage völlig unbrauchbar.

»Haben Sie irgendwas erkannt? Jeder Hinweis könnte hilfreich sein!«, drängt nun Yves.

»Nichts, bis auf eine Silhouette«, grummelt Ray vor sich hin.

»Ich glaube, er sagt die Wahrheit. Lass uns gehen«, raune ich Yves zu. Ich halte diese Befragung nicht mehr aus. Ich habe zwei Wochen kaum geschlafen, nicht zu vergessen die ganze Tortur, die ich seit heute Morgen durchstehen musste. Ray hat uns alles gesagt, was er weiß. Warum also wertvolle Zeit vergeuden?

»Warte«, sagt Yves aber da, woraufhin ich die Augenbrauen hochziehe. »Ich habe eine weitere Frage.« Er kramt in seinen Taschen herum und zieht tatsächlich einen weiteren Schein hervor. Fünfzig Dollar. Man sieht sofort, wie Rays Miene sich aufhellt und er sich mit der Zunge über die spröden Lippen fährt.

»Das gehört Ihnen, aber nur wenn Sie uns *alles* sagen. Keine Spielchen mehr, Ray. Wir haben vorhin gehört, wie sie von einem Beweis gesprochen haben. Was hat es damit auf sich?« Yves sollte Anwalt werden. Ich könnte ihn mir sehr gut im Gerichtssaal vorstellen, wie er den Angeklagten nach und nach alle relevanten Informationen entlockt.

»Habt ihr mich etwa belauscht?«, fragt Ray, ohne den Blick von den Scheinen zu lösen. Er schaut uns nicht einmal an und erwartet anscheinend auch keine Antwort auf seine rhetorische Frage. »Der Täter verlor etwas auf seiner Flucht. Ich habe es aufgehoben und geplant, es zu behalten oder eventuell zu verkaufen, weil es im ersten Moment sehr teuer aussah. Aber es war nur wertloser Schrott. Zur Polizei konnte ich das Ding auch nicht bringen, sonst hätten sie mich durchgecheckt und wären bestimmt meinem Geschäft auf die Schliche gekommen.

Wahrscheinlich hätten sie sogar gemerkt, wie high ich war, und hätten mich direkt in eine Zelle geworfen.« Ray lacht heiser auf, es klingt hohl und gestellt. Für einen Moment wirkt er tatsächlich unruhig und beginnt mit den Schuhspitzen zu wippen. Ich kann verstehen, warum er so gehandelt hat. Schließlich wollte er nur seine eigene Haut schützen.

»Deswegen habe ich das Teil wieder dort vergraben, wo ich es gefunden habe. Am Tatort. Jetzt will ich mit diesem ganzen Scheiß nichts mehr zu tun haben …« Ohne Vorwarnung reißt Ray Yves das Geld aus der Hand und verstaut es in seiner Anzugjacke, als hätte er Angst, dass er es ihm wieder wegnehmen könnte.

»Vielen Dank für Ihre Hilfe«, sagt Yves leise und will sich bereits wegdrehen, als ich ihn zurückhalte.

»Eine letzte Frage hätte ich noch!«, gehe ich dazwischen, denn mir ist noch etwas eingefallen. »Wie viel weiß Brandon über das Beweisstück?«

Hoffentlich nichts. Aber ich bin mir ziemlich sicher, vorhin irgendetwas in der Art gehört zu haben.

Die Frage scheint Ray kurz aus dem Konzept zu bringen, doch er antwortet schnell und verlangt nicht einmal eine Bezahlung. »Ich habe ihm genau das Gleiche gesagt wie euch. Keine Ahnung, ob er mir überhaupt glaubt. Die Wenigsten schenken einem Süchtigen ein offenes Ohr …«

Ich schließe verzweifelt die Augen. Die Hoffnung, Kians wahren Täter zu überführen, zerfällt vor meinem inneren Auge zu Staub.

Brandon steht auf unserer möglichen Täter-Liste ganz oben. Wenn er durch Rays Aussage nun den einzigen Beweis vernichtet, den wir gegen ihn in der Hand hätten, ist es aus. Andererseits … wenn Brandon wirklich der Täter war, müsste Ray ihn in jener Nacht erkannt haben, oder? Lässt uns der Dealer in eine offene Falle laufen? Wartet Brandon bereits auf uns am Tatort, um uns genauso aus dem Weg zu räumen wie Kian?

Ich beachte den Dealer nicht weiter, sondern laufe einfach los in Richtung Ausgang. Kurz darauf ertönen auch Xenias Schritte hinter mir. Wir dürfen keine Zeit verlieren, wenn wir Brandon auf frischer Tat ertappen wollen. Am besten, wir sind noch vor ihm da.

21:15 Uhr

Jeder Muskel in meinem Körper spannt sich an, und meine Nerven liegen völlig blank. Ich bekomme kaum Sauerstoff, obwohl ich wie verrückt nach Luft schnappe. Die langsam verheilende Prellung macht mir immer noch zu schaffen. Mein ganzer Oberkörper schmerzt, ich spüre jede Rippe überdeutlich. Die Haare peitschen mir ins Gesicht und versperren mir die Sicht, sodass ich sie in einer hektischen Handbewegung zur Seite streiche.

Meine Freunde neben mir zu sehen, beruhigt mich. Ich spüre, wie sich der unsichtbare Griff um meine Brust löst und sich die Anspannung etwas lockert. Ich versuche, mir nicht anmerken zu lassen, was für Spuren die Begegnung mit TR bei mir hinterlassen hat, obwohl das Gespräch nur wenige Minuten angedauert hat.

Gemeinsam treten wir durch das Loch im Zaun und verharren schwer atmend nebeneinander vor dem Skatepark. Yves denkt bestimmt darüber nach, was wir jetzt am besten tun sollten. Inzwischen kenne ich ihn so gut, dass ich fast seine Gedanken lesen kann.

»Wir müssen so schnell wie möglich zum Campingplatz. Es führt kein Weg daran vorbei«, stellt er schließlich laut fest.

»Aber wir brauchen zu lange! Von hier aus ist es zu Fuß fast eine Stunde.«

Nachdenklich lege ich die Stirn in Falten, dann kommt mir eine Idee.

»Ich wohne nur eine Viertelstunde von hier entfernt. Ich könnte nach Hause rennen und euch mit Dads Wagen einsammeln. Damit würden wir eine ganze Menge Zeit sparen«, erkläre ich. Es wird trotzdem eng, wenn Brandon sich ebenfalls auf dem Weg zum Tatort befindet. Aber es ist unsere einzige Chance.

»Tu es«, meint Xenia bloß. Die ersten Worte, die sie spricht, seitdem wir diesen alptraumhaften Skatepark verlassen haben. »Eine andere Möglichkeit bleibt uns nicht.«

Ich nicke. »Ich werde so schnell rennen wie möglich. Wir sehen uns gleich!« Den letzten Satz rufe ich schon, weil ich bereits loslaufe. Vielleicht können wir es schaffen. Wir könnten heute wirklich Kians Mörder stellen und einen Beweis für die Tat finden! Aber nur, wenn uns der Täter selbst nicht zuvorkommt.

Ich renne. Schon wieder. Für meinen Geschmack bin ich innerhalb der letzten Tage viel zu oft durch die Gegend gelaufen. Bereits nach den ersten Minuten, in denen ich versuche, ein gleichmäßiges Tempo zu halten, setzen die Seitenstiche ein. Ich schnappe nach Luft und presse meine Hand auf die schmerzende Stelle an der linken Seite meines Oberkörpers.

»Verdammt«, fluche ich, aber ich weigere mich, das Tempo zu drosseln. Ich erlaube es mir nicht, eine Pause einzulegen, weil ich genau weiß, dass ich nicht weiterrennen kann, wenn ich erst einmal angehalten habe. Deswegen laufe ich weiter. Das regelmäßige Geräusch meiner Schuhsohlen, die auf den harten Asphalt treffen, treibt mich an. Ich verfalle in einen gleichmäßigen Rhythmus, und mein einziger Fokus ist der nächste Schritt. Es zählt nur noch das Ziel. Nichts anderes.

Meine Schmerzen verlieren ihre Gültigkeit. Die Reste des Muskelkaters, den ich vom letzten Sprint noch verspüre, verpuffen plötzlich, und selbst das dumpfe Pochen meiner Prellung wird zu einem leisen Wispern. Ich blende die Qualen aus, beiße die Zähne zusammen und renne weiter. Als würde ich Scheuklappen tragen, blicke ich weder nach links noch nach rechts.

Selbst die fortgeschrittene Abenddämmerung wird mir egal. Normalerweise vermeide ich es, im Dunkeln draußen herumzulaufen. Eigentlich versetzt mich das in Paranoia, aber heute ist alles anders. Mir könnte gerade ein verrückter Axtmörder hinterherrennen, und ich würde es nicht einmal bemerken.

Erst als ich den Anfang der Allee wahrnehme, die zu meinem Wohnviertel führt, erlaube ich mir, in einen leichten Trab zu verfallen. Ich habe gar nicht bemerkt, dass ich das Industriegebiet und die Straßen der Stadt hinter mir gelassen habe. Die Welt ist wie im Rausch an mir vorbeigezogen. Verrückt …

Mit einem Blick auf mein Smartphone stelle ich fest, dass ich jetzt zehn Minuten unterwegs bin. Damit bin ich sehr gut in der Zeit. Wenn ich mich beeile, könnte ich Xenia und Yves in etwa fünfzehn Minuten mit dem Auto erreichen. Zum Glück habe ich schon den Führerschein, sonst wären wir jetzt definitiv aufgeschmissen.

Das größte Problem steht mir allerdings noch bevor: Wie soll ich an ein Auto kommen? Irgendwie bezweifle ich, dass Mom oder Dad es mir freiwillig geben. Sie würden garantiert wissen wollen, wohin ich fahre, und dafür habe ich keine zufriedenstellende Erklärung. Außerdem kann Dad es förmlich riechen, wenn ich lüge. Heute Abend darf ich nichts riskieren. Wir haben nur diese eine Chance, Brandon zu überführen. Die dürfen wir nicht in den Sand setzen.

Sobald unser Grundstück in Sicht kommt, renne ich die letzten Schritte im lockeren Tempo, bevor ich in ein langsames

Gehen wechsle. Plötzlich meldet sich mein Körpergefühl mit voller Wucht zurück, und all die Schmerzen, die ich zuvor erfolgreich unterdrücken konnte, kehren auf einen Schlag zurück. Mein Oberkörper krampft sich zusammen, und das Seitenstechen fühlt sich plötzlich derart intensiv an, als würde mir jemand ein Messer zwischen die Rippen rammen. Ich versuche hektisch, nach Luft zu schnappen, jedoch reicht der Sauerstoff einfach nicht. Schwarze Pünktchen tanzen vor meinen Augen, und Schwindel verdreht meine Welt.

Vielleicht hätte ich es nicht so sehr übertreiben sollen, besonders wegen der Prellung. Das ist mein letzter Gedanke, bevor ich mich über Moms Rosenbeet beuge und meinen gesamten Mageninhalt hervorwürge. Magensäure brennt in meinem Rachen, auf Mund und Lippen, während sich säuerlicher Geruch in meiner Nase verbeißt.

Mein Kreislauf nimmt es mir anscheinend wirklich übel, dass ich den ganzen Tag kaum etwas gegessen oder getrunken habe und mich dann spontan dazu entschlossen habe, einen extremen Sprint einzulegen.

Es dauert einige Minuten, bis mein Magen endlich aufhört, sich zu drehen. Der Puls pocht nicht mehr lautstark von innen gegen meinen Schädel, und auch das Zittern der Beine wird langsam schwächer. Schweiß rinnt mir im Nacken und an den Schläfen hinab, aber das ist mir egal. Das Einzige, was jetzt noch zählt, ist der Plan. Ich muss irgendwie zurück zu Xenia und Yves gelangen.

In diesem Zustand kann ich unmöglich durch die Haustür marschieren und das Risiko eingehen, meinen Eltern zu begegnen. Sie würden mich nicht mehr gehen lassen, geschweige denn mir einen Wagen ausleihen. Also bleibt mir nur noch eins: Ich muss wohl oder übel eines der Autos klauen.

Ich wische mir mit dem Handrücken über den Mund und

hoffe, dass keine Kotze mehr an mir klebt, während ich mich auf unser Haus zubewege. Absichtlich mache ich dabei einen großen Bogen und umrunde das Grundstück, um von hinten in den Garten zu gelangen. Über die Terrasse habe ich direkten Zugang zur Küche, wo Mom alle Schlüssel sammelt. Jede normale Familie bewahrt diese Dinger im Flur auf, um möglichst schnell darauf zugreifen zu können, aber nicht meine Mom. Sie befürchtet hinter jedem Klingeln an der Tür einen potenziellen Räuber und meint, dass Einbrecher leichtes Spiel hätten, wenn man die ganzen Schlüssel offensichtlich im Flur lagert. Leider bringen diese Überlegungen herzlich wenig, wenn der Dieb die eigene Tochter ist, die genau weiß, wo sich Schlüssel und Wertgegenstände im Haus befinden.

Ich bewege mich durch die langen Schatten der Nadelbäume, die unser Grundstück säumen, und meide ganz bewusst das große Panoramafenster, hinter dem sich unser Wohnzimmer befindet. Selbst von hier aus kann ich erkennen, wie meine Eltern es sich auf dem Sofa gemütlich gemacht haben. Sie haben sogar den offenen Kamin angefeuert. Wie gerne würde ich mich jetzt einfach zu ihnen setzen und die Wärme des Feuers über meine Haut streicheln lassen. Was würde ich dafür geben, eine ermutigende Umarmung meines Dads zu spüren oder in die stets besorgten Augen meiner Mom zu blicken. Doch dazu bleibt mir keine Zeit.

Stattdessen schleiche ich mich weiter, betrete auf leisen Sohlen die Terrasse und meide tunlichst die knarzenden Holzdielen.

Was, wenn ich zufällig auf meine Eltern treffe oder mich selbst verrate? Xenia und Yves verlassen sich auf mich, ich darf das hier nicht versauen.

Tausende Gedanken jagen mir durch den Kopf und versetzen mich nach und nach in Panik. Es könnte so viel schiefgehen … aber das darf mich nicht aufhalten. Deshalb mache ich einfach weiter, egal wie laut mein Kopf mir Zweifel entgegenbrüllt. Aufgeben ist keine Option.

Ich greife in meine hintere Hosentasche, ziehe meinen Schlüsselbund hervor und taste sofort nach dem schmalsten und kleinsten Schlüssel, bevor ich ihn in der Hintertür ins Schloss gleiten lasse. Obwohl ich den Schaft so langsam wie möglich herumdrehe, lässt sich ein leises Klicken nicht vermeiden, bevor ich die Klinke nach unten drücke. Aus einem Reflex hätte ich beinahe den Lichtschalter neben der Tür betätigt, aber ich kann mich gerade noch so zurückhalten und schleiche stattdessen hinüber zu der kleinen Schale auf der Kücheninsel, in der alle Schlüssel liegen, die meinen Eltern gehören.

Da die Küche über eine Tür direkt mit dem Wohnzimmer verbunden ist, wird auch dieser Raum durch den Kamin in tanzendes orangefarbenes Licht getaucht. Ich kann sogar die Hinterköpfe meiner Eltern von hier aus erkennen. Sie haben sich keinen Millimeter von ihrer Position entfernt. Jackpot!

So langsam und leise wie möglich schiebe ich mich an der Anrichte entlang hinüber zur Kücheninsel und bete, dass meine Turnschuhe nicht quietschen. Mit einem schnellen Handgriff schließe ich die Finger um einen der klobigen Autoschlüssel. Ich kann nicht erkennen, ob es sich um den von Mom oder Dad handelt, aber insgeheim bete ich, dass es Dads ist. Er würde mich vielleicht nicht direkt umbringen, wenn er mich erwischt.

»Möchtest du noch ein Glas Wein, Schatz?«, höre ich plötzlich seine Stimme aus dem Wohnzimmer. Kurz darauf ertönt ein zustimmendes Murmeln von Mom. Das Sofa knarzt kurz, und nur eine Sekunde später bewegen sich bereits Schritte auf die Küchentür zu. Nein, nein, nein!

Ich stürze zur geöffneten Hintertür und ziehe sie so lautlos wie möglich hinter mir ran, bevor ich mich hinter einem Rhododendronbusch verstecke, der größer und breiter ist als mein Kleiderschrank. Zusammengekauert sitze ich inmitten von Käfern, Wurzeln und Matsch und kann nichts anderes tun, als zu beten. Bitte, bitte, lass ihn nichts bemerkt haben.

Das Licht in der Küche wird eingeschaltet, und ich beobachte voller Anspannung die leicht offen stehende Hintertür. Hätte ich sie einfach ins Schloss gezogen oder abgeschlossen, wäre Dad definitiv aufmerksam geworden. Hoffentlich bemerkt er den Spalt nicht, und ich kann ihn gleich unauffällig wieder schließen.

Dads fröhliches Pfeifen ist laut und deutlich durch das geöffnete Fenster zu vernehmen. Ich höre das Klirren von Gläsern und das Ploppen des Korkens beim Öffnen einer neuen Weinflasche. Seine Schritte bewegen sich schon weg von mir, und ich wage es sogar, ein wenig aufzuatmen, bis er plötzlich innehält. Das Pfeifen verstummt abrupt. Ich erstarre. Nein, geh weiter. Bitte!

Doch natürlich bewegt sich Dad genau auf die Hintertür zu und vergrößert den Spalt, um in den Garten hinauszuspähen. Für einen Moment gleitet sein Blick sogar über den Busch hinweg, hinter dem ich mich verstecke. Seine Augenbrauen ziehen sich misstrauisch zusammen, und er legt die Stirn in Falten.

»Aubrey, hast du die Hintertür offen gelassen?«, ruft er ins Haus hinein, ohne den Blick vom dunklen Garten abzuwenden. Er ist eine ziemliche Beschützernatur und würde niemals zulassen, dass meiner Mom oder mir irgendetwas geschieht. Für uns würde er sich immer freiwillig in die Schusslinie werfen. Hoffentlich sieht er in der offenen Tür keine Bedrohung, denn dann lässt er garantiert nicht locker und sucht jeden Zentimeter des Grundstücks ab, bis er sich sicher ist, dass in den Schatten niemand lauert.

Plötzlich schält sich neben mir etwas aus der Dunkelheit

und miaut lautstark. Misi schlängelt um die Beine meines Vaters herum und schnurrt liebenswürdig, während sie seine Hose vollhaart. Wer hätte gedacht, dass mir unsere Katze den Arsch retten würde?

Dad hebt sie vorsichtig hoch und krault ihr den Kopf. Seine ernste Miene wird sofort weicher. Auch wenn er es selten zugibt, hat er eindeutig einen Narren an dem Tier gefressen.

»Ich musste vorhin noch die Rosen gießen. Wahrscheinlich habe ich die Tür nur zugezogen und nicht abgeschlossen. Du weißt doch, dass das Schloss spinnt und sie immer wieder aufspringt. Und jetzt komm endlich zurück ins Warme!«, dringt Moms gedämpfte Stimme zu uns durch. Mein Dad und ich atmen im gleichen Augenblick erleichtert auf. Die Sorge verschwindet aus seinem Gesicht, und nach einem letzten Rundumblick zieht er endlich die Tür zu.

Selbst als das Licht in der Küche erlischt und ich aus dem gekippten Wohnzimmerfenster die Unterhaltung meiner Eltern höre, wage ich mich mindestens eine Minute lang nicht aus meinem Versteck. Was, wenn Dad jede Sekunde zurückkehrt und mich entdeckt? Irgendwann realisiere ich endlich, dass dies nicht geschehen wird und ich hier nur wertvolle Zeit verplempere.

Mit steifen Gliedern kraxele ich hinter dem Busch hervor und bewege mich entlang der Tannenschatten zu den Garagen. Glücklicherweise ist am Anhänger für die Autoschlüssel auch der Schalter für das Garagentor befestigt. Mit einem Knopfdruck betätige ich den Öffnungsmechanismus und beobachte das Tor dabei, wie es in gemächlichem Tempo hochfährt. Erst jetzt komme ich dazu, den Autoschlüssel unter die Lupe zu nehmen, den ich mir blind aus der Schale geangelt habe. Natürlich ist es Moms Auto. Ein Stöhnen entfährt mir. Sie wird mich umbringen!

Mom liebt ihren Bentley Continental GT Convertible über alles. Der Wagen ist ein wahrer Luxusschlitten mit Cabrio-Funktion, Ledersitzen und einem Innendesign, von dem man nur träumen kann. Sie hat lange darauf gespart. Dass ich neidisch auf meine Mom bin, weil sie dieses Auto fährt und es mir rigoros verbietet, ist eine maßlose Untertreibung. Ich schlucke schwer, als der weiße Lack aufblitzt und mich verhöhnt.

Aber das spielt heute keine Rolle, denn es ist die einzige Möglichkeit, rechtzeitig zum Campingplatz zu gelangen und den entscheidenden Beweis für die Identität von Kians Mörder zu finden. Also gehe ich auf das Auto zu und öffne die Zentralverriegelung mit einem Klicken auf den Schlüssel.

Mit einem Ruck öffne ich die Fahrertür. Rotes und beigefarbenes Leder strahlt mir entgegen und passt sich perfekt meiner Körperform an, sobald ich mich in den Sitz sinken lasse. Das Lavendel-Parfüm meiner Mom hängt in der Luft und gaukelt meinem Verstand vor, sie könnte jeden Moment auftauchen und mich zur Strecke bringen.

Deswegen zögere ich nicht länger, sondern schnalle mich an und starte in Rekordzeit den Motor. Ich lege den ersten Gang ein, und bevor ich es mir anders überlegen kann, drücke ich schon aufs Gaspedal und schieße nach vorne.

Es geht viel schneller als gedacht. Bevor mein Gehirn überhaupt verstehen kann, was gerade geschieht, bin ich bereits auf die Straße vor unserem Haus abgebogen und fahre die Allee entlang, die ich vor einigen Minuten noch hinuntergesprintet bin.

Ein kleines Lächeln zupft an meinen Lippen, denn obwohl ich völlig durchgeschwitzt und erledigt bin, kann ich nicht anders, als beim Fahren dieses Autos absolute Freiheit zu empfinden. Als könnte ich all meine Probleme hinter mir lassen, indem ich nur das Gaspedal durchdrücke. Ich weiß genau, dass ich etwas Verbotenes tue und den Ärger meines Lebens für diese Aktion kassieren werde, aber es fühlt sich trotzdem richtig an.

21:40 Uhr

Obwohl ich einmal falsch abbiege, gelange ich relativ schnell zurück zum Skatepark. Mein Fuß drückt fast durchgehend auf das Gaspedal, und ich fahre beinahe eine Laterne über den Haufen, trotzdem komme ich mit dem Wagen in einem Stück an. Ein Wunder, wenn man mich fragt.

Sobald der Eingang des Skateparks in Sicht kommt, drossele ich das Tempo und halte Ausschau nach Yves und Xenia. Sollten sie nicht genau hier auf mich warten? So war es abgemacht.

Mein Blick zuckt unruhig umher, bis er plötzlich an zwei ineinander verschlungenen Gestalten hängen bleibt. Sind das etwa …? Ich trete mit beiden Füßen auf die Bremse, ohne die beiden aus den Augen zu lassen. Tatsächlich.

Xenia und Yves stehen sich eng gegenüber, direkt unterhalb einer alten Straßenlaterne, wodurch sie von goldenem Licht umhüllt werden. Sie sind sich so nahe, dass ihre beiden Umrisse zu einem einzigen verschmelzen. Und nicht nur das: Ihre Lippen begegnen sich in einem zarten Kuss.

Nichts hätte mich auf den qualvollen Stich vorbereiten können, den dieser Anblick erzeugt. Eifersucht durchzuckt mich. Konfuse Eifersucht. Meine eigene frühere Verliebtheit in Xenia blitzt plötzlich wie eine alte Verräterin wieder auf. Was soll das denn jetzt? Gleichzeitig muss ich an Kian denken, an ihn und mich zusammen, eng umschlungen, in einen Kuss vertieft und ohne Sorgen. Dabei sollte ich den beiden ihr Glück doch gönnen! Was ist bloß los mit mir? Am liebsten würde ich aufs Gas drücken und einfach davonfahren, aber das geht natürlich nicht. Dann bleibt Kians Mörder unentdeckt. Also tue ich das Einzige, wozu ich gerade noch in der Lage bin. Ich drücke mit aller Kraft auf die Hupe.

Das laute Geräusch plärrt durch die Nacht und ist vermutlich zwei Blocks weiter noch zu hören. Es erfüllt auf jeden Fall seinen Zweck, denn Xenia und Yves fahren auseinander, schauen sich erschrocken um und fixieren den Wagen meiner Mom misstrauisch. Sofort lasse ich die getönten Fensterscheiben herunter und pflastere ein falsches Lächeln auf mein Gesicht.

»Braucht ihr eine Mitfahrgelegenheit?«, frage ich die beiden, als hätte ich sie nicht bei etwas Wichtigem unterbrochen. Gleichzeitig quält mich mein schlechtes Gewissen und fragt hartnäckig, warum ich ihnen das Glück nicht einfach gönnen kann.

Xenia löst sich endlich von Yves und bewegt sich langsam auf eine der hinteren Türen zu. Sie öffnet diese und rutscht auf die Rückbank, genauso wie Yves. Ich sehe die ungläubigen Blicke der beiden über die Ledersitze streifen. Ich muss zugeben: Selbst das Sitzen auf diesen teuren Sitzen fühlt sich wie ein Verbrechen an.

»Wenn ihr etwas ankratzt, Dreck hinterlasst oder Fettflecken auf der Scheibe fabriziert, wird meine Mom uns leider alle ins Nirwana befördern«, stelle ich klar, gerade als Xenia ihre Hand über die haselnussfarbene Holzverzierung gleiten lassen will. Automatisch zuckt sie zurück.

Auch Yves scheint sich unwohl zu fühlen und rutscht auf dem Sitz hin und her. »Wieso haben wir dich noch nie mit diesem Auto gesehen?«, fragt er.

Ich räuspere mich. »Das Auto gehört meiner Mom. Eigentlich darf ich es nicht einmal berühren. Es war … ein ungünstiger Zufall, dass ich ihren Autoschlüssel genommen habe statt den von meinem Dad. Aber ich hatte keine Zeit, den Fehler zu korrigieren. Hoffen wir einfach, dass sie nichts merkt und ich ohne lebenslangen Hausarrest davonkomme.«

O Gott. Wie gerne würde ich in diesem Moment über Superkräfte verfügen und uns einfach fortteleportieren können. Dann hätten wir kein verdammtes Auto stehlen müssen. Aber was tut man nicht alles, um einen Mörder zu überführen.

»Deshalb lasst uns das hier nicht versauen. Xenia, hast du die Waffe dabei?«, frage ich hastig, um schnell vom Thema abzulenken. Xenia nickt, bevor sie sich weiter mit großen Augen das Wageninnere ansieht. Als könne sie gar nicht glauben, dass wir uns in so einer Luxuskarre befinden. Yves scheint erst jetzt zu begreifen, was ich Xenia gerade gefragt hat. Er dreht sich zu ihr um und starrt sie sprachlos an.

»Brandons Waffe? Du hast seine Pistole dabei?«, fragt er ungläubig, woraufhin Xenia ihre Umhängetasche öffnet und uns einen Blick hineinwerfen lässt. Tatsächlich. Ganz oben auf einem Stapel mit Krimskrams liegt die mattschwarze Schusswaffe. »Die hast du den ganzen Tag mit dir herumgetragen?«

»Brianna hat mir heute Morgen geschrieben, ich soll sie vorsichtshalber mitnehmen. Da warst du noch bei der Polizei. Sie meinte, dass wir die Waffe notfalls als Beweis für Brandons zwielichtige Geschäfte abliefern können. Ich fand das erst überflüssig, aber jetzt … Vielleicht ist es gar nicht so dumm, wenn wir gleich Kians Mörder gegenüberstehen.« Xenia schaut betreten auf ihre Fußspitzen, als würde sie sich für diesen Gedanken schämen. Auch ich meide den Blickkontakt mit Yves. Doch ich verspüre Erleichterung bei dem Gedanken, nicht komplett wehrlos zu sein. Brandon ist nun einmal unser Verdächtiger Nummer eins. Wenn er sich ebenfalls am Tatort befindet, um den Beweis für den Mord an seinem Bruder zu beseitigen, hat er vielleicht eine weitere Waffe dabei. Allein bei der Vorstellung wird mir schlecht.

»Vielleicht haben wir auch Glück, und Brandon ist gar nicht

dort, weil er Rays Worte nicht ernst nimmt«, schiebt Xenia schnell hinterher. Dann wird es still im Wageninneren. Wir alle wissen, dass das nur Wunschdenken ist.

Ich konzentriere mich wieder voll und ganz aufs Fahren, während Xenia die Tasche schließt und wie einen Schatz an sich presst. Yves hingegen richtet seinen Blick aus dem Fenster und beobachtet, wie vereinzelte Regentropfen auf dem Glas zerplatzen, bevor sie durch den Fahrtwind in unvorhersehbaren Bahnen über die Scheibe fließen. Je näher wir unserem Ziel kommen, desto stärker wird der Regen. Obwohl es draußen bereits dunkelt, kann ich die finsteren Wolkengebilde entdecken, die sich über Fircreek auftürmen.

Auf seltsame Weise erinnern sie mich an *jene* Nacht. An diesen verheerenden Campingausflug, der uns für immer verändert hat und uns nicht nur einen Freund, sondern auch unser normales Leben genommen hat. Heute Nacht werden wir uns alles zurückholen. Unser Schicksal zurückerobern. Hoffentlich werden wir diese Entscheidung nicht bereuen …

22:05 Uhr

Ich stelle den Motor ab, und zeitgleich gehen die Scheinwerfer des Wagens aus. Wir sind da. Und wir sind anscheinend nicht allein.

Auf dem Schotterparkplatz des Campingplatzes steht ein weiteres Auto. Im ersten Moment hoffe ich, dass es sich um den Wagen des Rangers handelt. Ein Ranger fährt allerdings garantiert keinen Audi R8 mit dem Buchstaben L auf dem Kennzeichen. L für Lewis. Brandon ist also ebenfalls hier.

Xenia gräbt die Pistole aus ihrer Tasche und behält sie an ihrer Seite, bevor wir alle wie auf ein stummes Zeichen hin die Türen öffnen und aussteigen. Regen peitscht mir direkt ins Gesicht, weshalb ich heftig blinzele. Innerhalb weniger Sekunden sind meine Klamotten völlig durchnässt und kleben wie eine eiskalte zweite Haut an mir.

»Lasst uns gehen«, befiehlt Yves leise. Selbst die Dunkelheit der Nacht kann das gefährliche Aufblitzen seiner Augen nicht verbergen. Er ist bereit, Kians Mörder gegenüberzutreten. So wie wir alle.

Wir gehen gemeinsam den Pfad entlang, der zur Jagdhütte von Xenias Vater führt. Unsere Schritte schmatzen im Matsch, und die Feuchtigkeit sickert innerhalb weniger Minuten durch meine Turnschuhe. Ich bemerke es zwar, aber es ist mir egal. Die Kälte wandert direkt über meine Hautschichten durch meine Muskeln und Knochen bis ins Herz. Ich versuche, mich mental darauf vorzubereiten, Brandon gegenüberzustehen. Aber ich weiß nicht, wie, und schaffe es einfach nicht. In meinem Kopf herrscht bloß völlige Leere.

Ich schlucke schwer und muss mich für jeden Schritt neu überwinden. Es fühlt sich an, als hätte mir jemand Bleigewichte an die Füße gekettet, die mich zurück in Richtung Parkplatz ziehen. Weg von hier. Weg von der Wahrheit, weil die Ungewissheit so viel bequemer ist.

Schließlich kommt die Jagdhütte von Xenias Vater in Sicht. Sie sieht ganz anders aus, als ich sie in Erinnerung habe. Viel düsterer und nicht wie der Ort, der uns damals Unterschlupf geboten hat, als wir ihn dringend benötigt haben. Jetzt wirkt sie nur noch wie ein Mahnmal unserer eigenen Angst.

Das Gefühl, genau diese Situation schon einmal durchlebt zu haben, verstärkt sich, während wir uns vom Anblick der Hütte abwenden und über einen abzweigenden Waldweg zu dem Ort laufen, an dem Kian gestorben ist. Erst jetzt wird mir richtig klar, was das bedeutet. Wir gehen den gleichen Pfad entlang wie unser Freund, kurz bevor er sein Leben ausgehaucht hat. Wir sehen das, was er zuletzt gesehen hat. Wir fühlen ähnliche Angst und Beklemmung, die auch er empfunden haben muss.

Ich betrachte die hohen Baumwipfel, die sich im Wind verbiegen und laut knarzen und knarren. Regentropfen fließen mir ins Auge. Nachdem ich den Blick senke, um den Weg nicht aus den Augen zu verlieren, wäre ich beinahe gestolpert. Direkt vor uns auf dem Boden befinden sich tief in den Matsch hineingepresste Fußabdrücke. Stammen sie von Brandon?

Schritt für Schritt kämpfen wir uns gemeinsam voran. Erst als das schwarz-gelbe Absperrband der Polizei in Sichtweite kommt, das den Bereich abriegelt, geraten wir ins Stocken. Wir begeben uns gerade an einen Tatort. Damit machen wir uns im schlimmsten Fall strafbar. Würden wir alle noch einen Rest gesunden Menschenverstand besitzen, würden wir umkehren. Aber jetzt sind wir so weit gekommen. An Rückzug ist schon lange nicht mehr zu denken.

Ich bin es, die den ersten Schritt tut. Nach kurzem Zögern steige ich über das Absperrband hinweg und drücke es nach unten, damit Xenia und Yves problemlos drübersteigen können. Ich halte mich an ihrer Seite, während wir die letzten zwanzig Meter überwinden und uns auf den Ort zubewegen, an dem wir Kian bewusstlos vorgefunden haben.

Der Weg verbreitert sich, und schummriges Mondlicht erhellt die Umgebung. Es dauert eine Weile, bis ich den zusammengesunkenen Fleck am Boden ausmache. Eine Person kauert einige Meter entfernt auf dem Pfad und scheint sich mit bloßen Händen durch den Dreck zu wühlen. An der schmalen Statur erkenne ich Brandon.

Xenia erhebt neben mir die Waffe und richtet sie wortlos auf ihn, bevor ich die Stimme erhebe: »Hör sofort auf, Brandon! Wir wissen, was du getan hast!«

Mein Brüllen geht beinahe im Rauschen des Regens unter, dennoch sehe ich eindeutig, wie Brandon zusammenzuckt. Aber das hält ihn nicht auf. Er gräbt weiter, schiebt Matsch und Unrat zur Seite, ohne uns weiter zu beachten. Xenia tritt mit der Waffe näher an ihn heran. Ihre Hände zittern, ob vor Kälte oder Furcht kann ich nicht sagen.

»Lass es gut sein und gib endlich alles zu!«, ruft nun auch Xenia. Ihre Stimme gleicht vielmehr einem verzweifelten Schluchzen.

Ich schalte die Taschenlampe an meinem Smartphone ein und beleuchte die Umgebung mit ruckelnden Bewegungen. Mir macht dieser Ort zu schaffen. Es ist alles genau so wie in jener Nacht. Der Sturm, der Regen, dieselbe Verzweiflung …

Plötzlich hält Brandon mitten in der Bewegung inne. Er wirkt auf einmal wie erstarrt, und für einen Moment fürchte ich, dass er einfach die Chance nutzen und davonlaufen wird, doch dann greift er in das Loch hinein, das er so sorgfältig freigebuddelt hat, und zieht etwas Undefinierbares hervor.

Das Beweisstück, das Ray vergraben hat. Unseren einzigen Hinweis auf den wahren Mörder. Was ist es? Ein persönlicher Gegenstand, der nur auf Brandon zurückzuführen ist? Oder vielleicht eine leere Spritze seines Bosses, der seine vermeintliche Zeugenaussage bloß halluziniert hat?

Wir beobachten atemlos, wie sich Brandon langsam in die Höhe kämpft. Seine Glieder knacken, und er hält den Kopf gesenkt, bevor ein heiseres Lachen über seine Lippen quillt. Es mischt sich mit dem Grollen des Himmels und weckt in mir den Eindruck, dass er dem Wahnsinn verfallen sein muss. Seine Schuld ist für mich inzwischen offensichtlich. Er muss schuldig sein. Er muss es einfach. Denn außer ihm und uns kommt kaum jemand als Täter infrage.

Bis sich Brandon zu uns umdreht und mein Handylicht direkt sein Gesicht anstrahlt. Seine Lippen zittern, als er triumphierend den Gegenstand ins Licht reckt und uns damit alles offenbart.

Denn das, was er in der Hand hält, lässt keinen Zweifel mehr zu, wer der wahre Täter ist. Plötzlich steht alles still. Die Zeit, die Welt, mein Herz …

In Brandons Faust baumelt Xenias verloren geglaubtes Amulett.

22:14 Uhr

Xenia

Mein Amulett. Es ist mein Amulett. Ich ahne, was alle gerade denken müssen: Ich bin die Täterin.

Es dauert eine Weile, bis die Erkenntnis in mein Gehirn sackt und ich sie selbst verstehe. Die Waffe in meiner Hand wird schwer, denn die Schuld drückt sie unnachgiebig hinab. Die Panik in meinem Hinterkopf beginnt leise zu wispern: *»Ich habe es dir doch gesagt, du kommst damit nicht davon!«*

Plötzlich schlägt die Erinnerung wie eine Granate in meinem Kopf ein …

***

Es ist wieder jener Abend, der 13. April. Wir sitzen zusammen und spielen dieses verfluchte Spiel. Wahrheit oder Pflicht. Die Stimmung ist locker, und trotzdem nehme ich die unterschwellige Anspannung deutlich wahr. Kian greift immer öfter zu seinem Smartphone, seine Blicke zucken ab und an zur Tür, als würde er auf etwas warten. Oder auf jemanden.

In dieser Sekunde macht es bei mir klick, und ich weiß genau, was er vorhat. Ich kenne Kian und seine Tricks. Wenn man seit Jahren Stoff von jemandem kauft, erkennt man irgendwann ein Muster. Aber ich fasse es nicht, dass er wirklich unseren Campingausflug dazu nutzt, um an Nachschub zu kommen. Wie erbärmlich kann man sein? Wut züngelt in mir wie ein Lagerfeuer.

Ich knirsche laut mit den Zähnen, woraufhin mir Brianna bereits verwirrte Blicke zuwirft. Sie ist zwar angetrunken, aber kann dennoch wie durch einen sechsten Sinn spüren, wenn mich etwas belastet.

Und dann geschieht es. Kian nutzt die perfekte Gelegenheit, einen Streit vom Zaun zu brechen. Brianna stellt die alles entscheidende Frage, und als hätte Kian nur darauf gewartet, rastet er sofort aus. Dabei sehe ich ihm genau an, wie erleichtert er ist, endlich einen Grund geliefert zu bekommen, um aus der Hütte abzuhauen!

Allerdings bemerkt er nicht, wie tief er meine Freundin mit seinem Verhalten wieder einmal verletzt. Briannas Herz zerbricht vor meinen Augen … erneut. Sie hat etwas so viel Besseres verdient als diesen Mistkerl. Niemanden, der sie behandelt wie Dreck und sie obendrein auch noch betrügt. Sie ist meine beste Freundin und leidet wegen Kian so sehr. Wenn ich sie doch bloß von diesem Typen befreien könnte.

Ich habe erst vor wenigen Monaten mitgekriegt, wie er sie behandelt. Auf einer Hausparty, auf der ich nur war, um von Kian neues Ritalin zu erhalten. Er hat irgendwelche Tropfen in ihr Getränk gekippt und sie förmlich dazu animiert, etwas zu trinken. Kurz danach ist sie an Ort und Stelle eingeschlafen.

Ich wollte es Brianna später sagen. Aber ich konnte mich einfach nicht dazu überwinden. Ich hätte sie nur unnötig verletzt, und das ist das Letzte, was ich will.

Und ausgerechnet jetzt, während unseres ersten Treffens seit ihrer Trennung, wagt er es tatsächlich, sie erneut zu verarschen!

Blinde Wut rauscht durch meine Adern, und ich spüre, wie meine

Vernunft weggedrängt wird. Solch intensiven Zorn habe ich noch nie in meinem Leben gespürt. Er fließt wie flüssiges Feuer durch meine Adern und setzt mein Herz in Brand. Flammen verbrennen meinen Verstand, und mein Instinkt übernimmt die Kontrolle.

Sobald wir zu dritt die Hütte verlassen und uns aufgeteilt haben, kann mich nichts mehr aufhalten. Ich habe längst an den Fußspuren gesehen, welchen Weg Kian eingeschlagen hat. Das hier ist die perfekte Gelegenheit, Rache zu nehmen. Ein für alle Mal.

Ich beginne zu rennen, und jeder Schritt facht das Feuer in meinem Inneren nur noch mehr an. Mein Kopf brüllt gegen mein Herz an, doch in Wahrheit hat niemand von ihnen mehr das Sagen.

Da ist nur noch der Zorn. Nichts als gefräßiger, alles zerstörender Zorn, der wütet und lodert und flammt und schreit. Er verzehrt und kontrolliert mich gleichermaßen.

Ich will, dass Kian büßt. Ich will ihn genauso leiden sehen wie Brianna. Er soll begreifen, dass er nicht mit anderen Menschen spielen kann.

Im Laufen ergreife ich einen schweren Ast, den das Gewitter zu Boden geschleudert haben muss. Jetzt gerade kommt er mir wirklich recht, denn ich sehe bereits, wie Kian das Tempo anzieht und immer wieder hinter sich schaut. Als würde er mein Kommen spüren.

Noch nie in meinem Leben fühlte ich mich so bestimmt und entschlossen. Das, was ich hier tue, ist richtig, oder? Ich laufe hinter Kians Schatten her, spüre, wie sich jede Sehne in meinem Körper anspannt und hole langsam auf.

Du kannst mir nicht entkommen, bleib stehen!

Bin das noch ich, die das denkt? Oder ist es die Wut, die mich wie eine zweite Persönlichkeit beherrscht? Ich beobachte, wie Kian nur wenige Meter vor mir stolpert und zu Boden geht. Meine Schritte werden langsamer, und ich komme vor ihm zum Stehen. Endlich!

Warte es nur ab, heute wirst du endlich die Konsequenzen deiner Taten zu spüren bekommen. Viel zu lange behandelst du Menschen, die mir wichtig sind, wie Dreck. Nach dieser Nacht wirst du das nie wieder wagen.

Ich hebe den schweren Ast über meinen Kopf, um auszuholen. Das glitschige Holz rutscht mir beinahe aus der Hand. Genau im selben Moment rollt sich Kian auf den Rücken, und ein Blitz taucht den Pfad in gleißende Helligkeit.

»Du?« Seine Stimme tönt wie ein Echo durch meinen leeren Kopf und belebt meinen Verstand genau dann wieder, als ich den Ast auf seinen Schädel sausen lasse. Wieder und wieder.

Plötzlich ist der Zorn nicht länger mein Freund. Er kämpft mit aller Macht gegen meine Vernunft an und entflammt eine Stichflamme aus purem Hass in mir, gegen die mein Kopf keine Chance mehr hat. Blind vor Wut nehme ich nicht einmal wahr, was als Nächstes geschieht. Zwei Urgewalten bekriegen sich in mir, schreien und spucken Feuer und Eis. Mir wird abwechselnd heiß und kalt, bis ich den Ast von mir schleudere und sich nichts als Schwärze in meinen Gedanken ausbreitet. Zitternd finde ich zu mir selbst zurück.

Was habe ich nur getan?

Mein Blick zuckt auf den Boden, und beinahe hätte ich aufgeschrien. Direkt vor mir liegt Kian. Regungslos. Wie tot. Aber das kann nicht sein, oder? Das wollte ich nicht. Ich wollte ihm nur eine Lektion erteilen! So war das nicht geplant, ich …

Wie aus weiter Ferne dringen Stimmen durch den Wald zu mir hindurch. Erneut lasse ich meine Instinkte die Kontrolle übernehmen, indem ich mich im letzten Moment ins Dickicht dränge und in Richtung der Stimmen laufe. Ich renne meinen Freunden entgegen. Soll ich es ihnen sagen? Würden sie es verstehen? Nein. Nein, würden sie nicht.

Langsam kriecht die Angst zurück in mein Bewusstsein. Was soll ich tun? Niemand darf erfahren oder auch nur vermuten, dass ich etwas mit Kians Tod zu tun habe.

***

Ich blinzle und tauche aus der Erinnerung auf. Mein Blick ruht auf dem Amulett in Brandons Hand, und ich weiß, jetzt ist der Moment gekommen, es mir endlich selbst einzugestehen.

Ich war es. Ich habe Kian getötet.

Es war nicht geplant. Ich war nur so wütend, weil er meine beste Freundin und uns alle so mies behandelt hat. Schon oft hatte ich mir Gedanken gemacht, Kian eins auszuwischen, aber ihn zu töten, war nie Teil dieser Überlegungen gewesen. Es ist im Affekt geschehen …

Die Angst keift in meinem Kopf, versucht mich in Panik zu versetzen und mich zum Verkriechen zu bringen, aber heute ist mein Verstand stärker. Die anderen müssen begreifen, dass ich das alles nicht gewollt habe. Sie müssen es verstehen.

Entschlossen hebe ich die Hand, in der weiterhin die Waffe ruht, und richte sie abwechselnd auf Yves, Brianna und Brandon. Noch stehen Schock und Furcht in ihren Augen, aber bald werden sie es verstehen. Sie müssen es verstehen, denn sonst kann ich sie nicht gehen lassen.

»Ich muss euch etwas sagen. Hört mir gut zu.«

22:17 Uhr

Brianna

Keiner wagt es, sich zu bewegen. Hätte mir jemand heute Morgen erzählt, dass ich keine zwölf Stunden später von meiner besten Freundin mit einer Waffe bedroht werde, hätte ich denjenigen für verrückt erklärt.

Doch nun stehe ich hier. Zusammen mit jemandem, den wir für einen Brudermörder gehalten haben, einem Freund, der genauso ratlos wie ich wirkt, und einer Mörderin, die sich hinter der Maske meiner besten Freundin versteckt. Mein Körper ist in einer Schockstarre gefangen, die ich einfach nicht abschütteln kann. Als hätte mich jemand lebendig eingemauert. Ich bin unfähig, die Wände um mich herum zu durchbrechen. Xenia richtet unterdessen die Waffe immer wieder auf eine andere Person. Mal zielt sie die Pistole auf Brandon, dann kurz auf Yves, nur um wieder bei mir zu landen.

»Wieso hast du das getan?«, frage ich und höre selbst, wie zittrig meine Stimme klingt. Mein Gehirn hat die Wahrheit noch nicht ganz verarbeitet. Der Anblick von Xenias Amulett in Brandons Hand brennt sich in meinen Verstand. Ich kann nicht begreifen, dass meine beste Freundin zu so etwas fähig sein soll. Dass sie Kian … umgebracht hat.

»Ihr sollt still sein!« Xenias Stimme nimmt einen hysterischen Tonfall an, während sie einen Schritt auf mich zugeht und die Waffe weiterhin auf meinen Oberkörper richtet. »Das habe ich alles nur für dich getan, Brianna. Für uns.«

»Wie meinst du das?«, fragt nun Yves. Er scheint mindestens genauso geschockt zu sein wie ich, rührt sich kein Stück, seit die Wahrheit offenbart wurde. Ganz offensichtlich hat er auch nichts geahnt. Zum Glück steckt er nicht mit Xenia unter einer Decke.

»Kian hat alles kaputtgemacht. Wir vier haben immer alles zusammen gemacht, und nichts konnte uns trennen. Erst als Kian dich betrogen hat, sind wir auseinandergebrochen. Er hat unsere Freundschaft Stück für Stück zerstört, aus reinem Egoismus. Seine Geschäfte und sein eigenes Vergnügen standen über allem. Ich habe es gehasst. So sehr. Manchmal wünschte ich mir, dass es wie früher wäre, als wir noch Kinder waren. Gleichzeitig wuchs in den letzten Monaten meine Wut auf Kian. Ich wollte ihn und seine Launen nicht mehr ertragen. Aber ich wäre bereit gewesen, ihn zu dulden, wenn er sich um unsere Freundschaft bemüht hätte.« Obwohl ich Xenia nur schemenhaft sehen kann im schwachen Licht meiner Taschenlampe, erkenne ich, wie sie sich mit dem Handrücken über die Augen wischt. Weint sie etwa? Ich sollte sie in diesem Moment hassen und verfluchen, aber meine Gedanken schweben in einer Art Trance. Ich kann nichts begreifen, nichts fühlen, nichts verstehen.

»Ich ahnte, dass Kian sich während unseres Ausflugs wieder mit seinem Dealer treffen wird. Er hat Brianna erneut verletzt, nur um seinen eigenen Willen durchzusetzen. Er behandelte dich so oft wie Dreck. Ich wurde immer zorniger und wollte ihm endlich seine eigene Medizin zu schmecken geben.« Xenias Stimme wird drängender, und ich nicke ihre Worte ab, trotz meines leer gefegten Gehirns.

»Ich war so wütend. Kian ist der Grund, warum du monatelang traurig warst. Er hat unsere Freundschaft zerstört. Und ich wollte diejenige sein, die uns wieder zusammenführt. Aber das war offensichtlich unmöglich mit seinem Ego. Also bin ich ihm nachgerannt. Wollte ihm eins auswischen, ihn ein bisschen leiden lassen. Aber es ging alles so schnell und … es war nicht geplant …« Xenias Stimme geht in einem Schluchzen unter. »Ich habe es getan. Ich habe Kian getötet. Für unsere Freundschaft.«

Plötzlich bricht die Realität wie ein gesprengter Damm über mich ein. Meine angeblich beste Freundin gesteht gerade den Mord an meiner ersten großen Liebe. Zorn und Trauer vereinen sich zu einem Strudel, der mich immer tiefer hinabzieht und mein Herz vor Hilflosigkeit verkrampfen lässt.

»Du verdammtes Miststück!«, brüllt neben mir plötzlich jemand, und ich sehe eine Bewegung aus dem Augenwinkel. Brandon atmet flach und schnell, sein Gesicht ist wutverzerrt. Er will sich auf Xenia stürzen, und ich kann ihn verstehen. Kian war schließlich sein Bruder. Aber sie ist flinker und besitzt eine Waffe. Alles geht so schnell, dass ich kaum blinzeln kann. Ein

Schuss löst sich, und Brandon fällt zu Boden. Ein qualvoller Schrei bricht aus seiner Kehle hervor und erfüllt den Wald, während er seine Hände gegen das Schienbein presst. Der Knall der Pistole in unmittelbarer Nähe löst ein hohes Piepen in meinem Gehör aus, welches sich nun wie eine Bohrmaschine in meinen Kopf gräbt.

»Xenia! Was hast du getan?«, ruft Yves und will zu Brandon eilen, um seine Verletzung zu versorgen, aber meine Freundin geht sofort dazwischen.

»Weg von ihm! Bleibt alle weg von ihm! Das war nur Selbstverteidigung! Ihr habt es gesehen, oder? Brianna, du glaubst mir doch?«

Plötzlich blicke ich wieder in den Lauf der Waffe. Die Worte, die Xenia so gerne hören würde, stecken mir quer im Hals fest, und meine Stimme versagt völlig. Tränen sammeln sich in meinen Augen, bevor sie haltlos über meine Wangen strömen und sich mit dem Regen auf meiner Haut vermischen. Das ist der Moment, in dem sich etwas in Xenias Blick verändert. Meine Taschenlampe leuchtet sie genau an, und der verzweifelte Ausdruck weicht schlagartig aus ihren Augen. Stattdessen tritt eine Leere in ihren Blick, die ich nie zuvor bemerkt habe. Es wirkt fast so, als würden sich ihre Linsen trüben. Xenias Gesichtszüge glätten sich, und ihre ganze Aura strahlt mit einem Mal eine Finsternis aus, die ich noch niemals an ihr wahrgenommen habe. Innerhalb eines Wimpernschlags richtet sie die Waffe nicht länger auf mich, sondern gegen ihren eigenen Kopf.

Mein Herz setzt aus.

»Wenn ihr mir nicht glaubt, dann hat nichts mehr einen Sinn. Ihr seid meine Freunde, meine einzige richtige Familie. Ich habe das alles nur für dich getan, Brianna. Um dich zu schützen. Um unsere Freundschaft zu retten.« Xenia schließt die Augen, und ich sehe, wie sich ihr Finger um den Abzug krümmt. Ich will schreien, wüten, sie aufhalten, aber ich bin wie gelähmt.

»Stopp! Hör auf, Xenia!«, brüllt plötzlich Yves, und sie hält tatsächlich inne. Die Scham darüber, dass diese Worte nicht aus meinem Mund kamen, erfasst mich auf der Stelle. Trotzdem atme ich erleichtert auf, als ich bemerke, wie Xenia wieder die Lider hebt und Yves anschaut. Die Pistole nimmt sie dennoch nicht herunter.

»Ich glaube, Brianna ist nur verwirrt und kann noch nicht begreifen, was du für uns getan hast.« Yves tritt vorsichtig näher an Xenia heran, und ich frage mich, was er damit bezweckt. Sie hat Kian getötet, verdammt! Allerdings vertraue ich Yves und hoffe, er tut das Richtige …

Er wirft mir einen flüchtigen Blick zu, und für einen winzigen Moment zucken seine Augen zu dem Smartphone in meiner Hand. Ich schaue ihn erst verwirrt an, bis ich begreife, was er mir mitteilen will. Er hat einen Plan, und ich bin bereit, das Risiko einzugehen und mitzumachen.

Da Xenias ganze Aufmerksamkeit auf Yves liegt, bekommt sie nicht mit, wie ich hinter ihrem Rücken mein Smartphone entsperre und den Notruf wähle. Ich habe genau einen kleinen Balken Netz, der hoffentlich ausreichen wird. Vorher schalte ich die Lautstärke herunter, damit Xenia auf keinen Fall hören kann, ob sich jemand am anderen Ende der Leitung meldet. Bevor sie irgendetwas merken kann, sperre ich den Bildschirm, wodurch er wieder schwarz wird. Bitte, lass es klappen!

»Ich weiß wirklich zu schätzen, was du getan hast. Für uns, für unsere Freundschaft. Xenia, du wolltest uns alle nur vor der Gefahr schützen, die Kian für uns darstellte«, setzt Yves an. Er schaut nicht noch einmal zu mir oder dem Smartphone herüber, um keinen Verdacht auf mich zu lenken. Xenia schluchzt, und Yves' Miene wird ganz weich. Ich hingegen würde mich am liebsten an Ort und Stelle übergeben. Die Magensäure wandert meinen Rachen empor, und ich muss jegliches bisschen an Selbstbeherrschung aufwenden, um keine Aufmerksamkeit auf mich zu ziehen.

»Ich glaube dir, Xenia. Du wolltest nur das Richtige tun. Dein Geständnis zeugt von wahrer Größe.« Yves' Auge zuckt. Er lügt. Hoffentlich bemerkt es Xenia nicht. »Aber wie hast du Kian vom Tatort weggeschafft? Seine Leiche wurde schließlich nicht hier gefunden. Das war bestimmt nicht einfach.«

Jetzt kommt der wirklich kritische Punkt. Wird sie auf das Gespräch eingehen? Wird sie weitere Informationen mit uns teilen? Ich halte die Luft an und wage es erst wieder zu atmen, nachdem Xenia den Finger vom Abzug ihrer Waffe nimmt.

»Ich schäme mich so sehr! Ich weiß, dass es falsch war. Aber ich habe euch in der Hütte mein Valium in die Getränke gemischt, damit ihr beide nicht mitkriegt, wie ich die Hütte verlasse. Kian habe ich auf ein altes Laken gerollt und darauf hinter mir hergezogen.«

Xenia hat uns also die Drogen verabreicht? Das macht Sinn. *Alles* macht plötzlich einen Sinn. Ich habe zuvor vermutet, dass Brandon für unseren komatösen Schlaf verantwortlich war, aber natürlich hatte auch Xenia Zugriff auf die Drogen und konnte sie uns verabreichen, ohne Verdacht zu erregen.

Ich hätte nie gedacht, dass sie zu so etwas fähig ist …

Ungläubig reiße ich die Augen auf und zittere so sehr, dass mir fast das Smartphone aus der Hand fällt. Sofort festige ich meinen Griff und bete innerlich umso mehr, dass jemand den Anruf mithört.

»Und dann hast du ihn zum Fluss gebracht?«, hakt Yves nach. Ich verstehe nicht, wie er so ruhig und besonnen bleiben kann. Mein ganzer Körper streikt und widersetzt sich jeglicher Vernunft. Ich fühle mich gefangen, während ein Tornado durch meinen Kopf wütet und alles zerstört, woran ich bisher geglaubt habe. Ich würde am liebsten auf etwas oder jemanden einschlagen, meinen ganzen Frust rauslassen, aber meine gelähmten Glieder verbieten es mir. Ich kann nur dastehen und zuhören.

»Ja. Ich habe seine Leiche zum Fluss gezogen und ihn ins tiefere Gewässer gerollt. Er ist schnell untergegangen und von der Strömung davongetragen worden. Irgendwie hatte ich die Hoffnung, dass er niemals gefunden wird und wir den ganzen Albtraum einfach vergessen können.«

Wie kalkuliert Xenia vorgegangen ist ... das macht die ganze Sache für mich noch unerträglicher. Niemals hätte ich ihr so eine Tat zugetraut.

»Und was ist mit den Drohnachrichten, die wir erhalten haben?«, hakt Yves nach. Ich schnappe nach Luft. Nein, das kann sie nicht auch gewesen sein. Das ist unmöglich. Xenia erhielt schließlich dieselben Nachrichten. Teilweise sogar, wenn wir uns im gleichen Raum befanden. Wie hätte sie das manipulieren können?

»Die anonymen Nachrichten ... ja, sie stammen von mir. Mit einer App konnte ich meine Nummer verfälschen und zu jedem beliebigen oder vorher festgesetzten Zeitpunkt die Nachrichten versenden. Ich wollte den Verdacht von mir weglenken und einen neuen Feind erschaffen, dem wir uns gemeinsam stellen können. Die Wahrheit solltet ihr nie herausfinden.«

Allein die Vorstellung, dass Xenia zu diesem durchdachten Trick imstande gewesen ist, verursacht mir Gänsehaut. Wie berechnend kann man sein? Uns gegenüber hat sie die ganze Zeit das arme, unschuldige Mädchen gemimt. Nur um sich jetzt als kaltblütige Täterin herauszustellen.

Mag sein, dass sie die eigentliche Tat im Wald im Affekt und in blinder Wut begangen hat, aber alles, was sie danach getan hat, war eiskalte Berechnung. Ich erkenne meine beste Freundin nicht mehr wieder. Sie hat uns über Wochen hinweg malträtiert, um sich selbst zu decken. So behandelt sie also ihre jahrelangen Freunde. Mir wird übel.

»Du Heuchlerin!«, tönt es plötzlich neben mir. Brandon kämpft sich in eine sitzende Position, und seine vor Zorn blitzenden Augen sind selbst in der Finsternis gut zu erkennen. »Du tust so, als seien dir deine Freunde wichtig, aber in Wahrheit quälst du sie und bringst sie um! Tu doch nicht so, als hätte dir jemals wirklich etwas an der Freundschaft mit Kian gelegen. Du hast ihn gehasst, weil er zu viel von dir wusste, und er war dir ein Dorn im Auge. Deswegen hast du ihn aus dem Weg geräumt. Du egoistisches Miststück!«

Xenias Hand zittert und mit ihr die Pistole an ihrer Schläfe. Brennender Hass sengt sich bei ihrem Anblick in mein Innerstes, und ich würde ihr am liebsten die Augen eigenhändig auskratzen für das, was sie getan hat. Aber ich werde nicht zulassen, dass sie abdrückt und so ihrer gerechten Strafe entkommt. Obwohl sich alles in mir dagegen sträubt, gehe ich einen Schritt auf sie zu, wodurch ich den direkten Blick auf Brandon blockiere. Ich atme tief durch und beiße mir auf die Unterlippe, bevor ich mich an einem Lächeln versuche. Es misslingt gründlich, aber das ist gerade nebensächlich. Sowohl Xenias als auch Yves' Blicke sind fest auf mich gerichtet. Jedes meiner Worte zählt jetzt.

»Xenia, das, was du getan hast, ist unvorstellbar für mich.« Unverzeihbar trifft es allerdings eher. »Du wolltest mich schützen und unsere Freundschaft am Leben erhalten, das verstehe ich.«

»Ich wollte euch nicht verlieren. Wir haben uns so sehr entfremdet, und das konnte ich nicht länger zulassen«, schluchzt sie plötzlich los und gibt einen Laut von sich, der klingt, als hätte man einen Welpen getreten. Alles in mir zieht sich zusammen, und ich muss mich zurückhalten, um ihr nicht vor die Füße zu spucken oder auf sie einzuschlagen. Stattdessen trete ich einen weiteren Schritt auf sie zu.

»Das weiß ich doch. Und ich verspreche dir hier und jetzt, dass wir uns nicht verlieren werden. Niemals.« Ich schaue ihr tief in die Augen und erkenne an ihrem Blick, dass sie mir wirklich zu glauben scheint. Es ist, als ob sie jedes meiner Worte aufsaugt wie ein trockener Schwamm.

»Wirklich? Also verzeihst du mir?«, fragt sie.

Niemals. Ich könnte dir niemals verzeihen für das, was du uns und Kian angetan hast. Dein Verrat schmerzt schlimmer als alles, was ich bisher durchlebt habe. Am liebsten würde ich dir hier und jetzt das Genick brechen, aber ich kann es nicht. Stattdessen tue ich dir genau das an, was du mir angetan hast: Ich verrate dich.

»Natürlich. Du bist meine beste Freundin, Xenia. Und nichts wird das jemals ändern.« Ich hebe die Arme an und warte ab. Zunächst wirkt sie skeptisch, dann lässt sie endlich die Waffe sinken und kommt mir entgegen. Während sie mir schluchzend in die Arme fällt, bin ich im ersten Moment so reglos wie eine Puppe. Wie in Zeitlupe hebe ich meine Arme und schließe sie um meine einstige Freundin. Noch nie hat sich etwas so falsch angefühlt. So dreckig und furchtbar. Mir wird kalt bis auf die Knochen.

Für mich ist das hier ein Abschied für immer. Eine letzte Umarmung, ein letztes liebes Wort, bevor sie hoffentlich ihre gerechte Strafe in einer Zelle absitzen wird. Ich drücke fester zu und höre Xenia nach Luft japsen. Hoffentlich leidet sie bald genauso wie Kian.

Mit einem Mal ist Yves direkt hinter uns, und noch bevor ich reagieren kann, spüre ich eine Bewegung in meinem Rücken. Ich weiß sofort, was er getan hat.

»Was?« Xenia wirkt verwirrt, und ich löse mich von ihr. Ihre Hände sind leer, und die Waffe liegt nun in Yves' Griff. Alle Wärme und jedes Verständnis weichen aus seinem Blick, und stattdessen sehe ich nur tiefe Traurigkeit aufglimmen. Xenia hat offensichtlich nicht nur mein Herz gebrochen.

Ich bringe so viel Abstand wie möglich zwischen mich und die Verräterin, bevor ich an Yves' Seite trete. Xenia starrt uns beide mit großen Augen an und scheint nicht im Geringsten zu verstehen, was vor sich geht.

So verabscheuungswürdig es sich auch anhört, aber in diesem Moment spüre ich einen Hauch von Schadenfreude. Sie hat uns betrogen, an der Nase herumgeführt und von vorne bis hinten angelogen. Nun steht sie komplett allein da und spürt endlich die Konsequenzen ihrer Tat.

»Die Polizei ist auf dem Weg hierher. Wag es nicht, dich zu bewegen«, erkläre ich und entsperre nun endgültig mein Smartphone. Sobald auf dem Bildschirm tatsächlich der laufende Anruf aufleuchtet, atme ich erleichtert durch und stelle die Lautstärke höher, um mit einer Person am anderen Ende der Leitung reden zu können. Xenia starrt mich bloß mit zusammengepressten Lippen an und sagt kein einziges Wort.

»Hallo? Hören Sie mich?«, spreche ich ins Mikrofon, und augenblicklich ertönt am anderen Ende der Leitung eine weibliche Stimme.

»Ja, Sie sprechen mit der Notrufzentrale. Wir haben Ihren Anruf bereits geortet und aufgezeichnet. Die Beamten sind unterwegs und sollten jede Minute bei Ihnen sein. Bewegen Sie sich nicht von der Stelle.« Diese Sätze zu hören, nimmt eine zentnerschwere Last von meinen Schultern.

»Senden Sie bitte auch einen Krankenwagen, wir haben hier einen Verletzten mit einer Schusswunde«, meine ich mit einem Seitenblick auf Brandon, der mir verbissen zunickt. Hoffentlich hält er noch ein wenig länger durch. Seine Verletzung scheint nicht lebensbedrohlich zu sein, aber frühe Hilfe kann nie schaden. Während ich ihn betrachte, machen sich in mir langsam Gewissensbisse breit, weil wir ihn ursprünglich verdächtigt haben. Dabei war Brandon ein Opfer, genau wie wir alle, jedenfalls, was den Mordfall betrifft. Er versuchte ebenfalls nur, den wahren Schuldigen zu finden. Ich wünschte, es wäre alles ganz anders abgelaufen.

»Verstanden. Bitte bleiben Sie am Telefon, bis die Polizei eintrifft, und erklären Sie mir, was genau vorgefallen ist.« Die Worte der Beamtin lassen mich mit den Zähnen knirschen. Ich will nicht darüber reden, was sich hier abgespielt hat. Noch nicht. Aber mit Schweigen wird sie sich nicht zufriedengeben.

»Die Kurzversion lautet: Xenia Chadburn hat Kian Lewis umgebracht und die Tat gestanden, während sie uns alle mit einer Waffe bedroht und auf jemanden geschossen hat. Sie ist eine Verräterin. Reicht das vorerst?«, zische ich. Während ich ins Telefon spreche, beobachte ich Xenia ganz genau.

In dem Moment, in dem ich sie als *Verräterin* bezeichne, sehe ich eindeutig etwas in ihrem Blick ermatten. Als sei in ihrem Inneren eine Glühbirne zerplatzt und ihr Licht erloschen. Ich hätte nie gedacht, dass man Menschen ansehen würde, wenn ihr Herz bricht, doch in diesem Moment werde ich eines Besseren belehrt.

Ich selbst hielt Xenias Herz in meinen Händen und zerschmetterte es am Boden. Und das Schlimmste daran? Ich empfinde reine Genugtuung.

22:30 Uhr

Ich sehe sie an. Sehe sie, wie sie wirklich ist, und kann nicht begreifen, wie sie ihr wahres Ich so lange vor mir verbergen konnte.

Xenia hat mir mein Leben lang das Gefühl gegeben, ihr bedingungslos vertrauen zu können. Ich habe sie immer beschützt, verdammt! Vor Gemeinheiten, Kommentaren, Fremden ... und jetzt wünsche ich mir nichts sehnlicher, als ihr niemals begegnet zu sein.

Das hier ist die Realität, kein Film, den ich einfach ausstellen kann, wenn er mir nicht mehr gefällt. Ich kann nicht fliehen, sondern bin gefangen in diesem Albtraum.

Die Dame aus der Notrufzentrale spricht immer noch mit mir, um mich zu beruhigen, aber ich höre ihr schon lange nicht mehr zu. Ihre Stimme wandelt sich zu einem Rauschen im Hintergrund. Stattdessen ist meine Aufmerksamkeit voll und ganz auf Xenia gerichtet. Auf ihre Arme, die sie um ihren Oberkörper geschlungen hat. Auf die Tränen, die ihr Gesicht überströmen, und auf den verhangenen Blick in ihren Augen.

Xenia ist gebrochen. Das weiß ich. Außerdem ist sie offensichtlich psychisch krank und braucht Hilfe. Professionelle Hilfe, die ich ihr niemals bieten kann. Sie benötigt keine Freunde, sondern jemanden, der ihren Problemen auf den Grund geht. Allein, wie sie von Kians Mord berichtet hat ... irgendetwas ist da in ihr, das jetzt zum Vorschein gekommen ist, aber offensichtlich schon die ganze Zeit in ihr geschlummert hat.

»Ich hoffe, du findest die Hilfe, die du brauchst«, sage ich. Xenia zuckt sofort zusammen, sobald sie meine Stimme vernimmt. Die Worte brennen auf meiner Zunge und in meinem Rachen, als würden sie mich beim Sprechen verätzen. Ich sollte es einfach sein lassen. Sie vergessen.

Es schmerzt, meine beste Freundin ausliefern zu müssen, dennoch ist es der richtige Weg. Sie muss für ihre Taten geradestehen. Denn so groß meine Zuneigung auch immer gewesen ist, sie wird überschattet von dem Wissen, dass Xenia schuld ist am Tod meines Freundes.

Plötzlich ertönen Rascheln und das Knacken von Ästen weit hinter uns. Die Lichtkegel von Taschenlampen tanzen über Baumstämme hinweg, bis einer mein Gesicht trifft und ich schützend die Hand vor die Augen heben muss, um nicht noch einmal geblendet zu werden.

»Wir sind hier!«, ruft Yves lautstark neben mir. Die Erleichterung in seiner Stimme ist unverkennbar. Ich selbst fühle mich wie betäubt. Meine Emotionen und Gedanken sind lahmgelegt und verhöhnen mich dauerhaft.

Sofort bewegen sich die Lichter näher auf uns zu. Verschiedene Stimmen werden laut, bevor die ersten Polizisten durch das Dickicht brechen und unsere Truppe betrachten. Als einer der Ersten kommt natürlich ausgerechnet Officer Hall auf uns zu. Er streckt fordernd die Hand aus, und ich weiß sofort, was er verlangt. Ohne zu zögern, überreicht Yves ihm die Pistole, die ursprünglich Brandon gehörte.

Ein fremder Beamter legt Xenia Handschellen an. Sie wehrt sich kein bisschen, schaut nicht einmal auf. Ihre dichten Haare fallen ihr wie ein Vorhang vor das Gesicht. Sie lässt sich ohne Gegenwehr abführen. Ihre gebückte Haltung und der hängende Kopf geben mir den Rest. Ich kann nicht mehr. Ich kann einfach nicht mehr.

Tränen schleichen sich aus meinen Augenwinkeln, und ich muss kurz die Lider schließen, um mich zu sammeln. Mein Herz schmerzt so stark, als würde mir jemand einen Dolch in den Brustkorb rammen und ihn ununterbrochen um seine eigene Achse drehen. Erst als Officer Hall sich räuspert und uns direkt anspricht, öffne ich die Augen wieder.

»Ich muss euch bitten, mit auf die Wache zu kommen. Wir müssen eure Aussagen zu dem Fall aufnehmen, protokollieren und mit den Fakten abgleichen, auch wenn es so aussieht, als ob die Schuldige gefunden wurde. Natürlich verständigen wir auch eure Eltern.«

Ich nicke benommen. Inzwischen ist es mir sogar egal, dass meine Mom von dem Autodiebstahl erfahren wird. Das ist gerade mein kleinstes Problem. Ich will nichts lieber als Mom und Dad sehen und mich ausweinen können.

»Darf ich vorher kurz …«, setze ich an und deute mit dem Finger auf Brandon, der immer noch am Boden liegt und inzwischen von den Sanitätern versorgt wird. Ich habe nicht einmal mitbekommen, wie sie sich zu uns gesellt haben, so fertig bin ich. Officer Hall nickt knapp, weswegen ich keine Zeit verschwende und in wenigen Schritten bei Brandon bin.

Ihm wird gerade ein Venenzugang gelegt, um das Schmerzmittel direkt in seine Blutbahnen zu lenken. Ein Sanitäter hantiert mit der Nadel und dem Plastikbeutel herum, in dem sich das Medikament befindet, während die anderen beiden sich um Brandons zerschmettertes Bein kümmern und notdürftig mit einer Art Gürtel unterhalb des Knies abbinden. Ich hocke mich kurzerhand neben ihn, wofür ich von dem Sanitäter einen entnervten Blick kassiere.

»Brandon, es tut mir so unfassbar leid, was geschehen ist. Ich wusste nicht, dass sie …«, versuche ich, das auszusprechen, was mir einfach nicht aus dem Kopf gehen will. Kians Bruder muss uns alle für korruptes Pack gehalten haben. Kein Wunder, dass er uns mit so viel Abscheu behandelt hat. Doch als Brandon mich endlich anschaut, mit reinem Verständnis im Blick, fühle ich mich sofort leichter.

»Es war nicht eure Schuld. Ich …« Brandon gibt einen gequälten Laut von sich, sobald die Rettungskräfte sein Bein bewegen. Er muss stark schlucken, bevor er mit wackeliger Stimme weiterspricht. »Ich weiß jetzt, dass sie euch alle verarscht hat. Niemand von uns konnte das ahnen. Mach dir keinen Vorwurf und klopf dir lieber auf die Schulter. Kian hat endlich die Gerechtigkeit bekommen, die er verdient hat.«

Das beduselte Lächeln, das auf seinem Gesicht erscheint, deutet auf die Wirksamkeit der Schmerzmittel hin. Ich schenke ihm ebenfalls ein leeres Grinsen zurück, auch wenn er scheinbar schon gar nichts mehr richtig mitbekommt. Die Sanitäter hieven ihn auf eine Liege, die sie kurz darauf durch den Wald davontragen. Ich meine sogar, das rot-blaue Leuchten des Krankenwagens durch die Baumstämme hindurch zu erkennen. Hoffentlich geht es Brandon bald besser.

Ich seufze schwer und versuche, die leise Stimme in meinem Hinterkopf zu ignorieren, die mir dauerhaft einflüstert, dass das alles meine Schuld ist. Wenn ich aufmerksamer gewesen wäre, hätte ich vielleicht erahnen können, wer in Wahrheit für Kians Tod verantwortlich ist. Wenn ich Xenia eine bessere Freundin gewesen wäre und mich mehr um sie und ihre Probleme gekümmert hätte, wäre sie vielleicht nicht durchgedreht und Kian möglicherweise gar nicht erst gestorben.

All diese Vorwürfe geistern durch meinen Kopf, durchsiechen mein Gehirn und manipulieren jedes Gefühl, jede Empfindung und jede Erinnerung. Kannte ich die echte Xenia überhaupt? Kannte irgendwer von uns sie wirklich?

»Bri, wir müssen los.« Yves' sanfte Stimme und die leichte Berührung an meinem Oberarm reichen nicht aus, um mich aus meiner Trance zu reißen. Ich nicke benommen und werde von ihm und Officer Hall durch den Wald bis zu einem Polizeiauto geführt. Ohne Widerworte lasse ich mich auf die Rückbank fallen und starre von da an nur noch aus dem Fenster. Draußen ist bloß Dunkelheit zu sehen, aber das ist mir recht.

Ich will gerade nichts von der Welt sehen oder hören. Am

liebsten würde ich für eine kurze Weile ihre Existenz komplett ignorieren.

03:00 Uhr

Die Wanduhr im Verhörraum zeigt drei Uhr morgens an, als wir den kleinen, stickigen Raum verlassen. Yves und ich wurden gemeinsam befragt, Mr Barnes war natürlich ebenfalls anwesend. Sein verwuscheltes Haar und der verschlafene Ausdruck in seinem Gesicht führten uns vor Augen, wie spät es bereits war, als wir im Präsidium eintrafen.

Xenia wurde von uns getrennt befragt und wird wohl erst einmal nicht mehr auf freien Fuß kommen, so viel hat uns Officer Hall versichert. Er gestand sich zudem ein, dass er bei den Ermittlungen zu stark persönlich involviert war und deswegen eigene Verdächtigungen verfolgt hat. Ich kann ihm nicht einmal böse sein wegen seines Fehlers. Immerhin hielt ich Kians eigenen Bruder lange Zeit für schuldig. Wir haben alle Fehler gemacht, sonst wäre es niemals zu alldem gekommen.

Der Officer hat uns erzählt, dass die Spurensicherung damals nach der Mordnacht tatsächlich Schleifspuren im Wald sichergestellt hat. Sie reichten genau von der Hütte bis zum Ufer des Flusses, was sich exakt mit Xenias Erklärungen deckt. Bis heute hatten die Beamten allerdings vermutet, wir würden alle unter einer Decke stecken und hätten uns Kians Leiche gemeinsam entledigt. Stattdessen schleifte Xenia Kian ganz allein zum Fluss und entsorgte seine Leiche dort. Nach der langen Zeit im Wasser konnten an Kians Leiche keine zusätzlichen DNA-Spuren gesichert werden, die Xenia überführt hätten, aber diese sind jetzt auch nicht mehr nötig. Schließlich haben wir ihr Geständnis auf Band.

Auch von einem zusätzlichen Paar Schuhabdrücken am

Tatort wird uns erzählt. Die muss Ray hinterlassen haben, während er Xenias Kette eingesammelt hat. Es ist also alles wahr. All diese zusätzlichen Informationen bringen meinen Kopf zum Rauchen. Ich werde bestimmt noch eine Weile brauchen, bis ich all dies tatsächlich verstehe.

Yves und ich schlurfen schließlich gemeinsam aus dem kleinen Raum und halten direkt hinter dem Türrahmen kurz inne und lehnen uns gegen die Wand. Ich fühle mich ausgelaugt nach diesem stundenlangen Gespräch, in dem wir Schritt für Schritt, Sekunde für Sekunde alles durchgekaut haben, was sich seit Kians Tod abgespielt hat. Nun bin ich leer. Eine wandelnde Hülle, die nichts mehr beinhaltet, was Brianna einst gewesen ist.

Ohne ein Wort zu verlieren, fallen Yves und ich uns in die Arme. Wir halten uns gegenseitig, retten uns vor dem Ertrinken, versuchen, der Fels in der Brandung des jeweils anderen zu sein. Wir beide haben heute einen wichtigen Teil unseres Lebens verloren. Eine Freundin. Eine Partnerin. Eine Vertraute.

Zwischen uns beiden schwebt die Erkenntnis, dass von nun an nichts mehr so sein wird, wie es einmal war. Noch vor ein paar Monaten waren wir eine unzertrennliche Gruppe, die immer füreinander einstand. Und nun? Die Hälfte unseres Grüppchens ist gestorben. Wortwörtlich und im übertragenen Sinne. Und vieles, an das wir geglaubt hatten, hat sich als Lüge herausgestellt.

Wir sagen keine einzige Silbe zueinander, sondern sind für einen Moment einfach nur dankbar, nicht allein zu sein. Irgendwann gehört jedoch auch dieser Augenblick der Vergangenheit an, und wir müssen uns voneinander trennen. Wo zuvor endlose Leere in meinem Inneren geherrscht hat, umspült mich nur noch elendige Trauer. Trauer über das Wissen, was ich heute Nacht alles verloren habe. Die Erkenntnis umgibt mich wie flüssige Luft, die ich nicht atmen kann, mich jedoch auch nicht zum Ersticken bringt. Sie ist nur da, um mich zu quälen.

Schweigend kehren Yves und ich in den Eingangsbereich zurück, der um diese Zeit eigentlich wie leer gefegt sein müsste. Stattdessen entdecke ich gleich mehrere Menschen, die angespannt in unsere Richtung starren und erleichtert aufatmen, sobald sie uns erblicken.

Als Erstes erkenne ich meine Eltern, die sich sofort auf mich stürzen und mich an sich reißen, bevor ich irgendetwas sagen kann. Sie schließen mich in die Arme, streichen mir über das Haar und versichern mir tausendfach, dass alles wieder gut wird. In diesem Moment bricht etwas in mir auf. Ein Schluchzen entkommt meinem Mund, bevor ich mich zurückhalten kann. Der typische Lavendelduft meiner Mom vermischt sich mit dem herben Aftershave meines Dads und hüllt mich in eine Wolke aus Geborgenheit. Sobald sich ihre Arme um mich schließen, fühlt es sich an wie Heimat. Ihre Wärme, ihr Duft, ihre Liebe … das ist alles, was ich gerade brauche. Ich umschließe meine Eltern mit aller Macht und weigere mich, sie jemals wieder gehen zu lassen. Dieses Treffen füllt das gigantische Loch in meinem Inneren zumindest ein wenig aus.

»Meine Kleine, was machst du nur? Ich habe mir solche Sorgen gemacht!«, schnieft mein Dad an meiner Schulter, woraufhin ich heiser auflache. Es wirkt so surreal, dass sie tatsächlich hier sind. Bei mir.

»Es tut mir leid …«, setze ich an, doch weiter komme ich nicht. Meine Stimme wird unter Tränen ertränkt. Zur Antwort drücken Mom und Dad mich nur noch enger an sich.

Für einen winzigen Moment fühle ich mich tatsächlich wieder ganz. Umgeben von Liebe und Geborgenheit, die einem nur die eigenen Eltern schenken können. Ich bin dankbar, meine Mom und meinen Dad zu haben. Auch wenn sie mich zur

Weißglut treiben und wir oft aneinandergeraten. Sie sind da, wenn es wirklich drauf ankommt, das weiß ich jetzt. Und das ist alles, was für mich zählt.

Ich lächle Yves über die Schulter meiner Mom hinweg zu. Er befindet sich in einer engen Umarmung mit seiner eigenen Mutter. Die kleine Frau reicht ihm gerade einmal bis zur Schulter und schafft es dennoch, sein Gesicht mit ihrem roten Lippenstift vollzuküssen. Er lächelt zurück. Hoffentlich wartet nach dieser Nacht auch ein Neuanfang auf ihn.

In dieser Sekunde glaube ich ganz fest daran, dass vielleicht doch wieder alles gut werden kann. Dazu müssen wir vielleicht noch den einen oder anderen Tiefpunkt überwinden und hart kämpfen, aber irgendwann … irgendwann wird es für uns wieder vorangehen.

Ich weigere mich, diese Hoffnung jemals aufzugeben.

EPILOG | FREITAG, 20. SEPTEMBER

17:20 Uhr

Ich sehe den Blättern beim Welken zu. Zumindest fühlt es sich so an. Der Herbst ist endlich eingezogen und verwandelt die Landschaft in ein Gemälde aus Rot- und Brauntönen. Die letzten goldenen Sonnenstrahlen des Tages streicheln mein Gesicht und schenken mir zumindest ein bisschen Wärme. Ich habe mich unter einer alten Eiche niedergelassen, die am Rande des Schulgeländes steht. Ein Ort der Ruhe, umgeben von Hektik und Stress.

In wenigen Tagen beginnt mein erstes Semester am College. Daher bin ich heute an den Ort zurückgekehrt, der mich bisher am meisten geprägt hat. Der Anblick der Fircreek Highschool fühlt sich schon fast nostalgisch an, obwohl ich hier erst vor Kurzem mein Zeugnis entgegengenommen habe.

Vor etwa einem halben Jahr hat sich für uns vieles verändert. Nach der Festnahme von Xenia ging alles so schnell vonstatten, dass ich kaum Zeit hatte, irgendetwas zu verarbeiten. Die Richterin ordnete bei meiner ehemals besten Freundin zunächst eine psychologische Untersuchung an. Ich konnte das nicht so richtig begreifen, denn ich hätte sie am liebsten sofort lebenslang im Gefängnis gesehen. Tatsächlich hegte ich aber ebenfalls die Vermutung, dass eine psychische Erkrankung sie zu alldem getrieben hat. Letztlich hoffte ich das sogar.

Die Gerichtsverhandlung, die vor zwei Monaten stattfand, hat mir richtig die Augen geöffnet. Denn dort wurde öffentlich verkündet, dass Xenia die Kooperation mit den Gutachtern verweigert hat. Daher wurde angenommen, dass sie sich im Vollbesitz ihrer geistigen Kräfte befindet, oder zumindest wurde sie dementsprechend eingestuft. Angeblich sei ihre Tat nicht mit einer Krankheit oder einem psychischen Ausnahmezustand zu erklären.

Dieses Gutachten hat alles verändert. Xenias Verteidigung hat auf Totschlag im Affekt plädiert, weil die Tat ungeplant und spontan stattfand. Meine ehemalige Freundin konnte einem lang andauernden Prozess entkommen, indem sie sich direkt schuldig bekannt hat. Das Urteil lautete zwanzig Jahre Haft. Durch ihr junges Alter konnte sie gerade noch so einem lebenslangen Gefängnisaufenthalt entgehen. Trotzdem kommen mir zwanzig Jahre im Vergleich zu einem verlorenen Leben viel zu wenig vor …

Die Medien haben sich natürlich sofort auf die minderjährige, kaltblütige Mörderin aus Fircreek gestürzt und über die Verhandlung live berichtet. Über Monate hinweg habe ich mich kaum aus dem Haus getraut, weil unsere Tür von Reportern belagert wurde. Jeden Tag wurde ich wieder und wieder mit Kians Tod konfrontiert und mit Fragen gelöchert. Es blieb gar keine Zeit, die Ereignisse irgendwie zu verarbeiten. Erst jetzt, mehrere Monate nach Prozessende, kehrt wieder so etwas wie Ruhe in mein Leben ein. Ich habe sogar den Schritt gewagt und eine Therapeutin kontaktiert, um mit der Vergangenheit abschließen zu können. Ich will endlich ein besseres Leben führen. Eines ohne Angst und Vertrauensprobleme.

Ich blinzle gegen die Abendsonne an und werde schlagartig zurückkatapultiert in die Realität. Schwer seufzend beobachte ich, wie die letzten Sonnenstrahlen am Horizont erlöschen. Der Himmel wird in dunkles Dämmerlicht getaucht. Ich genieße den Anblick der magentafarbenen Schlieren und sauge den Moment tief in mich auf.

Zumindest bis ich Schritte neben mir vernehme. Trockenes Laub knackt, und schließlich ertönt ein leises Räuspern, was mich dazu veranlasst, nach oben zu schauen.

»Yves?«, frage ich überflüssigerweise und starre ihn sprachlos an. Was zur Hölle tut er hier? Woher weiß er, dass ich hier bin? Er blickt mich nur amüsiert an, sagt kein Wort und lässt sich neben mir auf dem Boden nieder. Er schaut sich um und lässt seinen Blick über den menschenleeren Schulhof schweifen. Dieser Ort war jahrelang unser Lebensmittelpunkt. Verrückt, dass wir ihn einfach hinter uns lassen.

»Schön ist es hier«, meint er plötzlich, und der Klang seiner Stimme erwärmt mein Herz. Yves und ich haben so viel gemeinsam erlebt. Ein Leben ohne ihn erscheint mir unvorstellbar. Wie soll ich das College nur ohne ihn überleben? Bevor ich mich zurückhalten kann, zwicke ich ihn in den Oberarm.

»Au! Was sollte das denn?«, fährt er mich sofort entrüstet an. Doch in seinen Augen blitzt der Schalk. Ich grinse ihn an, bevor ich wieder den Horizont fixiere. Manchmal muss ich überprüfen, ob das hier wirklich meine Realität ist und kein Traum.

»Was geht in deinem Kopf vor, Bri?«, fragt er so leise, dass ich es beinahe überhört hätte. Seine Stimme klingt rauer. Irgendwie erwachsener. Kein Wunder, in den letzten Monaten sind wir beide gefühlt um zehn Jahre gealtert. Die Ereignisse und die Gerichtstermine haben an uns gezehrt und uns beiden sehr zugesetzt.

Äußerlich besitzt er immer noch die gleichen bernsteinfarbenen Augen voller Wärme, nur seine Locken sind ein wenig länger geworden. Aber da ist eine neue Traurigkeit in seinem Wesen, die sich in seinen Gesichtszügen widerspiegelt. Wenn man jemanden so lange kennt, wie ich Yves kenne, dann spürt man so etwas einfach.

»Warum bist du hier?«, frage ich wispernd. Yves zuckt zusammen, sobald ich diese Frage stelle.

»Ich kann nicht aufhören, an Xenia zu denken. An das, was passiert ist. An Kian und an dich. Was wir alles durchmachen mussten und ob …« Er stockt.

»… ob wir es hätten verhindern können«, beende ich seinen Satz. Yves nickt bloß. Deshalb spreche ich weiter: »Manchmal liege ich nachts wach und kann nicht aufhören, mir Szenarien auszumalen, bei denen alles ganz anders gekommen wäre. Ich hätte mich nach der Trennung von Kian nicht von euch allen distanzieren dürfen. Ich hätte Xenia wegen der Dinge, die ihr Vater ihr angetan hat, schon längst zur Polizei oder zu einem Therapeuten schleppen sollen. Das Ganze trägt mit Sicherheit eine Mitschuld an ihrem extremen Verhalten. Am liebsten würde ich in die Vergangenheit reisen und der alten Brianna einen Tipp geben. Irgendetwas, was diese eine Nacht verändern würde.« Diese Worte laut auszusprechen, kostet mich meine restlichen Energiereserven. Denn es ist die Wahrheit. Vielleicht hätte ich das Schlimmste verhindern können, wenn ich aufmerksamer gewesen wäre.

»Es ist nicht unsere Schuld, Bri. Weder deine noch meine. Xenia ganz allein ist für ihre Taten verantwortlich. Du hast das Gutachten gelesen. Es bringt nichts, sich jetzt im Nachhinein selbst zu verurteilen.« Yves rückt näher an mich heran und legt mir eine Hand auf die Schulter. »Ich arbeite selbst noch daran, so zu denken, und weiß, wie schwer es ist. Aber wir können das schaffen. Du darfst die Hoffnung nicht aufgeben. Versprich mir das.«

Ich schniefe und weiche seinem Blick aus. Natürlich weiß ich, dass Yves recht hat. Trotzdem, es ist immer noch schwer, den Verlust von zwei Menschen zu akzeptieren, die mir zuvor die Welt bedeutet haben. Die Trauer sitzt tief, und es wird noch eine ganze Weile dauern, bis ich mich aus diesem Loch herauskämpfen kann. Aber jeden Tag komme ich einen kleinen Schritt voran. Ich werde niemals aufgeben. Das ist das Einzige, was zählt.

»Ich will Xenia hassen. Für das, was sie getan hast. Ich will es wirklich«, zische ich. Mit diesen Worten zerstampfe ich ein trockenes Blatt, das vor wenigen Sekunden vor meinen Fuß vom Baum herabgesegelt ist. Ich finde keine Worte für den Schmerz, der meinen gesamten Körper befällt. »Aber ich kann es einfach nicht.«

»Jemanden zu lieben, ist keine Schwäche«, erwidert Yves. »Trotzdem muss man erkennen, wenn dieser Jemand einem nicht guttut, und die Person ziehen lassen. Wir schaffen das gemeinsam, Bri. Wir sind nicht allein. *Du* bist nicht allein.« Yves klingt so sicher. Als würde er die Zukunft bereits kennen und sehen, dass sie nur Gutes für uns bereithält.

Es dauert eine ganze Weile, bis sich meine Atmung beruhigt. Unsicher beiße ich mir auf die Unterlippe. Es gibt da noch eine Sache, die ich ihm sagen muss, bevor wir beide den Heimweg antreten.

»Yves?«, beginne ich, zögere dann jedoch. Es tut mir weh, es ihm zu erzählen.

»Ja?«

»Ich werde nächsten Monat nicht mehr hier sein. Ich habe mich an einem College eingeschrieben, ein ganzes Stück weg von hier.« Stille. Er starrt mich wortlos an. Blinzelt. Und dann fällt er mir stürmisch um den Hals. Ich schnappe nach Luft und wäre beinahe nach hinten umgekippt, aber ich kann gerade noch so das Gleichgewicht halten. Bisher haben Yves und ich das Thema *Zukunft* immer tunlichst in unseren Gesprächen vermieden, weil es irgendwie ein Tabu schien, an den nächsten Tag zu denken, während der Kopf noch in der Vergangenheit feststeckt.

»Bin ich froh! Ich dachte schon, du willst hier in Fircreek versauern!«, stößt Yves schließlich erleichtert aus, woraufhin ich ihm einen spielerischen Klaps auf den Arm gebe. »Wie? Wo? Und vor allen Dingen: Was?«, fragt er.

Endlich wird die Leere, die Schuld und Trauer in meinem Inneren von etwas Positivem überlagert. Ein kleiner Funke purer Freude schwirrt durch mein Innerstes und bringt mich zum Lächeln.

»Ich werde meinen Bachelor im Fachgebiet Kriminologie an der George Mason University in Fairfex machen. Um Menschen zu helfen, die unschuldig in Verbrechen verwickelt sind, und die wahren Täter zu überführen«, erkläre ich kurz. Yves' Grinsen wird immer breiter, während er mir zuhört.

»Das klingt großartig, Bri. Ich bin stolz auf dich. Und ich bin mir sicher, du wirst dort Großes leisten.«

»Meine Mom war im ersten Augenblick nicht so begeistert von meiner Wahl, aber im Endeffekt war sie froh, dass ich mich überhaupt für etwas entschieden habe.« Ich lache kurz auf und schrecke beinahe zusammen bei diesem Klang. Viel zu selten kommt mir in letzter Zeit ein ehrliches Lachen über die Lippen. Das Geräusch ist mir schon fremd geworden.

»Ich werde wohl ebenfalls fortgehen«, eröffnet Yves mir dann.

»Nach Los Angeles, um Animation und Character Design zu studieren. Ich habe mich für ein Stipendium beworben und hoffe, es klappt. Bis dahin jobbe ich noch ein wenig im Comicladen und spare mir etwas Geld zusammen.«

»Ganz bestimmt wird das klappen. Das Universum hat uns im letzten halben Jahr so viel Pech aufgeladen, dass nun ein bisschen Glück für uns drin sein muss«, meine ich grinsend. Dann muss ich plötzlich innehalten. Mit einem Schlag wird mir klar, was das bedeutet. Yves und ich werden uns nicht mehr sehen, zumindest nicht mehr so oft. Meine größte Stütze wird wegbrechen.

Yves scheint meinen Stimmungswandel sofort zu bemerken.

»Bri, für uns beginnt nun ein neues Leben. Neue Abenteuer, neue Wege und neue Möglichkeiten. Aber das bedeutet nicht, dass wir uns vergessen. Wir werden immer füreinander da sein, und wenn es sein muss, setze ich mich sofort in ein Flugzeug und fliege quer über den Kontinent, wenn es dir dadurch besser geht.«

Yves schafft es mit seinen Worten, meine letzte Barriere brechen zu lassen. Die Tränen laufen nun haltlos, während ich seine Hand drücke. Dieses Mal sind es allerdings Freudentränen, die aus meinen Augenwinkeln entkommen. Ich bin so froh, ihn als Freund an meiner Seite zu haben. Ich bin nicht allein. Und gemeinsam können wir alles wagen – gemeinsam getrennt. Sogar einen Neuanfang.

Ende

DANKSAGUNG

Mit »Truth or Dare« habe ich mich in ein völlig neues Genre gewagt, das ich so bisher noch nie geschrieben habe. Es handelt sich also um meinen ersten Jugendthriller. Nie hätte ich gedacht, dass mir Brianna, Xenia, Yves und Kian so sehr ans Herz wachsen könnten. Diese Charaktere haben mein Leben verändert, und die Tatsache, dass ihr ihre Geschichte nun in den Händen halten könnt, habe ich vielen lieben Menschen zu verdanken.

Zuerst möchte ich mich vom ganzen Herzen bei meiner wundervollen Literaturagentur erzähl:perspektive bedanken. Micha und Klaus, ihr leistet einfach großartige Arbeit. Besonders Micha möchte ich danken, weil sie immer ein offenes Ohr für mich hat und voll und ganz hinter mir und meinen Geschichten steht.

Weiterhin möchte ich dem ganzen Moon-Notes-Team danken für das Vertrauen in meine Geschichte. Katharina Lindner, Isabella Clausing und Maren Wendt stecken unfassbar viel Liebe und Herzblut in die Bücher, weshalb ich umso glücklicher bin, dass mein Buch in diesem tollen Verlag erscheinen darf. Besonders Isabella Clausing möchte ich an dieser Stelle für ihre herzliche Betreuung und Unterstützung danken.

Natürlich bedanke ich mich ebenfalls ganz herzlich bei meiner Lektorin Sonja Fiedler-Tresp. Es war mir eine große Freude, ihre Verbesserungsvorschläge einzuarbeiten und gemeinsam an »Truth or Dare« zu arbeiten.

Ein riesiges Dankeschön geht ebenfalls an meine grandiosen Testleserinnen und Schreibbuddies Ana Woods, Rune L. Green, Mareike Allnoch und Janina Schneider-Tidigk. Ihr hattet stets ein offenes Ohr für mich, habt gemeinsam mit meinen Figuren mitgefiebert und gelitten und dieses Manuskript auf so viele Arten und Weisen verbessert! Dafür danke ich euch von ganzem Herzen.

Ein großer Dank gebührt meinen tapferen Freunden und Freundinnen, die sich mein stundenlanges Gerede über Bücher anhören müssen und trotzdem jedes Mal mit mir mitfiebern, wenn eine neue Veröffentlichung ansteht. Soso, Meli, Alex, Judith und Lüli, ihr seid einfach der Hammer!

Natürlich möchte ich an dieser Stelle auch meiner Mama und meiner Schwester Lilli danken, die mit mir alle guten und schlechten Zeiten durchstehen und auf die ich mich immer verlassen kann. Ein besonderer Dank gilt meinem Onkel Jojo, der so sehr auf die Veröffentlichung dieses Buches hingefiebert hat und diese nun leider nicht mehr miterleben kann. Er hat mich immer in meinem Traum, Autorin zu werden, bestärkt und war eine unfassbar große Stütze für mich. Ich hoffe, meine Worte erreichen ihn auch über den Wolken.

Zum Schluss möchte ich noch Marc Ribeiro danken. Du begleitest mich schon von Anfang an auf meinem Weg zur Autorin und findest immer die richtigen Worte, um mich wieder aufzubauen oder um Erfolge mit mir zu feiern. Deine Umarmungen bringen die Welt immer wieder in Ordnung, und dein Glaube an mich spornt mich jedes Mal dazu an, mein Bestes zu geben. Danke schön für alles. Ich liebe dich.

Abschließend möchte ich natürlich noch DIR danken. Ihr Leser*innen seid diejenigen, die meinen Geschichten Leben einhauchen. Ohne euch wären meine Bücher nicht das Gleiche, und ich kann es gar nicht erwarten, eure Rückmeldungen zu »Truth or Dare« zu lesen!

TRIGGERWARNUNG

In diesem Buch finden sich folgende Themen, die triggernd wirken könnten:

- Drogen- und Alkoholmissbrauch
- Gewaltdarstellungen
- häusliche Gewalt

Moon Notes

Chris Kaspar

Watched. Du sollst (nicht) lügen

Spannung

ISBN 978-3-96976-013-0

Nur ein perfides Spiel?
Rena ist schuld am Tod ihres Freundes Joe. Niemand möchte mehr etwas mit ihr zu tun haben. Niemand außer dem Unbekannten, der ihr über WhatsApp Aufgaben schickt. Wenn sie diese nicht erfüllt, wird einer ihrer Liebsten dafür büßen. Rena bleibt keine andere Wahl, sie muss gehorchen. Wie kann sie das teuflische Spiel beenden?

»Ein perfides Spiel rund um die Sieben Todsünden, aus dem es kein Entrinnen gibt und bei dem man einfach jeden verdächtigt.« Stefanie Hasse

Auch als Hörbuch

Join our community:
www.moon-notes.de

Moon Notes

Nena Tramountani

Cards of Love 2. Der Zauber der Welt

Romantasy

ISBN 978-3-96976-018-5

Nach und nach dämmert es Giulietta: Sie ist selbst zu einer Tarotfigur geworden. Nun muss sie nicht nur lernen, mit ihrer Gabe zurechtzukommen. Ihr rachsüchtiger Onkel behauptet, dass Giulietta die Macht hat, andere Figuren einzusperren, und hetzt sie gegen sie auf. Giulietta ist verzweifelt. Wem kann sie noch vertrauen?

Moon Notes

Chris Kaspar

Pride & Pretty. Einen Tod musst du sterben

Spannung

ISBN 978-3-96976-026-0

Vince, Evie und Pat sind reich, beliebt, unantastbar. Die 16-Jährige Lynn ist nichts davon, weshalb sie sich mit einer Ladung Lügen im Gepäck in die Clique einschleicht. Ihr Ziel: Rache. Nur Außenseiter Bacon weiß, wer Lynn wirklich ist. Um ihr Geheimnis zu wahren, lässt sich Lynn auf einen Pakt mit Bacon ein. Doch plötzlich gerät alles außer Kontrolle und sie droht, viel mehr zu verlieren als ihre Chance auf Rache.